Lizzy Waters

Wofür ich bleibe

Band 2

AF191277

Lizzy Waters

Wofür ich bleibe

Romantasy

Cover: Katja Hemkentokrax
Lektorat: Stephan Berg
Korrektorat: Miriam Müllhofer – Lektorat Wortgarten
Buchsatz: Evelyn Zimmermann
Verlag: BoD · Books on Demand GmbH, In de Tarpen 42, 22848
Norderstedt
Druck: Libri Plureos GmbH, Friedensallee 273, 22763 Hamburg
ISBN: 978-3-7597-8554-1

Bibliografische Information der Deutschen Nationalbibliothek: Die
Deutsche Nationalbibliothek verzeichnet diese Publikation in der
Deutschen Nationalbibliografie; detaillierte bibliografische Daten sind
im Internet über http://dnb.dnb.de abrufbar.
Die automatisierte Analyse des Werkes, um daraus Informationen
insbesondere über Muster, Trends und Korrelationen gemäß §44b
UrhG („Text und Data Mining") zu gewinnen, ist untersagt.
Hinweis: Das Werk beruht auf rein fiktiven Darstellungen.
Informationen zu Naturmaterialien und die Verwendung bzw.
Mischung derer sind frei erfunden.

Für alle, die in sich nach Kraft suchen.

1

Wenn es eines gibt, was ich im letzten Jahr gelernt habe, dann ist es, neu anzufangen. Trotzdem sorgt der Knoten in meinem Magen dafür, dass ich regungslos wie eine Steinstatue die Fassade des monströsen Trainingsgebäudes anstarre, anstatt hineinzugehen. Heute ist der Tag der Tage: Mein Leben als offizielle Campus-Bewohnerin beginnt. Immer mehr Auszubildende in meinem Alter laufen durch das Holztor nach innen und ich sehe an mir hinunter. Das beige Leinenhemd, das signalisiert, dass ich jetzt zu ihnen gehöre, steckt ordentlich in meinem Hosenbund. Tief atme ich ein.

„Gehst du jetzt rein oder nicht?" Die Stimme hinter mir lässt mich zusammenfahren. Etwa zehn Meter entfernt sitzt ein Mädchen mit hohem braunen Pferdeschwanz und grinst. „Wir hätten wahrscheinlich beide nicht gedacht, dass du mal eine von uns wirst."

Ich runzle die Stirn. „Kennen wir uns?" Meine Stimme ist brüchiger als beabsichtigt.

Sie drückt sie sich von der Bank ab und schlendert auf mich zu. „Ach, ich bin nur eine kleine Nevok, die seit siebzehn Jahren hier rumhängt. Nichts gegen die Tochter des großen Athemar-Anführers." Sie deutet eine Verbeugung an. „Wieso startest du erst jetzt ins Training, wenn du seit Dezember hier bist?"

Was will sie von mir? „Ich war noch am Ankommen." Dass Henry, der Leiter des Campus, es für das Beste für alle hielt, wenn ich erst jetzt ins neue Trainingssemester starte, verschweige ich. Ich sei noch zu nah an meinen Erlebnissen dran und damit eine Zumutung für die anderen.

Ein Krachen hallt über den Platz und ich linse hinüber zu dem Eingangstor, das gerade ins Schloss gefallen ist, und setze mich in Bewegung.

„Das heißt, du bleibst?" Das Mädchen eilt neben mir her.

„Ich wüsste nicht, wo ich sonst hinsoll."

Aus dem Augenwinkel meine ich zu sehen, wie sie die Augen verdreht. „Na dann leb dich mal gut ein", sagt sie trocken und schreitet schnellen Schrittes an mir vorbei nach drinnen. Ich stoppe das Eingangstor gerade noch mit meinem Fuß, bevor es ins Schloss fallen kann, und lasse die Luft aus meinem Brustkorb entweichen.

Was meinte Arek gestern Abend zu mir? Die sind neue Leute einfach nicht gewohnt. Gib ihnen Zeit. Mit einem festen Ruck ziehe ich das Tor auf und trete in ein Foyer mit hohen Wänden, an denen meine Schritte widerhallen. Über der weit geöffneten Flügeltür zum Trainingssaal prangt die Inschrift: Nur wer sich selbst kennt, wird auch andere kennen.

Vertraute Leere kriecht in meinen Bauch und ich schlucke. Seit meiner Ankunft im Craft-Anwesen sind keine weiteren Erinnerungen zurückgekehrt, ich kenne also nur die letzten acht Monate meiner Selbst. Ich taste nach der Energie, die wie flüssiges Sonnenlicht durch meinen Körper fließt und meine Muskeln entspannen sich.

Ich bin nicht meine Erinnerungen.

Diese fünf Worte haben meine letzten Monate wie ein Mantra begleitet. Ich straffe die Schultern, streiche das Lehrlingshemd glatt und trete in die Trainingshalle, in der beige gekleidete Jugendliche durcheinander wuseln.

Ein hagerer Typ im blauen Hemd schreitet an mir vorbei nach vorn. „Setzen", ruft er und die Nevox verteilen sich hektisch auf die Sitzkissen am Ende des Raums. Mit etwas Abstand folge ich ihnen. Hier hinten sind die Wände verglast und geben den Blick auf den Wald frei. Sanfte Nebelschwaden hängen zwischen den leuchtend grünen Fichten und ich lächle. Gedanklich versenke ich mich in die Natur und der Knoten in meiner Magengegend löst sich etwas.

Von links stupst mich jemand an der Schulter und ich zucke zusammen. „Hey, kannst du das weitergeben?" Das jüngere Mädchen streckt mir einen Papierstapel entgegen und schiebt mit der anderen Hand ihr goldenes, dünnes Brillengestell zurecht.

„Klar." Ich nehme den obersten Zettel und gebe den Rest weiter. Campusregeln.

Der Typ rechts von mir stöhnt. „Nicht zu fassen, dass sie das jedes Mal aufs Neue austeilen. Ist ja nicht so, als wären wir damit aufgewachsen." Jetzt sieht er mich an. „Die meisten von uns."

Mein Atem stockt, aber ich zwinge mich, zu lächeln. An ihrer Stelle wäre ich vielleicht auch skeptisch, immerhin ist mein Vater der Grund, weshalb sie auf diesem begrenzten Waldstück festsitzen.

„Einen schönen Freitag miteinander." Die feste Stimme des Trainers sorgt für Ruhe im Raum. Er lässt den Blick über unsere Gesichter schweifen, wobei er bei meinem einen Tick länger verweilt. Mein Körper versteift sich. „Ich bin Feor und das ist Stella, meine Co-Trainerin." Er deutet auf eine junge Frau neben sich, ebenfalls im blauen Hemd. „Wir verbringen ab sofort jeden Montag, Mittwoch und Freitag miteinander, also mache ich euch wie jedes Semester mit den Regeln vertraut. Wer diese nicht einhält, hat hier nichts zu suchen." Wieder sieht er mich an, blinzelt und wendet sich schnell ab.

Ein paar Köpfe drehen sich zu mir und ich spüre in den Raum hinein, um die gedämpften Stimmungen wahrzunehmen. Ich stoße gegen einige Mauern, doch aus den Ecken der Jüngeren schlägt mir Verachtung und Skepsis entgegen. In meinem Schädel rauscht es und ich schwanke nach hinten. Eine Hand an meinem oberen Rücken stabilisiert mich und ausgehend von der Stelle breitet sich Ruhe in mir aus. Mit zusammengezogenen Augenbrauen blicke ich nach links. Die Hand gehört zu dem Mädchen mit der Brille. Stumm und ohne die Miene zu verziehen, zieht sie ihre Finger zurück. Wie peinlich. Manchmal vergesse ich, dass auch andere auf diesem Campus Stimmungen wahrnehmen. Schnell ziehe ich meine inneren Schutzmauern höher.

Nach allgemeinen Infos über den Trainingsverlauf folgt die Vorstellungsrunde und während die anderen sprechen, beschleunigt sich mein Puls. Schon bei den Mahlzeiten im Speisesaal habe ich gemerkt, dass viele Bewohnende vom Campus mich anstarren, weshalb ich die letzten Monate hauptsächlich allein, mit Arek oder mit Caleb war.

Jetzt bin ich dran und alle Augenpaare im Raum richten sich auf mich. Schnell wische ich meine feuchten Hände an der Hose ab. „Hi, ich bin Nara." Meine Stimme zittert. „Ich bin sechzehn und im Dezember mit den Carters hergekommen."

„Stimmt es, dass du bei deinem Vater eingesperrt warst?", fragt ein Junge aus der Gruppe der Zwölfjährigen frei heraus und in meiner Brust sticht es.

„Linus", herrscht Stella ihn an.

„Ist okay", sage ich und blinzele die sich aufdrängenden Erinnerungen von Kälte und Dunkelheit zurück. „Es stimmt. Ich war einige Zeit bei Karan und bin nun froh und dankbar, hier sein zu dürfen." Fühle mich aber nach wie vor wie ein Fremdkörper.

Jemand in der ersten Reihe stöhnt, aber das Mädchen links von mir lächelt mich still an und ein Junge neben ihr beugt sich vor und nickt mir zu.

„Das ist Leo", sagt das Mädchen laut und deutet auf den Jungen. „Er ist vierzehn, so wie ich. Und ich bin Sila. Wir sind seit sechs Jahren hier." Leo hebt kurz die Hand und ich lächle ihn an.

Nach der Vorstellungsrunde führen die beiden Ausbildenden uns durch den Raum. Stella deutet auf den mit Matten ausgelegten Teil der Halle. „Ihr beginnt und beendet den Trainingstag mit körperlichem Training. Der Fokus liegt auf Kampfsport und Muskelstärkung." Wir bewegen uns weiter zu zwei Glaskabinen, die frei am Rand des Raums stehen. „Wer die Waben betritt, kommuniziert ausschließlich über Energien", sagt Feor. „Wen wir beim Sprechen erwischen, der kommt am nächsten Tag früher. Freiwillige vor. Ich will sehen, was der Stand von eurem Kurs ist." Ich ziehe instinktiv den Kopf ein.

Ohne zu zögern, macht die Sympathiekanone von draußen, die sich als Valeria vorgestellt hat, einen Schritt vorwärts, die Hände in den Hosentaschen.

Feor nickt. „Gut. Linus, du machst den Gegenpart."

Diesem klappt der Mund auf. „Was? Das ist unfair, ich habe mich nicht gemeldet."

„Überleg dir das, bevor du das nächste Mal dazwischenredest."

Linus schnaubt, bewegt sich aber nach vorn.

„Valeria, du überträgst eine Stimmung auf ihn."

„Irgendeine?" Sie grinst und Feor nickt.

Die beiden Auserwählten begeben sich in die Wabe. Alle anderen drängen sich außenherum, um die beste Sicht auf das Geschehen zu erhaschen. Ich stelle mich zu Sila und Leo an den Rand.

Linus hält die Arme verschränkt und verfolgt wachsam jede von Valerias Bewegungen. Auch ich halte den Atem an und schicke innerlich drei Dankgebete ans Universum, dass Feor nicht mich gewählt hat.

Valeria geht einen Schritt auf Linus zu, legt ihre Hand auf seine Schulter und einen Moment stehen sie regungslos da. Jetzt weiten sich Valerias Pupillen, Linus' Arme lösen sich wie von selbst von seiner Seite und hängen locker herunter. Plötzlich ballt er seine Fäuste, stößt einen Schrei aus, der nur gedämpft bei uns ankommt, und hechtet mit wutverzerrter Miene auf Valeria zu. Diese packt ihn mit einer einzelnen Bewegung am Arm und benutzt seine Kraft, um ihn hinter sich in die Ecke der Kapsel zu schleudern. Himmel. Das mit dem Kampfsport ist also ernst gemeint. Und wie schnell war sie bitte?

Zufrieden grinsend tritt Valeria aus der Kapsel und schließt die Tür hinter sich. Einige brechen in Beifall aus, andere recken ihre Hälse nach Linus, der schwer atmend in der Ecke hockt.

„Sehr gut", sagt Feor nickend. „Ich denke, da können wir anknüpfen. Geben wir Linus einen Moment und treffen uns in drei Minuten draußen." Sobald er und Stella den Saal verlassen haben, bricht lautes Stimmengewirr aus. Ein paar der Jüngeren stürmen in die Kapsel und wollen Linus hochhelfen, der ihre Hände wegschlägt und sich selbstständig aufrappelt.

Ich sehe zu Sila, die an drei eng anliegenden Silberringen an ihrem Ohr herumspielt, und hebe eine Augenbraue.

„Keine Sorge, Valeria trainiert quasi jede freie Minute", sagt sie. „Feor kann von uns anderen nicht das gleiche Level erwarten."

„Ich hoffe es", sage ich. Zumindest den Teil mit dem In-die-Ecke-Schleudern müsste ich definitiv üben. Wir lösen uns von dem Pulk und verlassen den Saal. Draußen schlägt mir frischer Wind entgegen und ich ziehe meine Arme enger um mich. Für März ist es eisig kalt.

Nach ein paar Minuten haben sich alle wieder versammelt und wir folgen stillschweigend Feor und Stella über den Kiesweg, der vom Anwesen in den Wald führt, auf einen schmalen Pfad zwischen den Nadelbäumen hindurch. Auf den kahlen Heidelbeersträuchern schimmert Tau und im Unterholz hüpfen Amseln auf der Suche nach Nahrung umher. Tief atme ich den Duft von Fichten und feuchter Erde ein und lasse einen kleinen Funken in mir entstehen. Sofort ist es da, das vertraute Summen der Energien. Mir wird wärmer und mit dem Ausatmen vergrößere ich die prickelnde Kraft. Der Wald nimmt mich in sich auf und meine Muskeln entspannen sich. Aah.

Ich stolpere geradewegs in Leo hinein. „Huch. Sorry, warum bleiben wir stehen?"

Er hält mich an der Schulter, sodass ich nicht umfalle, lächelt stumm und löst sich von mir. Er spricht wohl nicht gern, aber das warme Glitzern in seinen Augen lässt mich ebenfalls lächeln.

Vor uns ragt ein Holzzaun auf, der durch schmale Lücken zwischen den Latten den Blick auf den Wald außerhalb des Craft-Terrains freigibt.

„Das hier", sagt Stella und deutet auf den Zaun, „ist das Ende des Areals. Wir werden nicht müde, euch darauf hinzuweisen, wie wichtig das Einhalten der Grenzen ist.

Dass wir versteckt bleiben, ist die einzige Möglichkeit sicher zu sein, das wisst ihr hoffentlich alle." Einige nicken, ein paar andere verdrehen die Augen. „Was wir euch eigentlich zeigen wollen, ist aber das dort drüben." Stella deutet ein Stück weiter nach rechts und wir folgen ihr entlang der Grenze. Vor einem etwa zwei Meter hohen begehbaren Holzwürfel, der in den Zaun integriert ist, bleiben wir stehen. Auch wenn das Fenster darin bestimmt seit Monaten nicht mehr geputzt wurde, sehe ich eine junge Frau mit kurzrasierten schwarzen Haaren im dunkelgrünen Hemd dahinter. Sie sitzt auf einem Stuhl in Richtung Außenareal, ihre Augen sind geschlossen.

„Ihr kennt sicher Erin, sie ist eine der Wachenden", sagt Stella. „Dieses Semester lernt ihr eure energetische Barriere aufzubauen und zu kontrollieren. Es bedarf viel Bewusstsein und Konzentration, unsere Energien vor anderen Nevox abzuschirmen. Weitaus komplizierter ist es, sich vor Athemar zu schützen. Wer von euch kann die Aufgabe der Wachenden erklären?"

„Sie schirmen das Anwesen ab", sagt Valeria.

„Richtig." Stella nickt. „Wachende sind so ausgebildet, dass sie nicht nur ihre eigenen Energien, sondern die eines gesamten Bereichs abschirmen. Alle fünfhundert Meter entlang des gesamten Zauns steht eine solche Kapsel, es sind also immer vierundzwanzig Wachende gleichzeitig aktiv, die sich über den Tag im Sechs-Stunden-Takt abwechseln. Dadurch verschmelzen wir mit dem Wald und werden von außen nicht wahrgenommen." Ich sehe blinzelnd nach oben, wo durch den leichten Nebelschleier die Sonne durch die Fichtenwipfel scheint. Kaum zu glauben, was sie sich hier für eine Parallelwelt aufgebaut haben. „Wer weiß", fügt Stella hinzu, „vielleicht sind ein paar von euch irgendwann dazu berufen, diesen Posten einzunehmen. Es bedarf einiges an Fähigkeit, um dieser ehrenvollen Aufgabe nachzugehen."

„Kommt auf die Bezahlung an", murmelt Linus und seine Kumpels glucksen. Die Gruppe geht weiter, es gibt bald Mittagessen. Ich verharre jedoch, denn etwas hält mich zurück. Meine Aufmerksamkeit wandert zu Erin, die in ihrer Holzkapsel wie versteinert wirkt, die Stirn vollkommen glatt, der Mund leicht geöffnet. Sie ist höchstens Mitte zwanzig und ihr hochgekrempelter Ärmel gibt den Blick auf verschnörkelte Tattoos frei. Hat sie vor ihrer Zeit auf dem Campus woanders gelebt? Ich presse die Lippen aufeinander. Säße sie nicht wegen meines Vaters auf diesem Anwesen fest, ginge sie vielleicht zur Uni und auf Partys. In meiner Brust formt sich ein Knoten. Dass die meisten hier nicht wissen, welche Freiheit da draußen auf sie wartet, macht die Sache umso trauriger. Gleichzeitig sieht Erin anmutig aus, wie ein massiver Fels in der Brandung. Genießt sie das Leben hier? Und kann ich das auch?

Mein Atem geht flach und ich sehne mich nach einer festen Umarmung von Arek. Heute Abend sehen wir uns wieder.

„Komm schon, Nara", ruft Sila. Die Gruppe ist weitergelaufen. „Heute gibt's Spaghetti."

Mein Herz hüpft. Wie cool, dass sie an mich gedacht hat. Ich reiße mich von dem Anblick los und folge Sila durchs Geäst.

2

Nach dem Mittagessen besuche ich Caleb. Noch immer frage ich mich, wie gerade er in den Fängen der Athemar gelandet ist, doch er spricht nicht über die Zeit vor Neujahr und ich bin die Letzte, die ihm das übel nehmen würde. Unsere Erlebnisse bei Karan verbinden uns.

Dass er um einiges länger bei meinem Vater gefangen war als ich, ist ihm deutlich anzumerken. Die ersten Wochen ist er ständig auf dem Flur zusammengeklappt, sodass Henry ihm strikte Bettzeiten auferlegt hat.

Vorsichtig klopfe ich an die Tür. Es kommt wie immer keine Reaktion, trotzdem drücke ich die Klinke nach unten und trete in den dunklen Raum.

„Hi", flüstere ich, gehe zum Fenster und ziehe die Vorhänge auf.

„Hey", grummelt Caleb, setzt sich im Bett auf und schützt stöhnend seine Augen vor dem hereinfallenden Licht. Die glatten braunen Strähnen fallen ihm tief in die Stirn. „Wie viel Uhr ist es?" Er klingt verschlafen.

„Viertel nach eins. Ich muss gleich weiter zum Training."

„Fuck. Schon so spät."

„Schon mal überlegt, einen Wecker zu stellen?" Ich setze mich zu ihm auf die Bettkante.

Caleb murmelt etwas Unverständliches, reibt sich die Augen und blinzelt. „Wie ist das Training?"

„Es ist in Ordnung. Ich verstehe immer noch nicht, warum du nicht teilnehmen darfst. Wir sind gleich alt und es gibt auch einen Anfängerkurs."

„Sie wollen keinen Freak dabeihaben." Caleb verschränkt die Arme vor der Brust und mein Blick fällt auf die vielen kleinen Narben auf seinem linken Unterarm. Bilder von einer dunklen, kalten Gefängniszelle prasseln auf mich ein und ich reibe mir über die Oberschenkel.

„Du bist kein Freak, Caleb, das weißt du selbst. Und du kannst nichts dafür, dass du die Bluttransfusion von Karan bekommen hast. Das macht dich nicht weniger menschlich."

Caleb starrt auf den Boden und zieht zähneklappernd die Knie unter der Decke an seinen Körper. „Mir ist so kalt." Seine Stimme bricht und ich schlucke. Er ist die tägliche Erinnerung an die Grausamkeit meines Vaters.

Schweigend rutsche ich weiter nach hinten auf das Bett, lege eine Hand auf seine Schulter und streiche behutsam mit dem Daumen darüber. Caleb lässt seine Stirn auf meinen Unterarm sacken und verharrt schwer atmend. Eine Träne fällt von seinem Gesicht auf die Bettdecke. Manchmal spüre ich sie, die Kälte, die ihn überrollt.

„Du musst ihnen sagen, dass sie dich in die Aktivitäten einplanen sollen. Die Bettruhe macht deinen Zustand nicht besser."

Caleb schüttelt den Kopf, weiter auf meinen Unterarm gestützt. „Sie können eine Person mit Karans Blut nicht in ihrem Alltag ertragen. Sie finden mich zu abstoßend."

„Niemand findet dich abstoßend." Es schmerzt, wie er leidet. Tief atme ich ein und fokussiere die Wärme in mir. Der Funken weitet sich aus und ich versenke mich in der Energie, versuche sie auf Caleb auszuweiten, während ich die Stelle, an der wir uns berühren, fokussiere. Ich stelle mir vor, wie mit jeder Ausatmung flüssiges, warmes Sonnenlicht durch mich hindurchfließt und in ihn hineinströmt.

Wir sitzen oft so da, versunken in unsere Gefühlswelten, und ich warte geduldig, bis das Eis in ihm schmilzt und sein Kopf sich klärt. Niemals hätte ich gedacht, dass nur eine einzige Bluttransfusion reicht, um einem Menschen immer wieder so viel Kälte aufzuerlegen.

Scharf saugt Caleb die Luft ein, seine Schultern entspannen sich und er fährt sich über die feuchten Augen. „Danke", flüstert er.

Ich löse mich von ihm, atme durch und lehne mich zurück.

„Ich hasse diese Schübe", sagt Caleb. „Es ist, als ob eine kalte Hand nach mir greift und mich aus meinem Körper zieht. Ich erkenne mich selbst nicht."

Ich nicke. Zwar bin ich der Transfusion um Haaresbreite entkommen, doch allein die Erinnerungen an die Momente, in denen Karan nach meinem Verstand getastet hat, lassen mich frösteln.

„Ich frage mich, wie es Zoey geht", flüstere ich und Caleb nickt schweigend. Karans Trakt und Blutvorräte wurden zwar zerstört – seine Bedrohlichkeit und die Sorge um unsere engsten Leute bleiben aber. Zu gern würde ich mit Zoey kommunizieren, aber wir sind hier drinnen abgeschottet. Es gibt Fahrende, die die Lebensmittel bringen, die nicht auf den Ackerflächen hinter dem Gebäudekomplex angebaut werden, aber die sind meist unter sich und haben strikte Anweisungen, jeglichen Außenkontakt zu vermeiden. Ich will es lieber nicht riskieren aufzufallen und das würde ich ohne Zweifel, wenn ich jemanden von ihnen ansprechen würde.

Beim Blick auf die Uhr fahre ich zusammen. In zehn Minuten geht das Training weiter. „Tut mir leid, ich muss los."

Caleb lächelt mich an und die Schwere auf meiner Brust hebt sich etwas. „Du rockst das. Grüß deinen Loverboy von mir."

Ich stöhne. Na bitte, das ist der Caleb, den ich kenne. „Arek nimmt an einem anderen Training teil. Aber ich werde ihn heute Abend von dir grüßen. Danke." Ich boxe ihn an den Arm und richte mich auf. Gerade greife ich nach der Türklinke, da sagt er: „Da ist noch was."

„Hm?"

„Ich war draußen heute Nacht."

Abrupt halte ich inne und drehe mich langsam um. „Du warst was?"

„Draußen", sagt Caleb. „Außerhalb des Geländes."

Ich weite die Augen. „Was meinst du mit außerhalb?"

„Außerhalb der Grenze."

„Wieso in Gottes Namen warst du außerhalb des Geländes? Und wie?" Ich gehe auf ihn zu.

Caleb weicht ein Stück zurück und spielt mit der Bettdecke. „Ich kann nicht länger hier rumsitzen und mich bemitleiden lassen. Ich dachte, wenn ich helfe Karan zu finden, bin ich nicht mehr der bedrohliche Außenseiter und kann endlich am Campus-Leben teilhaben wie ein Nevok."

Mit offenem Mund setze ich mich zurück auf sein Bett. Ein Teil von mir will ihn in den Arm nehmen, ein anderer möchte ihn anschreien. Hat er sie noch alle?

„Ich war vorsichtig", sagt Caleb und hebt die Hände. „Wenn ich dir erzähle, was ich gesehen habe, wirst du verstehen, warum wir etwas tun müssen."

„Etwas tun? Caleb, was redest du da?" Ich lege meine Hand auf seine Stirn, doch er reißt sich sofort los und sieht mir direkt in die Augen. Sein Blick ist gläsern und mein Herz sackt in Richtung Magengegend. Das war ein Fehler von mir.

„Du hältst mich auch für durchgedreht", sagt er trocken.

„Nein, Caleb, nein." Schnell schüttele ich den Kopf. „Ich …" Seufzend raufe ich mir die Haare. Für ein paar Atemzüge schweigen wir. Jetzt sehe ich ihn an. „Es tut mir leid. Ich halte dich nicht für verrückt. Ehrlich. Ich möchte dir glauben. Aber was zum Geier meinst du?"

„Ich habe Athemar gesehen. Sie waren nur etwa einen Kilometer vom Anwesen entfernt und haben unter einem Hochsitz Pause gemacht. Ich habe in einer Kiefer gesessen und sie beobachtet. Verstehst du nicht, ich musste einfach raus hier." Er lässt seinen Hinterkopf gegen die Wand fallen.

„Okay, über die Athemar sprechen wir gleich. Aber musstest du dafür das Gelände verlassen? Neunhundert Hektar voller Wald und das reicht dir nicht? In einer verdammten Kiefer, ich fasse es nicht! Du bist gerade erst raus aus dem Athemar-Trakt, willst du geradewegs zurück?"

„Hörst du sie nicht, die Gespräche der Kids im Speisesaal? Nara, die haben noch nie in ihrem Leben etwas anderes gesehen als diesen verfluchten Palast. Selbst die meisten erwachsenen Nevox hier verlassen niemals die Grenzen. Willst du nicht wissen, was draußen abgeht?"

„Ich will ein sicheres Leben führen." Und vor allem möchte ich endlich irgendwo ankommen.

„Sie sind auf der Suche nach dir, Nara. Er wird nicht aufhören, bis er dich gefunden hat. Ich wette, sie bauen sich ein neues Lager auf, in dem Karan sich weiter sein Blut abzapft. Der Typ wird keine Ruhe geben, bis all die

Menschen dieses Landes Athemar geworden sind, scheiß-egal, ob hier ein paar Teenager Taekwondo lernen oder nicht. Er weiß, dass er mit dir stärker ist, ob du einwilligst oder nicht."

Mit jedem seiner Worte kriecht Panik meine Wirbelsäule hinauf und mein Puls schlägt heftig. „Und das alles hast du von Menschen im Wald gehört?"

Er nickt. „Die letzten drei Nächte war ich draußen und jedes Mal sind sie vorbeigekommen."

Ich starre ihn an. „Drei Nächte? Verdammt, Caleb!"

„Hörst du nicht, was ich sage?"

Ich mustere ihn. „Wenn das stimmt, ist es umso wichtiger, dass du die Grenzen nicht verlässt. Du führst sie damit direkt aufs Areal."

Caleb schüttelt den Kopf. „Ich falle ihnen nicht auf. Es muss etwas mit dem Blut zu tun haben. Ich habe schon in Karans Trakt gemerkt, dass sie mich sehen mussten, um zu wissen, dass ich da bin. Nur deswegen haben sie regelmäßig die Tür geöffnet. Ich bin ihnen durch die Transfusion energetisch zu ähnlich." Mit gehobenen Augenbrauen sehe ich ihn an und Caleb zuckt mit den Schultern. „Du bist nicht die Einzige, die sich eingelesen hat. Ich mag zwar nicht über eure Fähigkeiten verfügen, aber in die Bibliothek kann ich trotzdem."

Ich sehe im Raum umher und massiere meine Finger-knöchel. Das darf nicht wahr sein. „Bist du sicher, dass das Athemar waren und nicht irgendwelche Spaziergänger mit blühender Fantasie?"

Er verzieht den Mund.

„Ist ja gut, ich glaube dir." Ich lege das Gesicht in meine Hände. „Verdammt, ich dachte, dass das langsamer geht.

Oder, dass … keine Ahnung." Wahrscheinlich, dass ich nie wieder von diesem Mann hören will.

„Wir wissen beide, dass das klar war", sagt Caleb leise.

Ich trete von einem Fuß auf den anderen. „Wenn es tatsächlich so ernst ist, werden die Nevox sich kümmern. Das Letzte, was ich tun möchte, ist irgendein Alleingang, der andere in Gefahr bringt." Ich versuche, das Zittern in meiner Stimme zu verbergen, und setze mich etwas aufrechter hin. Ich gehe nicht wieder da raus. Nicht nach dem, was Karan mir angetan hat. Und wenn Menschen mit der Athemar-Situation umgehen können, dann die, die dieses Anwesen leiten, oder?

Caleb schnaubt. „Einen Scheiß kümmern die sich."

„Die Nevox verstecken sich hier seit Jahrzehnten. Sie wissen, was sie tun." Ich richte mich auf und streiche meine Hose glatt. Im Hinausgehen sage ich: „Und du bleibst auf den neunhundert Hektar, die uns erlaubt sind."

Mit einem Klicken fällt die Tür hinter mir ins Schloss und wir wissen beide, dass er sich nicht daran halten wird.

3

Bis sechzehn Uhr sitzen wir in Teams in den Waben, um das Stimmungsübertragen zu üben, was ich mit Arek und Victor schon bei den Carters trainiert habe. Zwei Schülerinnen wurden bereits zum früher Kommen verdonnert, da sie in der Wabe gestritten hatten. Womöglich ist Wut nicht die beste Emotion zum Üben.

In der letzten Trainingsstunde joggen wir gemeinsam an der Außengrenze des Areals entlang. Alle fünfhundert Meter verlangsame ich mein Tempo und betrachte die Menschen, die in den Kapseln sitzen. Sechs Stunden.

„Müssen die nicht mal aufs Klo?", frage ich Sila, die neben mir her joggt.

Ihr Kopf ist ganz rot vom Laufen. „Ich glaube, die meisten vermeiden es." Sie japst nach Luft. „Das Wichtigste ist, dass nicht mehrere Wachende gleichzeitig gehen, damit der Schirm hält. Sie spüren sich gegenseitig."

„Abgefahren." Wie es wohl ist, einen ganzen Bereich abzuschirmen? Meine Gedanken wandern zu dem Tag vor einem halben Jahr im Museum, als Arek jemanden dazu gebracht hat, sich von uns abzuwenden und zu bezweifeln, dass er mich erkannt hat. Ich schüttele mich. Nicht vorstellbar, was alles möglich ist, Karan ist das beste Beispiel.

Wir biegen zurück auf den Kiesweg ab und Stella dreht sich um. „Das war's für heute. Alle, die mit den Stimmungseinheiten Schwierigkeiten hatten, üben bis Montag. Die anderen bitte auch. Und jetzt genießt euren Abend." Sie und Feor joggen zurück zum Trainingsgelände und sobald sie außer Sichtweite sind, kommt die ganze Runde zum Stehen. Leo, der zu uns aufschließt, ist käsebleich und auch ich stütze mich schwer atmend auf meinen Knien ab.

„Sieht aus, als müsste jemand Ausdauer trainieren." Valeria stolziert an uns vorbei. Ihr straffer Pferdeschwanz thront ohne eine einzige lose Strähne auf ihrem Kopf.

„Du musst andere nicht runtermachen, um dich besser zu fühlen", ruft Sila ihr hinterher.

Ich drehe ihr grinsend den Kopf zu. „Nicht schlecht."

Sie zuckt mit den Schultern und wischt sich mit ihrem Ärmel den Schweiß von der Stirn. „Sie ist meine Halbschwester."

„Mein Beileid. Weißt du, was sie für ein Problem mit mir hat?"

„Oder mit Menschen generell", sagt eine helle Stimme neben mir und ich muss zweimal hinsehen, um mich zu vergewissern. Das war tatsächlich Leo.

„Ach, das hat was mit Bedeutsamkeit zu tun", sagt Sila. „Es tut weh, dass mal jemand anderes im Rampenlicht steht."

„Das ist das Letzte, was ich möchte."

„Es geht sicher vorbei." Sila hakt sich bei Leo und mir unter. In meinem Bauch kribbelt es warm. Nehmen die beiden mich in ihr Zweiergespann auf?

„Hoffen wir's", murmele ich und wir schlagen den Weg zum Speisesaal ein.

Dort angekommen lassen wir uns mit unseren Tabletts an einem unserer Kurstische nieder. In dem großen Saal herrscht wie immer lautes Stimmengewirr, es sitzen bestimmt mehrere hundert Menschen an den Tischen.

„Bärlauch", sagt Sila mit leuchtenden Augen und nimmt einen zweiten Löffel ihrer Suppe. „Das ist die erste Ernte."

Die grüne Flüssigkeit schmeckt tatsächlich. „Wie ist das eigentlich mit den Feldern? Wie wird festgelegt, wer dort arbeitet?"

„Alle zwei Jahre werden die Tätigkeiten neu gewählt. Die meisten Erwachsenen haben einen Job in einem der fünf Bereiche: Landwirtschaft, Einfuhr, Reinigung, Energieversorgung und Lehre. Meistens bleiben die Leute in ihrem Job, aber theoretisch kann man jedes zweite Jahr tauschen. Es verteilt sich meistens ganz gut. Und wir Jüngeren haben das Ehrenamt."

Ich halte inne. „Ehrenamt?"

Sila runzelt die Stirn. „Hast du davon noch gar nichts gehört? Neben der Ausbildung müssen wir in den Bereichen aushelfen. Die meisten sind irgendwie in die Ernte oder Reinigung involviert. Wahrscheinlich kommt bei dir alles nach und nach."

Ich nicke und widme mich wieder der Suppe. Die Vorstellung, allein vor mich hinzuhacken und Gemüse auszuheben, klingt nach einer angenehmen Abwechslung zum Trainings- und Schulalltag.

Eilig löffle ich meine Suppe aus und hole mir noch eine zweite Portion. Der Tag hat mich ganz schön geschlaucht. Immer wieder linse ich zu Sila und Leo, die eng beieinandersitzen und in ein stilles Gespräch vertieft sind. Ich mag die beiden jetzt schon. Wenn ich Glück habe, beruht das auf Gegenseitigkeit.

Nach dem Essen und einer warmen Dusche schlüpfe ich aus meinem Zimmer und mache mich über die Treppe auf den Weg zu Raum 4.3. Es kommt mir wie eine Ewigkeit vor, seit ich Arek das letzte Mal gesehen habe, dabei war er erst gestern Abend bei mir.

Wie immer spüre ich ihn, bevor ich ihn sehe. Lächelnd klopfe ich an seine Tür und schließe für einen Moment die Augen, um mich mit ihm zu verbinden. Wie ein Willkommensgruß fließt eine kurze, freudige Welle von ihm durch meinen Körper.

Manchmal, wenn wir schweigend nebeneinander über das Areal spazieren, ist es, wie wenn wir uns trotzdem unterhalten. Ihn zu spüren ist ein bisschen, wie ich mir Heimkommen vorstelle.

Die Tür öffnet sich und er streckt seinen dunklen Lockenkopf aus dem Zimmer. „Da ist sie ja, die frischgebackene Nevok-Schülerin." Grinsend greift er nach meiner Hand und zieht mich in sein Zimmer.

„Ich fühle mich wie ein anderer Mensch." Halbherzig lachend verdränge ich das dumpfe Drücken in meinem Bauch beim Gedanken an die Blicke der anderen.

Arek wohnt im Dachgeschoss und ich liebe es, wie abends das Sonnenlicht durch sein mit Holzbalken durchzogenes Zimmer scheint. Jetzt, da es Frühling ist, lässt sich der Sonnenuntergang endlich wieder bis nach dem Abendessen Zeit.

Ich befreie mich von meinen Schuhen, schmeiße mich auf das große Bett, das direkt unter dem Dachfenster steht, und beobachte Arek, der offenbar am Wäschemachen war. Er faltet ein paar letzte Socken ineinander, stopft sie in eine Holzkiste im Schrank und dreht sich zu mir. „Du siehst aus, als hättest du heute viel erlebt." Er lässt sich zu meiner Rechten auf das Bett fallen und dreht sich zu mir, den Kopf in die Hand gestützt.

„Zumindest fühle ich mich, als wäre seit heute Morgen eine Woche vergangen." Beim Blick in seine meerblauen

Augen versiegt das flaue Gefühl in meinem Magen. „Schön, dich zu sehen."

„Ebenfalls." Seine Stimme ist warm. „Wie war das Training?"

„Wenn ich mich dran gewöhnt habe, macht es sicher Spaß. Es tut gut, wieder eine Tagesstruktur zu haben."

Er hebt eine Augenbraue, dreht sich dann aber auf den Rücken und sieht zur Decke, während er über meine Hand streicht. „Du wirst dich schon einfinden. Neuanfänge sind dein Spezialgebiet."

„Ich hätte nicht noch einen Neuanfang gebraucht." Mein Ton ist verbitterter als gewollt und Arek schweigt. Mir ist klar, dass es nicht seine Schuld ist, dass ich schon wieder bei null anfange. Es waren seine Eltern, die uns weggeschickt haben, und ich wäre längst in Karans Armee, hätten wir nicht die Tage im Wald und diesen Zufluchtsort gehabt. Andererseits wäre vielleicht auch alles anders gekommen, hätten sie mir nicht alle, inklusive Arek, zuerst meine wahre Herkunft verschwiegen.

Tief atme ich durch. Für die nächsten drei Wochen sind Keyla und Mark mit Liv, der Schwester von Arek und Victor, in ihrem Kunstcamp in einem anderen Teil des Landes und bis sie wiederkommen, habe ich mich vielleicht schon etwas mehr eingelebt. Wie konnten sie das nur bei Henry durchbringen? Klar, Erwachsene dürfen sich jederzeit gegen ein Leben auf dem Craft-Anwesen entscheiden, aber soweit ich weiß, dürfen diese Menschen nicht wiederkommen. Für die Carters haben wohl schon immer Sonderregeln gegolten.

„Das wird schon", sage ich, auch zu mir selbst. „Die Schonfrist über den Winter war gut, aber ich muss langsam irgendwas tun."

Arek nickt.

„Da ist ein Mädchen, Valeria. Weißt du, warum sie mich nicht mag?"

Er zieht die Augenbrauen zusammen und seufzt. „Valeria ist speziell. Aber man kann ihr das nicht übel nehmen, ihr ganzes Leben dreht sich darum, den Laden hier irgendwann mal zu übernehmen."

„Was hat das mit ihrem Verhalten zu tun?"

„Als Valeria klein war, hat sich ihr Vater für ein Leben in der Stadt entschieden – ohne sie und ihre Mutter. Ich glaube, seitdem leben die beiden hier in ihrem Tunnel, alles für die Nevox. Über Valerias Vater gibt es Gerüchte, dass er tot sei, aber ich habe nicht genug Kontakt zu ihnen, um das genau zu wissen."

Ich nicke. „Komplizierte Elternsituationen kenne ich." Sowohl die Menschen, bei denen ich aufgewachsen bin, als auch meine Mutter sind nicht mehr am Leben. Der Einzige, der übrig ist, ist Karan. „Trotzdem soll sie mich in Ruhe lassen."

Arek nickt. Sila meinte, sie sei Valerias Halbschwester. War es also auch ihr Vater, der fortgegangen ist?

„Wie war euer Profi-Training? Habt ihr schon Dinge schweben lassen?" Ich grinse.

Arek schnaubt und pikst mit dem Finger in meine Wange. „Leider befinden wir uns nicht in einer Zauberschule, keine schwebenden Dinge also."

Ich rücke näher an ihn heran. „Schade eigentlich. Es wäre alles etwas leichter mit Magie."

Arek dreht den Kopf zu mir. „Was würdest du denn zaubern?"

Dass ich Eltern habe, die mich lieben. In meiner Brust zieht es und ich verdränge den Gedanken. Ich zucke mit den Schultern. „Täglich Pizza im Speisesaal, ist doch klar."

Arek grinst. Wir wissen beide, dass das gelogen war und ich bin froh, dass er mich nicht drängt, meine Gedanken auszusprechen. Für heute will ich mich nur noch von diesem Tag erholen.

Er streicht mir eine lange Haarsträhne aus dem Gesicht und zwirbelt sie schweigend zwischen Daumen und Zeigefinger zu einem dünnen Strang. Während seine Finger ihren Weg zu meiner Hand finden, schließe ich die Augen und lasse mich in die Berührung fallen. Auf meinem Handrücken prickelt es wohlig unter den Kreisen, die er darauf zeichnet, und ich fühle mich ihm unendlich nah, auch wenn es nur eine simple Berührung ist.

Ich verschränke meine Finger mit seinen und Arek saugt hörbar die Luft ein. Unsere durchdringenden Blicke begegnen sich und für einen Moment senke ich meine energetischen Mauern, innerlich nach seinen Schwingungen tastend. Auch er öffnet sich und unsere Energien rauschen ineinander. Wie immer, wenn ich ihn fühle, prasseln unzählige Emotionen auf mich ein. Zufriedenheit, Erschöpfung, Anspannung und tief unter einer dicken Schicht begraben ein wenig Traurigkeit.

Mit jedem Atemzug tauche ich mehr in ihn ein und seine Pupillen weiten sich, während ich eine warme Welle durch ihn hindurch schicke und er mich ebenfalls erkundet. Ich atme seinen vertraut herben Duft ein und meine Muskeln entspannen sich.

An vielen Tagen ist die Intensität unserer Verbindung mehr, als ich verarbeiten kann. Nach diesem Tag aber mag ich tiefer eintauchen. Vergessen, wie die anderen mich im Training beobachteten. Aufhören darüber nach-zugrübeln, wie unser aller Leben ohne Karan oder die Athemar wäre.

Ich rutsche näher an ihn heran und lege meinen Kopf auf seine Brust. Während ich über seinen Oberarm streiche, breitet sich darauf Gänsehaut aus. Die Wärme, die von ihm ausgeht, hüllt mich ein und ich sinke tiefer in unseren Kontakt. Arek mustert mich wachsam und in seinen Augen liegt etwas so Liebevolles, dass mein Blick zu seinem Mund wandert. Er umfasst meinen Nacken und jetzt sind unsere Gesichter so nah, dass ich seinen warmen Atem auf meinen Lippen spüre. In seine Emotionen mischt sich etwas, das mit einem Schlag alle Gedanken aus meinem Gehirn pustet.

„Du fühlst dich so gut an", raunt er und ich schließe die letzten Zentimeter zwischen unseren Mündern. Ein Gefühl von Vollständigkeit schwappt über mich, als würde etwas in mir einrasten, und die Härchen an meinen Armen stellen sich auf. Kurz löst sich Arek von mir, um durchzuatmen, führt seine Hand an meine Wange und presst seinen Mund fester auf meinen. Ich gebe mich unseren gemeinsamen Schwingungen hin und fahre mit der Hand durch seine dichten Locken und über seinen Nacken. Arek entfährt ein Keuchen und ich fange es mit einem weiteren Kuss auf, bis wir uns voneinander lösen und seine Stirn an meiner liegt. Sanft fährt er mit dem Daumen über meinen Wangenknochen und meine Unterlippe, und zieht mich in seinen Arm. Ich kuschele mich enger an ihn und seufze. Ich liebe es, ihm so nah zu sein. Für diesen Moment sind wir wieder zu zweit im Wald – fern von allem, was in den Tagen und Wochen danach geschah.

Es fühlt sich wie eine friedliche Ewigkeit an. Eng umschlungen, dem Herzschlag des anderen lauschend. Irgendwann erfüllt Areks tiefes regelmäßiges Atmen den Raum. Lächelnd löse ich mich aus der Umarmung und nehme, während ich mich auf den Rücken drehe, eine seiner Hände in meine. An der Zimmerdecke tanzen bunte Lichtflecken, die von dem kleinen Kristall vor Areks Fenster reflektieren. Lange beobachte ich die Lichtreflexionen und meine Lider werden immer schwerer.

4

Am Morgen sehe ich auf meine Armbanduhr. Schon Viertel nach sechs! Ich drehe mich auf die rechte Seite und betrachte Arek, dessen Brust sich langsam hebt und senkt. Vorsichtig schlüpfe ich aus seinem Bett und ziehe so leise wie möglich meine Schuhe an, die auf dem Fußboden liegen. Frühstück gibt's ab acht, das heißt, ich habe Zeit, nach draußen zu gehen, solange auf dem Gelände noch nicht viel los ist.

Beim Hinausgehen schnappe ich mir eine von Areks Jacken vom Kleiderhaken und streife sie über. Einen letzten Blick auf ihn werfend, schließe ich die Tür hinter mir. Lächelnd steige ich die Treppe hinunter und laufe geradewegs in Henrys Arme.

„Guten Morgen, Nara. Schon so früh unterwegs an einem Samstag?" Der Leiter des Craft-Anwesens mimt das Lupfen eines imaginären Hutes.

„Bin früh ins Bett gestern, ich gehe noch spazieren vor dem Frühstück."

„Die Jacke wirst du brauchen", sagt er. „Und du weißt ja – nur bis zu den Grenzen." Er nickt mir zu und führt seinen Weg nach oben fort.

„Mach ich." Verdammt, die Grenzen. Durch meine Freude, Arek zu sehen, und unsere Schlaftrunkenheit habe ich vergessen, ihm von Caleb zu erzählen. Das muss ich unbedingt heute nachholen. Calebs Berichte drängen sich in mein Bewusstsein und mir wird automatisch kälter. Ich ziehe den Reißverschluss am Hals etwas höher.

Die Eingangshalle ist menschenleer, auch wenn aus der Küche bereits das Klappern von Geschirr klingt. Ich öffne das große Eingangstor und schlüpfe hinaus. In der kühlen Luft der Morgendämmerung steigt mein Atem in kleinen Wölkchen vor mir auf. Es riecht nach nassem Laub und der Wald tritt nur schemenhaft aus dem Nebel hervor. Wie gewohnt schlage ich die Richtung des Kieswegs ein, bleibe aber stehen und drehe mich um. Die letzten Wochen habe ich mich nie getraut, den großen Gebäudekomplex zu umrunden – zu viele Menschen tummeln sich tagsüber in und um die Mauern. Abends lag ich meistens zu lange grübelnd wach, als dass ich früh morgens fit sein konnte. Erkundet habe ich generell noch nicht viel.

Das Hauptgebäude und das Trainingsareal verbindet ein großer Teerweg, welcher am Rand der Trainingshalle in einen schmalen Wiesentrampelpfad übergeht. Schnell drückt Feuchtigkeit vom nassen Gras durch meine Schuhe, doch die Neugierde siegt, und ich sauge den Duft nach feuchter Erde ein. Auch wenn am Haus hinter den Fenstern langsam die Lichter angehen, ist es hier draußen noch leer und wohlige Wärme breitet sich in mir aus. Als ob der Zauber dieses nebelverhangenen Morgens nur für mich wäre.

Hinter der nächsten Ecke ragt ein hölzernes Klettergerüst auf und ich gehe, mit einem kurzen Blick über meine Schultern, darauf zu. Vergeblich suche ich nach einer Erinnerung, je auf einem Klettergerüst gewesen zu sein, und atme gegen die Enge in meinem Brustkorb an. Das Holz an der Leiter ist glitschig und kalt. Trotzdem nehme ich eine Sprosse nach der anderen, ergreife das Geländer, das die Plattform begrenzt, und ziehe mich das letzte Stück hinauf. Bei dem beherzten Schritt nach vorn verliere ich kurz das Gleichgewicht, so rutschig ist das Holz. Mit dem Rücken gegen den Handlauf gelehnt, hauche ich eine Dampfwolke in die kühle Luft und lasse den Blick schweifen.

Wind bläst um meine Ohren und ich ziehe seufzend die Arme enger um mich. Das stetige Blätterrauschen hat etwas Tröstliches. Meine Aufmerksamkeit wandert zu einer Amsel, die am Waldrand aufflattert und verharre. Da ist doch was. Ich kneife meine Augen zusammen und schiebe den Kopf nach vorn. Zwischen den Kiefern, etwas weiter rechts bei den Bäumen, dringt ein helles Schimmern hervor. Alle paar Sekunden, wenn sich die Nebelschwaden für einen Moment lichten, leuchtet es ein wenig heller. Ist da jemand mit Taschenlampe unterwegs? Für ein Lagerfeuer wäre es eine ungewöhnliche Zeit. Einen Moment zieht sich mein Magen zusammen. Ob es … Nein. Selbst wenn da draußen Athemar unterwegs sind, dann nicht auf dem Gelände, dafür gibt es ja die Wachenden, oder? Gebannt starre ich auf die unscheinbare, aber beständige Lichtquelle. Hinter mir rattert es laut und ich schrecke herum, aber es ist nur ein Rollladen, der am Gebäude hochgezogen wird.

Wieder wandert mein Blick zum Waldrand. Geh hin, der Wald tut dir nichts Böses. Ich schließe die Augen und öffne meine energetische Barriere. Es wird schon niemand im Haus sein, der in mich hineinfühlt. Vorsichtig taste ich mit dem Verstand nach anderen Energien. Wie leise Stimmen aus der Ferne umhüllen sie mich und mit jedem Atemzug differenziere ich sie klarer voneinander. Da ist Müdigkeit, Neugierde, Wut und Nervosität. Ich ziehe die Augenbrauen zusammen und versuche, die Energien zu lokalisieren. Seit ich es bei Karan geschafft habe, Arek zu lokalisieren, übe ich es immer wieder, doch hier auf dem Anwesen fällt es mir deutlich schwerer. Neben den greifbaren Gefühlen aus der Richtung des Gebäudekomplexes sind da eine Menge diffuser Schwingungen. Langsam atme ich aus und stelle mir vor, tiefer in den Untergrund zu sinken, mich in der Holzplattform zu verwurzeln.

Da ist ein leises Summen und jetzt, da ich es greife, intensiviert es sich. Vor mein Blickfeld schiebt sich ein nasser Schimmer und ich blinzle. Warum ist das so vertraut? Die Schwingung hebt sich von den anderen Energien ab und kurz schwanke ich. Der Rest rückt in den Hintergrund und Wärme breitet sich in mir aus, wie ein Sonnenstrahl, der über mich wandert.

Wie von allein bewegen sich meine Beine in Richtung der vom Tau nassen Rutsche, die ich rückwärts hinunterklettere, damit meine Hose trocken bleibt. Unten angekommen schleiche ich durchs feuchte Gras zum Wald. In meinem Kopf dröhnen Warnsignale, doch mein Körper hat sich verselbstständigt. Dieses wohlige Summen kommt eindeutig von dort vorn.

An dieser Stelle des Waldes gibt es keinen Pfad, also kämpfe ich mich durchs Gestrüpp, über weiches Moos, brüchige Äste und spitze Steinchen. Die Lichtquelle ist nun klarer und in mir ist nichts außer dem angenehmen Summen. Das ist etwas Größeres als eine Laterne. Schneller stolpere ich über die Äste und lasse den Hauptplatz mit den Gebäuden weit hinter mir.

Der Wald wird dichter und ein herber Geruch steigt mir in die Nase, vielleicht von Wild. Ich klettere über einen umgestürzten Baum und quetsche mich durch den dahintergelegenen Busch. Meine Hose ist an einigen Stellen durchnässt, aber die Kälte ist mir egal. Ich ducke mich unter einem Ast weg und kneife die Augen zusammen. Etwas Großes, Graues türmt sich dort vorn auf, genau bei der Lichtquelle, und das Summen zieht so sehr in meiner Brust, dass ich renne, als würde ich davon angezogen werden. Der Wald lichtet sich, und mit einem Mal stolpere ich auf eine Lichtung.

Ich weite die Augen. Am gegenüberliegenden Ende der freien Fläche ragt ein gigantischer Haufen aus runden, moosbewachsenen Felsbrocken auf. Es sieht aus, als hätte ein Riese ihn gestapelt. Mit angehaltenem Atem weiche ich ein Stück in den Wald zurück, wo ich mich hinter einer Fichte verstecke. Direkt in die Brocken eingebaut ist eine Hütte, deren gläserner Wintergarten die Lichtung erhellt. Es wirkt, als verschwinde der Großteil des Gebildes in dem meterhohen Felsenstapel.

Weiter rechts bewegt sich etwas und mein Kopf schnellt hinüber. Selbst mit zusammengekniffenen Augen erkenne ich nichts.

Wo ist das Summen hin? Ich fixiere den Wintergarten und taste nach Energien. Außer ein paar verwaschenen Schwingungen aus der Richtung des Anwesens ist da nichts mehr. Ich blase die Wangen auf und lasse die Luft entweichen. Hat mich jemand gesehen? Die Hütte ist groß genug für mindestens zwei Zimmer, plus der verglaste Anhang, in welchem ein paar Büschel von der Decke hängen. Ansonsten säumen große Stehpflanzen die mir zugewandte Seite des Raums und versperren den Blick ins Innere. Wer lebt dort? Mir wurde nie erzählt, dass außerhalb des Hauptkomplexes etwas ist außer Wald. Welchen Grund gibt es, so weit von den ganzen Familien, der Schule und dem Speisesaal entfernt zu wohnen? Hektisch sehe ich mich um. Habe ich das Gelände verlassen? Mein Puls rast und ich bohre meine Finger in die

Baumrinde. Nein, ich habe keine Holzkapsel, geschweige denn einen Zaun passiert. Es ist unmöglich, aus Versehen das Craft-Anwesen zu verlassen. Oder?

Und was ist das dann? Das Letzte, was ich gebrauchen kann, ist mir Ärger einzuhandeln, aber ich kann nicht die Erste sein, die hier herumstreunt. Wahrscheinlich kennen alle den Ort und es ist nichts dabei. Ich löse meine verkrampften Finger, mache einen zaghaften Schritt auf die Lichtung und festige meine energetische Barriere. Wie ein Fels versinke ich gedanklich im Boden. Sonne blitzt zwischen den Fichtenwipfeln hervor und der Nebel hat sich fast vollständig verzogen, der Wald wirkt nun friedlicher. Ich sehe mich um und schleiche durchs Gras, das meine Sneakers bis auf den letzten Rest durchnässt, auf den Wintergarten zu. Etwa zehn Meter entfernt bleibe ich stehen und ein Vogel flattert vom Dach des Gebildes auf.

„Hallo?" Meine Stimme klingt dünn.

Stille.

Ich nähere mich der Hütte. „Hallo?"

„Hier drinnen", ruft eine tiefe Frauenstimme und ich fahre zusammen. Da ist ja tatsächlich jemand. Vorsichtig gehe ich die letzten Meter zur Tür des Wintergartens, die einen Spalt weit offensteht. In der Ecke des gläsernen Raums sitzt eine ältere Frau an einem schief stehenden Holztisch und sortiert dunkle Pflanzenblätter. Sie hebt den Blick und in ihren braunen Augen, die von unzähligen Falten umrahmt sind, liegt etwas Sanftes und zugleich Waches. In mir wird es warm. Woher kommt dieses Gefühl? Wie angewurzelt stehe ich da, die Hand auf der eisigen Klinke. Für einen Moment starren wir uns an.

Sie wischt sich die Hände an den Oberschenkeln ab und winkt mich herein. In meiner Kehle ist ein dicker Kloß und meine Beine reagieren nicht auf mein Kommando. Wer ist sie? Ihre langen grauen Haare hat sie in einem hohen Pferdeschwanz zusammengebunden, die Seiten sind rasiert. Zwei geflochtene Strähnen begrenzen rechts und links auf dem Kopf die Linien zwischen Stoppeln und zurückgebundenen Haaren und finden ihren Weg in den Zopf.

„Sieht ganz schön albern aus, wie du da rumstehst." Ihre tiefe Stimme klingt trocken, doch ihre Mundwinkel umspielt ein sanftes Grinsen.

„Ehm, ich", stammele ich.

„Rein jetzt, du erkältest dich da draußen mit deinen nassen Hosenbeinen." Sie lacht röchelnd und ich sehe auf die dunklen Stellen an meiner Jeans. Kennt sie mich? Dass ich nicht weiß, wer sie ist, muss nichts heißen, denn im Training kennen mich ja auch alle. Warum wohnt sie nicht drüben im Haupthaus, wie alle anderen? Es gibt nur einen Weg, es herauszufinden, also trete ich ein.

Die Frau widmet sich wieder dem Stapel an Grünzeug auf der Tischplatte, befreit jedes der Blätter mit ihren faltigen Händen vom Stiel und bindet sie mit einem Faden zu kleinen Büscheln. Es sieht aus, als täte sie den ganzen Tag nichts anderes. In ihrem dunkelgrünen Wollpulli hängen ein paar grüne Teilchen. Nun blickt sie auf, zieht ein längliches Kissen von ihrem Schoß und streckt es mir entgegen. „Leg dir das auf die Beine, du kannst dich dort hinsetzen."

Mit gerunzelter Stirn mustere ich es und nun schüttelt sie es auffordernd, wobei es leise raschelt, also greife ich danach. Es ist warm und duftet nach Getreide. Ein Wärmekissen. Ich tue, wie mir geheißen und die Wärme auf meinen Oberschenkeln entlockt mir ein Seufzen.

„Danke", sage ich leise und schenke ihr ein Lächeln, das sie sicherlich nicht wahrnimmt, so vertieft ist sie in ihre Arbeit.

Sie winkt ab. „Nicht der Rede wert. Passiert nicht häufig, dass mir hier jemand einen Besuch abstattet."

„Ich bin Nara."

„Ich weiß," sagt sie, ohne aufzuschauen.

„Woher?"

„Man kennt dich eben."

„Sind wir uns schon einmal begegnet?"

Sie hebt den Kopf. Kurz flackert etwas in ihren Augen auf und ihre Brauen zucken. Ich würde gern fühlen, was in ihr vorgeht, doch eine eiserne Mauer umgibt sie. Jetzt zuckt sie mit den Schultern. „Man begegnet so vielen Gesichtern im Leben."

Ich lache trocken. Was soll das denn heißen? Sie sieht mich ausdruckslos an und ich verziehe den Mund. „Und bist du meinem schon mal begegnet?"

Sie seufzt und ihre Lippen bilden eine schmale Linie. „Möchtest du Tee?" In ihrer Stimme liegt etwas Hartes, sodass klar ist, dass sie das Thema nicht weiter vertiefen will. In meiner Magengegend zieht es und meine Gedanken wandern zu den Carters. In den letzten Monaten habe ich gelernt, was es bedeutet, diejenige mit weniger Wissen zu sein. *Es war zu deinem Besten.* Wie ich es hasse.

Ich beobachte, wie sie flink die trockenen Bündel zusammenbindet. Ihre Statur wirkt jung und fit, aber die grauen Haare und ihre vielen Falten machen es mir unmöglich, ihr Alter zu schätzen. Sie könnte erst fünfzig, aber auch schon siebzig sein. „Tee klingt gut."

Das letzte Blatt auf dem Tisch findet seinen Weg in ein grünes Büschel und die Frau erhebt sich, schnappt einen der Blätterhaufen, steigt über zwei hölzerne Stufen rechts vom Tisch in die Hütte hinein. Ich lausche dem Klappern von Metall, einem rauschenden Wasserhahn und nun zischt es. Ich lächle. Das Geräusch des Gasherds erinnert mich an die Nacht mit Arek in der Waldhütte. Wie zwei aufgeregte Kinder haben wir uns über die mit Essen gefüllten Konservendosen im Schrank hergemacht. Bei dem Gedanken, dass wir am nächsten Morgen aufgespürt wurden, geht mein Atem flacher und ich konzentriere mich auf die Wärme in meinen Beinen. Die Erinnerung abschüttelnd, lege ich das Wärmekissen auf meinen Nacken und kreise die Schultern. Leben noch mehr Menschen auf dem Areal verteilt? Ich muss unbedingt nach ihrem Namen fragen. Etwas pfeift und kurze Zeit später tritt die Frau zurück in den Wintergarten, eine eiserne Kanne in der einen und zwei Tassen in der anderen Hand. Während sie alles abstellt und den dampfenden Tee eingießt, fällt ihr langer grauer Pferdeschwanz nach vorn über ihre Schulter und ein Tattoo auf ihrem Hinterkopf erregt meine Aufmerksamkeit. Das kann nicht sein. Mein gesamter Körper versteift sich und ich reibe instinktiv über meine Arme, um Wärme zu erzeugen.

Die Frau streckt mir eine qualmende Tasse entgegen, wobei ihr Pferdeschwanz zurückrutscht, und ich versuche mit aller Kraft, mir nichts anmerken zu lassen. Die Lippen aufeinandergepresst ergreife ich den Tee und bringe ein „Danke" hervor. Ich hätte nicht allein herkommen sollen. Diese Frau trägt das A für Athemar auf ihrem Hinterkopf. Nicht das klassische A, das auf meiner Haut prangt und das ich von den Anzügen der Fremden in Karans Trakt kenne. Ihres hat einen Zusatz, denn der Querstrich des Buchstabens ragt darüber hinaus und geht in ein N über.

N wie Nevox. Nie habe ich gesehen, dass ein Mensch beide Zeichen trägt. Aber welcher Buchstabe war zuerst da? Ich stürze einen riesigen Schluck zu heißen Tee hinunter und verbrenne mir die Zunge. Scharf atme ich ein und ziehe meine energetische Mauer höher.

„Jetzt ist dir auf jeden Fall nicht mehr kalt." Sie hebt eins der Büschel. „Brombeerblätter. Die großen bleiben oft im Winter an den Sträuchern. Eignen sich bestens für Kräutertees, vor allem für eine lästige Bronchitis." Wie zum Unterstreichen des Gesagten hustet sie rasselnd in ihre Ellenbeuge. „Und gegen Durchfall sind die Dinger auch gut." Bedacht hebt sie die Augenbrauen. Sie wirkt nicht, als wolle sie mir etwas Böses. Zumindest im Moment nicht.

Ich zucke mit dem Mundwinkel. „Sie scheinen Pflanzen-Fan zu sein." Ich deute in den Raum, der mit all den Steh- und Hängepflanzen wenig Platz für Mobiliar lässt.

„Das kannst du laut sagen." Sie hält sich die Tasse an die Lippen und pustet hinein. Ich tue es ihr nach. „Um genau zu sein, sind Pflanzen meine stetigen Begleiterinnen." Sie lächelt sanft und nippt vom Tee.

„Inwiefern?"

„Morgens bin ich im Wald, um sie zu sammeln und zu trocknen oder direkt zuzubereiten. Jetzt zum Beispiel", sie sieht mich für einen Moment an, „ist Fichtenspitzenzeit. Gestern Abend habe ich Sirup daraus gemacht. Ich lese über Pflanzen, ziehe meine Kraft daraus und esse sie. Mir fällt nichts ein, was mich mehr begleitet." Keine anderen Menschen? Mit flinken Fingern bindet sie die Büschel an einen langen Faden.

Ich ziehe meine Füße hoch auf den Stuhl. „Es hat sicher Vorteile, allein hier draußen zu leben. Wie lange wohnen Sie schon hier?"

Sie mustert mich, wobei ihr Augenwinkel zuckt. „Acht Monate. Die Stadt war nichts mehr für mich."

„Wieso nicht?" Die alte Nara hätte ihre Privatsphäre geachtet. Aber ich brauche Antworten, damit ich mich in diesem neuen Leben zurechtfinde. „Weiß Henry, dass Sie hier leben?"

Ein herzliches Lachen erfüllt den Raum und ich zucke zusammen. Sie platziert die Bündel auf die Tischplatte und legt eine Hand auf ihre Brust. Unzählige Lachfältchen umspielen ihren Blick. „Ob Henry Bescheid weiß? Du bist lustig, Nara."

„Wieso bin ich lustig?" Ich verenge die Augen.

„Weil Henry wahrscheinlich jede einzelne Kiefernnadel auf diesem Waldstück kennt. Es vergeht kein Tag, an dem er das Areal nicht nach Eindringlingen absucht. Wie soll eine alte Frau wie ich unbemerkt in einem Felshaufen leben?"

Von meiner Brust hebt sich eine Last. Sie ist kein Eindringling.

Ich zucke mit den Schultern und nehme einen großen Schluck vom Tee. „Dann hat er Ihnen die Hütte gegeben? Wieso leben Sie nicht im Haus, wie alle anderen? Und wieso habe ich noch nie von Ihnen gehört?"

Ein grummeliges Lachen entfährt ihr. „So viele Fragen am frühen Morgen. Ich habe noch nicht mal Hirsebrei gehabt." Sie zeigt auf mich. „Solltest du nicht längst zurück sein?"

Das Frühstück. Ich schaue auf die Uhr und sie hat recht, der Speisesaal ist nur noch zwanzig Minuten offen. Erwartungsvoll und mit einem Lächeln hebe ich die Augenbraue. „Sie hätten mich nicht reingebeten, wenn Sie sich nicht für Besuch interessierten."

Sie kneift die Augen zusammen, nimmt einen tiefen Schluck aus ihrer Tasse und seufzt. Unterdrückt sie ein Grinsen? „Na gut. Eine Frage jetzt, eine morgen früh."

Damit kann ich leben. „Wer sind Sie?"

Sie steckt sich eine heraushängende, graue Strähne zurück ins Zopfband und legt den Kopf schief. „Ich bin Tamena und du zu spät. Bis morgen." Mit diesen Worten steht sie auf, schnappt sich die lange Schnur mit den Brombeerbüscheln, stellt sich auf ihren Stuhl und hängt den Bindfaden an einen Haken an der Decke.

Tamena. Ein schöner Name. Er beantwortet zwar nicht meine Frage, aber fürs Erste bin ich zufrieden. Immerhin sitze ich in ihrem Zuhause und schlürfe ihren selbst gesammelten Tee. Sie sieht auf mich herab. „Du bist ja immer noch da."

Eilig trinke ich den Tee leer, hebe die Hand zum Gruß und trete zurück auf die Lichtung.

Völlig außer Atem komme ich im Speisesaal an und kämpfe mich durch die Masse der Menschen, die ihr Tablett abgeben wollen, zur Essensausgabe.

„Du hast noch sieben Minuten, Mädchen", schnauzt die Frau, die mir den Haferbrei in die Schüssel knallt.

Ich nicke und flitze an meinen Platz, wo ich den Brei hinunterschlinge. Von den Leuten aus meinem Kurs ist nichts mehr zu sehen und wie so oft sehne ich mir Musik und Kopfhörer herbei, denn der Kontrast vom ruhigen Wald zu dem wuseligen Durcheinander eines neuen Tages im Anwesen ist überwältigend. Tamena sprach von Hirsebrei. Isst sie immer allein?

Mein Blick bleibt an einem gelblichen Augenpaar hängen, das mich geradewegs anstarrt. Caleb. Seit wann isst er im Speisesaal? Er sitzt allein an einem Tisch hinten in der Ecke und deutet auf den Ausgang. Daumen und Zeigefinger streckend hebt er die Augenbrauen. In zwei Minuten draußen? Eilig löffle ich den Haferbrei aus und stopfe mir ein Stück Brot aus dem Korb auf dem Tisch in den Mund. Zwei weitere stecke ich in meine Jackentasche.

Calebs Platz ist bereits leer, also gebe ich kauend mein Tablett ab und quetsche mich nach draußen, doch zwischen den unzähligen Nevox, die über den Hof laufen, kann ich ihn nirgends entdecken. Mit gerunzelter Stirn drehe ich mich einmal um die eigene Achse. Jetzt ertönt ein Pfiff vom Waldrand, wo Caleb steht und mit der Hand in Richtung der Bäume fuchtelt. Schon ist er zwischen ihnen verschwunden. Ich verdrehe die Augen, stecke mir ein Brot in den Mund und folge ihm. Unter meinen schnellen Schritten knirscht der Kies und durch das gleichzeitige Essen bin ich völlig außer Atem, als ich ihn einhole. Wir sind mitten im Wald, außer uns ist niemand hier.

„Was ist denn so dringend?" Keuchend greife ich nach seinem Arm. Endlich steht er.

„Hast du mit Arek geredet?"

„Was?"

„Na wegen dem, was ich dir erzählt habe."

„Nein, habe ich vergessen gestern Abend."

„Gut. Ihm wird nicht gefallen, was wir vorhaben." Er stützt die Hände in die Seiten und sieht sich mit aufeinandergepressten Lippen um.

„Was wir vorhaben? Caleb, klär mich auf."

„Nicht hier, wir müssen ein Stück weiter. Ich will nicht, dass uns jemand hört." Eilig folgt er dem schmalen Pfad Richtung Grenze.

„Jetzt warte mal", sage ich, doch meine Worte gehen ins Leere. Seufzend hefte ich mich an seine Fersen. Etwa fünfzig Meter vor der Grenze bleiben wir stehen. Zwischen den eng stehenden Fichten blitzt die Holzkapsel am Zaun hervor, auf die Caleb jetzt deutet.

„Da drin sitzt heute Abend ab elf ein Typ namens Walli. Er trinkt Unmengen an Tee, hat eine Blase wie eine Maus und muss alle dreißig Minuten aufs Klo. Die Latte da unten an der Grenze ist locker, ich hab sie letzte Woche rausgeschraubt. Wenn Walli auf dem Pott sitzt, sind wir draußen." Mit glitzernden Augen wendet er sich mir zu, seine Mundwinkel sinken jedoch, als er meine Miene sieht. „Jetzt schau nicht so. Wir sind nur ne Stunde draußen, danach kannst du wieder in Areks gemütliches Bett schlüpfen."

Ich verenge meine Augen. „Wenn ich nicht von deiner hirnrissigen Idee abgelenkt wäre, würde ich für diesen dummen Kommentar direkt gehen."

Caleb hebt abwehrend die Hände. „Ist ja gut, keine Kommentare mehr bezüglich Arek. Also, was sagst du?"

„Ich habe es bereits gesagt. Das ist eine bescheuerte Idee. Willst du unserer beiden Leben riskieren?"

Caleb schnaubt. „Du riskierst dein Leben auch, wenn du hier drinnen bleibst. Dann verändert sich nämlich gar nichts. Die Nevox sind so damit beschäftigt, sich zu verstecken. Man könnte meinen, sie wollen nicht, dass die Athemar überhaupt von ihnen wissen. Soll sich so die Lage verbessern? Wir müssen rausfinden, wo Karan sich aufhält und ihn stoppen. Du hast doch mit eigenen Augen gesehen, was er mit diesen Menschen macht."

Ich verschränke die Arme vor der Brust. „Natürlich habe ich gesehen, was er mit diesen Menschen macht.

45

Es ist schrecklich. Und ich habe nicht vor, uns beide auf diese Liegen zurückzutransportieren. Glaubst du, ich habe keine Angst vor dem, was er vorhat? Deswegen vertraue ich darauf, dass Henry und der Rest der Leitung diese Dinge im Blick haben. Hatten sie auch letztes Mal."

„Nein, du hattest es im Blick, Nara. Die Nevox haben Karans Lager zerstört und uns befreit, weil du Kontakt mit Arek aufgenommen hast. Wieso sollte sie interessieren, was draußen abgeht? Sie sind hier in ihrer vermeintlichen Sicherheit."

Ich stöhne. „Ich sage es noch mal: Das ist viel zu groß dafür, dass wir Alleingänge machen. Und ich habe auch nicht vor, Tumult zu machen, während sie noch nicht einmal akzeptieren, dass ich überhaupt hier bin. Wir müssen erst ihr Vertrauen gewinnen, Caleb."

Er rümpft die Nase. „Ich habe dich anders kennengelernt, Nara. Das bist nicht du – ausharrend und passiv. Erzähl mir nicht, dass das Leben hier drinnen dich erfüllt. Jahrzehnte ohne zu wissen, was draußen wirklich abgeht. Hast du keinen Schiss um unsere Freunde?"

„Du weißt genau, wie viele Gedanken ich mir um Zoey und die anderen mache. Ich würde alles geben, um mit ihnen zu reden."

„Und genau deswegen, sind wir die Einzigen, die hier etwas verändern." Er deutet mit dem Kopf in Richtung Gebäude. „Die Leute da drin sind so im Sog ihres Alltags gefangen, dass sie vergessen, warum sie eigentlich hier sind. Sie denken, sie bilden sich weiter, dabei sind sie gefangen. Du und ich, wir sind anders."

„Sind wir das, Caleb? Dir wird stündlich eiskalt und ich kann mich nicht mal an meinen letzten Geburtstag erinnern. Stellst du dir so die zwei Menschen vor, die das

System ändern?" Ich gehe einen Schritt auf ihn zu und er schweigt. „Die ganzen letzten Monate habe ich Dinge ausgehalten, die man keinem sechzehnjährigen Mädchen wünscht. Findest du nicht, wir haben eine verdammte Pause verdient? Ich sehne mich nach Ruhe."

„Ruhe findest du nicht, wenn du hier rumsitzt. Mach dir nichts vor, Nara, du weißt, dass es erst vorbei ist, wenn Karan gestoppt wurde."

Wir starren uns für ein paar Sekunden an. „Sag Bescheid, wenn du einen besseren Plan hast."

Caleb deutet auf den Zaun. „Unser Plan liegt vor uns. Und wenn wir mehr erfahren haben, wissen wir auch, wie es weitergeht. Es muss etwas passieren." Kurz presst er die Lippen aufeinander und atmet durch. „Jeden Tag, wenn ich in den Spiegel blicke, erinnern mich meine Augen daran, was Karan mir angetan hat. Jedes Mal, wenn mir kalt wird, frage ich mich, was ich jetzt tun würde, wenn du nicht dort gewesen wärst. Ich will nicht umsonst gerettet worden sein. Dir geht es gleich, das weiß ich."

Ein paar Herzschläge lang betrachte ich ihn. In den letzten Wochen habe ich mich schon so an sein eingefallenes Gesicht und die dunklen Augenringe gewöhnt. Ich weiß, dass er genauso schlecht schläft wie ich, wenn ich allein bin. Dass er regelmäßig mit Panikattacken aufwacht, das durchnässte T-Shirt am Körper klebend. All das haben wir meinem Vater zu verdanken und so, wie ich ihn kennengelernt habe, hat er nie genug. In meiner Kehle bildet sich ein dicker Kloß.

„Wenn ich daran denke, fühle ich mich so winzig klein", flüstere ich. „Wie kann ein Vater sein Kind so sehr hassen, dass er ihm die Erinnerungen raubt?" Ich blinzele und fixiere einen trockenen Ast am Waldboden. „Die

Vorstellung, dass er weitermacht, ist verdammt gruselig. Ich will, dass du falsch liegst."

Caleb nickt und eine Weile schweigen wir, dem Wind lauschend. Es riecht nach Fichten und die Sonne strahlt durch die Zweige. Tief atme ich ein und reibe mit den Händen mein Gesicht. Er hat recht, es muss etwas passieren.

„Wie stellst du dir das vor? Wenn wir tatsächlich auf Athemar treffen, bringen sie uns geradewegs zu ihm." Beim Gedanken an die Spritze, die sie in meinen Hals jagten, als sie mich geschnappt hatten, läuft es mir kalt den Rücken hinunter.

„Wenn wir Glück haben, bringen sie uns zu ihm, ohne, dass sie uns bemerken."

Ich runzle die Stirn und Caleb holt tief Luft. „Okay, folgender Plan: Wir schleichen uns raus und gehen zu der Kiefer. Man kann gut auf sie draufklettern und vielleicht kommen sie wieder vorbei. Wir belauschen sie, irgendetwas Brauchbares werden sie schon von sich geben."

„Was hilft es, wenn ich dabei bin? Du hast selbst gesagt, dass sie dich durch die Transfusion ohne Blickkontakt nicht spüren. Mich riechen sie doch gegen den Wind. Du bist sowieso ständig draußen, wie es aussieht." Es sollte mir peinlich sein, dass ich überhaupt darüber nachdenke, ihn allein gehen zu lassen. Caleb hat recht: Meine Angst macht mich träge.

„Vier Ohren hören mehr als zwei. Außerdem …" Er zögert.

„Was?"

„Außerdem fühle ich mich sicherer, wenn du dabei bist." Er verschluckt die letzten Silben so sehr, dass sie fast im Rauschen der Bäume untergehen. Ich lege den

Kopf schief und hebe eine Augenbraue. Dass ich so ein Zugeständnis mal von Caleb höre. „Manchmal, wenn mir kalt wird und die Gedanken in mich hineinstrudeln, habe ich Angst, etwas Dummes zu tun. In ihrer Nähe, da ist es irgendwie … stärker. Es war dumm von mir, allein zu gehen, aber ich wusste, dass du die ersten Male nicht mitkommen würdest. Du weißt, was zu tun ist, wenn es mir so geht. Wenn wir ihnen irgendwann folgen, könntest du uns vor ihnen abschirmen."

Ich sauge scharf die Luft ein. „Mich ehrt ja, dass du an meine Fähigkeiten glaubst, aber uns beide abschirmen? So was können nur die da drin." Ich deute auf die Holzkapsel. Klar halte ich mittlerweile meine energetische Barriere aufrecht. Aber das Abschirmen scheint mehr zu sein, als die inneren Kanäle zu verschließen. Sicher haben sie ihr Leben lang dafür trainiert.

„Du unterschätzt dich, Nara. Außerdem handelt es sich um zwei Personen und kein ganzes Waldstück."

Ich bleibe still. Die Vorstellung, so mit dem Wald zu verschmelzen, lässt mein Herz schneller schlagen. Hat er vielleicht recht und ich bin wirklich stark genug dafür? Schnell schiebe ich den Gedanken beiseite. Caleb macht mich noch ganz verrückt.

„Ist das ein Ja?"

„Nein."

„Aber auch kein Nein?"

Ich trete von einem Fuß auf den anderen und sehe mit zusammengezogenen Augenbrauen zum Himmel. „Eventuell."

Caleb atmet hörbar auf. „Lass uns sofort alles planen! Vielleicht können wir ihnen sogar heute schon folgen, wenn du uns abschir–"

„Caleb! Ich weiß, du würdest am liebsten jetzt was tun, aber kann ich das bitte erst mal sacken lassen? Im Gegensatz zu dir liegt mir etwas an meinem Leben." Okay, der letzte Satz kam schärfer raus als geplant. Ich reibe mir übers Gesicht, blende den Schmerz in seinen Augen aus und wende mich ab. Eilig stapfe ich davon, Hauptsache weg von diesem Zaun.

„Wir treffen uns um Viertel nach elf an dieser Lärche", ruft Caleb hinter mir her. „Okay?"

Ich ignoriere seine leiser werdende Stimme.

5

Meine Gedanken rasen. Hat Caleb recht und das Grauen geht draußen weiter, bis jemand etwas tut? Könnte ich das Abschirmen hinbekommen?

Ich trete aus dem Wald, da registriere ich eine Bewegung im Augenwinkel. Valeria tritt über einen Nebenpfad aus dem Dickicht und schreitet mit wippendem Pferdeschwanz zum Hauptgebäude. Hat sie Caleb und mich gehört? Sie würdigt mich keines Blickes.

Wo ist Arek? Ich muss unbedingt mit ihm über die Sache reden, auch wenn ich weiß, dass er nicht der größte Caleb-Fan ist. Ich bin sicher, dass ihm die Sicherheit seiner Kumpels aus der Schule ebenfalls am Herzen liegt.

Drinnen auf der Treppe laufe ich geradewegs in Victor hinein.

„Hey, du lebst ja noch, Schwester!" Er patscht seine Hand auf meine Schulter.

„Findest du es nicht komisch, mich Schwester zu nennen, seit ich mit deinem Bruder zusammen bin?" Ich knuffe ihn in die Seite. „Außerdem hängst du doch ausschließlich bei deiner Gang rum, wie sollst du mich da zu Gesicht bekommen?"

„Sagt Mrs. Vierundzwanzigsieben-in-der-Bibliothek."

Ich seufze. „Seit heute hat das ein Ende. Sag mal, bist du eigentlich einen Kurs über mir?" Victor ist kaum älter als ich, er müsste eigentlich mit mir trainieren.

„Ach." Er öffnet sein Haarband, um sich den Dutt neu zu richten. „Ich trainiere schon mein ganzes Leben, das weiß Henry auch. Bin froh, wenn ich mit dem Zirkus mal nichts zu tun habe."

„Du hast Henry dazu bekommen, dass er dir das Training erspart? Sprechen wir von derselben Person?"

Victor grinst. „Du kennst doch meinen Charme."

Ich verdrehe die Augen.

„Außerdem mache ich nur ein Sabbatjahr, um bisschen zu chillen, und Henry ist froh über die Zeit, die ich in seine kaputten Solarplatten stecke. Dafür hat sich das Technikprofil in der Schule gelohnt."

Ich nicke. „Du genießt es sicher, endlich unter Gleichgesinnten zu sein." Außer ihren Cousins und Cousinen hatten sie zu Hause, soweit ich weiß, nie Kontakt zu anderen Nevox. *Zu Hause.* Ich gebe mir Mühe, zu lächeln.

„Das wirst du auch, Nara, glaub mir." Er sieht offenbar geradewegs durch meine Mauer.

Ich zucke mit den Schultern und presse die Lippen aufeinander. „Wird schon. Hast du Arek gesehen?"

Victor grunzt und holt einen losen Kaugummi aus seiner Hosentasche, den er in die Luft wirft und mit seinem Mund auffängt. „Ich sehe dich öfter als ihn und das muss was heißen. Der ist doch nur noch am Trainieren." Victor hüpft die Treppe hinab. „Sorry, Nara, muss los."

Ich seufze und nehme die letzten Stufen zum dritten Stock. Im Raum 3.7 angekommen, schließe ich die Tür und rutsche an ihr hinunter auf den Boden. Mit den Zehen streife ich mir die nassen Socken von den Füßen. Alles ist wie immer und trotzdem wirkt mein Zimmer fremder als sonst. Das Bett ist gemacht und das Regal vollkommen leer. Alles, was ich besitze, sind die Waschsachen und Klamotten, die schon hier waren, sowie die Pflanzen, die in langen Ranken von meinem Schrank herabhängen. Die haben definitiv schon bessere Tage gesehen.

Ich drücke mich vom Boden ab, schnappe mir die Trinkflasche neben meinem Bett und fülle sie am Waschbecken auf. Beim Blick in den Spiegel verharre ich. Ein fahles Gesicht mit dunklen Augenringen schaut mich an, die braunen Haare hängen in stumpfen, langen Strähnen über meine Schultern. Mittlerweile ist das Blau, das sich durch Areks Bluttransfusion in meine Iriden gemischt hat, weniger. Die Wirkkraft verblasst also, wenn das Blut nicht regelmäßig zugeführt wird. Heißt das im Umkehrschluss, dass es Caleb in einem halben Jahr etwas besser geht? Ich weiß nicht, wie viel sie in ihn hineingepumpt haben, es kann aber nicht mehr sein als das, was ich nach meinem Unfall erhalten habe.

Körperlich geht es mir, seit ich mich erinnern kann, so gut wie nie und trotzdem wirkt mein Spiegelbild krank. Kaltes Wasser sprudelt über meine Finger und ich reiße mich vom Spiegelbild los. Hastig schließe ich den Wasserhahn, klettere auf einen Stuhl, um die Pflanzen zu gießen, und steige ächzend aus meiner klebenden Hose.

Die Bettdecke ziehe ich bis über meinen Kopf und erst jetzt, wo es dunkel ist, erfüllt mich ein wenig Geborgenheit. Dunkelblau schimmert das Tageslicht durch den Leinenstoff und die Eindrücke der letzten vierundzwanzig Stunden prasseln auf mich ein. Mein Atem geht immer schneller und jetzt rollen Tränen in die Richtung meiner Ohren. Es sollte alles gut sein, jetzt da ich in Sicherheit bin. Zu Hause habe ich eine Lüge gelebt, hier habe ich die Chance, meine Fähigkeiten zu erweitern und eine Identität als Nevok aufzubauen. Und trotzdem fehlt es mir, das Leben in der Stadt. Mit Zoey lachen, in der Clique abhängen, sogar die bescheuerten Witze über Mr. Frenickle vermisse ich. Ich ziehe die Decke noch höher und atme tief ein. Vielleicht fügt sich alles, wenn ich nur lange genug hier drunter bleibe.

Die Lasagne am Mittag verpasse ich und das Abendessen zieht dumpf an mir vorbei. Mit kreisenden Gedanken schlinge ich den Eintopf hinunter und bin froh, dass niemand der anderen mich anspricht. Sogar für den brechend vollen Speisesaal bin ich zur Abwechslung dankbar, denn die Lautstärke übertönt zumindest einen Teil meiner Gedanken. Mit tippelnden Füßen warte ich, dass die anderen fertig werden.

Am Ausgang des Speisesaals passe ich Arek ab und berühre seine Hand. Er dreht sich zu mir und ein Lächeln breitet sich auf seinem Gesicht aus. „Hey", sagt er und verschränkt seine Finger mit meinen.

„Kann ich mit zu dir?"

„Ich wollte auch schon fragen." Seine brummige Stimme ist wohltuend und ich lege lächelnd meinen Kopf auf seine Schulter. Es wird sich alles fügen.

Wir gehen gemeinsam in sein Zimmer und während Arek die Tür ins Schloss drückt, greife ich um seinen Nacken und ziehe ihn zu mir. Mit geweiteten Augen erwidert er den Kuss, den ich ihm auf die Lippen drücke. Ich fahre über die Grübchen an seiner Wange, die sich jetzt vertiefen, während er die Augen schließt.

„Du hast mir gefehlt", sagt er.

Ich nicke. „Wir sehen uns wenig zurzeit." Im Gegensatz zu mir, trainiert Arek auch samstags.

Arek schweigt und nickt nur. Nach einer Weile sagt er: „Du hast recht." In seiner Stimme ist etwas Zögerliches.

„Geht's dir gut?"

Sein Blick flackert kurz zur Seite, wieder nickt er. „Ja, ich … hatte einfach einen intensiven Tag. Es tut gut, bei dir zu sein." Er legt seine Hände auf meine Hüften und zieht mich in einen weiteren Kuss.

Ich taste nach seinen Energien und japse nach Luft, als wir uns verbinden. Manchmal frage ich mich, ob unsere Bindung auch so stark wäre, wenn ich nie sein Blut empfangen hätte. Arek lächelt unter unserem Kuss und ich ertaste warme Schwingungen, rausche in ihn hinein und sein Griff an meiner Hüfte verfestigt sich. Wir bewegen uns in Richtung seines Bettes, Arek setzt sich auf die Kante und ich mich rittlings auf seinen Schoß.

Ich löse mich von seinen Lippen und lege meinen Kopf auf seinem ab, den er seitlich an mein Brustbein legt. Beide atmen wir schwer und nehmen die Energien der anderen Person auf. Es ist wie ein Rausch, den ich immer wieder spüren muss. Unter seinem Grundgefühl ertaste ich feinere Emotionen. Die vertraute Traurigkeit, die Arek manchmal einhüllt. Nervosität überlagert sie, dazu eine Wucht an Freude. Ich bin sicher, er kann auch meine Emotionen vom Tag erspüren, doch wir sagen beide nichts. Je länger wir uns halten, desto mehr vermischt sich alles, bis Ruhe und Wärme in den Vordergrund rücken.

Irgendwann lösen wir uns voneinander und legen uns aufs Bett, wo wir uns ansehen und die Wärme spüren, die wir freisetzen. Der Rest des Tages wirkt nun meilenweit entfernt und ich spüre eine Leichtigkeit, die vorher nicht da war. Mit den Minuten, die verstreichen, schließen sich unsere Energiekanäle und kehren zu ihrem Normalzustand zurück. Nicht offen, nicht völlig geschlossen. Areks Brust hebt und senkt sich in regelmäßigem Takt.

Jetzt fährt er sanft mit seinem Daumen über meine Wange und streicht mir eine Strähne aus dem Gesicht. Vorsichtig zwirbelt er sie zwischen Daumen und Zeigefinger und öffnet und schließt mehrmals den Mund. „Sie wollen mich zu einem Wachenden ausbilden." Die glatte Haarsträhne rutscht aus seinen Fingern und er sieht mir in die Augen.

Oh. „Wow, das ist …" Ich suche nach dem passenden Begriff. „Viel Verantwortung. Glückwunsch." Warum kommen mir diese Worte so schwer über die Lippen? Ich sollte mich freuen, dass sie ihm so viel zutrauen. Trotzdem will die Vorstellung, wie er sechs Stunden am Tag in dieser Kapsel sitzt, nur schwer in meinen Kopf.

„Ich weiß." Ein paar Atemzüge schweigt er. „Ich dachte mein Leben lang, der Alltag hier drin sei nichts für mich, so abgeschottet von der Realität. Aber jetzt, da wir hier sind, verstehe ich, warum Eltern ihre Kinder im Craft-Anwesen großziehen. Dieser Clan profitiert so viel von Gemeinschaft. Ich bin das erste Mal Teil von etwas Großem."

Ich runzle die Stirn. „Du warst schon immer Teil der Nevox."

„Ich habe das Gefühl, hier kann ich zeigen was in mir steckt. Dinge wiedergutmachen."

„Du denkst doch nicht immer noch an diesen Vorfall von damals." Arek schweigt und meine Gedanken wandern zu der langen Narbe, die sich seine Wirbelsäule hinabzieht. „Du kannst nichts dafür, was Tom passiert ist. Du hast deinem Bruder geholfen, das war Notwehr. Wer weiß, was gewesen wäre, wenn du nicht eingegriffen hättest."

„Trotzdem hat niemand Gewalt verdient", flüstert er. „Ich habe das Gefühl, die Nevox machen das Richtige.

Was sie hier aufgebaut haben, ist so friedlich. Sie setzen ihre Kräfte für den Erhalt von etwas Gewaltfreiem ein." In seiner Miene liegt etwas Weiches. „Hier zu leben, in Sicherheit mit dir und all diesen Menschen. Es tut gut."

Während draußen vielleicht das Grauen weitergeht. Ich bringe es nicht übers Herz, den Gedanken auszusprechen. „Wenn es hier um Frieden geht, glaubst du, die Nevox haben dann überhaupt einen Plan, wie sie Karan stoppen?"

„Die Nevox haben ihre Leute überall. Falls etwas passieren sollte, würden wir es früh genug erfahren. Laut Henry ist es bei den Athemar so still wie noch nie."

Ich ziehe die Augenbrauen zusammen. Das ist genau das Gegenteil von dem, was Caleb berichtet. Und überhaupt, wenn sich hier alles um Frieden dreht, was ist dann der Zweck des Trainings? Arek weicht meinem Blick aus. Mist, er erzählt mir eine tolle Neuigkeit und alles, was ich erwidere, ist Skepsis. Stellas Worte hallen in meinem Kopf wider. *Die Ausbildung benötigt mehrere Jahre.*

Ich blinzle und kläre meinen Kopf. „Auf jeden Fall kriegst du ein cooles dunkelgrünes Hemd", sage ich und Arek hebt einen Mundwinkel. Er schiebt eine Hand unter meinem Rücken durch und zieht mich an sich, sodass ich meinen Kopf auf seine Brust lege. Durch den dünnen Stoff seines Hemdes höre ich sein Herz schlagen.

Jetzt ist wahrscheinlich der Moment, um ihm von Caleb zu erzählen, aber nach dem, was er gerade gesagt hat, fällt es mir umso schwerer, die Zweifel auszusprechen. Tief atme ich ein. Er wird meine Sorge verstehen.

„Caleb sagt, er war nachts draußen und hat Athemar gesehen."

Unter mir verkrampfen sich Areks Muskeln. „Er war was?"

„So habe ich auch reagiert", sage ich schnell. „Aber was er gesehen hat, gibt mir keine Ruhe. Anscheinend hält Karan an seinem Plan fest."

„Was redest du da?" Arek löst sich von mir und starrt mich an. „Bitte sag, dass das nicht wahr ist."

„Ist es leider." Er ist also auch schockiert, dass das so schnell ging.

Areks Kiefermuskulatur tritt hervor. „Alle anderen halten sich an die Sicherheitsregeln und dieser Kerl spaziert raus, ohne jegliche Absicherung, und kehrt dann zurück, um Schauergeschichten zu erzählen? Du glaubst ihm das doch nicht, oder?"

Moment mal. „Beunruhigt es dich gar nicht, was er gesehen hat?"

„Caleb steht völlig unter Schock. Du hast gesehen, wie er ist, wenn das Blut in ihm die Kontrolle übernimmt. Ich werde Bescheid sagen, dass sie sein Zimmer besser bewachen. Es geht nicht, dass er uns und das Anwesen gefährdet."

Ich setze mich auf. „Ist das dein Ernst? Das Letzte, was er braucht, ist mehr Kontrolle. Arek, ich glaube ihm. Er ist mein Freund."

„Ein Freund würde nicht deine Sicherheit aufs Spiel setzen, nur weil er sich nachts die Zeit vertreiben möchte."

„Du verstehst nicht, ich –"

„Ich verstehe sehr wohl." Er setzt sich ebenfalls auf und rauft sich die Haare.

Ich starre ihn mit offenem Mund an. „Wie können wir hier gemütlich vor uns hin trainieren, wenn keiner weiß, was draußen abgeht?"

„Du solltest Henry mehr vertrauen. Als Leiter eines so großen Campus weiß er, was richtig ist und was nicht. Er übernimmt immerhin die Verantwortung für all diese Menschen. Und wenn er sagt, dass es bei den Athemar still ist, dann glaube ich das. Es gibt genug Nevox außerhalb, die ihn informieren würden, damit er den Leuten hier Bescheid sagt. Er weiß doch auch, dass wir Familie draußen haben."

„Wo war er denn das letzte Mal? Als Karan eine ganze Lagerhalle voller Menschen hatte? Hier sind so viele ausgebildete Leute, da hätte er was tun können."

„Du meinst mehr, als die Leute zu befreien und seine ganzen Vorräte abzufackeln?"

„Das war deine Initiative, Arek. Und interessanterweise hat es erst jemanden gestört, als Karan *mich* gefangen hatte, ein Mädchen, das bereits zu viel über die Nevox wusste. Was, wenn Henry auch nur nach Macht strebt, so wie Karan?" Die Worte sind draußen, ohne, dass ich über sie nachdenke.

Arek starrt mich an. „Du verdankst dein Leben diesem Clan."

In meiner Brust sticht es. Es war offensichtlich ein Fehler, ihm davon zu erzählen. Keine Ahnung, welche Reaktion ich mir erhofft hatte, aber zumindest eine, die mir das Gefühl gibt, ernst genommen zu werden. „Ich muss mir die Füße vertreten", sage ich und stehe auf.

„Nara", sagt Arek sanfter und folgt mir. „Du weißt, dass ich mir wünsche, dass wir sicher sind. Die Zeit mit dir im Wald ... Ich weiß nicht, was schlimmer war: das Wissen, dass dein Vater hinter dir herjagt oder die Vorstellung, was er tun würde, wenn er seinen Plan umsetzt. Wir sind endlich da, wo wir sein sollten." Mit flehendem Blick streckt er beide Hände nach mir aus und fügt hinzu: „Du darfst ankommen."

Mir ist schlecht. Er weiß genau, dass es mein großer Wunsch ist, anzukommen. Umso absurder, dass er denkt, so ginge das. Ich betrachte ihn eine Weile und nun sehe ich, warum sie ihn als Wachenden wollen. Seine Loyalität dem Clan gegenüber steht für ihn an erster Stelle. „Um ankommen zu können, brauche ich es, dass du meine Freunde ernst nimmst. Und meine Sorgen ebenso." Mit diesen Worten bin ich aus der Tür.

In meinem Zimmer angekommen, schnüre ich die Laufschuhe und ziehe einen Pullover über. Ich muss mich bewegen. Draußen dämmert es bereits und ich schlage den Weg zur Grenze ein.

Meine Füße fliegen nur so über den Waldboden, während sich Areks Worte wie Gift in meinen Kopf brennen. Stoßweise steigt mein Atem vor mir empor. Gerade weil ihm unsere Sicherheit wichtig ist, sollte es eine Rolle spielen, was Caleb gesagt hat. Andererseits erinnern mich seine Worte an meine eigene Skepsis. Habe ich überreagiert? Arek kennt Henry und die Nevox besser als ich.

Mit dem Handrücken wische ich Schweiß von meiner Stirn und der Oberlippe. Tamena sagte, es gebe keinen Tag, an dem Henry das Areal nicht nach Eindringlichen absuche. Wenn alles so sicher ist, warum tut er das? Ich weiche einem morschen Baum aus, der auf den Weg ragt. Es passt nicht zusammen.

In meiner Seite sticht es und ich verlangsame das Tempo. Henry direkt zu fragen, ist sicher keine gute Idee, wenn ich nicht noch mehr Aufsehen erregen will. Ein Teil von mir will dazugehören und in Frieden leben, so wie Arek sagt. Gleichzeitig kann ich Calebs Worte nicht vergessen. *Wir sind anders, du und ich.* Ich wünschte, es wäre nicht so und trotzdem hat er recht. Was wir im Athemar-Trakt erlebt haben, kann nicht ungeschehen gemacht werden. Ich kann nicht vor mich hin leben, wenn ich weiß, dass es draußen weitergeht.

Kapsel für Kapsel rauscht an mir vorbei und mit jedem Kilometer, den ich hinter mir lasse, kehrt mehr Stille in mir ein. Ich spüre jetzt nur noch den Pfad, der unter meinen Füßen hinweg fließt, und den Fichtengeruch, der meine Lungen füllt. Nach dem fünften Kilometer verfalle ich schnaufend ins Gehen und schlage den direkten Weg zum Anwesen ein. In meinem Kopf herrscht jetzt Klarheit.

Zu oft habe ich auf Erzählungen anderer vertraut und ich werde keinen Frieden haben, bis ich nicht eindeutig weiß, dass ich zur Ruhe kommen kann. Ich schaffe mir mein eigenes Bild, und zwar heute Nacht.

6

Frisch geduscht und dick eingepackt schlüpfe ich um elf aus dem Haupteingang. Es ist eisig kalt, sodass mein Atem in kleinen Wölkchen vor mir aufsteigt. Auf dem Gelände laufen vereinzelt Menschen herum und obwohl es dunkel ist, entspannt sich mein Körper, als mich der unbeleuchtete Wald umgibt. Ich werde herausfinden, ob Caleb recht hat.

Nach ein paar Minuten gewöhnen sich meine Augen an die Dunkelheit und ich verlasse den Kiesweg, um zwischen den Fichten hindurch zur Grenze zu gehen. Immer wieder knackt es im Unterholz und ich sehe mich um, sehe aber niemanden. Jetzt kribbelt es doch in meiner Brust und mein Puls geht schneller, je mehr ich mich dem Treffpunkt nähere.

Dort stolpere ich beinahe in Caleb hinein, so sehr geht er in der Dunkelheit zwischen den Bäumen unter. „Himmel", flüstere ich. „Erschreck mich nicht so."

Caleb legt seine Hände auf meine Schultern und grinst mich, die Augen geweitet, an. Ich unterdrücke ein Lächeln. Wahrscheinlich hat er selbst nicht gedacht, dass ich komme.

„Kein Abschirmen und kein Folgen", sage ich. „Wir gehen auf diesen Baum, auf dem du warst, und danach sofort wieder heim."

Caleb salutiert und wir drängen uns näher an den Baumstamm. Dort vorn am Zaun steht die Kapsel und hinter dem dunklen Fenster muss Walli sitzen. „Dass die da einfach stundenlang in der Dunkelheit hocken", flüstere ich und denke an Arek.

„Völlig absurd", sagt Caleb.

„Was machen wir jetzt?" Ich trete von einem Fuß auf den anderen. Auf einmal bin ich nicht mehr so entschlossen.

„Vor einer halben Stunde war Walli das letzte Mal pinkeln, wir warten."

„Wie lange bist du schon hier?"

Caleb bleibt still und macht es sich am Fuß der Lärche bequem. Ich tue es ihm nach und wir schweigen. Um uns herum knackt und raschelt es und der Wind braust zwischen den Nadelbäumen. Das laute Trillern eines Zaunkönigs gellt durch die Dunkelheit und ich fahre zusammen. Beeindruckend und gruselig zugleich, wie der Wald nachts weiterlebt.

Caleb dreht sich zu mir. „Du bist also gekommen."

Ich nicke und starre auf die Kapsel, die ich im Mondlicht jetzt klar erkenne. „Ich kann uns aber nicht unsichtbar machen."

„*Noch* nicht. Sobald du das Abschirmen gelernt hast, folgen wir ihnen."

„Bist du sicher, dass wir ihnen nicht direkt hinter dem Zaun in die Arme laufen?"

Caleb schüttelt den Kopf. „Du weißt doch, wie die Grenze funktioniert. Der Schirm hält sie davon ab, sich dem Gelände zu nähern. Solange wir vorsichtig sind, kann nichts passieren."

„Du führst uns zu deiner Kiefer und dort bleiben wir. Es ist schon hirnrissig genug, was wir machen."

„Hirnrissig genug für dich, offensichtlich", sagt Caleb und erstarrt. „Psst. Da."

Knarzend öffnet sich die Kapseltür und eine dunkle Silhouette erscheint. Ich halte die Luft an. Mit einem Knall, der im Wald widerhallt, schlägt Walli die Tür zu und entfernt sich. Nach einer knappen Minute ist es still.

„Los", sagt Caleb und löst sich aus dem Schutz des Baums. Eilig steuert er die Kapsel an und bückt sich zum Zaun hinunter. Mit flinken Bewegungen dreht er die lockere Latte nach oben, sodass sich ein breiter Spalt über dem Waldboden auftut. Mit einer Kopfbewegung bedeutet er mir, als Erste hindurchzukriechen. Ein Schauder läuft über meinen Rücken. Noch ist es nicht zu spät, abzubrechen. Andererseits muss ich irgendetwas tun.

Tief atme ich ein, lege mich flach auf den Boden und robbe auf dem Bauch unter der Latte durch. Auf der anderen Seite rapple ich mich hoch und blicke hektisch nach allen Seiten. Es ist niemand da. Neben mir kommt Caleb zum Vorschein und nickt mir im Vorbeigehen zu.

Wir sind draußen. Mein Herz klopft schnell in meiner Brust und mir ist, als würde der Wald hier anders riechen, irgendwie intensiver – was natürlich nicht sein kann. Calebs Schritte sind jetzt bedachter und ich schleiche hinter ihm her, alle paar Sekunden die Umgebung scannend. Wie lange Fingerknochen strecken sich die Zweige zu uns herunter und wir bewegen uns schattenartig durchs Unterholz. Innerhalb weniger Minuten haben wir die Grenze weit hinter uns gelassen. Zu gern würde ich meine Barriere öffnen, um zu prüfen, ob wir allein sind, doch ich kann nicht riskieren, dass ich damit auf uns aufmerksam mache. Flach atmend lausche ich jedem noch so kleinen Knacken im Wald.

Nach etwa einer Viertelstunde deutet Caleb auf einen dicken, verzweigten Baum einige Meter vor uns. Im Gegensatz zu den schmalen Fichten und Lärchen hat sie mehrere Stämme mit einzelnen Baumkronen aus

Nadelbüscheln. Nie habe ich so eine große Waldkiefer gesehen. Caleb zieht sich auf einen der unteren geschwungenen Stämme, da schrillt ein spitzer Pfiff durch die Nacht. Meine Muskeln verkrampfen sich. Was war das? Es ist mucksmäuschenstill. Caleb dreht sich mit aufgerissenen Augen zu mir um. Hastig streckt er mir die Hand entgegen und zieht mich mit einem kräftigen Zug zu sich hoch.

„Sag mir, dass das Einbildung war", flüstere ich und Caleb schüttelt den Kopf. Ein zweiter Pfiff ertönt, dieses Mal tiefer und aus einer anderen Richtung. Mit rasendem Puls und aller Kraft ziehe ich mich am nächsten Ast hinauf und gebe Caleb eine Räuberleiter, sodass er höher klettert und mich wieder zu sich hinaufzieht. Unter meinem Fuß knarzt es und wir erstarren beide, lauschen in die Stille hinein. Nichts.

Eilig erklimmen wir die nächsten Äste, bis wir so dicht in der Baumkrone sitzen, dass wir nicht einmal mehr den Waldboden ausmachen können. Alles, was ich sehe, sind Baumrinde, Kiefernnadeln und Caleb, der sich mit den Handflächen über die Arme reibt.

„Alles okay?", flüstere ich.

Caleb dreht langsam den Kopf zu mir und öffnet die Lippen, da höre ich sie. Stimmen. Mit jedem Satz werden sie lauter, eine hohe und eine tiefe Stimme. An den Stamm gepresst sitzen wir da und ich halte den Atem an. Hier sind tatsächlich Menschen unterwegs. Aber müssen es gleich Athemar sein? Es könnten genauso gut Wandernde sein, die sich verlaufen haben. Ihre Stimmen werden immer deutlicher.

„… Treffen. … ihm mit … gedroht."

„… hier irgendwo sein …"

Bitte lass es Wandernde sein.

„... zu Karan bringen."

Ich reiße die Augen auf und sehe zu Caleb, der krampfhaft geradeaus starrt. Der tiefe Pfiff ertönt erneut und hinter uns nähern sich Schritte in Richtung der zwei Stimmen. Was in Gottes Namen machen die hier?

„Da bist du ja endlich", sagt die helle Stimme in scharfem Ton. Sie sind genau unter uns und ich kralle meine Fingernägel in die Rinde. „Bringt man dir im Clan keinen Respekt bei?"

„Ich ... ähm." Die dritte Stimme räuspert sich. „Ich –"

„Hör auf rumzustammeln und lass das Teil rüberwachsen", raunzt eine tiefere Stimme. „Oder willst du dafür zahlen, dass du unsere Zeit verschwendest?" Ein schnappendes Geräusch erklingt.

„Nein, auf keinen Fall. H-hier ist sie." Papier raschelt.

Moment mal. Ich kenne diese Stimme. Ist das –

Caleb! Bei seinem Anblick gefriert mir das Blut in den Adern. Die Arme um den Körper geschlungen, wippt er langsam vor und zurück. Unten reden sie weiter, aber mein gesamter Fokus liegt auf Calebs weit aufgerissenen Augen und seiner Brust, die sich unproportional schnell hebt und senkt. Verdammt. Wenn ich bisher nicht wusste, dass da unten Athemar stehen, dann weiß ich es jetzt. Calebs gesamter Körper schlottert. Mit beiden Händen nehme ich sein Gesicht und zwinge ihn, mich anzusehen. Sein Kopf ist starr, doch seine Augen drehen sich langsam zu mir. Mit aller Kraft erzeuge ich Wärme und Caleb verzieht das Gesicht. Ich schüttele langsam den Kopf und beschwöre alles an Wärme herauf, was geht, ohne dabei meine Barriere fallen zu lassen. Ein schmerzverzerrtes Winseln entfährt Caleb und mit einem Mal ist es still. Zu still.

„Was war das?" Die tiefe Stimme unter uns hallt durch den Wald. Schritte rascheln. „Hast du ein paar Zecken mitgebracht?"

„Nein, ich schwöre. N-niemand ist hier!" Mit dieser zitternden Stimme hätte ich ihn fast nicht erkannt, aber ich bin mir sicher, dass er es ist. Mein Brustkorb schnürt sich zusammen, während sich Calebs Zustand unter meinen Fingern normalisiert, zumindest atmet er ruhiger.

„Ach ja? Sollen wir mal nachsehen, ob du tatsächlich nicht zu feige warst, allein herzukommen? Ihr Nevox seid so schwach." Er spuckt die Worte förmlich aus und ich erstarre. Zwischen meinen Fingern spüre ich ein paar Tränen und ich lege meine Stirn an die von Caleb. Bitte halte durch.

„Lass ihn in Frieden, der Arme pinkelt sich noch ein", sagt die Frauenstimme in gelangweiltem Ton. „Das war bloß ein Tier."

„Ein Tier?", fragt der Rumpelige.

Sie seufzt. „Ich kann mir Besseres vorstellen, als diesen nächtlichen Waldspaziergang. Wir haben die Karte und könnten längst wieder zurück sein, wenn *er* sich nicht verspätet hätte. Also verschwende *du* jetzt nicht auch meine Zeit."

Kurz ist es still, bis auf das Rauschen des Windes.

„Hast du sie nicht gehört? Mach, dass du fortkommst."

Es raschelt und eilige Schritte entfernen sich in die Richtung, aus der wir gekommen sind.

„Was fällt dir ein, mich vor diesem Idioten zur Sau zu machen?", zischt der Mann und seine Begleiterin lacht spitz.

„Wärst du nicht so paranoid, müsste ich nicht deine Babysitterin spielen." Die beiden Stimmen entfernen sich und ich atme auf. Still ziehe ich Caleb an mich und halte ihn, während Anspannung aus seinem Körper rinnt.

„Was ist los?", flüstere ich und löse mich von ihm.

Er keucht. „Ich – Ich weiß nicht. So nah war ich noch nie an ihnen dran, seit … ich sein Blut bekommen habe. Etwas drängt mich aus meinem Körper, es ist so schwer, dagegen anzukämpfen." Weitere Tränen rollen über seine Wangen.

Ich starre auf die Rinde vor mir und fahre mit dem Finger darüber. Es war unverantwortlich von mir, mich auf seine Idee einzulassen.

„Glaubst du mir jetzt?", fragt Caleb leise.

Langsam nicke ich. Was bedeutet das alles? „Ich kenne ihn."

„Aus dem Trakt? War er auch dort?"

„Nein, nicht den Athemar. Den anderen."

„Glaubst du, das war ein Nevok vom Anwesen?"

Ich schlucke. „Es ist Feor, mein Trainer."

Wir schweigen beide und sehen uns an.

„So eine abgefuckte Scheiße", sagt Caleb.

Ich nicke. „Du sagst es."

Auf dem Rückweg schlagen wir ein schnelleres Tempo an und ich sehe mich im Sekundentakt um, ob uns jemand folgt. Auf der Hälfte des Weges gehe ich ins Joggen über und Caleb folgt mir keuchend. Jede Faser in mir sehnt sich nach der Sicherheit der Grenze.

Was um Himmels willen hatte Feor hier draußen zu suchen? Und was für eine Karte hatte er dabei? Die wenigen Minuten, die wir vor dem Zaun warten, bis Walli zur Toilette geht, kommen mir vor wie Stunden und erst, als wir unter der Grenze durch und in den sicheren Schirm des Anwesens kriechen, verlangsamt sich mein Puls etwas.

Wie soll ich am Montag im Training Feor gegenübertreten? Und das ist noch die kleinste Sorge. Auch wenn wir nicht viel mitbekommen haben, ist spätestens jetzt klar, dass Karan an seinem Plan festhält. In meinem Brustkorb bildet sich ein fester Knoten. Habe ich etwas anderes erwartet? Ich schüttele mich und folge Caleb über den Kiesweg zum Anwesen.

Auf dem Hof laufen wir geradewegs Henry in die Arme. Verdammt.

„Hatten wir nicht eine Regel vereinbart, die dir hilft, mehr Schlaf zu bekommen?" Er baut sich vor uns auf und sieht auf Caleb hinab.

„Ich weiß." Er weicht seinem Blick aus. „Wir haben uns verlaufen, ich wollte um zwölf im Bett sein."

„Verlaufen also. So wie ihr aussieht, könnte man meinen, ihr hattet vor, die Regeln zu brechen. Außerdem hatten wir elf Uhr gesagt, Caleb, und jetzt ist es halb eins." Von dem sonst so freundlichen alten Mann ist nichts zu spüren. Ich öffne den Mund, schließe ihn aber wieder. Mir fällt nichts zu unserer Verteidigung ein. Durch den Schein der Laterne sieht die sonst schon steile Furche auf Henrys Stirn noch tiefer aus. „Ihr zwei geht jetzt besser rein."

„Es ist –", setzt Caleb an.

„Keine Widerrede." Henry starrt ihn an. „Ihr könnt froh sein, dass ich nicht zu Strafen aufgelegt bin. Noch ein Ausflug nach elf Uhr und ihr schlaft ab sofort im Schlafsaal bei den Jüngeren, wo die Anwesenheit kontrolliert wird. Gerade du, Nara, solltest wissen, was Sicherheit auf diesem Campus bedeutet." Er sieht mich durchdringend an, was den Kloß vergrößert, der mir in der Kehle hängt.

„Los", sagt er und macht eine wedelnde Handbewegung in Richtung Hauptgebäude.

Mit hängenden Schultern trotten wir den Rest des Kieswegs vor ihm her. Unsere knirschenden Schritte hallen über den verlassenen Parkplatz.

Hat er uns zufällig entdeckt? Mein Blick fällt auf eine Silhouette, die neben dem Haupteingang an der Fassade lehnt, und ich erahne das Grinsen, bevor ich es sehe. Wir kommen näher und ich fixiere ihre dunklen Augen.

„Ganz schön neblig heute für Spaziergänge", säuselt Valeria und verschränkt die Arme vor der Brust. Der Anblick ihrer gespitzten Lippen treibt Galle meine Kehle hinauf.

„Warum bist du dann nicht im Haus?", erwidere ich und gehe, ohne sie anzusehen, an ihr vorbei. Es hätte mir klar sein müssen, als ich sie heute Vormittag aus dem Wald kommen sah. Ob sie mitbekommen hat, dass wir außerhalb der Grenzen waren?

Der Aufzug öffnet sich mit einem *Ping* und ich trete hinein. Die Tür schließt sich, da streckt Henry seine Hand dazwischen und stoppt die Metallwand. Er sagt nichts, sondern mustert mich mit zusammengezogenen Augenbrauen. Was er wohl denkt? *Halbblütiger Abschaum. Ich hätte nichts Besseres von dir erwartet. War ja klar, dass dein Athemarblut uns Probleme macht.*

Ich sehe auf die Spitzen meiner Wanderschuhe, an denen ein Rest nasser Erde klebt, und Henry räuspert sich. Mir würde nicht einmal etwas einfallen, wenn ich versuchen würde, ehrlich zu sein. Es war verdammt gefährlich, einfach so hinauszugehen. Ob er weiß, dass Feor ebenfalls draußen war? Ich kann es kaum erzählen, ohne uns selbst zu verraten und Caleb steht schon genug unter Beobachtung, wer weiß, was er ihm dann auferlegt? Weiß Henry vielleicht sogar von Feors Treffen? Mist.

Ich seufze. „Es tut mir leid. Ich weiß, dass Caleb so spät nicht unterwegs sein soll." Die Worte hinterlassen einen bitteren Geschmack in meinem Mund. „Wir wollten einfach spazieren. Ich bin den ganzen Tag gesessen."

„Und dieser Spaziergang hat nicht zufällig etwas mit der Latte am Zaun zu tun, die ich morgen festschrauben werde?" Sein ausdrucksloser Blick erdrückt mich und mir bleibt nichts als Schweigen. Was weiß er? Ich beiße auf meine Unterlippe und stopfe die Hände in die Jackentaschen.

Henry nickt nur und wendet sich ab. Während die Tür sich schließt, murmelt er: „Pass auf, dass es dir nicht ergeht wie deinen Eltern." Bevor ich etwas erwidern kann, ist die Tür zu.

7

Gleißende Scheinwerfer blitzen auf und Reifen quietschen. Beißender Gestank nach verbranntem Gummi erfüllt die Nacht und meine Lunge wird von etwas Tonnenschwerem zerquetscht. Ich sehe nur noch Karans gelbliche Augen, die mich durchbohren. „Komm zurück, wo du hingehörst." Seine kratzige Stimme hämmert durch meinen Kopf.

Nach Luft japsend schrecke ich hoch und reiße die Augen auf. Wo eben seine Stimme war, ist jetzt ein grelles Piepen. Ich reibe über meine Schläfen. Um mich herum ist es dunkel, nur schemenhaft mache ich im Mondlicht die Umrisse des Mobiliars aus.

Zu Beginn dachte ich noch, die Albträume würden weniger. Fehlanzeige. Es ist, als stünde er bei mir, die eisige Präsenz zum Verwechseln echt. Kalter Schweiß prickelt wie Nadelstiche auf meiner gesamten Haut.

Die gestrigen Ereignisse treffen mich wie ein Schlag: Ich war nur wenige Meter von Athemar entfernt. Wenige Meter, die mich bei etwas weniger Glück meine Freiheit gekostet hätten. Ich schüttele mich und reibe mir über die Arme. Kennen sie den Standort des Anwesens oder waren sie nur dort, weil Feor einen Treffpunkt mit ihnen ausgemacht hatte? Wie lange würde der Schirm der Wachenden halten, wenn die Athemar wüssten, wo wir uns aufhalten? Interessiert es sie überhaupt, wo die Nevox sich aufhalten?

Mein Magen zieht sich zusammen und meine Gedanken rasen weiter zu Henry, dem die Enttäuschung von den Augen abzulesen war. Die Blicke der Kinder im Speisesaal, das Getuschel der anderen im Training. Sie werden mich nie akzeptieren, solange Karans Schatten an mir klebt. Sie denken, dass ein Teil von ihm auch in mir sein muss, so wie ich es ewig dachte. Sie warten nur darauf, dass ich sie verrate, denn für sie werde ich immer Karans Tochter sein.

Außer ich stoppe ihn. Wenn ich ihnen beweise, dass ich anders bin als er, könnte ich mir hier ein Leben aufbauen. Wenn der Campus dann überhaupt noch nötig wäre.

Aber wie? Karan nur zu finden, reicht nicht, denn was dann? Mit ihm plaudern? *Hey Dad, könntest du aufhören, dir Blut abzuzapfen, um die Menschheit unter deinen Nagel zu reißen, damit ich in Frieden lebe?* Sicher nicht. Ihn einzusperren wäre nur eine temporäre Lösung und, bei seiner immensen Gefolgschaft, zu kurz gedacht. Umbringen? Mir wird schlecht. Es würde mich nicht besser machen als ihn.

Stöhnend falle ich zurück in mein Kissen und reibe mir übers Gesicht. Als Erstes sollten wir rausfinden, was Feor mit den Athemar zu tun hat. Und dann hat Caleb vielleicht eine Idee. Ich presse meine Lider zu und beginne langsam von einhundert abwärtszuzählen.

Zur Morgendämmerung schnüre ich die Wanderschuhe und mache mich auf den Weg nach draußen. Im Haus sind schon ein paar Menschen unterwegs, manche mit Yogamatten unter dem Arm, andere auf dem Weg zur Bibliothek. Selbst wenn Henry mich gestern Nacht draußen erwischt hat, heißt das nicht, dass ich keine Spaziergänge machen darf und Tamena sagte, dass Henry sie auf dem Anwesen duldet, es ist also keine Straftat, sie zu besuchen. Es ist Sonntag, daher muss ich weder pünktlich beim Frühstück noch im Training sein. Trotzdem bin ich froh, dass mich im Haus keiner eines Blickes würdigt.

Ich trete hinaus in die kühle Luft und drücke das große Eingangstor des Haupthauses hinter mir zu. Der Wind trägt den Duft des Nadelwalds herbei und nach der letzten Nacht wirkt das fröhliche Gezwitscher der Vögel surreal. Ich verdränge die Erinnerungsfetzen meines Albtraums und setze mich in Bewegung. Im Wald ist es noch menschenleer und etwas tiefer im Dickicht huscht ein Reh vor mir davon. Ich ziehe meinen Pferdeschwanz enger und straffe die Schultern. Heute finde ich heraus, wer Tamena ist und was sie in dieser abgelegenen Hütte sucht. Sie wohnt dort sicher nicht zufällig allein.

Obwohl ich den großen Felsenhaufen gestern schon gesehen habe, verschlägt es mir bei seinem Anblick erneut den Atem. Von Menschenhand können diese gigantischen Granitberge nicht hierhergetragen worden sein. Ich gehe einmal um das Massiv und gleite mit den Fingern über den moosbewachsenen, feuchten Stein. Er ist kalt, doch mir ist, als fahre ein kleiner, heißer Strom durch mich hindurch. *Ich bin der Fels.* In die kleine Holzhütte, die sich in die Rückseite des grauen Ungetüms schmiegt, ist eine Holztür eingefasst. Ein großer, dunkler Silberring hängt als Türklopfer über dem Knauf, an dem ein Salbeibündel baumelt. Kräftig klopfe ich dreimal und halte den Atem an.

Nichts rührt sich. Kurz gehe ich mit dem Ohr ein wenig näher an die Tür. Stille. Soll ich wie gestern durch die Hintertür hineinplatzen? Ich trete von einem Fuß auf den anderen und reibe die Hände aneinander, um etwas Wärme zu erzeugen. Hat Tamena mich vergessen? Oder hat sie das gestern gesagt, um mich loszuwerden?

„Ich dachte schon, du kreuzt nie auf", ruft eine tiefe, entfernte Stimme hinter mir und ich fahre herum. Bei

74

ihrem Anblick lächle ich. Mit ihrem dunkelgrünen Gewand sieht es fast so aus, als würde ein Teil des Waldes sich vom Unterholz lösen und auf die Lichtung heraustreten. In der einen Hand trägt sie einen Jutesack und ein mit Erde beschmiertes Messer, die andere wischt sie gerade an ihrem Oberteil trocken. Kann eine Person, die aussieht wie eine abgebrühte Waldfee, zu den Athemar gehören?

Ihr grauer Pferdeschwanz mit den streng zurückgeflochtenen Strähnen weht im Wind, während sie leichtfüßig durch das nasse Gras auf mich zuläuft und mir Jutesack sowie Messer in die Hand drückt. „Halt das mal, die Tür braucht zwei Hände." Tief kramt sie in der Seitentasche ihres Gewands und zieht einen langen Schlüssel hervor. Im Schlüsselloch dreht sie ihn, zerrt den Knauf an sich heran, rüttelt und wirft sich mit dem ganzen Körper gegen die Tür. Das Schloss klickt und ich schmunzle. Die Tür schwingt auf. „Na bitte", sagt sie und knipst beim Hineingehen ein Licht an. Das Innere der Hütte wird von einer einzigen an der Decke baumelnden Glühbirne erhellt und mein Blick fällt auf eine Küche mit unzähligen Kräutergläsern, die sich in einem Regal über der Küchenzeile türmen. Tamena streift ihre Schuhe auf einem bunten Flickenteppich ab und stellt sie sorgfältig in ein schief stehendes Holzregal. Nun schlüpft sie in mit Fell gefütterte Lederschuhe und schnappt sich einen Kessel vom Herd. Während Wasser in das Metallgefäß rauscht, blickt sie über die Schulter zu mir.

„Komm schon rein, du lässt die ganze Kälte ins Haus."

Ups. Mir ist gar nicht aufgefallen, dass ich wie festgewachsen dastehe. Ich drücke die knarzende Tür ins Schloss und obwohl der kalte Steinboden alles andere als einladend fürs Laufen in Socken aussieht, streife ich meine Schuhe ab. Tamena deutet wortlos auf das kleine Regal und widmet sich wieder dem Teekessel, unter welchem sie mit einem Feuerzeug das Gas entflammt. Da steht noch ein weiteres Paar Lederschuhe, also stelle ich meine Wanderschuhe ins Regal, und schlüpfe in die mindestens drei Nummern zu großen Puschen, deren Fütterung angenehm warm ist.

„Danke, dass ich dich besuchen darf."

Tamena stopft eine Handvoll Kräuter in den Teekessel und entleert den Jutesack über einem Küchensieb in der Spüle. Unzählige Löwenzahnblätter purzeln heraus. Kurz hält sie inne und dreht sich über die Schulter zu mir um. Zuckt ihr Auge? Sie mustert mich, wobei sich die Falten auf ihrer Stirn glätten. Ein sanftes, fast unerkennbares Lächeln legt sich auf ihre Lippen. In ihren Augen glitzert etwas wie Traurigkeit und ich versuche, nach ihren Schwingungen zu tasten, stoße aber gegen eine eiserne Mauer. Sie scheint die energetische Fassade gut drauf zu haben, wo auch immer sie das gelernt hat.

„Du bist ein willkommener Gast in meinem Zuhause", erwidert sie und macht sich daran, die langen Stiele zu waschen und in kleine Stücke zu schneiden.

Das Pfeifen des Wasserkessels reißt mich aus meiner Trance. Ich sollte etwas beitragen, wenn ich schon hier bin. Bevor Tamena reagieren kann, stelle ich das Gas aus und schnappe mir zwei blaue Tontassen von einem Holzbrett oberhalb des Tischs. Es dampft und riecht süßlich-herb, während ich den Tee aufgieße. Auf dem Tisch liegen zwei Briefumschläge, sorgfältig zu einem Paket gebunden. Ich denke an Zoey und mein Herz schlägt schneller. „Du weißt nicht zufällig, wie ich von hier aus Post verschicken kann?" Ich würde alles geben, um ihr eine Nachricht zu senden.

„Du kannst keine Post von hier verschicken, Kontakt nach draußen ist eins von Henrys strengsten Verboten." Da ist sie wieder, die Rauheit in ihrer Stimme. Ich lasse die Schultern sacken. „Was du allerdings kannst, ist Post schreiben und sie auf diesen Stapel legen." Sie sieht mich mit ausdrucksloser Miene an und zieht jetzt einen Mundwinkel nach oben.

Ich grinse. „Danke! Ich frage jetzt mal nicht, wie du deine Post nach draußen bringst."

„Kontakte sind mehr wert als Nahrung für eine ganze Woche, merk dir das." Energisch wischt sie mit einem feuchten Lappen über den Tisch und stellt zwei Teller auf der Holzoberfläche ab. Stirnrunzelnd betrachte ich den kleingehackten Salat. „Je öfter du Löwenzahn isst, desto mehr gewöhnst du dich an die Bitterstoffe. Dein Immunsystem freut sich und die Energien in dir erst recht." Mit einer schwungvollen Bewegung gießt sie aus einem dunkelbraunen Glasgefäß auf jeden Teller einen Schuss Öl.

„Die Energien?" Vorsichtig schnuppere ich an dem Grünzeug. Es riecht nach Wiese.

„Jawohl", sagt Tamena und zieht sich einen Stuhl heran, auf dem sie sich ächzend niederlässt. Beherzt schiebt sie sich eine Gabel von den geschnittenen Blättern in den Mund. Bei der dritten lasse ich mich neben ihr nieder und probiere ein Blatt. Bah. Ich rümpfe die Nase und verziehe den Mund. Das sind wohl die Bitterstoffe. Falls sie es bemerkt hat, schenkt Tamena meiner Skepsis keine Beachtung, sondern kaut wortlos weiter. Ich tue es ihr nach, Augen zu und durch. Mein Blick wandert immer wieder auf den Poststapel vor uns, der mit den Anschriften nach unten gedreht ist. Zu gern wüsste ich, wem sie schreibt.

Tamena schnappt sich meinen leeren Teller und zieht eine Schublade unter der Tischplatte auf. Darin liegen weiße Blätter, verschieden große Kuverts und Stifte. „Dein Brief schreibt sich nicht, indem du meine Post anstarrst."

„Danke", sage ich und stehe auf, um ihr beim Abspülen zu helfen, doch sie macht eine scheuchende Handbewegung.

„Ich räume lieber allein mein Chaos auf."

Dass man ihr nicht widerspricht, habe ich mittlerweile gelernt, also setze ich mich wieder und schnappe mir Kugelschreiber und einen Papierbogen. Kurz sehe ich über meine Schulter, Tamena scheint in den Abwasch vertieft zu sein. Außerdem könnte sie meinen Brief sowieso öffnen, nachdem ich ihn bei ihr lasse. Ich wische meine schweißnassen Handflächen an meiner Jeans ab und schreibe die ersten Zeilen.

Zoey. Falls dieser Brief irgendwelche Öffnungsspuren aufweist, hat ihn eine andere Person gelesen.

Wie schreibt man einen Brief an eine ehemals beste Freundin, die man angelogen und im Stich gelassen hat? Ich massiere meine Stirn. Wahrscheinlich mit Ehrlichkeit.

In den letzten Monaten bin ich tausendmal die Worte durchgegangen, die ich dir sagen wollte, wenn wir uns wiedersehen. Jetzt, da ich dir endlich schreibe, kommen sie mir falsch vor. Es tut mir so leid!

Ich vermisse dich. Deine Kommentare, wenn ich morgens in der Schule aussehe wie drei Tage nicht geschlafen. Und dein Verständnis für alles, was ich dir erzählt habe, auch wenn ich dich lange nicht in alles einweihen konnte. Ich hoffe so sehr, dass es dir gut geht. Und ich hoffe, dass du und Miranda nach wie vor ein Paar seid. Ihr seid wie füreinander geschaffen. :)

Wahrscheinlich glaubst du mir nicht, wenn ich dir erzähle, was mir in den letzten Monaten zugestoßen ist. Und wahrscheinlich sollten diese Informationen nie nach außen dringen, aber du hast Ehrlichkeit verdient und ich weiß, dass es bei dir sicher ist.

Tief atme ich ein. Ich weiß nicht, ob ich es aushalte, das alles in Gedanken erneut zu erleben. Doch wenn es dafür sorgt, dass sie mir im Ansatz verzeiht, dann ist es das wert. Ich atme aus und lasse die Worte fließen. Erzähle alles. Von meinem Vater, der immer weiter in meinen Geist eindrang. Mein Erlernen der Fähigkeiten. Von Areks und meiner Flucht durch den Wald und unserer stückweisen Annäherung. Von den Athemar, die uns einholten, meiner Gefangenschaft in Karans Trakt, von Caleb und schließlich von der Rettungsaktion. Ich schließe mit Erzählungen über das Leben auf dem Craft-Anwesen und dem gestrigen Ausflug in den Wald.

Während ich die Papiere in den Umschlag stecke, atme ich tief durch. In mir drin ist Leere, aber zum ersten Mal seit Langem hat diese Leere etwas Tröstliches. Wird Zoey mir glauben? Vielleicht ist unsere Verbindung noch nicht verloren. Schnell hole ich das Papier wieder heraus und füge ein paar Worte hinzu.

Ich hoffe, du passt auf dich auf, und ich gebe mein Bestes, um mehr über Karan herauszufinden. Bis vor Kurzem dachte ich, dass ich nie wieder etwas von ihm hören möchte. Doch nicht zu wissen, wo er ist und was er vorhat, macht mich unruhiger. Ich weiß nicht wie, aber es muss einen Weg geben, um ihn zu stoppen.

Zoey, ich hoffe, dass du mir vergibst. Und ich hoffe, dich irgendwann in gesundem Zustand in die Arme zu schließen. Bis dahin und mit einer dicken Luft-Umarmung, deine Nara.

Hastig versehe ich den Umschlag mit ihrer Adresse und lege ihn auf den Stapel mit Tamenas restlicher Post.

„Was schreibe ich als Absender drauf?" Ich sehe mich um, doch ich bin allein in der Küche.

„Das lass mal meine Sorge sein", ruft Tamena aus dem Wintergarten. „Los, wir gehen in den Wald."

8

Schweigend stapfen wir nebeneinanderher. Unter meinen Wanderschuhen knacksen moosbewachsene Zweige, während wir uns abseits der befestigten Pfade zwischen den Fichten bewegen. Seit zehn Minuten läuft Tamena barfuß und auf meine Frage, ob sie bei der Kälte nicht erfriere, antwortete sie nur: „Im Gegenteil."

Heute Morgen war ich fest davon überzeugt, Antworten zu finden, dabei habe ich offensichtlich ihre ruppige und wortkarge Art nicht berücksichtigt. Es dürfte aber ein gutes Zeichen sein, dass sie mich auf diesen Ausflug mitnimmt. Aus dem Augenwinkel beobachte ich sie. Tamenas langer, grauer Pferdeschwanz weht im Wind hinter ihr her, ihr ruhiger Blick ist nach vorn gerichtet.

„Du würdest es mir eh nicht sagen, wenn ich fragen würde, wo wir hingehen, oder?"

Sie bleibt stehen und legt den Kopf schief. „Wie kommst du darauf?"

Kurz verharre ich, sehe jetzt aber ihr Schmunzeln und verdrehe die Augen. Wir gehen weiter und Tamena sagt: „Du kannst mir bei ein wenig Gartenarbeit behilflich sein."

„Wo soll hier ein Garten sein?"

Sie macht eine ausladende, kreisende Handbewegung. „Das alles ist ein Garten. Selbst wenn nicht jede Pflanze hier essbar ist, hat jede ihre Funktion. Aber jetzt gehen wir zu denen, die etwas mehr Fürsorge brauchen." Sie deutet nach vorn, etwas weiter links, und da sehe ich es: Sonnenlicht wird von etwas Gläsernem reflektiert.

„Noch ein Wintergarten?", frage ich.

„Kann man so sagen." Wir gehen auf das gläserne Etwas zu und ein Gewächshaus kommt zum Vorschein. Auch das habe ich bei meinen Spaziergängen noch nie entdeckt.

„Ist das deins?", frage ich.

„Es gehört sich selbst, aber ich pflege es", sagt Tamena und drückt die eiserne Türklinke hinunter. Feuchte Wärme schlägt uns beim Eintreten entgegen und Tamena pfeffert ihre Schuhe in die Ecke, die Socken hinterher. „Zieh deine auch aus, ich will die Erde nicht zertrampeln." Offenbar scherzt sie nicht, denn sie geht barfuß zwischen zwei Strauchreihen hindurch in den hinteren Teil des Glashauses. Seufzend beuge ich mich hinunter und entledige mich sowohl Schuhen als auch Socken. In Erwartung auf das kalte Nass zucke ich beim Aufsetzen meiner Füße zusammen, doch die Kälte bleibt aus. Stattdessen ist da ein angenehmes Prickeln an meinen Fußsohlen. Das Haus speichert die Wärme besser als gedacht. Vorsichtig folge ich Tamena über die feuchte Erde, die sich zwischen meine Zehen drängt. Blätter von verschiedensten Gewächsen streifen die nackte Haut meiner Füße.

„Wow", sage ich und halte abrupt hinter Tamena an. An einem Drahtseil vor uns rankt eine Kletterpflanze bis unter die Glasdecke. Ihr saftig grünes Laub wächst mindestens dreißig Zentimeter breit um die Kletterhilfe herum. „Was ist das?"

„Hopfen", sagt Tamena und quetscht sich an dem langen Stock vorbei. „Aber das hier kennst du, oder?"

„Klar, Johanniskraut. Das dürfte aber erst in drei Monaten blühen. Und warum wächst dieser Wacholder im Gewächshaus? Der kann doch auch draußen stehen."

„Weil ich seine Beeren länger haben mag und er sich so gut mit seinem Nachbarn versteht." Stimmt, Wacholder und Johanniskraut sind perfekte Beetpartner, das hat uns Mrs. Gorgy in Pflanzenkunde beigebracht. „Du kennst dich mit Pflanzen aus", sagt Tamena. „Dann weißt du sicher, wie man Melisse schneidet." Sie streckt mir eine silbern glänzende Schere entgegen und deutet auf den Strauch links des Hopfenstrangs.

„Auf zehn Zentimeter?", frage ich und Tamena nickt. Sie bückt sich mit ihrem eigenen Werkzeug zu einem Rosmarinstrauch hinunter, also mache ich mich ans Werk. Der Melissenbusch steht kurz vor der Blüte, es ist die perfekte Schneidezeit, wenn man die meiste Ernte rausholen mag. Sachte schneide ich den ersten Zweig zehn Zentimeter über dem Boden ab und verfalle schnell in einen Rhythmus. Die abgeschnittenen Stiele sammle ich auf einem freien Fleck Erde und ein herber Zitrusduft erfüllt die Luft. Die letzten zwei Tage war ich so in meinen Gedanken gefangen, dass ich vergessen habe, wie gut es tut, nur im Körper zu sein. Zweig für Zweig.

Bei der Hälfte des Buschs ist mein Kopf deutlich leerer und als ich die Schere neben dem beachtlichen Blätterhaufen ablege, stellt sich ein angenehm warmes Gefühl in meiner Bauchgegend ein.

„Sehr gut, die legen wir zu Hause direkt ein", sagt Tamena und streckt mir einen Jutebeutel und eine blecherne Wasserflasche hin.

Ich nehme einen Schluck und bette die abgeschnittenen Zweige sorgfältig in die Stofftasche, ohne ein einziges Blatt zu vergessen. *Wenn ihr etwas aus der Natur nehmt, seid dankbar und ehrfürchtig,* hat Mrs. Gorgy immer gesagt.

Den Beutel in der Hand, gehe ich über den Erdweg zurück zur Eingangsseite des Gewächshauses, wo Tamena mit dem Rücken an der Glaswand sitzt und mit gefalteten Händen ihren Garten betrachtet. Für acht Monate hat sie das alles echt schnell hochgezogen. Ich setze mich zu ihr, nehme noch einen Schluck und gebe ihr die Flasche zurück. Schweigend sitzen wir nebeneinander und blicken in die grüne Oase, die auf irgendeine Weise magisch wirkt, inmitten des sonst so dunklen Fichtenwalds.

„Du wirkst gelöster als heute Morgen", sagt Tamena, die weiter geradeaus blickt und jetzt ebenfalls zum Trinken ansetzt.

Ich mustere sie und auf meinen Armen stellen sich die Härchen auf.

Sie sieht mich an und hebt abwehrend die Hände. „Was? Ich spreche nur aus, was ich beobachte."

Ich verenge die Augen, seufze aber schließlich und lockere meine eben noch angespannten Nackenmuskeln. Es stimmt ja, was sie sagt. Meine Gedanken schweifen zu gestern Abend und Wut auf Arek steigt in meiner Magengegend auf. Oder ist es Enttäuschung?

Mit dem Ärmel wische ich mir über das leicht verschwitzte Gesicht. „Ich schätze, ich bin immer noch am Ankommen." Ich richte mich etwas auf und sehe sie an. „Was denkst du über das Leben hier? Du bist ja auch quasi erst angekommen, wenn ich das so sagen darf."

Tamena schnaubt, nickt jetzt aber langsam. „Auch wenn es mir vorkommt wie Jahrzehnte." Kurz schweigt sie. „Man kann über Henry sagen, was man will, aber das Leben hier bringt Sicherheit. Was ist mit deiner Ausbildung?"

„Ich habe Freitag erst angefangen", sage ich und beim Gedanken an Feor bildet sich ein Kloß in meiner Kehle. „Ich weiß aber noch nicht, wie viel ich dort mitnehme."

Tamena grinst. „Was haben Melisse, Hopfen, Johanniskraut und Wacholder gemeinsam?"

„Keine Ahnung. Was hat das damit zu tun?"

„Sie machen alle vier warm. Von innen und von außen. Was ich damit sagen will, ist, dass es verschiedene Zugänge zu den Energien gibt. Verschiedene Wege, die manche Menschen gehen. Für manche ist es die Meditation und das körperliche Training. Bei anderen sind Pflanzen der Weg, um ihre Kräfte kennenzulernen. Finde deinen und du weißt, welches Leben du führen willst."

Ich gebe mir ja Mühe, Tamenas Ausführung zu deuten, aber … „Ich verstehe rein gar nichts."

„Du wirst es verstehen."

Wir schweigen beide. In meinem Kopf rattert es und ich betrachte den Hopfen, der über allen Gewächsen in die Höhe ragt. Schon bei den Bitterstoffen im Löwenzahn hat Tamena irgendetwas über Energien gesagt. „Wieso bringen sie uns solche Dinge nicht im Training bei?"

„Wer nicht weiß, wozu er fähig ist, kann dem System nicht schaden."

„Sollte ich denn dem System schaden wollen? Du lebst hier und du hast beide Tattoos. Wieso?"

Jetzt ist es Tamena, die seufzt. „Je mehr du weißt, desto mehr hinterfragst du. Ich habe auch lange gedacht, die Nevox seien die Guten und die Athemar die Bösen. Aber so einfach ist es nicht. Nichts ist so einfach. Je genauer du hinschaust, desto mehr verschwimmen die Grenzen. Übrig bleibst nur du und dein eigener Verstand."

Mit dem Blick verfolge ich eine Amsel, die draußen an der Glaswand entlang hüpft. „Was soll ich allein mit meinem Verstand anrichten?"

„Deine Fähigkeiten zu unterschätzen ist der fatalste Fehler, den du machen kannst. Im schlimmsten Fall kostet er dir das Leben."

„Schätze, ich bin noch am Rausfinden, wo in diesem Leben ich überhaupt meinen Platz habe."

Tamena nickt und ich wir lauschen dem Wind, der durch den Spalt in der Glastür pfeift. „Sie werden dich irgendwann akzeptieren, weißt du", sagt sie. „Es braucht Zeit, bis Menschen verstehen, dass Veränderung nichts Böses ist. Du bist anders und das spüren sie."

„Kann ich dich weiter besuchen?"

Ihre Miene ist weich und für einen Moment ist da das Summen von vorgestern. Schnell sieht sie weg und nickt. „Natürlich," sagt sie und nuschelt es noch mal vor sich hin.

Ich lächle und stecke mir ein Blatt Melisse in den Mund. Warm wird mir davon nicht, aber das minzige Zitronenaroma klärt meinen Geist. Tamena weiß offenbar viel über die Clans. Ich muss ihr nur gut zuhören, vielleicht finde ich dabei heraus, wie es für mich weitergeht.

Bis zur Mittagszeit bleibe ich bei Tamena und helfe ihr, die Kräuter sowie getrocknete Haselnüsse aus ihrem Vorrat klein zu hacken und mit Öl und Gewürzen zu Pesto zu verarbeiten. Auf ihrem Gasherd kochen wir die befüllten Gläser, um die grüne Masse haltbar zu machen und schauen schweigend dem sanft blubbernden Wasserbad zu. Während des Arbeitens war die Stille zwischen uns angenehm, aber jetzt ist sie irgendwie drückend.

„Kriegst du oft Besuch?", frage ich.

Tamena atmet ein und löst ihren Blick blinzelnd von dem Kochtopf, als hätte sie vergessen, dass ich neben ihr stehe. „Mit ein paar der Bewohnenden verstehe ich mich gut, wenn du das meinst. Aber ich bin größtenteils allein. Schätze es ist ein klares Signal, dass ich hier draußen lebe."

„Wieso darfst du das überhaupt?"

Tamena lacht. „Ich glaube, es ist Henry sogar lieber. Ich habe ein paar recht eigene Lebensweisen, die passen dort drüben nicht gut rein. Außerdem ist meine Vergangenheit nicht gerade unbefleckt, da ist es ihm wahrscheinlich lieber, wenn ich mich nicht unters Volk mische."

„Was für Lebensweisen?"

„Hör zu, Nara, ich will uns beide nicht in Schwierigkeiten bringen. Du kannst mich gern besuchen kommen, aber versuch, dich in das Campusleben einzufügen, okay? Ich kann es mir nicht leisten, dass Henry mich rauskickt, weil ich seine Auszubildenden von seinen Abläufen abhalte. Und jetzt geh mal lieber, es ist sicher Zeit fürs Mittagessen."

Ich möchte protestieren, aber ihr Ausdruck ist so hart, dass ich mich nicht traue und schließlich den Rückweg einschlage.

Beim Mittagessen sitze ich wie immer mit Sila und Leo beisammen, die danach gemeinsam aufs Feld gehen. Da ich Arek aktuell lieber aus dem Weg gehe und sonst nichts zu tun habe, komme ich einfach mit. Je früher ich versuche, mich in das Campusleben zu integrieren, desto leichter werden es mir die anderen machen, oder?

Als wir bei den Ackern hinter dem Gebäudekomplex ankommen, herrscht wuseliges Treiben. Mittlerweile hat sich die Sonne durch die Wolken gekämpft und auf dem Feld direkt vor mir sind mindestens dreißig Menschen dabei, Gemüse zu ernten. Sila und Leo gehen zielstrebig auf einen der hinteren Feldabschnitte zu. „Frag einfach nach Arbeit", ruft Sila mir über die Schulter zu und reckt einen Daumen.

Eine junge Frau kommt mit einer Schubkarre auf mich zu und ich springe im letzten Moment beiseite. Hey, die kenne ich doch. Das ist Erin, die ich am Freitag als Wachende in der Kapsel gesehen habe. Ihre Jackenärmel sind hoch über die Ellenbogen geschoben, was den Blick auf ihre tätowierten, erdverschmierten Unterarme freigibt.

„Willst du dich nützlich machen, oder stehst du hier nur so rum?" Sie sieht mich im Vorbeigehen nicht an, doch ihre Worte sind offensichtlich an mich gerichtet.

„Äh, ja", sage ich und stolpere hinter ihr her. „Was kann ich tun?" Ich folge ihr zu einem kleinen Unterstand, unter dem sich grüne, feste Kisten stapeln.

„Hilf mir beim Ausladen." Sie schnappt sich eine Kiste vom Stapel und schwingt sie in meine Richtung, sodass ich sie vor meinem Bauch geradeso zu fassen kriege. „Die Steckrüben hier rein."

Ich nicke. „Und den Rosenkohl hier in die andere Kiste? Ich kann das gern übernehmen."

Erin richtet sich auf, stützt die Hände in die Seiten und mustert mich. Sie ist groß und ich versuche ihrem prüfenden Blick standzuhalten. „Okay", sagt sie und wendet sich ab, um sich eine zweite, leere Schubkarre zu packen. Kurz dreht sie sich noch mal zu mir um. „Schicke Schuhe." Sie grinst und ich sehe an mir hinab zu den Wanderschuhen, an denen rechts und links ein Glitzerstreifen prangt. Ich habe sie letztes Jahr von Areks Schwester ausgeliehen. Hitze schießt in meine Wangen und ich öffne den Mund, doch Erin ist bereits ohne ein weiteres Wort verschwunden. Nett.

Ich bemühe mich, mit dem Sortieren möglichst schnell zu sein und tue es danach Erin nach, indem ich mit den Schubkarren zwischen den Ackerreihen umherfahre und bereits geerntetes Gemüse einsammle. Einige der Nevox schauen mich irritiert an, doch meine Hilfe scheint willkommen, weshalb sich niemand weiter an mir stört. Nach einer Stunde bin ich völlig platt, aber die eintönige Arbeit an der frischen Luft ist eine gute Abwechslung zu den vielen Stunden in der Bibliothek die letzten Monate, und ich möchte vor Erin, die unbeirrt eine Schubkarre nach der anderen entleert, ungern Schwäche zeigen.

Am Abend falle ich nach einer heißen Dusche mit schmerzenden Gliedern ins Bett. Vielleicht klappt das ja doch mit dem Einleben. Wenn ich erst einmal so richtig im Campusleben angekommen bin, kann Henry nichts dagegen haben, wenn ich Zeit bei Tamena verbringe. Mit ihrem scheinbar vorhandenen Wissen könnte sie mich in der Sache mit Karan weiterbringen, sie muss ja nicht mitbekommen, weshalb ich von ihr lernen möchte. Mittlerweile weiß ich, dass es einen ausgefeilteren Plan benötigt, als auf gut Glück das Gelände zu verlassen. Möglicherweise kann ich über Tamena sogar mehr über Feor erfahren. Wenn ich es mir recht überlege, könnte es sogar von Vorteil sein, dass er offenbar mit den Athemar zusammenarbeitet. Wenn ich mehr über seine Verbindung zu ihnen erfahre, könnte er mich zum richtigen Zeitpunkt direkt zu Karan führen.

Beim Gedanken an meinen Vater breitet sich Gänsehaut auf meinem Körper aus. Und trotzdem hat Caleb recht: Wir beide haben am eigenen Leib erfahren, was es bedeutet, unter Karans Macht zu stehen. Sollten wir irgendetwas dafür tun können, dass dies keinem weiteren

Menschen passiert, dann ist das ab sofort unsere Aufgabe. Und wenn es bedeutet, dass ich zunächst Teil dieses Systems werden muss.

9

Montagfrüh sitzen wir alle versammelt in der Trainingshalle, Sila und Leo neben mir.

„Dann wollen wir mal sehen, ob ihr fleißig geübt habt",
sagt Feor, der heute allein ist, in die Runde. Mein Körper
ist angespannt und ich beobachte jede seiner Bewegungen.
Es ist völlig surreal, ihn hier stehen zu sehen, als wäre
nichts. „Suchen wir uns jemand Freiwilliges." Er scannt
den Raum und sein Blick bleibt an mir hängen. Ob
nur ich das unterschwellige Grinsen sehe? „Nara." Alle
Augenpaare im Raum richten sich auf mich und mein
Magen wird flau.

Es wäre okay, wenn sie mich anstarren, weil sie es nicht
kennen, dass neue Menschen aufs Anwesen kommen.
Völlig verständlich. Und doch kann ich nicht anders, als
mir vorzustellen, was sie wohl über mich denken. *Die, die
sich an nichts erinnert. Die, deren Vater wir alle hassen. Die
Athemar.* Ich schlucke. Wenn sie wüssten, mit wem Feor
vorgestern Nacht einen Plausch gehalten hat, hingen sie
nicht so an seinen Lippen.

„Ich habe mich nicht freiwillig gemeldet." Mein Atem
geht schnell, doch ich halte seinem Blick stand.

Ein Raunen geht durch die Reihen und Feor unterbricht
es mit einer Handbewegung. „Du hast also nicht geübt?"

Natürlich habe ich nicht geübt. Das liegt aber daran,
dass ich das Stimmungsübertragen seit einem halben
Jahr beherrsche. Feor verschränkt die Arme und zieht
eine Augenbraue nach oben, wobei mir noch etwas
schlechter wird. Hat dieser Typ wirklich die Nerven mich
zu provozieren? Ich könnte ihn vor versammelter Truppe

konfrontieren, vielleicht wäre er dann nicht mehr so überheblich. Wenn sie mir glauben würden.

Ich drehe mich zu Sila, die leicht den Kopf schüttelt. „Du musst das nicht tun", flüstert sie.

„Gut", säuselt Feor. „Wenn die Anführertochter es nicht als nötig erachtet, das Training ernst zu nehmen, kann ich das gerne als Fehlstunde für Freitag eintragen."

Bin ich gerade aufgestanden? Der ganze Raum starrt mich an. Mit geballten Fäusten stehe ich da. Ich lasse mich von diesem Verräter nicht schikanieren. „Was willst du sehen?"

Feor hebt gespielt empört die Hände und grinst. „In dir steckt mehr Temperament als gedacht." Ein paar der Jüngeren kichern. Jetzt verfinstert sich seine Miene und er winkt mich zu sich nach vorn. „Dann zeig, was du draufhast und mach mich wütend."

Ich könnte kotzen. Trotzdem gehe ich durch die Reihen und blende das Tuscheln der anderen aus. Die Arme ebenfalls vor der Brust verschränkt, stelle ich mich vor ihn. „Du möchtest, dass ich *deine* Stimmung beeinflusse?"

„Ist das zu schwer für dich?"

„Nein." Ich gehe einen Schritt auf ihn zu und die Zuschauenden verstummen. Er will Wut, also kriegt er sie. Ich lege ihm meine Hand auf die Schulter und für eine Millisekunde weiten sich seine Augen.

Jetzt verlagert er betont lässig sein Gewicht auf den anderen Fuß und sieht mich unverwandt an. „Wird's bald?"

Ruhig bleiben, Nara. Ich versenke mich gedanklich in seine stahlblauen Augen. Helle Sprenkel umringen die geweiteten Pupillen. In mir keimt ein Funke auf, der sich schnell zu einem Feuer entwickelt und ich versuche all meine Gedanken in meinen Blick zu legen.

Du könntest diesen Menschen hier so viele wunderbare Dinge beibringen. Stattdessen übst du Kontrolle und Macht auf sie aus. Du hast Angst und verrätst deinen eigenen Clan. Du bist nicht besser als Karan.

Bei dem Gedanken an ihn breche ich in Schweiß aus. Mein gesamter Körper brennt, während ich ihn vor mir sehe. Dunkle Schatten unter seinen bernsteinfarbenen Augen. Darüber das weiße, gescheitelte Haar und darunter ein grinsender Mund, aus dem widerliche Worte rinnen. *Kannst du dir vorstellen, wie wunderbar rein dein Verstand nach dem Eingriff war?* Galle tritt meine Kehle hinauf. *Mit unserem gemeinsamen Blut sind wir so stark, Nara.* Ich presse die Kiefer aufeinander und schicke all meine Wut in die Berührung an Feors Schulter. Er sollte sich schämen, sich mit Verbündeten eines solchen Mannes zu treffen. In seinen hellen Augen flackert es kurz, doch seine Miene bleibt gelangweilt. Mein inneres Feuer stößt gegen eine eiserne Wand.

„Das war nicht ausgemacht", presse ich hervor. Niemand hier im Raum kann Stimmungen übertragen, wenn der andere Mensch sich so verschließt. Ein fast unmerkliches Grinsen blitzt über sein Gesicht. Mistkerl.

Meine Wut entflammt aufs Neue und ich verstärke den Griff an seiner Schulter. Er will mich also bloßstellen. Hass lodert in mir. Auf alle Menschen, die mich nicht in Frieden lassen. Darauf, dass es in beiden Clans offenbar keinen sicheren Ort gibt. Auf die Carters, dass sie mir nicht die Wahl gelassen haben, mich von den Clans abzuwenden und einen eigenen Weg zu gehen. Auf dieses Training, das mich bestärken sollte. Eine Hitzewelle fließt über mich und nimmt mich vollständig ein, während mein Sichtfeld verschwimmt. Alles andere um uns herum tritt in den Hintergrund. Ich taste nach Feors Wand und versuche, sie einzureißen. Ich stelle mir vor, wie die Barriere unter meiner Berührung schmilzt und er immer kleiner wird. Zwischen Feors Augenbrauen ist eine tiefe Furche, in der es feucht schimmert. Sein Blick ist eisern und seine Mauer baut sich unter meinem Drängen immer wieder neu auf. Für einen Moment weicht jegliche Emotion aus seiner Miene und er schließt die Lider. Beim Öffnen seiner Augen japse ich nach Luft. Jetzt strömt von ihm eine hitzige Welle auf mich ein. Hat es funktioniert? Nein, das ist nicht meine Wut. Es ist etwas Tieferes: Selbsthass.

Er überwältigt mich so plötzlich, dass ich keuche und nach Luft ringe. Seine Energie strömt ungehemmt auf mich ein und legt ihre eisigen Finger um meine Lunge. Ich brauche Luft. In seinem Blick liegt völlige Leere, die Mundwinkel sind leicht nach oben gezogen, während der Selbsthass auf mich einströmt. Wem machst du hier was vor? Denkst du, du bist eine von ihnen? Du wirst niemals normal sein.

Nein! Das bin nicht ich. Ich schließe die Augen und konzentriere mich auf den Strom, der von mir auf ihn übergeht. Ich kann ihn brechen. In meinen Ohren klingelt es und meine Beine zittern, doch aus irgendeiner Ecke meines Körpers zerre ich Energie hervor.

„Das reicht!" Die helle Stimme schallt durch den Raum und wir fahren auseinander. Mit aufgerissenen Augen starren Feor und ich uns an. Mein Puls rast und mein Atem geht schnell. Mit blanken Gesichtern und offenen Mündern sitzen die anderen auf ihren Kissen. Nur eine nicht. Die anderen Nevox rücken zur Seite, während Sila sich ihren Weg zu uns bahnt.

Sie nimmt meine Hand. „Wir gehen", sagt sie mit ausdrucksloser Miene und zieht mich in Richtung Ausgang.

Einen Blick über die Schulter werfend, sehe ich Feor, der sich mit dem Handrücken über den Mund fährt und mich fixiert. Ich drehe mich weg und lasse mich von Sila aus dem Raum bugsieren. Während wir an Valeria vorbeigehen, flüstert sie mir zu: „Dein Vater ist ein Scheusal, aber glaub nicht, dass du so mächtig bist wie er." Ihr Gesicht ist ausdruckslos und ich zwinge mich, wegzusehen.

Wie in Trance folge ich Sila übers Gelände.

Auch in der Mitte des Waldes lässt sie meine Hand nicht los. Hier sinke ich zu Boden und lege meine Stirn an ihre Schulter, während die Tränen aus mir herausströmen und mein ganzer Körper bebt. In diesem Moment ist mir egal, dass Sila, die ich noch kaum kenne, mich weinen sieht. Sie streicht mir über den Rücken und wir bleiben so, bis Feors Energie in mir erlischt.

„Wir melden das", flüstert Sila irgendwann.

Ich blicke auf und wische die nassen Spuren aus meinem Gesicht. „Ich will mir keine Schwierigkeiten einhandeln."

Sila schüttelt den Kopf. Mit ihrer ernsten Miene sieht sie so viel älter aus als vierzehn. „Keine Person hat es verdient, so behandelt zu werden. Du hast meine volle Unterstützung."

Ich möchte lachen, aber es kommt nur ein kraftloses Röcheln heraus. In meinem Bauch kribbelt etwas Wärme. „Danke", flüstere ich und sie nickt.

Beim Mittagessen sitze ich schweigend am Kurstisch und fühle mich so leer wie lange nicht mehr. Was ist da vorhin passiert? Noch nie habe ich so eine blanke Wut gespürt. Wer weiß, was passiert wäre, hätte Sila nicht eingegriffen?

„Er hat völlig den Verstand verloren", sagt Sila leise zu Leo, welcher den Kopf schüttelt und wortlos seine Grünkohlsuppe löffelt. Wie immer sitzen Sila und Leo eng nebeneinander und ich frage mich, womit ich es verdient habe, dass sie mich einfach so bei sich aufnehmen. Hat Sila Mitleid mit mir, weil sie die Schikane von Valeria gewohnt ist?

„Wie haltet ihr das hier schon so lange aus?", frage ich.

Über Silas Miene huscht ein Schatten. „Ich kann nirgends anders hin, solange ich nicht volljährig bin, aber den Kontakt zu Nevox halten möchte."

„Wohnen eure Eltern nicht hier?", frage ich und rühre in meiner Suppe herum.

„Wir haben beide keine Eltern mehr", erwidert Sila und ich schlucke schnell.

„Oh, das tut mir leid, ich wollte nicht –"

„Kein Problem, das kannst du ja nicht wissen. Ich weiß, dass die Menschen, bei denen du aufgewachsen bist, auch gestorben sind. Karan hat sie umbringen lassen."

Ich nicke und die inneren Bilder strömen auf mich ein. Die Blutlache auf dem Teppichboden meines alten Zuhauses werde ich nie vergessen.

„Wie sind eure Eltern gestorben? Wenn ich fragen darf."

Sila streicht sich eine dünne Strähne hinters Ohr. „Natürlich darfst du fragen." Sie sieht zuerst zu Leo und als dieser nickt, fährt sie fort. „Vor sechs Jahren gab es eine Auseinandersetzung von Nevox und Athemar in dem Stadtteil, in dem wir groß wurden. Jahrelang hat sich das angebahnt und irgendwann lief das Fass über. Es war der

Geburtstag meiner Mutter und wir hatten Leos Eltern eingeladen. Leo und ich waren gerade im Keller, als die Fremden ins Haus kamen." Mein Blick fällt auf Leos Fingerknöchel, die weiß hervortreten, weil er so fest den Löffel umklammert. „Henry hat von uns erfahren und seitdem sind wir hier", sagt Sila und leert ihre Schüssel.

Geräuschvoll blase ich Luft durch meine Lippen und nicke. „Das tut mir leid. Es ergibt Sinn, dass ihr lieber hier seid. Was will man als minderjährige Person da draußen schon machen?" Wer weiß, ob es die beiden noch geben würde, wären sie nicht hierher geflohen.

Jetzt grinst Leo auf einmal, beißt aber schweigend in ein Stück Wurzelbaguette. Sila knufft ihn in die Seite und verdreht die Augen. „Hör auf, dich über mich lustig zu machen."

Leo zuckt mit den Achseln und Sila wendet sich mir zu, offenbar hat sie meine Verwirrung bemerkt. „Mein Vater war immer der Meinung, dass Nevox und Athemar friedlich zusammenleben können. Was unseren Eltern passiert ist, ist schrecklich, aber ich denke immer an seine Idee. Es muss einen Weg geben, wie die beiden Clans zusammenleben."

„Dein Pazifismus ist zum Kotzen", sagt Leo leise und kaut genüsslich weiter.

Ich verschlucke mich an meiner Suppe. Er legt den Kopf schief und ich lache. „Sorry, das kam völlig unerwartet."

Sila und Leo kichern ebenfalls. Ein warmes Gefühl breitet sich in meinem Bauch aus. Bewundernswert, wie diese Menschen hier sitzen und trotz des ganzen Mists, den sie erlebt haben, weitermachen.

„Seid ihr nie müde?", frage ich. Meine Gedanken wandern zu Victor, der sich seit seiner Ankunft auf dem

Anwesen von allen Themen, die in irgendeiner Form mit den Clans zu tun haben, abwendet. Wir alle haben ein sicheres Leben außerhalb der Grenzen verdient.

Sila zuckt mit den Schultern. „Es gab Zeiten, da wollte ich einfach nur abhauen, mich irgendwo verkriechen. Aber der Traum von einem Wandel gibt mir auch Hoffnung, und die wiederum hilft mir, morgens aufzustehen."

„Und hast du eine Idee, wie wir das anstellen können? Das mit dem friedlich zusammenleben."

„Seit ich klein bin, träume ich davon, ein Kinderhaus aufzumachen. Irgendwo da draußen, wo viel Platz außenrum ist und keine Nachbarschaft, die schon zu lange über die Vergangenheit streitet. Ich bin sicher, dass Leo und ich nicht die einzigen sind, die ihre Eltern durch den Clankampf verloren haben. Wenn es einen sicheren Ort gibt, an dem Kinder aus beiden Clans zusammen aufwachsen und sich gegenseitig schätzen lernen, unabhängig von ihrer Herkunft, dann entsteht vielleicht etwas Neues. Sobald ich achtzehn bin, will ich hier weg."

Ich nicke und sehe Leo an. „Und du?"

Dieser zuckt die Achseln und sieht zu Sila.

„Ohne dich gehe ich nirgends hin", sagt sie. „Außerdem ziehst du Kinder magisch an."

„Das kann ich mir gut vorstellen", sage ich und Leo grinst.

10

Keine zehn Pferde bringen mich am Nachmittag zurück ins Training, also schlage ich den Weg zu Caleb ein. Aus Prinzip finde ich, dass Arek den ersten Schritt auf mich zu machen sollte, auch wenn es schmerzt, ihm aus dem Weg zu gehen. Nach den jüngsten Ereignissen macht es mich noch saurer, dass er meine Skepsis nicht versteht. Oder habe ich es ihm nicht gut genug erklärt? Ich stöhne und lockere meine Schultern. Wo ist unser Vertrauen füreinander hingegangen?

Caleb öffnet mir die Tür, geht einen Schritt zurück und mustert mich von oben bis unten. „Wow, du siehst … scheiße aus. Komm rein."

„Du darfst das nur sagen, weil du weißt, dass du mindestens genauso fertig aussiehst", sage ich und hebe einen Mundwinkel. „Ich hatte gehofft, dass wir raus können. Ich kann heut nicht gut drinnen sein."

„Kickt die Panik?"

Erst schüttele ich den Kopf, dann nicke ich und seufze. „Das Training war schrecklich und ich bin völlig am Ende." Unter all den fremden Menschen in diesem Anwesen tut es gut, bei jemandem zu sein, den ich kenne. Man kann über Caleb sagen, was man will, aber zumindest weiß ich immer, woran ich bei ihm bin.

Wir schlagen den üblichen Weg über den Kiesweg in den Wald ein und gehen entlang der Grenze, während ich von Feor erzähle.

Caleb schnaubt. „Also für mich ist die Sache klar."

„Was bitte ist klar?"

„Na, er hasst dich dafür, dass er nicht du ist."

„Bitte was? Wieso um alles in der Welt sollte er ich sein wollen?"

„Na, weil du dich nicht an deine Pubertät erinnerst." Er bleibt stehen, sieht mich mit versteinerter Miene an und ich verdrehe die Augen. Caleb prustet los. „Du solltest mal dein Gesicht sehen."

Ich boxe ihn an die Schulter. Wieso noch mal bin ich mit diesem Menschen befreundet? Wir gehen weiter und ich kicke einen Fichtenzapfen aus dem Weg.

„Ne, jetzt mal ehrlich", sagt Caleb ernster. „Die Tochter des Oberhaupts? Die, für deren Hörigkeit der große Bad Boss alles tun würde? Karan hätte dich gleich mit seinem Blut versorgen können und trotzdem wollte er aus deinem eigenen Mund hören, dass du dich ihm anschließen möchtest. Wenn er sich mit deiner Kraft verbinden könnte, wären die Nevox morgen Geschichte. Ist doch klar, dass ein Arschkriecher wie Feor da Egoprobleme kriegt. Hast du gehört, wie klein mit Hut er vorgestern Nacht war? Keine Ahnung, wie seine Verbindung zu den Athemar ist, aber er muss in irgendeiner Form Dienste für sie übernehmen. Wahrscheinlich, um auch nur im Ansatz die Anerkennung von ihnen zu bekommen, die Karan für dich hat."

„Hätte Karan Anerkennung für mich, hätte er mich nicht elf Tage eingesperrt und anschließend sediert, um mich mundtot zu machen", sage ich trocken. Von dem Gedächtnisraub ganz zu schweigen. „Ich weiß ja, dass du viel von meinen Fähigkeiten hältst, aber hast du die Leute in den Kapseln gesehen? Ich finde die Vorstellung so heftig, was sie mit ihren Fähigkeiten anstellen." Die Sonne dringt zwischen den Ästen hervor und ich kneife die Augen zusammen. „Sollte Feor wenn dann nicht wie die sein wollen?" Ich sehe nach links ins Leere.

„Caleb?" Ich wirbele herum, schaue umher. Nichts. Wie lange ist er schon nicht mehr neben mir? Verdammt. Ich eile die paar Meter zurück und scanne den Wald. Da! Am Fuß einer Kiefer hockt er, den Rücken gekrümmt. Ich renne zu ihm.

„Caleb!" Sein Gesicht hat er in den Händen vergraben und sein Brustkorb hebt und senkt sich schnell. „Hey, ich bin da", sage ich, hocke mich vor ihn und lege ihm eine Hand auf den Rücken. Verdammt, schon wieder? Ich nehme vorsichtig sein Gesicht in beide Hände und zucke zusammen. So kalt war er noch nie. Seine Lider flattern und zwischendrin blitzt es gelb hervor. „Caleb, sprich mit mir." Ich muss einen Funken erzeugen. Wo ist meine Energie? In mir drin ist Chaos, ich schaffe es nicht, mich zu bündeln. Er braucht Wärme. „Caleb, sieh mich an."

Er blinzelt. „Es ... wird schlimmer", keucht er und drückt die Lider wieder zu. Aus seinen Augenwinkeln fließen Tränen. Ich konzentriere mich auf unseren Körperkontakt und verwurzele mich in Gedanken mit dem Boden. So schnell ich ihm auch helfen will, in Eile funktioniert das nicht. Bitte lass einen Funken entstehen, bitte. Tief atme ich ein und ein schwaches Licht entsteht in meinem Inneren. Na endlich. Die Luft strömt aus mir heraus und ich konzentriere mich darauf, die Energie in mir auszubreiten und auf ihn überfließen zu lassen. „Gleich geht es dir besser, Caleb." In wenigen Sekunden wird die Wärme sich in ihm ausbreiten und alles ist gut.

„Lass mich." Ein Röcheln entfährt ihm und er weicht ein Stück zurück.

„Halt still, Caleb, sonst kann ich dir nicht helfen."

„Lass mich in Ruhe, Nara", presst er heraus.

Ich schlage die Augen auf. „Was? Wieso?"

„Es ist es nicht wert." Ein Schütteln geht durch ihn hindurch und mehr Tränen tropfen auf seine Hose. Seine Schultern beben. „Es wird immer so kalt sein. Hör auf, deine Energie für mich zu verschwenden."

Ich schüttele meinen Kopf. So etwas hat er noch nie gesagt. „Was redest du, Caleb? Lass mich dir einfach helfen."

„Nein", sagt er leise. „Nein, nein, nein." Er wird lauter und weicht vor mir zurück. Meine Hände fallen auf seine Beine, während er rückwärts krabbelt und sich an den Baumstamm presst. Seine Augen sind weit geöffnet und er fixiert mich. Als hätte er Angst vor mir.

„Es ist alles gut, Caleb." Ich rücke zu ihm heran und sofort rappelt er sich am Stamm nach oben.

„Lass mich!" Seine Stimme zittert.

Ich hebe die Hände und stehe ebenfalls auf. „Ich tu dir nichts, Caleb. Es ist alles gut. Lass mich nur deine Schulter berühren und dir wird warm."

„Hör auf mit der Wärme. Geh einfach weg, du sollst mich so nicht sehen." Sein Keuchen schnürt mir die Brust zusammen. Was redet er da? Calebs Blick zuckt von links nach rechts, als überlege er, in welche Richtung er fliehen könne. Schwer atmend reibt er sich über die Oberarme.

„Caleb, bitte", sage ich und gehe noch mal einen Schritt auf ihn zu, doch er drückt sich vom Stamm ab und sprintet los. Ich hechte hinter ihm her und erwische ihn an der Hand, zwinge ihn mit aller Mühe zum Stoppen. Er versucht sich loszureißen, doch ich greife fest nach seinem Handgelenk. In diesem Zustand will ich ihn nicht allein lassen. „Caleb, bitte halt still, bitte." Ich suche seinen

Blick, doch er sieht überall hin, außer zu mir, während er sich windet und schmerzvoll das Gesicht verzieht. Mit der anderen Hand greife ich nach seiner Schulter und versuche, mich selbst zu beruhigen, um Wärme zu übertragen.

Caleb japst nach Luft, stößt ein kreischendes Heulen aus und sackt zusammen. Ich halte ihn gerade so, dass er nicht mit dem Kopf auf den Boden knallt. Ächzend stütze ich sein ganzes Gewicht und lege ihn ab. „Caleb!" Da ist nur ein kleiner weißer Spalt zwischen seinen Wimpernkränzen und sein Mund steht offen. „Caleb." Ich beuge mich über ihn. Seine Stirn glüht, der Rest des Körpers ist eiskalt. Keine Reaktion. Eilig drücke ich ihm zwei Finger an die Halsschlagader und checke seine Atmung, die zum Glück flach, aber gleichmäßig ist. Er ist bewusstlos. „Wach auf." Ich tätschele ihm die Wange und rüttele an seinen Schultern. Nichts. Beim Versuch nach Energien in ihm zu tasten, stoße ich auf Kälte und in mir drin lodert nur ein jämmerlich schwacher Funke. Es fühlt sich an, als hätte mein Körper nach heute Morgen keine Energie mehr übrig. Mist, Mist, Mist. Warum habe ich mich auf Feors bescheuerten Zweikampf eingelassen?

Ich sehe zum Himmel, an dem sich dunkle Wolken zusammenziehen. Calebs regungsloser Körper liegt unter meinen Händen. Er braucht Wärme. Aber von wem? Ich kann ihn nicht ins Haus schleifen. Nicht, wenn ihn dabei unzählige Nevox sehen, die nur nach weiteren Vorurteilen suchen und es brühwarm an die Chefetage weitererzählen. Ich selbst bin zu platt, ich kann ihm nicht helfen. Arek? Keine Ahnung, wo er ist. Verdammt.

Schnell füge ich in meinem Kopf die verschiedenen Standorte des Anwesens zusammen. Zu Tamena dürfte es von hier nicht mehr als ein halber Kilometer sein. Kann ich ihn so weit tragen? Sie hat ein Wärmekissen und einen Ofen. Vielleicht reicht es auch, ihn in dicke Decken zu wickeln. So oder so, er muss von hier weg und kann nicht zurück zum Anwesen.

Ich gehe um ihn herum und schiebe meine Hände unter seine Achseln. Bei der Berührung schüttele ich mich. Er wird immer kälter. Mit aller Kraft hebe ich ihn ein Stück an, schiebe meine Arme unter seinen durch und verschränke meine Finger auf seiner Brust. Gekrümmt gehe ich rückwärts und schleife ihn so über den Waldboden. Es ist mühsam, aber es geht. Seine Sohlen hinterlassen zwei langgezogene Spuren auf dem Weg und er nimmt einen Haufen Blätter und Stöcke in seinen Schuhen mit, aber anders schaffe ich es nicht, seinen schlaffen Körper zu tragen. Immer wieder richte ich mich auf und erneuere den Griff. Meine Oberarme brennen und ich mache alle paar Minuten Pause. Caleb hängt da wie ein nasser Sack. Zumindest hebt und senkt sich sein Oberkörper unter meinen verschränkten Händen. Wieso wacht er nicht auf?

Nach einer gefühlten Ewigkeit zerre ich ihn mit letzten Kräften auf die Lichtung. Schweiß brennt in meinen Augen.

„Tamena!" Ich bohre meine Finger in Calebs Jacke und taumle in Richtung Hütte. In meinem Kopf pocht es laut und mir ist schwindelig. Da spüre ich eine Hand unter meinem Arm und mit einem Ruck hat die alte Frau Caleb in ihren Griff übernommen. Ein Schwall Salbeiduft hüllt mich ein und ich stütze schwer atmend meine Hände auf die Knie.

„Halt mir die Tür auf", sagt Tamena und ich stolpere an ihr vorbei zum Eingang, durch den sie ihn jetzt schleift.

Mit dem Ellenbogen drückt sie in der Küche eine Klinke hinunter und Calebs dreckige Füße verschwinden in das dritte Zimmer, das ich noch nicht gesehen habe, wahrscheinlich das Schlafzimmer. Ich knete meine Fingerknöchel und sehe mich um.

„Komm schon", sagt Tamena. „Ich brauche deine Hilfe."

Im Zimmer stehen ein kleines Bett und ein hölzerner Schrank. Ein Teil der Wände ist aus Stein, das Schlafzimmer muss halb im Fels liegen. An der Wand zur Küche knistert ein Feuer in einem Holzofen.

Tamena zieht ihm die Schuhe aus und packt seine Beine in eine dicke Wolldecke. „Wann hat er sein Blut bekommen?"

„Woher weißt du das?"

Sie schnaubt. „Ist nicht das erste Mal, dass ich jemanden mit Kältestarre sehe."

Kältestarre. Das kenne ich sonst nur aus dem Biounterricht von Tieren. „Vor drei Monaten", sage ich.

Scharf zieht sie Luft ein. „Das ist recht frisch. Wir müssen ihn anders wärmen, die Decken und der Ofen werden nicht ausreichen." Sie nimmt das Getreidekissen aus einer Schale über dem Holzofen und reicht es mir. „Leg ihm das auf die Brust und hilf mir, ihn ins Gewächshaus zu tragen."

Ich ziehe die Augenbrauche zusammen. „Ins Gewächshaus?"

„Los", sagt sie und eilt in die Küche. Von dort dringt Klimpern und Rascheln herbei.

Was zum Kuckuck … Ich betrachte Calebs blasses Gesicht. Seufzend öffne ich seine Jacke, stopfe das warme Kissen unter sein Oberteil und schließe den Reißverschluss.

„Ich den Kopf, du die Füße." Tamena steht in der Tür, einen Rucksack geschultert. Ihre feste Stimme lässt keinen Widerspruch zu, wodurch ich hoffe, dass sie weiß, was sie tut.

Zu zweit geht es deutlich schneller, ihn zu tragen, und dieses Mal kommt mir der Weg zum Gewächshaus kürzer vor. Vielleicht, weil ich den Blick nicht von Calebs Brust abwende, die sich zum Glück weiterhin hebt und senkt.

„Dort hinten, unter den Holunder", sagt Tamena beim Eintreten in das Glashaus. Sie nickt in Richtung eines großen, blättrigen Strauchs, der in der rechten hinteren Ecke steht, und wir bugsieren Caleb zwischen den verschiedenen Büschen hindurch.

Hinten angekommen gehen wir gleichzeitig in die Hocke und legen Caleb vorsichtig auf den Boden ab. Es riecht nach feuchter Erde und der grüne Strauch vor uns strömt einen süßlichen Duft aus. Sind das Blüten? Um diese Jahreszeit?

„Es ist ja wirklich schön hier in deinem Garten, aber wie soll das Caleb helfen?"

„Psst. Hilf mir lieber, ihn unter den Busch zu ziehen." Tamena zieht ihn an den Achseln etwas weiter zur Seite und ich platziere seine Beine entsprechend. Sein Gesicht ist völlig unter dem Blätterdach verschwunden und ich kauere mich zu ihm, um ihn besser zu sehen. Tamena holt zwei dunkle Glasflaschen aus ihrem Rucksack und reicht mir diesen. „Gib ihm das als Kissen." Ich tue, wie mir geheißen und bette Calebs Kopf auf die leere Tasche. „Jetzt öffne die Jacke und nimm das Wärmekissen zur Seite." Tamena schraubt den Deckel von einer Flasche und zieht eine Pipette heraus, in der eine knallrote Flüssigkeit schimmert. „Halt mal." Mit der freien Hand schiebt sie seinen Pullover und sein T-Shirt nach oben und entblößt seine nackte Brust. Zögernd übernehme ich das Kleidungsknäuel.

Tamena bewegt leicht ihre Lippen, als würde sie mit sich selbst sprechen, während sie ein paar Tropfen auf sein Brustbein träufelt und das rote Öl mit der flachen Hand auf seinem Oberkörper verreibt. „Danke", sagt Tamena und bedeckt seine glänzende Brust wieder mit der Kleidung. „Jetzt brauchen wir beide einen Moment. Setz dich da drüben hin." Sie reibt ihre Handinnenflächen aneinander und fährt sich über das Gesicht, sodass ein kleiner, öliger Schimmer auf ihrer Haut bleibt.

Ich suche mir einen Platz an der Außenwand und sinke zu Boden. Tamena sitzt neben Caleb, ist aber dem Strauch zugewandt und flüstert ein paar unhörbare Worte. Mit geschlossenen Augen senkt sie den Kopf und hebt die Hände, um ein paar der herzförmigen Blätter zu berühren. Jetzt fährt sie sich erneut mit den Händen über den Kopf, als würde sie unsichtbares Wasser über sich schütten, und legt eine Hand auf Calebs Schulter. Ihre Augen sind geschlossen, die Lippen leicht geöffnet.

Zu gern wüsste ich, was sie vorhat. Was hat Tamena über Wacholder und Melisse gesagt? Sie wärmen. *Von innen und von außen.* Vielleicht trifft das auch auf Holunder zu. Ob sie … Nein, das ist unmöglich. Würde sie ihm einen Saft geben, okay. Aber nur vom Anstarren und Berühren profitiert man nicht von einer Pflanze.

Caleb liegt reglos da und seine Haut ist immer noch blass. Verschwenden wir wertvolle Zeit? Vielleicht hätte ich doch direkt zum Campuspersonal gehen sollen, nicht umsonst gibt es medizinische Fachkräfte im Haus. Andererseits muss es einen Grund geben, dass Caleb damit bisher noch nicht bei ihnen war, selbst wenn es nie so schlimm war wie jetzt. Wer weiß, wie oft er das hat, wenn er allein ist? Kein Wunder, dass er immer aussieht, als schlafe er nicht. Ich sehe zu Tamena, die seelenruhig mit geschlossenen Augen dasitzt. Mein Bein wippt und ich kaue auf meiner Oberlippe. Wann passiert denn endlich was?

Sie öffnet ihr rechtes Auge zur Hälfte. „Wir wär's, wenn du einen Spaziergang machst?"

„Ich bleibe lieber hier, für den Fall, dass was ist."

„Das war keine Frage", sagt sie. „Du kannst zur Hütte gehen und Rosmarintee bringen."

Ist das ihr Ernst? Ich soll Tee kochen, während sie nichts tuend neben meinem bewusstlosen Freund sitzt? Ich will etwas erwidern, doch ihre Augen sind wieder geschlossen. Eine Hilfe bin ich ihr offensichtlich nicht. Langsam stehe ich auf und stiefle zum Ausgang. Mir bleibt nichts anderes übrig, als ihr zu vertrauen. Sie hat vorhin das Wort Kältestarre gesagt und sie weiß von Karans Blut, also kann sie einschätzen, ob sie die Situation handhaben kann oder nicht. Außerdem ist sie eine der wenigen Personen auf diesem Campus, die mir das Gefühl geben, akzeptiert zu sein.

Ich stapfe in Richtung Hütte. Es ist ätzend, nur zu hoffen, dass sie ihm hilft. Wenn ich mich heute Morgen weniger verausgabt hätte, wäre mehr Energie in mir übrig geblieben und es wäre vielleicht gar nicht so weit gekommen.

Dort angekommen setze ich den Kessel auf und krame in den Schränken nach einer Thermoskanne. Dafür, dass sie allein lebt, hat Tamena viel Geschirr. Ich bücke mich zu der Kommode unter dem Waschbecken und ziehe die knarzende Holztür auf. Jackpot. Im hintersten Eck neben den getöpferten Tassen steht eine Aluminiumkanne mit Schraubdeckel. Ich fische sie vorsichtig hervor, da fällt mein Blick auf ein Foto an der Innenseite der Schranktür. Es ist ausgeblichen und abgegriffen, sodass ich die Augen zusammenkneife, um die zwei Menschen darauf zu erkennen. Es ist die Nahaufnahme eines Mannes und einer Frau, die sich lächelnd ansehen, hinter ihnen die tief stehende Sonne über einem Feld. Ist das Tamena? Die Frau auf dem Foto ist circa Mitte dreißig und hat lange, braune Haare, aber das schelmische Glitzern in den Augen ist dasselbe wie heute. Ich lächle. Beim Anblick der beiden entsteht ein wohliges Gefühl in meinem Bauch und ich habe den Geruch von Heu in der Nase.

Vorsichtig klappe ich das Foto an dem Klebestreifen, der es an der Holztür hält, nach oben. Mit schwarzem Kugelschreiber steht etwas auf der Rückseite.

Wir beide, für immer. – dein Sali.

Sali. Tamena war also nicht immer allein. Schwere legt sich auf meine Brust und ich blinzle. Hat sie ihn verloren? Es pfeift laut und ich zucke zusammen. Das Teewasser. Schnell rapple ich mich auf und in mir dreht sich alles, also halte ich mich kurz an der Küchenzeile fest, bis ich wieder klar sehe. Mit zitternden Fingern nehme ich den Kessel vom Herd und gieße die dampfende Flüssigkeit in die Thermoskanne.

Mit dem Zeigefinger fahre ich über die mindestens dreißig handbeschrifteten Etiketten der Kräutergläser oberhalb der Küchenzeile, bis ich Rosmarin finde. Ich nehme das dunkle Gefäß aus dem Regal, entkorke die breite Öffnung und ein würzig harziger Duft steigt mir in die Nase. Die nadeligen, trockenen Stiele drängen sich bis

109

unter den Glasrand und ich ziehe zwei heraus, um sie in die Thermoskanne zu stecken. Das muss reichen.

Beim Hinausgehen schließe ich die Schranktür und werfe einen letzten Blick auf das Foto. Es muss schrecklich sein, ohne die engste vertraute Person zu sein. Meine Gedanken wandern zu Arek und das mir bekannte Stechen in meiner Brust setzt ein.

Auf dem Weg zurück zum Gewächshaus verlaufe ich mich aus Hektik zweimal und bin froh, als endlich das Glas zwischen den Fichten aufblitzt. Ich hätte mir den Weg besser einprägen sollen.

Gehörig aus der Puste, drücke ich leise die Tür hinter mir zu und schleiche nach hinten.

„Super, der Tee kommt genau richtig", ruft Tamena und ich stutze. Caleb sitzt aufrecht vor dem Holunderbusch, die Arme um die Knie geschlungen. Er sieht erschöpft aus, aber immerhin wach.

„Caleb", sage ich und eile zu ihm. Er hebt den Blick und erwidert mein sanftes Lächeln.

„Hey." Er klingt, als hätte er zehn Jahre nicht gesprochen.

„Wie geht's dir?" Ich gehe zu ihm in die Hocke und lege eine Hand auf seinen Rücken.

„Blendend." Seinen Sarkasmus hat er also nicht verloren.

Jetzt sehe ich zu Tamena. „Wie hast du ihn wach gekriegt?" Ich reiche ihr die Thermoskanne, von der sie den Deckel abschraubt und das dampfende Rosmarinwasser hineingießt.

„Er war die ganze Zeit wach", sagt sie und hält Caleb den Becher hin. „Hier, trink das. Kurbelt den Kreislauf an." Was meint sie mit *die ganze Zeit wach*?

„Wieso hast du mir verschwiegen, dass du eine schrullige Tante im Wald hast?", fragt Caleb und nippt an dem Tee.

„Sie ist nicht meine Tante", sage ich und sehe zu Tamena. „Ich, äh. Keine Ahnung."

Tamena gibt ein krächzendes Lachen von sich. „Sie hat immer noch Sorge, vom Campus geworfen zu werden. Dabei gibt es verbotenere Dinge, als eine alte Frau in ihrer Hütte zu besuchen."

Ich habe nie gesagt, dass ich Angst habe, vom Campus geworfen zu werden. Mit zusammengekniffenen Augenbrauen verschränke ich die Arme vor der Brust. „Ich sehe, ihr zwei habt euch schon angefreundet." Beide lachen und ich fühle mich zehn Kilo leichter. „Nein, aber im Ernst. Was war das?"

„Kältestarre", sagt Tamena. „Wenn die Energien der Athemar Besitz von einem ergreifen, geht der Körper in eine Art Autopilot. Es ist ein guter Überlebensmodus, aber es braucht viel Mühe, um den Geist wieder aus seiner Reserve zu locken."

„Geht das den Athemar etwa auch so?"

Tamena seufzt. „Je öfter man das Blut bekommt, desto mehr wird Karans Gedankengut zum eigenen. Caleb ging es so schlecht, weil die Auswirkungen einerseits immens sind und sich andererseits der Körper gegen sie zu wehren versucht. Das Ergebnis ist diese Art von Bewusstlosigkeit, es ist zu viel für das Nervensystem."

„Kommt das immer so plötzlich?", frage ich und Caleb kaut auf der Innenseite seiner Wange.

„Es kommt nie plötzlich", sagt Tamena und sieht zu ihm. „Wenn wir auf unsere Gefühle hören, merken wir, wann es sich ankündigt. Das kann dein Freund dir bestätigen."

Caleb weicht meinem Blick aus und sieht auf den Boden.

„Ich bin nicht in der Position, dich zu bevormunden", sagt Tamena. „Aber du solltest besser auf dich aufpassen. Ich will nicht wissen, wo du diesen Energieüberschuss aufgeschnappt hast, aber ich bin mir sicher, du weißt, wie du ihm in Zukunft entgehst." Ihre Stimme ist ernst und Caleb kreist den Kopf knackend von einer Schulter zur anderen. In meinem Bauch zieht es. Wieso habe ich ihn nicht aufgehalten, nachts rauszugehen?

„Ich versuch's", sagt er leise.

„Schmier dir das abends auf die Brust", sagt Tamena und reicht ihm das Fläschchen mit dem roten Öl. „Lässt die Träume zwar nicht verschwinden, aber macht sie erträglicher."

Caleb öffnet die Lippen, schließt sie aber wieder und nimmt die Flasche entgegen. „Danke."

„Kannst du aufstehen?", fragt sie.

Ich halte ihm einen Arm hin, an dem er sich aufstützt und hochdrückt. Auf wackeligen Beinen steht er da und sieht sich um. „Netter Garten", sagt er, keucht und hält sich die Stirn. „Das war zu schnell."

Tamena räumt den Rucksack ein und ich helfe Caleb zwischen den Sträuchern durch.

Beim Hinausgehen schenke ich Tamena ein vorsichtiges Lächeln. „Danke." Wie um alles in der Welt hat sie das gemacht?

„Nicht dafür", sagt sie.

Ich presse die Lippen aufeinander. Vielleicht gibt es noch einen Menschen, dem ich von Tamena erzählen sollte. Tief atme ich durch. Vielleicht sollte ich mit diesem Menschen generell mal sprechen.

Wir bringen Caleb zu Tamenas Hütte, wo er sich ausruhen kann, bis er fitter ist. Ich bleibe, bis er friedlich vor sich hindöst und schlüpfe dann aus der Tür.

Hinter mir räuspert sich Tamena, die am Küchentisch sitzt und kleine, grüne Zapfen in einem Mörser zerstößt. „Manchmal ist es gut, mit Menschen zu sprechen. Vielleicht auch mit welchen, die etwas außerhalb stehen."

Ich lege den Kopf schief. Was meint sie?

„Das war ein Angebot", sagt sie trocken und sieht mich an. Oh.

„Ähm. Danke", sage ich. „Dann bis bald?"

„Bis bald." Sie wendet sich wieder ihrer Arbeit zu und ich drücke die Tür hinter mir ins Schloss.

Meine Füße fliegen förmlich über den Pfad, während ich zum Anwesen eile. In einer Stunde gibt es Abendessen, wo kann Arek da sein? Auf dem Hof tummeln sich einige Nevox, die gerade ihre Feldarbeit beendet haben, zumindest schließe ich das aus den erdbeschmierten Klamotten. Im Augenwinkel mache ich Erin aus, die ihren Kopf nach mir umdreht, doch ich haste schnell vorbei. Sie wissen wahrscheinlich alle, dass ich im Training sein sollte.

In einer Ecke des Foyers sitzt Victor mit zwei Kumpels auf einer Bank und spielt Karten. Er hebt den Blick und sieht mich. Ich lächle stumm und winke im Vorbeigehen. Victor zwinkert mir zu und legt die nächste Karte auf den Stapel in der Mitte. Ob er weiß, wo Arek ist? Kurz halte ich inne, laufe dann aber weiter. Er sieht so zufrieden aus, ich will ihn nicht nerven.

Im Zimmer ist Arek nicht, also checke ich das Trainingsareal. Dort ist keine Menschenseele, nicht mal mein eigener Kurs. Zum Glück bin ich ihnen draußen nicht begegnet. Ob Arek im Wald trainiert? Er verbringt am liebsten Zeit allein. Ich schlage mir mit der flachen Hand gegen die Stirn. Natürlich. Eilig laufe ich zurück zum Haupthaus, wo ich zwei Treppenstufen auf einmal nach oben nehme und mich an einer Gruppe Kinder mit Flechtkörben in den Händen vorbeiquetsche.

Als ich die Bibliothek betrete, schlägt mir der Duft von altem Papier und Staub entgegen. Durch die große Glasfront sieht man auf den Hof und einen Teil des Waldes. Unwillkürlich taucht in mir das Bild von einem Wagen auf, dessen Scheinwerferlicht durch die Nadelbäume dringt. Der Tag, an dem Arek endlich ans Anwesen kam. Es war unerträglich, nicht zu wissen, wo er war. Genauso wie die Angst, dass er in Karans Hände gefallen sein könnte.

Ich schließe die Tür hinter mir und gehe ein paar Schritte in den großen Raum. Am Fenster sitzen ein paar lesende Jugendliche sowie zwei ältere Frauen, tief über dasselbe Buch gebeugt. Von Arek fehlt jede Spur. Ich gehe zwischen den Regalen hindurch, vorbei an einer Gruppe junger Erwachsener, die mehrere Bücherstapel vor sich liegen haben und flüsternd diskutieren. Hastig quetsche ich mich an ihnen vorbei und steuere die hinterste Ecke der massiven Bibliothek an, die von der Tür und der Glasfront am weitesten entfernt ist.

Da. Bei den historischen Romanen lugt sein dunkler Lockenschopf hervor. Er sitzt in der Ecke auf einem einzelnen Stuhl und lässt, jetzt da er mich ebenfalls sieht, das Buch in seinen Händen auf den Schoß sinken.

„Hey", sage ich leise und bleibe mit etwas Abstand vor ihm stehen.

Sein Augenwinkel zuckt. Unter den meerblauen Iriden liegen dunkle Schatten, die ich nicht von ihm kenne.

Normalerweise schläft er wie ein Stein. „Hey", sagt er, die Stimme tief und kratzig. Ich kann seinen Blick schlecht deuten, genauso wie seine leicht gerunzelte Stirn.

Ich gehe zwei Schritte auf ihn zu. Da sind so viele Gefühle in mir, die sich im Sekundentakt neu an die Oberfläche kämpfen. Sehnsucht, nach ihm und unserer Nähe. Wut, weil er mir nicht zugehört hat. Resignation, weil ich nicht weiß, wie es für mich weitergeht, mit all den Informationen, die sich nur langsam in meinem Kopf sortieren. Ich sinke an der Wand neben ihm zu Boden und lehne mich daran an. Er rutscht zu mir hinunter, sodass wir nebeneinandersitzen. Wir blicken auf unsere Füße, die nebeneinander in den Gang ragen und ich traue mich nicht, ihn anzusehen. Bis vor Kurzem haben wir noch alles miteinander geteilt.

„Arek –"

„Nara –"

Wir seufzen beide und lachen ein trockenes Lachen, das mir in der Kehle stecken bleibt. „Ich zuerst", sage ich und wende mich ihm zu. Er strömt seinen vertraut herben Duft aus und ich würde ihn am liebsten berühren. „Es tut mir leid, dass ich dich gemieden habe. Ich war verletzt, dass du mich nicht ernst genommen hast." Er öffnet den Mund und ich schüttele den Kopf, um ihm zu signalisieren, dass ich nicht fertig bin. Er schließt seine Lippen wieder und nickt. Ich sortiere meine Gedanken. „Du hast mir nicht einmal die Chance gegeben, mich oder Caleb zu erklären. Dadurch habe ich mich so weit weg von dir gefühlt und Sachen nicht erzählt, die ich dir sonst erzählt hätte." Ich wische meine feuchten Hände an der Hose ab. Wieso ist das so schwer? „Tut mir leid, dass ich mich nicht für dich freuen konnte, dass du ein Wachender wirst. Ich glaube, ich wollte nicht wahrhaben, dass du so viele Jahre hierbleibst."

Ein paar Atemzüge betrachtet er mich. „Willst du denn nicht viele Jahre hierbleiben?" Am liebsten würde ich alles vergessen und ihn in den Arm nehmen. Aber da ist so viel Ungesagtes.

„Doch. Also nein, ich weiß es nicht genau." Ich fahre mir mit der Hand übers Gesicht. „Am Anfang dachte ich, schon. Ich war überzeugt, dass es das jetzt ist, mein neues Leben, aber je länger ich hier bin und je mehr ich erfahre, desto unsicherer werde ich. Ich weiß nicht, was ich möchte, außer, dass das mit Karan aufhört." Ich blicke auf meine Finger. Es bleibt still und ich ziehe meine Knie heran.

„Du machst dir wirklich Sorgen, oder?", fragt Arek sanft.

„Du etwa nicht?"

Mit den Fingern massiert er seinen Kiefer. „Ich kenne Karan, seit ich klein bin. Wenn ich mir immer Sorgen machen würde, weil er existiert, könnte ich kein Leben führen. Es tut mir leid, dass ich dir das Gefühl gegeben habe, nicht ernst genommen zu werden. Ich war sauer. Auf Caleb, dass er sich und dich in Gefahr bringt. Aber auch auf dich. Ich hatte das Gefühl, dir ist deine neu gewonnene Sicherheit völlig egal. Kannst du diesem Ort keine Chance geben?"

„Kommt dir das bekannt vor? Ich beginne Dinge zu hinterfragen und mir eine eigene Meinung zu bilden und alles, was von dir kommt, ist der Überzeugungsversuch, alles hinzunehmen, wie es ist. Es ist doch natürlich, dass ich nicht entspannen kann, während mein Vater da draußen grausame Dinge tut."

116

Arek rauft sich die Haare. „Nara."

„Was?" Meine Stimme bebt und wir sehen uns an.

Seine Schultern sacken nach unten. „Du weißt, dass es mir unendlich leidtut, dass wir dich angelogen haben. Ich dachte, das hätten wir hinter uns."

Dachte ich eigentlich auch. Warum bin ich immer noch so sauer? „Es geht mir um jetzt. Nimmst du mich denn ernst?"

„Natürlich nehme ich dich ernst."

„Wie kannst du dann sagen, dass ich einfach ankommen und das Zeug da draußen ignorieren soll? Ich *war* draußen. Und es *sind* Athemar unterwegs. Ich kann nicht auf heile Welt tun." Ich spreche leise, sehe ihn aber durchdringend an.

Arek weitet die Augen und beugt sich vor, um in den Gang zu spähen.

„Hier hinten ist niemand, sie sitzen alle im Eingangsbereich", sage ich.

Arek nickt und mustert mich. „Ist es das, was du von mir denkst? Dass ich auf heile Welt tue? Nara, ich bin froh, dass es nach den letzten Wochen überhaupt noch *irgendeine* Welt für dich und mich gibt. Und im Gegensatz zu Caleb versuche ich hilfreich zu sein. Glaubst du, es macht mir Spaß, einfach zu vertrauen, dass schon alles gut wird? Natürlich mache ich mir Sorgen. Aber ich bin müde, verdammt noch mal. Ich bin müde, immer allein etwas durchsetzen zu müssen."

„Hast du Henry Bescheid gesagt?"

„Ob ich Caleb verpetzt habe? Himmel, Nara, was denkst du von mir?"

Ich blicke zu Boden. Bin ich wirklich davon ausgegangen, dass er ihm so in den Rücken fällt? „Ich verstehe, dass du müde bist, Arek, das bin ich auch", sage ich langsam. „Aber du hast mich. Uns beide. Wir sind ein gutes Team. Denkst du nicht, wir können etwas tun?"

„Was tun? Wir sind hier an einem Ort, dessen Struktur darauf beruht, für Sicherheit zu sorgen. Und wenn Henry sagt, dass sie alles unter Kontrolle haben, dann glaube ich ihm das. Ich würde auch gern mit einem Fingerschnipsen dafür sorgen, dass plötzlich alle Probleme geregelt sind. Aber so einfach geht das nicht, es braucht Zeit und Vertrauen in die, die das schon Jahrzehnte machen."

„Ich kann das nicht", sage ich leise. „Ich kann nicht einfach vertrauen. Nicht, wenn mein Vertrauen schon mehrmals missbraucht wurde." Die Erkenntnis schmerzt und ich schlucke, seinen Blick meidend. Ich weiß, dass ich damit auf einen Nerv bei ihm treffe, aber es ist wahr.

„Dann sind wir offensichtlich an zwei verschiedenen Punkten", sagt Arek leise und in seiner Stimme liegt Schmerz.

Meine Augen brennen und ich drücke die Lider zusammen. Zwei einzelne Tränen rollen über meine Wangen und ich wische sie schnell weg. Schwere legt sich auf meine Brust. „Das sind wir wohl." Uns trennt eine eisige Wand, die jeden seiner Funken verbirgt.

Eine Weile sitzen wir so da, gelähmt von dem, was wir gerade ausgesprochen haben. Irgendwann steht Arek auf und ich lausche seinen immer leiser werdenden Schritten zwischen den Regalen. Erst als ich sicher sein kann, dass er nicht mehr in meiner Nähe ist, lasse ich den Tränen freien Lauf.

11

Ich überspringe das Abendessen und verkrieche mich unter meiner Bettdecke. Der Druck auf meiner Brust ist stärker geworden und ich versuche mit aller Mühe ruhig zu atmen, um ihn abzuschütteln. Doch das Gespräch mit Arek spielt sich wie in Dauerschleife vor meinem inneren Auge ab. Wie konnte das nur so schieflaufen? Ich will Arek glauben, dass er mich ernst nimmt, aber seine Worte sprechen für das Gegenteil. In meiner Brust sticht es und neue Tränen brennen in meinen Augen. Hätte ich ihm überhaupt vertrauen sollen? Feors hämisches Grinsen mischt sich in die Bilder in meinem Kopf und ich wälze mich stöhnend auf die Seite. Offenbar kann man mich gar nicht ernst nehmen.

Nein. Ich setze mich auf und fahre mir mit den Händen übers Gesicht. Ich habe Respekt verdient. Leise flüstere ich die Worte vor mich hin und grabe die Finger in meine Kopfhaut. Was meinte Sila? Dass keiner es verdient hat, so behandelt zu werden. Ich schlucke, schlage die Bettdecke zur Seite und stehe auf. Meine Knie sind weich, doch ich bewege mich zur Tür. Ich muss mir beweisen, dass ich mehr wert bin.

Zehn Minuten später stehe ich mit schweißnassen Händen vor Henrys Büro. Hätte ich Sila tatsächlich mitnehmen sollen? Nein, sie hat heute Morgen schon genug getan. Ich muss das allein schaffen.

Mit zitternden Fingern klopfe ich gegen die Holztür.

„Ja, bitte?" Auf die dumpfe Stimme von innen folgt die aufschwingende Tür und Henry steht vor mir. Er wirkt viel größer als sonst und ich schlucke. „Nara." Er setzt ein Lächeln auf. „Wie kann ich dir helfen?"

„Darf ich kurz reinkommen?" Meine Stimme klingt dünn und ich wische die Hände an meiner Hose ab.

„Immerzu", sagt Henry und geht einen Schritt zur Seite. „Meine Tore stehen dir jederzeit offen."

Ich nicke und gehe an ihm vorbei in den großen Raum. Ich war noch nie in seinem Büro. „Nett hier." In den Holzregalen, die die Wände säumen, türmen sich unzählige Bücher.

„Setz dich", sagt Henry, schließt die Tür und deutet auf eine Sitzecke rechts neben seinem großen Schreibtisch aus Massivholz, der mitten im Raum steht. Ich lasse mich auf einem der Ledersessel nieder und Henry setzt sich mir gegenüber, die Beine überschlagen, die Hände auf den Knien gefaltet.

„Nun." Er hebt die weißen, buschigen Augenbrauen. „Wie kann ich dir helfen?"

Ich räuspere mich. „Ich möchte mit dir über Feor reden."

„Mhm?"

„Heute im Training gab es eine komische Situation, in der ich mich sehr unwohl gefühlt habe."

„Ah", sagt er und lehnt sich, ruhig lächelnd, nach vorn.

Ich hole tief Luft. „Ich sollte eine Stimmung auf ihn übertragen und er hat sich gewehrt."

„Und?"

„Das war merkwürdig, weil es nur um das Übertragen ging, er hat mich provoziert. Er hat so großen Hass auf mich übertragen, dass ich ihn fast nicht halten konnte."

Henry legt den Kopf schief. „Nara, was möchtest du damit sagen?"

Verdammt, was wollte ich noch mal genau sagen? Ich komme mir plötzlich ganz klein vor. „Ich habe das Gefühl, er verurteilt mich aufgrund meiner Abstammung. Ich habe mich zur Schau gestellt gefühlt und wollte dir diesen Fall melden. Dir ist Respekt auf dem Campus doch wichtig." Die letzten Worte verschlucke ich fast.

„Mh", macht Henry, nickt bedächtig und lehnt sich in seinem Stuhl zurück. „Ist das alles?"

Wie bitte? „J-ja", stammele ich. „Denke schon. Ich dachte, du sagst vielleicht etwas dazu."

„Was sollte ich denn deiner Meinung nach dazu sagen?"

Das geht in eine völlig andere Richtung als geplant. „Dass du ihn darauf ansprechen möchtest, vielleicht? Oder dass so etwas nicht vorkommen darf."

Wieder nickt Henry und meine Brust schnürt sich zusammen. War es ein Fehler, herzukommen? „Nara, ich danke dir, dass du dich so für diesen Campus engagierst. Aber was Feor betrifft, kann ich dich beruhigen. Er ist schon sehr lange hier und kennt die Regeln des Trainings genau, es würde mich also entlasten, wenn du ihm mehr Vertrauen schenkst." Wieder beugt er sich zu mir nach vorn. „Ich kann verstehen, dass deine Vergangenheit dir den Alltag etwas herausfordernder gestaltet und ich habe größten Respekt für die Bürde, die du trägst. Aber du darfst dich darauf verlassen, dass du hier nicht weiter auf der Hut sein musst. Es würde mich freuen, wenn du versuchst, deine persönlichen Erlebnisse nicht auf mein Personal zu projizieren." Sein Blick ist gelassen und ich habe Mühe, dass mir der Mund nicht aufklappt. Der Knoten in meinem Bauch zieht sich fester zusammen. Henry steht auf, geht zur Tür und hält sie mir auf. „Danke für deinen Besuch."

„Ich –", setze ich an, weiß aber nicht, was ich darauf erwidern soll. Hitze glüht in meinen Wangen und gleichzeitig fühle ich mich wie erstarrt. Langsam stehe ich auf, streiche mein Hemd glatt und gehe zur Tür.

Zum Abschied gibt Henry mir dir Hand. „Wenn du Unterstützung beim Einleben benötigst, gibt es ein paar vertrauenswürdige Auszubildende, die dir den Start etwas erleichtern könnten. Kennst du Valeria schon?"

Ich presse die Lippen aufeinander, nicke stumm und wende mich ab.

„Auf Wiedersehen", ruft Henry mir hinterher.

Unter Bauchschmerzen gehe ich zurück zu meinem Zimmer, wo ich mich wie in Trance entkleide und wieder unter meine Bettdecke krieche. Ein dicker Nebel umhüllt mich und es fühlt sich an, als würde ich nicht richtig in meinem Körper stecken. Ich möchte einfach nur schlafen. Nach einer gefühlten Ewigkeit fallen mir endlich die Augen zu.

Die nächsten Tage ziehen an mir vorbei wie ein Film. Am Dienstag sitze ich bis abends im Weiterbildungstrakt und starre vor mich hin, während ein mittelalter Mann mit ausgeblichenem Hemd die Geschichte der Nevox erklärt.

Am Mittwoch quäle ich mich ins Training und halte es nur aus, indem ich jeglichen Augenkontakt mit Feor vermeide. Sila und Leo werfen mir immer wieder Blicke zu, doch sie fragen nicht, wofür ich ziemlich dankbar bin. Die Aufmerksamkeit der anderen ist schon genug. Während des Unterrichts beobachten sie mich immer wieder und tuscheln hinter vorgehaltener Hand. Mit jedem Mal werde ich etwas kleiner.

Am Donnerstag entdecke ich Arek beim Mittagessen. Seine Haare sind zerzaust und sein Blick starr auf seinen Teller gerichtet. Er trägt ein dunkelgrünes Hemd, so wie Erin in der Kapsel. Mit Sicherheit lernt er von allen Wachenden am schnellsten. Kurz sieht er auf und sofort wieder weg. Eilig esse ich und verlasse das Gebäude.

Donnerstagnachmittags haben wir Geschichtsunterricht mit allen Auszubildenden, da bemerkt eh niemand, ob ich da bin. Mein Weg führt mich in den Wald. Der Unterschied zu sonst ist, dass ich ihn nicht mehr spüre. Die Bäume und der verwilderte Boden verleihen mir nicht die gewohnte Kraft oder Ruhe, sondern scheinen mich anzustarren, als wollten sie mich fragen, was ich hier suche. Ein heftiger Wind pustet mir die Haare ins Gesicht und ich gehe tiefer in den Wald, während immer mehr dunkle Wolken am Himmel aufziehen.

Vor einem Dreivierteljahr habe ich nicht einmal gewusst, dass ich diese Fähigkeiten besitze, doch seit ich sie kenne, sind sie meine Zuflucht. Jetzt sind da nur ein großes Loch und Druck, der zentnerschwer auf meiner Brust liegt. Ich balle die Fäuste und gehe schneller. Wenn ich nur lang genug hier draußen bleibe, kommen die Energien vielleicht zurück. Tränen brennen in meinen Augen, doch ich bin zu erschöpft, um zu weinen. Erneut wirbelt eine Windböe meine Haare auf und ich streiche sie energisch zurück. Am liebsten würde ich die Bäume anschreien. Wo ist ihre Kraft, wenn ich sie brauche? Ich kicke einen Stock aus dem Weg und er knallt gegen eine Fichte.

„Der Wald kann nichts für deine Wut."

Ich erstarre und drehe mich in die Richtung, aus der die Stimme kommt. Tamena lehnt an einem Baumstamm, in ihrer Hand baumelt ein halb befüllter Jutebeutel.

Ich stöhne. „Verfolgst du mich?"

Sie verschränkt die Arme und grinst. „Wohl eher du mich." Sie macht eine ausladende Geste in Richtung des Pfads, wo ich zwischen dem Geäst die Lichtung erkenne, auf der ihre Hütte steht. Ich habe gar nicht gemerkt, dass ich hierhin gelaufen bin.

„Tut mir leid", sage ich. „Ist nicht mein Tag heute."

„Man kennt's", sagt Tamena, stößt sich von dem Baum ab und geht in Richtung Hütte. „Aber wenn du hier schon wütest, kannst du dich auch gleich nützlich machen." Sie winkt mit der halb befüllten Jutetasche. „Fichtenwipfelsirup macht man sowieso besser zu zweit."

Ein erster Tropfen fällt mir aufs Gesicht und ich sehe nach oben, von wo mich direkt der nächste trifft. Tamena entfernt sich mit wehendem Pferdeschwanz und der Regen nimmt schnell zu, also schlinge ich die Arme um meinen Körper und hefte mich an ihre Fersen.

Schon nach wenigen Minuten laufen die Handgriffe. In die großen Gläser schichten wir abwechselnd Zucker und die zerriebenen Fichtentriebe, sodass ein grün-weiß gestreiftes Muster entsteht. Regentropfen prasseln in zunehmender Lautstärke auf das Dach der wohlig warmen Hütte.

„Und wieso sollte man hierfür zu zweit sein?" Ich atme den harzigen Duft der Wipfel ein.

„Damit die eine Person erklären kann, warum sie wie eine Dampflok durch den Wald prescht." Tamena zuckt nicht einmal mit der Wimper, und ich halte in der Bewegung inne. Sie wirft mir einen kurzen Seitenblick zu und widmet sich wieder den hellgrünen Nadeln.

„Ich möchte nicht darüber reden." Selbst wenn, wüsste ich nicht, wo ich ansetzen soll. Es ist so viel und gleichzeitig unbedeutend, im Gegensatz zu dem, was Tamena wahrscheinlich erlebt hat.

„Alles klar", sagt sie und stopft die zerquetschten Wipfel ins Glas. Sie nimmt es einfach an und von meiner Brust löst sich etwas.

Ich betrachte die hellgrünen Triebe in meinen Fingern. Trotz der unzähligen Nadeln sind sie weich und saftig. Ihr frischer, waldiger Duft weitet meine Lunge. Tamena weiß echt zu jedem Grünzeug ein Rezept.

„Wieso Pflanzen?", frage ich.

Sie schüttet die nächste Schicht Zucker in ihr Glas. „Wieso der Wald?", erwidert sie.

Ich schmunzle, führe die zerriebenen Nadeln an meine Nase und sauge den Duft ein. „Er fühlt sich so vertraut an. Ich habe so ein Bauchgefühl, dass ich zu ihm gehöre."

Tamena lacht röchelnd. „Es gibt kein Bauchgefühl."

Mit gehobenen Augenbrauen sage ich: „Und das von Mrs. *Gefühle-über-alles*."

Ein beherztes Lachen bricht aus Tamena heraus, so plötzlich, dass sie selbst überrascht scheint. Schnell fängt sie sich wieder. „Ich gebe zu, meine Aussagen sind manchmal widersprüchlich. Aber nur an der Oberfläche. Es gibt Gefühle und *Gefühle*. Was du als Bauchgefühl bezeichnest, ist verinnerlichtes Handlungswissen. Dein Leben lang lernst du, auch wenn dein Bewusstsein sich nicht daran erinnert. Du trägst Erfahrungen in dir, die du Bauchgefühl nennst. Gefühle, wie wir sie im aktiven Spüren erleben, sind reiner und einzig auf die Situation bezogen. Wir fühlen sie um ihrer selbst willen."

„Ich verstehe nur Bahnhof."

„Du wolltest ja eigentlich auch nicht sprechen."

Jetzt grinsen wir beide und ich verdrehe die Augen, während ich die nächste Schicht Zucker einfülle.

Vielleicht hat sich das mit dem Wald nun, da ich den Zugang nicht mehr spüre, eh erledigt. Gänsehaut breitet sich auf meinem Körper aus und ich kaue auf meiner Lippe. Ich werfe Tamena einen verstohlenen Blick zu. Wenn ich mit jemandem darüber sprechen kann, dann mit ihr. „Da ist doch etwas", sage ich leise. Ein Teil von mir wünscht, dass sie es gar nicht gehört hat.

Tamena schraubt ihr randvolles Glas zu und schnappt sich das nächste. „Mhm."

Ich atme tief ein. „Was du übers aktive Spüren gesagt hast, kenne ich auch aus dem Wald. Das ist, als würde mein Kopf sich ausschalten und etwas anderem Platz machen." Ich mache eine kurze Pause und sie sieht mich aufmerksam an, ohne sich zu rühren. „Aber es ist mir abhandengekommen. Also das Fühlen."

Tamena legt den Kopf schief. Hitze schießt in meine Wangen. „Was meinst du mit abhandengekommen?"

Ich fixiere die verbogenen Holzdielen. „Ich fühle mich … leer." Nur kurz begegne ich ihrem Blick und sehe sofort wieder auf meine Hände. Areks enttäuschtes Gesicht bei unserem Gespräch in der Bibliothek taucht vor meinem inneren Auge auf und in meinem Magen zieht sich ein Knoten zusammen. „Seit ein paar Tagen ist da so ein Vakuum in mir drin. Es fühlt sich an, als würde es mich aufsaugen, wenn ich nicht aufpasse. Meine Energien sind verschwunden und je mehr ich mich anstrenge, desto leerer fühle ich mich." Ich schlucke. Langsam hebe ich den Blick und sehe geradewegs in Tamenas braune Augen. Verurteilt sie mich? Sagt sie Henry Bescheid? *Bitte sag was.*

„Und hast du eine Idee, warum das gerade jetzt so ist?"
Sie klingt neugierig.

Ich sauge die Luft ein und reibe meinen Hals. „Ähm. Vielleicht ist es etwas viel gerade. Ich weiß nicht so ganz, wo oben und unten ist." In meinen Augen brennen Tränen und ich blinzle schnell.

„Was ist viel?"

„Alles?" Ich atme durch. „Das Training ist nicht meins, Feor hasst mich. Dann das Gefühl, hier nicht hinzugehören, die Blicke der anderen. Ich werde nie sein wie sie. Und will ich das überhaupt? Was draußen passiert, macht mir Angst und ich sorge mich um die Leute zu Hause. Ich will etwas tun, aber ich weiß nicht, was." Die Worte zu Arek bleiben mir im Hals stecken und ich schlucke. „Wenn ich abends im Bett liege, fühle ich gruselige Dinge. Ich habe Angst, dass sie mich überschwemmen." Ich denke an den Vorfall mit Feor. Diese alles vernichtende Wut, das war nicht ich. Der Gedanke daran treibt mir den Schweiß auf die Stirn. „Es fühlt sich an, als müsste ich das letzte bisschen Restverstand festhalten."

Auf Tamenas Miene legt sich ein Lächeln. „Manchmal müssen wir das letzte bisschen Restverstand aufgeben, um wieder fühlen zu können."

„Wie meinst du das?"

Tamena sieht an mir vorbei in den Raum hinein. „Sie verlassen dich nie, die Gefühle. Sie schlafen nur, wenn du sie vergisst. Wir versuchen alles mit dem Geist zu erfassen und haben Angst, uns ins Ungewisse des Spürens zu wagen."

Das Prasseln auf dem Hüttendach ist jetzt stärker, es klingt, als leere jemand eine Schale Nägel darüber aus. Tamena knipst die Lampe an.

„Ich habe Angst vor dem, was ich spüre, wenn ich es mir erlaube." Ich kaue auf meiner Oberlippe. Was, wenn die Wut mehr wird? Oder schlimmer – wenn ich spüre, dass ich fortmuss, um etwas zu verändern?

„Allein das ist Grund dafür, dass du in deinen Körper spüren solltest. Wir sind nicht dafür gemacht, unserem Kopf so viel Aufmerksamkeit zu geben. Du weißt, was du willst, Nara. Was dich abhält, ist die Angst vor Kontrollverlust. Zu fühlen ist nicht immer leicht, aber auf lange Sicht und mit einer Portion Mitgefühl für dich selbst macht es dich frei."

Ich sehe sie an und wir schweigen gemeinsam. Ihre Haut wirkt dünn wie Pergament und ihr sonst so harter Gesichtsausdruck ist weich, fast ein bisschen melancholisch. „Manchmal habe ich das Gefühl, du kennst mich besser als ich mich selbst."

Tamena sieht an mir vorbei. „Ich kenne mich, das genügt." Sie wendet sich ab und quetscht die restlichen Fichtentriebe ins Glas. Mit flinken Handgriffen verstaut sie die gefüllten Gläser auf dem Regalbrett zwischen den Gewürzen.

Langsam kreise ich meine Schultern nach hinten und es knackst. Hat sie recht und ich habe Angst, loszulassen? Wann habe ich mich das letzte Mal wie ich selbst gefühlt?

Ein Windstoß pfeift unter der Tür. Im Wald, als Arek und ich auf der Flucht waren und Wurzeln ausgegraben haben, war ich auf seltsame Weise verbunden. Zu ihm, zur Natur, zu mir selbst. Und das, obwohl ich mehr in Gefahr war als jetzt. Würde ich einen Weg finden, Karan zu stoppen, wenn ich mich nicht von meiner Angst lähmen ließe? Ich reibe mir übers Gesicht. Die Nevox werden nichts Neues unternehmen, Arek vertraut mir nicht und

Caleb entwickelt sich zu Trockeneis, wenn er zu nah an die Athemar kommt. Ich bin allein.

„Da fällt mir ein, du hast Post." Mit dem Geschirrhandtuch wedelt Tamena in Richtung Tisch und ich reiße die Augen auf.

„Das sagst du mir jetzt?" Ich wasche meine Finger und sprinte zu dem Brief, der auf der Tischplatte liegt. *An Nara* steht da geschrieben. Kein Absender. Mein Herz hüpft. Ist das von Zoey?

„Du warst ja nicht hier die letzten Tage." Tamena zuckt mit den Schultern.

Diese Frau macht mich fertig. „Du weißt, wo ich wohne."

„Ach", sagt Tamena und macht eine wegwischende Handbewegung. „Das da drüben ist nichts für mich."

Ich verdrehe die Augen und reiße den Brief auf. Ihre Handschrift erkenne ich sofort. Wie auf Kommando laufen Tränen über meine Wangen und ich haste in den Wintergarten, um in Ruhe zu lesen. Mein Herz rast und das Papier wackelt zwischen meinen zitternden Fingern.

12

Nara, du lebst! Gott, fällt mir ein Stein vom Herzen. Ich hoffe, dieser Brief kommt bei dir an. Die Person, die mir deinen gebracht hat, steht draußen und wartet, bis ich fertig geschrieben habe, also fasse ich mich kurz. Was antwortet man auf so einen absurden Brief? Es klingt wie ein schrecklicher Krimi. Musst du dich dein Leben lang dort verstecken?

Bevor du gegangen bist, habe ich gemerkt, dass etwas nicht stimmt. Du warst so weggetreten und antwortetest völlig unpassend auf Fragen ... Ich glaube, ich wollte dich nicht bedrängen, aber jetzt wünsche ich mir, ich hätte dich früher gefragt. Wir hätten uns zusammen etwas überlegt. Nicht, dass ich die beste Ansprechpartnerin bei übernatürlichen Machenschaften bin ... Himmel, ich glaube, ich muss erst mal verdauen, was du mir geschrieben hast. Aber wenn eins sicher ist, dann, dass ich dir verzeihe. Was hast du denn gedacht?? Du hast dir ja nicht ausgesucht, die Tochter von einem hirnrissigen Arschloch zu sein.

Zugegeben, ich bin durch den Wind. Unter anderem, weil ich es verdammt gruselig finde. In den letzten Wochen wurden drei aus unserer Schule als vermisst gemeldet und es kursieren alle möglichen Gerüchte. Du kannst dir ja vorstellen, was für einen abgrundtief schlechten Job unsere Dorfbullen machen. Aber jetzt, wo du das erzählst ... Hat das etwas mit deinem Vater zu tun? Meine Eltern lassen mich abends kaum aus dem Haus. Zum Glück ist Caleb bei dir. Bei ihm hieß es wie bei dir, dass er weggezogen sei. Ich weiß, er kann ein eingebildeter Idiot sein, aber im Herzen ist er superlieb. Okay, Nara, ich weiß nicht, was ich noch schreiben soll, aber ich hoffe einfach so sehr, dass wir uns sehen. Du fehlst hier. Miranda lässt dich

mit Sicherheit lieb grüßen <3 Bitte, bitte pass auf dich auf.
Und schreib mir wieder! Bis dahin habe ich den ersten Schock
verdaut ... Fette Umarmung, deine Zoey.

Ich wische ein paar Tränen weg und ziehe die Nase hoch.
Sie verzeiht mir. Klar habe ich gehofft, dass sie mich nicht
vergisst, aber wir kennen uns erst ein Dreivierteljahr. Ich
starre auf ihre Worte und empfinde einen Hauch von
derjenigen, die ich bis vor ein paar Wochen sein durfte.
Die unbeschwerte Teenagerin, die sich einen Freundeskreis
aufbaute und Zugehörigkeit empfand.

Noch einmal lese ich den letzten Absatz und meine
Brust schnürt sich zusammen. Drei Leute. Erinnerungen
aus dem Athemar-Trakt prasseln auf mich ein: die
Tätowiermaschine, die Blutkonserven und die vielen
Menschen auf den Liegen im Aufwachraum. Sie wurden
alle aus dem Feuer gerettet, aber für was? Ich schlucke
und stehe auf. Es läuft weiter, wie es aufgehört hat. Mir
ist schlecht. Wäre ihr etwas zugestoßen, hätte ich mir nie
verziehen, dass ich sie nicht früher gewarnt habe.

„Kann ich ihr zurückschreiben?" Ich lehne mich gegen
den Türrahmen und versuche meinen rasenden Puls zu
beruhigen.

Tamena ist dabei, den Jutebeutel in der Spüle zu
waschen. „Wenn du nicht jedes Mal fragst, kannst du
das gerne tun." Kurz hält sie inne. „Und, wenn du mir
ein Feuer anmachst. Ich will gleich zum Gärtnern raus
und danach bin ich ein Eisklotz." Wie zur Bestätigung
schlägt der Wind den Fensterladen des Küchenfensters
an die Fassade. Tamena schüttelt sich und zieht ihr
Halstuch weiter hoch. Ich ziehe die Augenbrauen
zusammen, halte aber den Mund. Es ist überflüssig

zu fragen, wer bei diesem Wetter auf die abstruse Idee kommt, zu gärtnern.

„Äh, ja klar." Ich gehe zu dem gekachelten Holzofen in ihr Schlafzimmer. Daneben steht eine Kiste mit Holzscheiten.

„Anzünder sind in der Kiste", ruft Tamena aus der Küche. Ich blicke an dem Ofenrohr hinauf, das an manchen Stellen bunt schillert, und wische meine plötzlich feuchten Hände an der Hose ab. Einmal atme ich tief durch, knie mich vor den Ofen und öffne das durchsichtige Türchen. Mit zitternden Händen stapele ich Brennholz hinein, wobei mir ein dickes Scheit aus der Hand auf meinen Oberschenkel rutscht. „Verdammt." Schnell greife ich wieder danach und stopfe ihn zu den anderen in den Kamin. Bilder von lodernden Flammen drängen sich vor mein inneres Auge und ich blinzle sie weg. Es ist alles gut.

In der Kiste ist eine kleine Schachtel mit getrocknetem Moos, eng geschnürten Strohpäckchen und einem Feuerzeug. Langsam kreise ich die Schultern nach hinten und nehme ein großes Anzündebündel heraus. An manchen Stellen ist es glatt und rot, Tamena hat offensichtlich ein wenig Wachs auf die selbstgemachten Feuerstarter gegossen. Clever. Mehrere Atemzüge lang starre ich auf das Feuerzeug. Was stell ich mich so an? Mein Blick ist glasig und ich blinzle die aufkommenden Tränen fort. Es ist nur ein kleiner Ofen. Tamena soll nicht denken, dass ich kein stinknormales Feuer hinkriege. Bilder von einem Tunnel drängen sich in meinen Kopf, weit weg ein grünes Exit-Schild. Hitze auf meiner Haut, Brennen in meinen Augen und meiner Brust. Ich höre meinen Herzschlag und irgendwas klingelt. Sirenen.

„Vom Anstarren kommen keine Funken raus."

Ich fahre hoch und schüttele mich. Tamena steht mit verschränkten Armen in der Tür und mustert mich. Mein Kopf ist heiß und ich wende mich ab, damit sie meine Tränen nicht sieht. Peinlich.

Sie kniet nieder und nimmt mir das Strohbündel aus der Hand. „Lass mich das machen." Ich rutsche eilig von ihr weg und sinke mit ein wenig Sicherheitsabstand in mich zusammen. Innerhalb von Sekunden steckt sie den Anzünder in Brand, klemmt ihn zwischen die dünneren Holzstücke und schließt das Glastürchen. Schweigend beobachten wir, wie es im Ofen lodert und Tamena stellt die passende Luftzufuhr ein, sodass in Sekundenschnelle Flammen gegen die Scheibe züngeln. Nun dreht sie ihren Kopf zu mir und hebt eine Augenbraue.

Tief atme ich durch. „Ich hatte mal eine Rauchvergiftung." Mein leises Nuscheln geht fast im Knacken des Feuers unter, aber Tamena nickt, verengt für einen Moment ihre Augen und dreht sich zurück zum Ofen.

„Verstehe." Mit den Fingern kämmt sie ihre grauen Strähnen nach hinten und wischt sich über die Stirn. „Da wirst du noch ranmüssen."

„Hm?" Ich runzle die Stirn.

Tamena setzt sich neben mich auf den Boden und betrachtet weiter die Flammen. „Neben dem Atem und den Pflanzen ist Wärme unser höchstes Gut. Wie willst du den Funken in dir nähren, wenn du Angst vor dem Feuer hast?"

So habe ich das noch nicht betrachtet. „Und wie mache ich das?"

„Konfrontation", sagt sie. „Dich wieder damit vertraut machen. Aber sanft und vor allem nicht allein." Mit diesen Worten steht sie auf und geht zurück in die Küche.

Wieso erklärt sie mir das alles? Sie meidet die anderen Nevox und trotzdem toleriert sie mich bei sich. Das ergibt doch keinen Sinn. Tamena zieht Jacke und Schuhe an und öffnet die Tür. Draußen peitscht der Regen. Schnell schlüpft sie aus der Hütte und drückt die Tür hinter sich zu. Ich bin allein. Mit einem letzten Blick auf den Ofen gehe ich in die Küche und schnappe mir Briefpapier.

Zoey. Du weißt nicht, wie froh ich bin, von dir zu hören. Hier läuft alles aus dem Ruder. Arek spricht nicht mit mir, Caleb bricht regelmäßig zusammen und im Anwesen simulieren sie eine heile Welt, während du von den Vorfällen in der Stadt berichtest. Zu einhundert Prozent ist Karan ihr Grund und ich kann nicht glauben, dass Henry uns nicht darüber informiert. Was, wenn das Familienmitglieder oder enge Vertraute von uns wären? Bitte, bitte, pass auf dich auf!!

So gern wüsste ich, was ich gegen meinen Vater tun kann. Ich kann ihn nicht ausfindig machen, denn wenn ich Kontakt zu ihm aufnehme, kann er mich lokalisieren. So hat er mich gefunden und so konnte Arek mich finden, als ich in Karans Trakt festsaß. Es funktioniert nur in beide Richtungen, glaube ich. Müsste man so was nicht im Unterricht lernen? Stattdessen wiederholen wir simple Kontaktübungen und Kraftsport.

Lieber bin ich im Wald bei dieser Frau, Tamena. Du würdest sie mögen, sie ist genauso direkt wie du. Irgendetwas an ihr fasziniert mich. Sie weiß viel über die beiden Clans, über mich, über Pflanzen. Manchmal ist es, als schaue sie in meinen Kopf, dabei ist da eine eindeutige Mauer, wenn ich versuche, ihre Schwingungen zu fühlen. Und sie hat dieses Tattoo: Ein A und ein N vereint. Sie scheint –

Ich verharre. Tamena weiß etwas, das ich nicht weiß. Wieso bin ich da nicht früher draufgekommen? Ich war so vertieft in ihren skurrilen Lebensstil, dass ich nicht gemerkt habe, dass meine Lehrerin vor meiner Nase sitzt. Klar weiß Tamena, wie es geht. Schon beim ersten Treffen wusste sie Dinge, die ich selbst nicht mal wusste: Meinen Schmerz durch Ausgrenzung. Den Wunsch nach Zugehörigkeit. Sie hat mich von Anfang an gespürt und das, ohne sich selbst preiszugeben.

Der Stuhl kippt, während ich aufspringe, meine Jacke überwerfe und in die verdreckten Wanderschuhe schlüpfe. Beim Hinaustreten peitscht mir der Wind so heftig ins Gesicht, dass ich die Augen zusammenkneifen muss, um etwas zu sehen. Hinter mir knallt die Holztür ins Schloss und ich stiefle über die matschige Wiese Richtung Wald. Innerhalb weniger Sekunden klebt meine Hose klitschnass an meinen Beinen. Umherwirbelnder Dreck treibt mir die Tränen in die Augen und ich schnüre die Kapuze enger. Durch den Gegenwind wirkt der Trampelpfad zum Gewächshaus kilometerlang und um mich herum knarzt und knackt es. Immer wieder schaue ich nach oben, um zu prüfen, dass kein Baum über mir einkracht.

Dort vorn, inmitten von wild wachsendem Dickicht, steht das gläserne Gebilde. Neben dem Eingang im Inneren, mit dem Rücken zu mir, kniet Tamena auf einer kleinen Plane und lockert mit einer Hacke den Boden. Ich trete ein und ziehe die Tür hinter mir zu.

„Lass sie ruhig einen Spalt auf, der Wind bringt etwas Schwung hinein." Mit stetigen Bewegungen legt sie einen dicken Trieb des nadeligen Strauchs vor sich frei. „Der Sanddorn und ich pflegen eine enge Freundschaft. Er möchte seine Grenzen aufgezeigt bekommen, sonst wird er egozentrisch." Sie zieht eine mit Dreck verklumpte Wurzel aus der Erde und legt sie auf einen Haufen neben sich. Jetzt dreht sie sich um und mustert mich. „Wolltest du nicht einen Brief schreiben?" Ihre Worte klingen dumpf unter dem Rauschen des Winds.

Ich räuspere mich und ziehe meine Hände in die Ärmel. Hoffentlich sagt sie ja. „Ich brauche deine Hilfe."

Mit dem Handrücken schiebt sie sich eine feuchte Strähne aus der Stirn und hinterlässt dabei eine erdige Schliere auf ihrem Gesicht. „Wo brennt's denn?"

„Ich möchte lernen, wie man die eigenen Energien für sich behält, während man andere fühlt und verändert."

„Du willst eine Wachende werden?"

Ich schüttele den Kopf. „Nein, nicht das Abschirmen. Ich möchte Gefühle übertragen. Aber ohne mich dabei verletzlich zu machen."

„Du wirst dich immer verletzlich machen, wenn du dich öffnest, das ist der Fluch dabei." Ihr Mundwinkel zuckt nach oben, doch in ihren Augen herrscht Leere.

„Nicht, wenn du mir beibringst, es anders zu machen."

Ihre Miene erstarrt. „Was meinst du damit?"

Ich hole tief Luft. „Du kennst mich seit einer Woche, weißt aber immer, in welcher Verfassung ich bin. Erst dachte ich, du hast mit all dem Zirkus nichts zu tun, aber ich spüre deine Schwingungen nicht, selbst wenn ich dich berühre."

Ihre Augen verengen sich und sie dreht sich wieder nach vorn, hackt weiter auf den Boden ein. Von ihrer Leichtigkeit ist nichts mehr da. Der Wind saust um meine Ohren und ich trete weiter in das Glashaus. Tamenas grauer Pferdeschwanz fällt über ihre Schulter und gibt den Blick auf ihren rasierten Hinterkopf frei.

„Du weißt viel über die Clans und ihre Fähigkeiten, wieso sonst hast du dieses Tattoo?"

Tamena seufzt und fährt sich flink über den Hinterkopf. „Du weißt nichts über mich." Ihre Stimme ist fest.

„Genau das ist es, ich weiß nichts über dich. Und trotzdem weißt du alles über mich. Ich will, dass du mir beibringst, wie es geht."

Tamena dreht sich zu mir, durchbohrt mich mit ihrem Blick und schweigt ein paar Atemzüge. „Du willst wissen, wieso ich dich so gut kenne?" Ihre Stimme ist schneidend.

„Ich kenne dich, weil wir ähnlicher nicht sein könnten. *Die Aussätzige. Die mit den absurden Gedanken. Die, die niemals ganz ist.* Such dir was aus. Ich weiß, wie es ist, aufgrund von Andersartigkeit ausgegrenzt zu werden. Das hat nichts mit meinen Fähigkeiten zu tun. Es braucht ewig, bis man das lernt, was du verlangst."

Ihre Worte sind wie Schläge in meine Magengrube, doch sie hat recht. Solange ich mich erinnern kann, habe ich mich nicht ganz gefühlt. Langsam atme ich aus und schiebe meine zitternden Hände in die Jackentaschen. „Also weißt du, wie es geht?"

Tamena schweigt und hackt, zunehmend energisch, weiter auf den Boden ein.

Ich gehe um sie herum und setze die Kapuze ab. „Sag es mir. Bitte." Meine Stimme ist leise und dünn. „Ich komme sonst nicht weiter. Nur so kann ich meinen Vater aufhalten."

Tamena erstarrt und fixiert mich. Mit einem Hieb stößt sie die Hacke in den Dreck und richtet sich auf, sodass ich zusammenzucke. In ihrem Blick lodert ein Feuer, das meinen Puls beschleunigt. „Dieser Mann ist nicht dein Vater. Was du vorhast, ist lebensmüde und es braucht

Jahrzehnte, bis man es kann." Sie stemmt die Hände in die Seiten. Ihre Stimme bebt. „Ich musste schon einmal zusehen, wie ein Vertrauter vor Karans Füße gefallen ist, weil er dachte, er wäre stark genug. Ich werde nicht dazu beitragen, dass er eine weitere Person in seinen widerwärtigen Machtkampf hineinreißt." Sie wendet sich ab und stapft zum Ausgang.

Eilig folge ich ihr. „Was ist mit *glaube an deine Fähigkeiten*? Mit *du bist anders und das spüren sie*?"

Tamena fährt herum und starrt mich an. „Das ist eine Nummer zu groß für dich." Ihr bissiger Ton trifft mich unerwartet und ich weiche zurück. Scheppernd fällt die Tür hinter ihr ins Schloss und ich stehe wie versteinert da, den Blick auf ihren Rücken geheftet, während sie sich entfernt. Die Worte hallen in mir nach und ich schlucke.

Vor meinem inneren Auge taucht Valerias Grinsen auf. *Dein Vater ist ein Scheusal, aber glaub nicht, dass du so mächtig bist wie er.* Zitternd wische ich Schweiß von meiner Stirn.

Habe ich mir die Verbindung zwischen Tamena und mir nur eingebildet? Mein Sichtfeld verschwimmt und ich sehe zur Decke. Einatmen, ausatmen. Ich werde nicht weinen, weil eine fremde Frau mir nicht helfen möchte. Offenbar habe ich einen Nerv getroffen und zu viel von ihr erwartet. Kontrolliert lasse ich die Luft zwischen meinen Lippen entweichen. Von Tamena ist nichts mehr zu sehen. Ich setze die Kapuze wieder auf und schüttle das dumpfe Gefühl von Schwere ab.

Immerhin weiß ich jetzt, dass es geht und wenn Tamena es beherrscht, kann ich es ebenso lernen. Ich werde es mir selbst beibringen. Sobald ich Karan erspüren kann, ohne mich selbst preiszugeben, weiß ich, wo er ist, und kann ihn beeinflussen. Ich bin seine Blutsverwandte, dadurch habe ich einen Vorteil, oder? Wenn ich ihn in einer Situation erwische, in der er nicht damit rechnet, kann ich ihn vielleicht überwinden.

Mein Herz rast und ein frischer Energiestrom jagt durch mich hindurch. Wenn ich ihn erst einmal besiege, wird keiner mehr an mir zweifeln. Die Nevox werden mich anerkennen und ich werde frei leben. Auch mit Arek wird es sicher leichter, wenn der Schatten meines Vaters nicht mehr auf uns liegt. Ich muss bloß an das Wissen gelangen.

Einen letzten Blick auf die Sträucher und Beete werfend, verlasse ich das Gewächshaus. Ich weiß schon, wo ich als Erstes suche.

13

Beim Eintreten in die Bibliothek schlägt mir der vertraute Geruch nach altem Papier entgegen sowie das leise Stimmengewirr der Menschengruppen, die an den Tischen sitzen und sich, über dicke Wälzer gebeugt, unterhalten. Die Sonne steht tief und flutet durch die Glasfront den Raum mit orangenen Lichtstrahlen, in denen die Staubkörner tanzen.

Schnellen Schrittes suche ich eine der hinteren Abteilungen auf, die ich schon so oft durchforstet habe. Aber nicht mit dem Wissen, das ich jetzt habe. Sie müssen mit Pflanzen zusammenhängen, unsere Fähigkeiten. Wieso sonst wäre Tamena in dieses Thema so vertieft? Behutsam fahre ich mit dem Zeigefinger über die Buchrücken. Unzählige Nachschlagewerke drängen sich hier aneinander. Fichtenarten, Moosgewächse, essbare und giftige Pflanzen. Keiner der Titel weist darauf hin, dass in ihnen eine Verbindung zu den Nevox beschrieben wird.

Ich wechsle zu dem Regal mit medizinischen Themen und blättere hastig durch ein Lexikon zu Heilkräutern und pflanzlicher Medizin, doch auch hier stehen nur Sachen geschrieben, die ich auch in meinem Schulbuch in Pflanzenkunde bei Mrs. Gorgy hätte nachlesen können.

Der Anblick von Tamena, wie sie gemeinsam mit Caleb unter dem Holunderbusch sitzt, schießt in mein Gedächtnis. Es können nicht nur die feuchte Luft des Gewächshauses oder der Duft der Sträucher gewesen sein. Auf irgendeine Weise konnte Tamena Caleb dort besser helfen als an ihrem Ofen im Schlafzimmer. Schnell blättere ich zu H wie Holunder, wo unzählige Abbildungen abgedruckt sind sowie eine Anleitung zur Herstellung von Holundertee zur Linderung von Erkältungskrankheiten. Ich klappe gerade das Buch zu, da fällt mir ein kursiv geschriebener Satz unter einer Zeichnung von einer Frau mit welligem Haar auf. *Der Holderbusch, oder Busch der Frau Holle, wurde im alten Volksglauben als Schutzpflanze zum Einklang mit der Natur verstanden. So wird sich ihm in mythologischen Erzählungen immer wieder als Symbol im Kontext mit Hexen und Gottheiten bedient.*

Nicht das, was ich gesucht habe, aber eine Fährte. Ich wechsle zum Regal zur Geschichte der Nevox und scanne alle drei vorhandenen Bücher nach Texten zu Pflanzen oder Mythologie. Nichts. Ich kann mir nicht vorstellen, dass Tamena sich ihr Wissen selbstständig angeeignet hat, es muss doch Lehrbücher dazu geben. Ihre Worte hallen in meinem Gedächtnis wider. *Wer nicht weiß, wozu er fähig ist, kann dem System nicht schaden.*

Seufzend raufe ich meine Haare. Allein komme ich hier nicht weiter. Aber wen kann ich fragen? Tamenas Reaktion war ziemlich deutlich, Caleb soll sich erst mal erholen und Arek … kennt sich zwar super mit Pflanzen aus, wird mir dabei aber sicher nicht helfen. Ich muss mir etwas anderes einfallen lassen. Ohne ein Buch mitzunehmen, gehe ich auf mein Zimmer und wechsle in trockene Klamotten, bevor ich schließlich den Weg zum Speisesaal einschlage.

Nach dem Abendessen fragen Sila und Leo mich, ob ich den Abend mit ihnen verbringen möchte. Keine Ahnung, ob ich so verloren aussehe, oder ob sie einfach nur nett sein wollen, aber die meisten Abende in den letzten Wochen habe ich mit Arek verbracht, also willige ich, dankbar für die Ablenkung, ein.

Wir geben die Tabletts ab, folgen dem Strom der Masse in das Foyer und gehen die Treppe hinauf. Viele der anderen Nevox in meinem Alter sind abends in den Gemeinschaftsräumen, den Ateliers oder dem Fitnessraum. Grundsätzlich fände ich es auch schön, abends etwas kreativ zu sein, aber aus Angst vor Blicken gehe ich dann doch meist aufs Zimmer oder zu Arek.

„Na, plant ihr den nächsten Regelbruch?" Valeria überholt uns auf der Treppe und grinst mich über die Schulter an.

Ich seufze. „Was willst du, Valeria?" Ich habe es satt, von ihr verurteilt zu werden.

„Vielleicht verstehe ich einfach nicht, dass du mit Dreizehnjährigen rumhängst, wenn es in diesem Haus auch erwachsene Menschen gibt. Du wärst so viel beliebter, wenn du mit den richtigen Leuten wärst."

Mein Blick schnellt zu Sila und Leo, die völlig tiefenentspannt die Treppe hochtrotten. „Wenn sie mit Dreizehnjährigen rumhängt, können die erwachsenen Menschen nicht viel cooler sein", sagt Sila.

„Bist du nicht selbst minderjährig?", fragt Leo und ich grinse.

„Ich werde nächsten Monat achtzehn", keift Valeria und rümpft die Nase. „Ich wollte dich nur warnen, Nara. Wenn du so weitermachst, will bald niemand mehr etwas mit dir zu tun haben."

Ich schnaube. Ist nicht so, als hätte ich bisher einen großen Andrang an Freundschaftsbekundungen gehabt. „Danke für deine Sorge, aber ich bin sehr zufrieden." Auf seltsame Weise fühle ich mich ihr plötzlich verbunden. Unruhe und den brennenden Wunsch, anerkannt zu werden, haben wir offensichtlich gemeinsam.

Sie spitzt die Lippen und wendet sich wortlos ab.

Ich drehe mich zu den anderen beiden. „Danke."

Leo zuckt mit den Schultern und Sila lächelt. „Ebenso."

Wir kommen im zweiten Stock an und ich folge Sila in ihr Zimmer, wo diese das Licht anknipst. Der Boden ist mit einem kuscheligen Teppich bedeckt, auf dem ich es mir gemütlich mache. Leo streckt sich ebenfalls darauf aus und schnappt sich ein welliges Papier und Aquarell-Malsachen, die offen herumliegen.

Silas Zimmer ist identisch zu meinem, der einzige Unterschied sind die vielen Fotos und Bilder an den Wänden sowie ein großer Sessel in der Ecke. Ein Foto am Spiegel über dem Waschbecken zeigt einen Mann und eine Frau, die ihre Hände auf die Schultern eines kleinen rothaarigen Mädchens liegen haben. Auf dem Bild daneben ist das gleiche Mädchen etwa sieben Jahre alt und steht neben einem gleichaltrigen Jungen mit braunem, glatten Topfschnitt. Das müssen die beiden kurz vor dem Vorfall gewesen sein. Bei dem Gedanken daran, was Sila und Leo erleben mussten, zieht sich mein Magen zusammen.

Sila hat sich eine Gitarre geschnappt und zupft, in den Sessel gekuschelt, darauf herum. Ich drehe mich auf den Rücken, schließe die Augen und lausche den Klängen sowie dem Regen, der an Silas Fensterscheibe prasselt. In diesem Moment wirkt alles andere etwas weiter weg und ich atme tief ein. Was Arek wohl gerade macht? In meinem Magen kribbelt es. Ich drehe den Kopf nach links und beobachte Leos Hände, die den farbigen Pinsel schwungvoll über das dicke Papier führen. Wolken und ein dunkelroter Schimmer sind zu erkennen. Vielleicht ein Sonnenuntergang.

„Du würdest dich mit Zoey, meiner besten Freundin, verstehen. Sie kann auch wunderbar malen, ihr ganzes Zimmer hängt voller Bilder."

Leo taucht den Pinsel in das lila Farbtöpfchen. „Wo ist sie?"

„In der Stadt. Sie ist keine Nevok."

Leo nickt und stützt den Kopf auf seine Hand.

Ich drehe mich auf den Bauch. „Habt ihr noch Bekannte dort?"

Sila schiebt ihre Brille ein Stück nach oben und zupft weiter auf den Saiten ihrer Gitarre herum. „Es gibt ein paar Menschen, mit denen ich verwandt bin oder befreundet war. Aber ich habe sechs Jahre nichts von ihnen gehört, keine Ahnung, ob sie noch dort sind." Leo nickt zustimmend.

Wow. Sechs Jahre. Sie wissen offenbar nichts von Tamenas Möglichkeiten.

„Was, wenn –". Ich zögere. Darf ich das erzählen? Bei ihnen ist die Info bestimmt sicher. „Was, wenn ihr die Chance hättet, Kontakt aufzunehmen? Würdet ihr es tun?"

„Ich weiß nicht", sagt Sila. „Ich hätte Sorge, dass ich Dinge erfahre, die mich traurig machen."

Leo linst mich von der Seite an und grinst. „Nara weiß was."

„Kennt ihr Tamena?"

„Die Frau im Wald", sagt Sila und nickt. „Ich komme ab und zu an ihrer Hütte vorbei, wenn ich Feuerholz für den Kamin im Gemeinschaftsraum sammle. Hast du Kontakt zu ihr?"

Ich nicke.

„Interessant", sagt Sila. „Sie kapselt sich sonst völlig ab. Viele wissen gar nicht, dass es sie gibt, obwohl sie schon seit letztem Sommer da ist."

„Warum ist sie hergekommen?"

Sila zuckt mit den Schultern. „Es heißt, sie hat keine Familie mehr."

Das heißt, sie hat ihren Mann verloren. „Wieso lebt sie nicht im Haus, wie alle anderen?"

„Anscheinend war sie eine Athemar und muss mit Sicherheitsabstand wohnen."

Ich nicke. Also hat meine Vorahnung mit dem Tattoo gestimmt. Bezeichnet sie sich nun als Nevok? Oder eher als clanlos?

„Und Tamena hat Kontakt nach draußen?", fragt Leo.

Ich zucke mit den Schultern. „Keine Ahnung, wie sie es macht. Aber durch sie habe ich Briefkontakt mit Zoey."

Sila unterbricht ihr Gitarrenspiel und weitet die Augen. „Wirklich? Erzähl!"

Ich denke an den Brief und mir wird warm, doch bei dem Gedanken daran, was sie aus der Stadt berichtet, schnürt sich meine Brust enger. Ich sehe die beiden zögernd an, aber sie haben die Wahrheit verdient, also wiederhole ich Zoeys Ausführungen.

Einen Moment ist es komplett still, beide sehen zu Boden. Leo ist der Erste, der sich rührt. Er legt seinen Pinsel ab, setzt sich auf und legt seinen Kopf auf die angezogenen Knie.

Sila spielt an den silbernen Ringen an ihrem Ohr. „Ja, so etwas hatte ich befürchtet."

„Wie viel habt ihr letztes Jahr von Karan hier drinnen mitbekommen?"

„Nicht viel", sagt Zoey. „Erst als du kamst und die Carters einiges erzählt haben, kam etwas Aufruhr in den Campus."

„Und dann?"

„Henry hat immer wiederholt, dass jetzt alle in Sicherheit seien und dann ist irgendwann wieder Normalität eingekehrt. Ich glaube, es hat ihm nicht gefallen, dass die Carters so offen gesprochen haben."

Ich nicke. Stört es ihn deshalb auch nicht, dass sie jetzt gerade nicht da sind? „Kann ich euch vielleicht noch mehr erzählen?"

Die beiden sehen mich an und ich bin selbst überrascht von meiner Frage. Kann ich ihnen vertrauen? Ich fahre mir mit den Händen übers Gesicht. Ja, verdammt. Die beiden haben mich, genau wie Tamena, völlig unvoreingenommen bei sich aufgenommen und ich habe ein gutes Gefühl in ihrer Nähe. Ich kann mich nicht völlig einigeln.

Die beiden nicken eifrig und ich lächle. Stockend komme ich ins Erzählen und berichte nach und nach alles, was sich in den letzten Wochen zugetragen hat, während sie ruhig und aufmerksam zuhören. Auch unseren Ausflug außerhalb der Grenze beschreibe ich und schließlich Calebs Kältestarre sowie Tamenas Einfall, ihn ins Gewächshaus zu bringen. „Ich habe so was noch nie erlebt", sage ich. „Es war, als würde ein anderer Mensch aus ihm sprechen und er war eiskalt. Als ich zurückkam, war er wach und wieder der Alte."

„Mein Vater hat sich mit Pflanzenkräften beschäftigt, glaube ich", sagt Sila.

Ich setze mich auf. „Wirklich? Ich war den ganzen Nachmittag in der Bibliothek, aber habe nichts gefunden."

Sila schüttelt den Kopf. „Solche Bücher gibt's, wenn dann, im Lehrendenarchiv. In der Hausbibliothek findest du generell nicht viel zu unseren Kräften."

„Wo finde ich das?" Meine Handinnenflächen kribbeln und ich knete die Fasern des Teppichs.

„Nirgends, weil du keinen Schlüssel hast", sagt Sila. „Ich weiß selbst wenig darüber und wollte auch schon mal was nachlesen, durfte aber nicht rein. Aus *Schutz* für die alten Bücher."

Ich sacke in mich zusammen. „Und was hat dein Dad dazu erzählt?"

„Warte mal", sagt Sila, stellt die Gitarre zur Seite und steht auf, um in der Schublade ihres Schreibtischs zu kramen. „Ich war noch zu klein, als dass wir viel darüber sprechen konnten, aber ich habe Tagebücher von ihm. Ich konnte mir nie einen Reim daraus machen, aber vielleicht kannst du mir helfen, mehr über ihn zu erfahren." Sie blättert einen Moment und streckt mir das Buch entgegen.

„Ist – ist das okay?"

Sila wackelt mit dem Buch. „Na klar, los! Mein Vater hätte es sicher gut gefunden, wenn ich mich damit beschäftige."

Ich nehme das Buch entgegen und kneife die Augen zusammen. „Gar nicht so leicht, da was zu erkennen." Die schwarzen, krakeligen Wörter sehen beinahe aus wie Fantasiewörter.

Sila grinst. „Ja, Schönschreiben war nicht seine Stärke."

„Ich habe mal gehört, das macht einen kreativen Geist aus." Ich zwinkere ihr zu und halte das Buch nah an mein Gesicht, um die Wörter zu entziffern. Je länger ich darauf starre, desto mehr formt sich der Text zu erkennbaren Sätzen zusammen und ich lese laut vor. *„Heute habe ich das erste Mal einen Wachholderbusch gespürt. Ich wusste, dass unsere Seelen verschmelzen würden, und trotzdem war ich von der Heftigkeit überwältigt. Lade ich ihn auf, oder er mich? Ich weiß es nicht."* Ich sehe auf. „Das klingt tatsächlich ziemlich abgefahren." Schnell lese ich weiter. *„Fakt ist, dass sie sich die Verbindung merken. Wie im Rausch habe ich es mit den anderen versucht. Wenn ich jetzt zu meinen Sträuchern gehe, ist das wie Heimkommen. Ein neutraler Raum, in dem ich mich für immer austauschen kann. Ich muss aufpassen, dass ich nicht darin versinke."* Ich ziehe scharf die Luft ein und denke daran, wie Tamena ihre Lippen bewegte, als sie sich unter den Holunderbusch setzte, als würde sie mit ihm kommunizieren. Ich schüttle den Kopf. Nein, das kann nicht sein. „Was bedeutet das?" Ich blicke zwischen Sila und Leo hin und her.

„Vielleicht gibt es tatsächlich eine Möglichkeit, die Pflanzen für die Fähigkeiten zu nutzen. Schau." Sila blättert um und ich weite die Augen. Da sind mehr Aufzeichnungen, aber das, was mich erstarren lässt, sind nicht die Texte von Silas Dad. Es ist die Zeichnung nebendran, mit dunkelblauem Füller gekritzelt – ein A, das in ein N übergeht. Das Zeichen, das auf Tamenas Hinterkopf prangt.

Ich zeige darauf. „Wisst ihr, was das ist?"

Leo, der zu uns gekrochen ist, nickt. „Die Summe."

Ich ziehe die Augenbrauen zusammen.

„Die Summe der beiden Clans. Das kenne ich tatsächlich von meinem Vater, er hat oft davon erzählt", sagt Sila. „So nennen es die, die daran glauben, dass wir irgendwann wieder eins sind." Leo lächelt und sieht sie an, woraufhin Sila lacht und mit den Schultern zuckt. „Okay, ich zum Beispiel", sagt sie und faltet die Hände im Schoß. „Wir sind nicht dafür gemacht, uns zu bekriegen. Die Spaltung der Clans geht auf einen jahrhundertealten Konflikt zurück und wird nur durch das Schüren von Hass aufrechterhalten."

„Wer will sich denn mit so einer grausamen Gruppe vereinen? Sie müssen verschwinden, erst dann gibt es Gerechtigkeit." Meine Stimme bebt.

„So einfach ist es nicht. Die Nevox haben auch nie alles richtig gemacht und viele Verletzungen unter den Athemar kommen nur durch Abstoßung durch die Nevox. Es gibt nicht den einen bösen Feind."

Tamenas Worte hallen durch meinen Kopf. *Je genauer du hinschaust, desto mehr verschwimmen die Grenzen. Übrig bleibst nur du und dein eigener Verstand.*

Ich schüttele den Kopf und presse die Lippen aufeinander. Für mich ist völlig klar, wer hier der Böse ist: Karan. Mit zusammengekniffenen Augen entziffere ich den Rest der Aufzeichnungen. *„Es ist weniger mein Erstreben, sondern eher ein Aufschwemmen der Energie, wenn ich es zulasse. Ich trete in den Hintergrund und lasse die Natur eine Einheit werden. So werden wir irgendwann eine Einheit werden, wenn wir der Natur die Führung übergeben. Ich hoffe, dass meine kleine Tochter es erleben wird. Es ist der Wille, sich abzugrenzen, der uns entzweit. Alles fällt an seinen natürlichen Platz, wenn wir uns in* ihre *Kraft begeben."* Ich sehe zu Sila, deren Augen schimmern. „Wenn eine Verbindung zu Pflanzen möglich ist, wieso lernen wir das nicht?"

„Bis gerade eben war ich nicht einmal zu hundert Prozent sicher, dass es tatsächlich existiert." Sie lächelt mit hängenden Schultern. „Mein Vater war immer der Sonderling. Es hätte auch einer seiner Träume sein können, der uns der Summe näherbringen soll." Sie richtet sich auf. „Wenn Tamena einen Draht zu dir hat, kannst du es sicher von ihr lernen, das mit den Pflanzen. Und ich könnte dabei mehr über meinen Vater erfahren."

Ich seufze. „Sie ist völlig ausgerastet, als ich danach gefragt habe."

„Wieso sollte sie offen damit umgehen, aber dir das Wissen verbieten?"

„Keine Ahnung, sie wirkte total aufgeladen, vor allem, als ich gesagt habe, dass ich es lernen möchte, um Karan aufzuhalten."

Sila mustert mich. „Und du denkst, das könnte klappen?"

„Wenn das wirklich die Fähigkeiten stärkt, sollten wir es für den Kampf gegen meinen Vater versuchen."

„Wir?", fragt Leo.

„Ja", sage ich und sehe ihn an. „Allein schaffe ich das nicht. Ich brauche euch."

Er lächelt zufrieden und stützt den Kopf auf seine Hände.

„Karan aufhalten klingt nach einem Himmelfahrtskommando", sagt Sila.

„Überleg mal, wie viel näher du deinem Traum von einem gemeinschaftlichen Kinderhaus wärst. So etwas ins Leben zu rufen, solange Karan die Athemar regiert, ist viel zu gefährlich."

Sila verschränkt die Arme. „Ganz weit weg vielleicht."

Am liebsten möchte ich sie umarmen. Zu gut kann ich ihre traurige Hoffnung auf Flucht verstehen. „Aber möchtest du ganz weit weg?"

Sie sieht mich mit glasigen Augen an. „Nein." Sie atmet tief ein. „Vielleicht gibt es doch eine Möglichkeit, in die Lehrendenbibliothek zu kommen."

„Wie?"

Sila grinst. „Valeria."

14

„Wieso ist sie überhaupt um die Uhrzeit noch draußen?"
Es ist mittlerweile dunkel und ich leuchte mit Silas
Taschenlampe über den Kiesweg in Richtung Trainings-
areal. Nie im Leben hätte ich zugestimmt, Valeria um
Hilfe zu fragen, wenn die Sache nicht so wichtig wäre.

„Sie sortiert Unterlagen der Trainings- und Lehrkräfte.
Valeria möchte den Laden hier irgendwann übernehmen.
Dafür muss sie beweisen, dass sie nicht wie unser Vater ist,
der sich, als sie drei war, von Henry abgewendet hat, um
ein Leben in der Stadt zu führen. Das Resultat ist, dass sie
sich für ihn abschuftet."

„Ihm in den Arsch kriecht", flüstert Leo.

Sila bleibt vor dem Eingang stehen. „Um die Uhrzeit
dürfte nur sie da sein." Geräuschlos drückt sie die Klinke
hinunter und schiebt die Tür ein Stück weit auf. In der
Eingangshalle ist es dunkel, nur aus einem einzigen
Zimmer strahlt Licht durch den Spalt der angelehnten
Tür. Vorsichtig treten wir ein und gehen darauf zu.

„Du hast gesagt, du bringst sie wieder zurück." Valerias
schneidende Stimme hallt aus dem Raum über den Flur
und wir zucken zusammen.

„Und du hast gesagt, du hältst dich aus meinen Angelegenheiten raus", faucht eine tiefere Stimme. Feor. Mit
aufgerissenen Augen schaue ich zu Sila und wir bewegen
uns so lautlos wie möglich hinter die nächststehende Säule.
Mein Puls rast. Er ist der Letzte, dem ich hier begegnen
will.

„Was soll ich bitte Henry sagen? Dass es die einzig
wichtige Sache, die er mir anvertraut hat, nicht mehr

gibt? Dass ich dir die Karte gegeben habe und er sie jetzt komplett neu anfertigen muss? Wo ist sie?"

Ich horche auf.

„Du wirst sagen, du hast sie verloren. Mich hältst du aus der Sache schön raus." Feors befehlshaberischer Ton lässt mich frösteln.

„Nein", sagt Valeria mit dünner Stimme. „Er wird enttäuscht sein."

„Du hast keine andere Wahl. Wenn dein Wort gegen meins steht, wissen wir, wem er recht gibt."

„Aber … das kannst du nicht machen!", ruft Valeria.

„Ich mache es gerade."

Eine Sekunde, zwei Sekunden. Niemand spricht. Hoffentlich hört niemand mein laut pochendes Herz. Quietschend schwingt jetzt die Tür auf und der Lichtkegel flutet die Halle. Wir drängen uns näher aneinander, sodass ich Silas Atem in meinem Nacken spüre.

Feor geht mit schnellen Schritten in Richtung Ausgang und das Holztor fällt mit einem lauten Rums ins Schloss. Ich atme auf. Zurück bleibt ein leises Wimmern, das aus dem beleuchteten Raum in die Eingangshalle dringt. Wir drei sehen uns an und bewegen uns in Richtung Tür.

„Ist wohl ein unpassender Zeitpunkt", sagt Sila im Türrahmen stehend.

Valeria, die uns den Rücken zugewandt hat, fährt herum und wischt sich hastig die Tränen von den Wangen. Sie steht vor einem Schreibtisch, auf dem sich Papiere stapeln. Der Raum ist tapeziert mit überquellenden Regalen. „Habt ihr nichts Besseres zu tun, als mir hinterherzuspionieren? Geht wieder im Wald spielen." Sie macht eine fuchtelnde Handbewegung und streicht sich die Bluse glatt. Ächzend lässt sie sich in den

152

Bürostuhl fallen und zieht stöhnend ihren Pferdeschwanz fester. Es ist das erste Mal, dass ich sie in irgendeiner Form erschöpft erlebe. Henrys Eindruck von ihr muss viel Macht über sie haben.

Ich räuspere mich. „Um genau zu sein, brauchen wir deine Hilfe."

Valeria hebt eine Augenbraue und mustert mich. Ich mache mich auf einen abwertenden Spruch gefasst, doch es bleibt still.

Sila geht einen Schritt in den Raum. „Wir brauchen Zugang zum Lehrendenarchiv und du bist die Einzige, die ich kenne, die einen Schlüssel dafür hat."

„Nie im Leben", sagt Valeria. Sie dehnt ihren Nacken und es knackst leise.

„Bitte", sage ich. „Es ist wichtig."

„Na wenn das so ist." Sie schnaubt. „Ihr habt dort nichts zu suchen."

„Wir wollen etwas über die Fähigkeiten herausfinden", sage ich.

Valeria lacht spitz. „Das wird ja immer besser. Und wieso sollte ich euch nicht verpetzen?"

Leo, Sila und ich sehen uns an. Valeria stößt pfeifend die Luft zwischen ihren Lippen aus. „Dacht ich's mir. Heute haben wohl alle den Verstand verloren." Sie dreht sich zur Seite und zieht seufzend einen Stapel Blätter aus einem Schubfach unterm Tisch, den sie auf verschiedene Haufen sortiert.

„Hör zu", sage ich und gehe weiter in den Raum. „Zufällig weiß ich, von welcher Karte Feor gerade gesprochen hat." Valeria erstarrt und fixiert mich. „Und ich weiß auch, was er damit gemacht hat. Es wird Henry nicht gefallen. Ich schlage vor, du gibst uns den Schlüssel zum

Lehrendenarchiv, ohne jemandem was zu sagen, und ich erzähle Henry nicht, dass du die Karte weitergegeben hast."

Valerias Miene verdunkelt sich und eine Weile starren wir uns an. Hoffentlich fragt sie nicht nach Details. Ob sie wohl eingeweiht ist?

Jetzt verdreht sie die Augen. „Was soll's, seid froh, dass ich heute die Nase voll von Diskussionen habe. Was auch immer ihr vorhabt, seht zu, dass ich nichts damit zu tun habe. Und bringt ihn mir in dreißig Minuten zurück, ich habe nicht vor, wegen euch Volltrotteln länger zu bleiben." Sie deutet auf einen Schlüsselbund, der neben ihr an der Wand an einem Haken hängt. Mein Herz macht einen Satz.

„Danke", rufe ich und strahle.

Valeria verdreht die Augen. „Werd jetzt nicht sentimental."

Ich schnappe mir die Schlüssel.

Sila bedenkt Valeria mit einem langen Blick. „Du hältst dich besser an die Abmachung."

Diese verschränkt die Arme vor der Brust. „Mach, dass du rauskommst, Schwesterherz."

15

Der Taschenlampenkegel fällt auf das rostige Schloss vor uns. Sila sucht an dem klimpernden Bund nach dem passenden Schlüssel, während ich immer wieder hinter uns schaue. Wir sind im Obergeschoss und die verbogenen Dielen, die auf die kleine Treppe zulaufen, sind ein starker Kontrast zum hochpolierten Trainingssaal.

„Das muss er sein." Sila drückt mit der Schulter gegen die Tür, die nun knarzend nachgibt. Leo knipst einen Kippschalter neben der Tür an und das Licht einer einzelnen, an der Decke baumelnden Glühbirne erhellt einen kleinen Raum, dessen Wänden drei verstaubte Bücherregale säumen.

„Cool", sagt Sila und dreht sich in der Kammer um die eigene Achse. „Hier riecht es nach jahrhundertealter Geschichte."

„Es riecht, als wäre jahrzehntelang nicht gelüftet worden." Ich rümpfe die Nase und wende mich den Buchrücken zu. „Okay, wir suchen nach Pflanzen, Naturkräften, der Summe ... irgendwas."

Alles, was nur im Ansatz passend aussieht, legen wir auf einen Stapel in der Mitte des Raumes. Ein paar Minuten später sichten wir die Ausbeute. Fünf dicke Wälzer liegen auf dem Boden und ich schnappe mir einen mit dem Titel *Fähigkeiten der Nevox und ihre natürlichen Ursprünge*. Ab Seite 75 soll etwas über *erweiternde Komponenten der Energien* stehen. Das dünne, vergilbte Papier gleitet zwischen meinen Fingern hindurch. 73, 74, ... 93? Ich blinzele und blättere noch einmal zurück, aber ich habe richtig gesehen. „Hier wurde ein Teil herausgetrennt."

Leo sieht mich an und hebt sein Buch hoch, in dessen Mitte Überreste von herausgerissenen Seiten abstehen.

„Hier auch", sagt Sila und blättert in zwei Büchern gleichzeitig vor und zurück.

„Verdammt." Ich schnappe mir das fünfte Buch, das den Titel *Die Macht der Pflanzen* trägt, und überfliege verschiedene Kapitel zu Heilkräutern, Fußbädern und den Vorteil von Spaziergängen im Wald für die Atemwege. Klingt nicht besonders vielversprechend. Ganz am Ende fällt mein Blick auf ein Kapitel, das maximal eine halbe Seite lang ist.

Pflanzen und altertümliche Assoziationen

Neben den wissenschaftlich anerkannten Heilungskräften der Pflanze gibt es seit jeher einen weit verbreiteten Irrglauben bezüglich einer Verbindung zwischen nevokischen Fähigkeiten und sogenannten natürlichen Energien. Schon im sechzehnten Jahrhundert sorgten mythologische Erzählungen über energetische Verbindungen mit Pflanzen für Aufruhr unter den Nevox. Die Vertreter dieser irrationalen Ausführungen waren meist Niedergebildete und oft Frauen, welche in ihren Küchen und Gärten experimentierten, um die Autorität der Clanführer zu sabotieren. Als Motiv für die besessene Suche nach Energieerweiterungen werden unzureichende Fähigkeiten und die Angst vor der eigenen Irrelevanz vermutet. Während gegen Ende des zwanzigsten Jahrhunderts die Verbreitung dieses Irrglaubens adäquat unterbunden wurde, sind altertümliche Erzählungen im Kontext natürlicher Energien im einundzwanzigsten Jahrhundert als eine Art Modeerscheinung wieder auffindbar. Zum Schutz von Kindern und vulnerablen Gruppen wurde deshalb im Jahr

2005 das Gesetz zur „Eindeutigkeit nevokischer Fähigkeiten"
verabschiedet, welches die Vernichtung von Gedankengut in
Assoziation mit dem eben genannten Phänomen legitimiert.

Mit geweiteten Augen lese ich die Zeilen erneut. Mir ist schlecht. Es braucht keine Historikerin oder Sozialwissenschaftlerin, um zu erkennen, dass dieser Text problematisch ist. Niedergebildete? Besessene Frauen, die ihre eigene Irrelevanz bekämpfen? Ich kann mir schon vorstellen, was für ein Mensch diesen Text geschrieben hat. Männlich, wohlhabend, konservativ. Jetzt ergeben die herausgerissenen Seiten aus den anderen Büchern Sinn. Könnte Tamena wegen dem, was sie mit Caleb gemacht hat, verfolgt werden?

Sila und Leo, die über meine Schulter gebeugt mitgelesen haben, sehen sich an.

„Ich schätze, wir stehen immer noch am Anfang", sage ich und die beiden nicken langsam.

„Solange die herausgetrennten Seiten weg sind und Tamena schweigt, ja", sagt Sila. „Jetzt verstehe ich, warum mein Vater nichts weiter darüber geschrieben hat."

Sie hat recht. Womöglich hat ihr Vater sich mit den zwei Seiten, die wir gelesen haben, schon genug in Gefahr gebracht. Ob die Lage bei ihnen eskaliert ist, weil andere von seinen Praktiken erfahren haben?

„Die Zeit ist um", sagt Leo und wir stellen die Bücher zurück ins Regal. Schweigend schließen wir die Tür hinter uns und bringen den Schlüssel zu Valeria, die uns keines Blickes würdigt.

Draußen steht der Mond hoch am Himmel und jetzt, da der Sturm sich gelegt hat, ist es totenstill, bis auf das Kiesknirschen unter unseren Füßen.

„Vielleicht rückt Tamena irgendwann ja doch etwas raus", sage ich.

Sila nickt. „Versuch ihr Vertrauen zu gewinnen. Ich suche noch mal in den Sachen meines Dads."

„Danke euch", sage ich. „Ich weiß das sehr zu schätzen."

Die beiden nicken und wir machen uns jeweils zu unseren Zimmern auf. Das war definitiv nicht das, was ich mir erhofft hatte. Wo kann ich weitermachen? Den Kopf voller Chaos, liege ich noch Ewigkeiten wach.

Maximal vier Stunden Schlaf später schnüre ich meine Wanderschuhe. Gestern Nacht hatte ich genug Zeit, um nachzudenken und zu erkennen, dass ich es allein probieren muss. Wir haben keine Zeit, um auf einen Sinneswandel von Tamena zu warten, wenn dort draußen Menschen verschwinden. Ich werde in Tamenas Gewächshaus gehen und es auf eigene Faust lernen. Keine Ahnung, wie ich das ohne Anleitung schaffen soll, aber irgendjemand hat es ja auch entdeckt.

Im Gegensatz zu gestern ist heute ein wolkenklarer Frühlingstag und die frische Luft ist eine Wohltat. Ich gehe zur Lichtung und nehme vom Waldrand aus die Hütte ins Visier. Mit zusammengekniffenen Augen kann ich die Umrisse einer Gestalt erkennen, die über den Tisch gebeugt im Wintergarten sitzt. Sicher schnürt sie wieder Blätterbündel. Aus dem Schornstein schlängelt sich eine Rauchfahne in den blauen Himmel. Hoffentlich ist sie noch eine Weile beschäftigt.

Das gläserne Kräuterhaus ist von innen beschlagen und reflektiert die Sonnenstrahlen. Aus sicherer Entfernung umkreise ich es. Wie erwartet, ist niemand drin. Beim Eintreten schlägt mir der warme Geruch nach feuchter

Erde entgegen. Erstaunlich, wie schnell es hier drin heiß ist, wenn einmal die Sonne drauf scheint.

Dort hinten steht er, der Wacholderstrauch. Ein paar Millimeter große, schwarzblaue Beeren drängen sich zwischen die Nadelspitzen. Langsam nähere ich mich ihm. Wie hat Silas Vater Kontakt mit ihm aufgenommen? Vorsichtig streiche ich über seine jungen, spitzen Nadeltriebe und setze mich vor ihm auf die Erde.

Okay, woran erinnere ich mich? Tamena hatte die Augen geschlossen, einen Zweig in einer Hand gehalten und die andere auf Caleb gelegt. Ich lege meine rechte Hand auf meinen Bauch und berühre mit der linken einen der tiefen Zweige. Silas Vater schrieb, dass man das *Aufschwemmen der Energie* zulassen muss. Dass man mit der Natur eine Einheit wird. Tief atme ich ein und schließe mit der Ausatmung die Augen. Ist die Natur nicht schon eine Einheit? Was kann ich dazu beitragen? Ich erinnere mich an die Übungsstunden bei den Carters, als ich das erste Mal meine Fähigkeiten spüren sollte. Ich war genauso ratlos wie jetzt, doch ich stelle mir wie damals vor, wie ein Fels in den Boden zu sinken. Mit jeder Ausatmung verbinde ich mich mehr mit dem Untergrund und suche nach dem Funken in mir. Nach dem Gespräch mit Tamena über das Loslassen fühlte ich mich etwas befreiter, aber der Zugang zu meinen Energien ist nach wie vor nicht vollständig zurück. Ich erahne ein schwaches Schimmern in meinem Inneren und fokussiere mich darauf. Normalerweise würde ich jetzt nach dem Verstand einer anderen Person tasten, doch ich berühre nur diesen Strauch. Wie absurd.

Ich schlage die Lider auf und sehe mich um. Ich will das ja echt gern lernen, aber ein Strauch hat doch keine Gefühle. Wie soll ich ihn erspüren? Noch einmal schließe ich die Augen, verwurzele mich im Boden und konzentriere mich auf den piksenden Zweig in meiner Hand. Ein- und Ausatmen. Da ist nichts. Ich weiß nicht einmal, wonach ich suchen soll.

Seufzend stehe ich auf und reibe meinen Nacken. Mein Blick fällt auf die dunklen Beeren. Natürlich! Der Wacholder ist mit seinen entkrampfenden Früchten eine wahre Wunderpflanze. Bestimmt geht es leichter, wenn ich die Beeren esse. Oder zumindest eine. Normalerweise werden die getrocknet oder zu einem Sud gekocht, aber eine sollte kein Problem sein. Vorsichtig zupfe ich eine der dunkelblauen Kugeln vom Busch und führe sie zu meinem Mund, da gellt ein spitzer Schrei durch den Raum. Ich fahre herum und sehe Tamena, die mit weit aufgerissenen Augen in der Tür des Glashauses steht.

„Willst du dich umbringen, verdammt noch mal?" Auf ihrer Stirn treten Adern hervor.

„Ähh, ich …"

„Du hast offenbar den Verstand verloren!" Ihre vorwurfsvolle Stimme lässt mich zittern. So wütend war sie nicht einmal gestern.

„Ich … ich wollte nur", stammele ich und starre sie an. Was soll denn so schlimm an einer Wacholderbeere sein? „Die kann man doch essen in kleinen Mengen, oder etwa nicht?" In mir kocht Hitze. Was fällt ihr ein, mich so anzuschreien?

Tamena stößt einen Jammerlaut aus und reißt ihre Hände in die Luft. „Das ist ein Sadebaum, du halbwissende Närrin! Schmeiß sofort das Ding weg." Sie stapft auf mich zu und ich erstarre.

Langsam drehe ich mich zu dem Gewächs, dessen Frucht ich gerade essen wollte. Jetzt, wo ich genauer hinschaue, sehe ich die angedrückten Schuppenblätter zwischen den jungen, spitzen Trieben und schlucke. Mist. Jeder Bestandteil des Sadebaums ist giftig. Beim Gedanken an die Tragweite dieser Aktion zieht sich mein Magen zusammen. Aber Tamena hat doch selbst gesagt, dass das ein Wacholder ist.

„Das", sagt sie und zeigt auf den Strauch vor ihr, „ist Wacholder."

Dort rechts, neben dem Hopfen und dem Johanniskraut steht er, der Strauch, den wir gemeinsam betrachtet haben. Ich stehe vor dem Gewächs, das genau auf der anderen Seite des Hopfenstrangs wächst. Die beiden sehen sich zum Verwechseln ähnlich, nur, dass der Wacholder einen Meter höher und etwas stacheliger ist. Mein Blick fällt auf die Beere zwischen meinem Daumen und Zeigefinger und ich keuche. Hastig werfe ich sie hinter den Strauch und reibe meine Finger an meiner Hose ab. Mist, Mist, Mist. Ich kann froh sein, dass Tamena mich gesehen hat. Hitze schießt in meine Wangen. Wie unangenehm.

Tamena geht auf mich zu und ich mache einen Schritt zurück.

Sie hebt die Hände. „Ist ja gut, ich tu dir nichts. Die Gefahr ging gerade definitiv von dir selbst aus." Sie spricht jetzt ruhiger. „Was um Himmels willen hast du dir dabei gedacht?"

Ich sacke in mich zusammen und fahre mir übers Gesicht. „Es tut mir leid. Ich wollte es ausprobieren, mit den Pflanzenkräften." Meine Stimme ist zum Ende des Satzes nur noch ein Flüstern und ich wage es nicht, in

161

ihre Augen zu sehen. Es ist nicht einmal vierundzwanzig Stunden her, dass sie mich ausdrücklich davor gewarnt hat.

Sie ächzt, ballt die Fäuste, dreht sich weg und stöhnt noch mal, als beschwere sie sich bei den Bäumen über meine Dummheit. Jetzt dreht sie sich wieder zu mir. Sie atmet tief ein, schließt beim Ausatmen die Augen und sinkt hinunter in die Hocke, die Stirn in die Hände gelegt. „Tief durchatmen", murmelt sie, bohrt aber die Hände förmlich in ihren Schädel. Ihre Fingerkuppen sind weiß. Noch einmal atmet sie tief ein, schüttelt ihre Handgelenke aus und richtet sich wieder auf. „Kannst du dir vorstellen, was passiert wäre, wenn du das Ding tatsächlich gegessen hättest?" Ich schweige. „Im besten Fall hättest du den Rest des Tages erbrochen und Blut uriniert. Im schlechtesten Fall hättest du vom Erbrechen nicht mal mehr träumen können. All das, weil du auf Heldin machen musst." Sie stemmt die Hände in die Seiten.

Ich bin still, weil ich weiß, dass sie recht hat. Ich hätte das allein nicht tun sollen. Noch einmal öffnet Tamena den Mund, schließt ihn aber wieder. Sie macht auf dem Absatz kehrt und stiefelt in Richtung Ausgang, wo die Tür hinter ihr ins Schloss kracht. Schon wieder. Irgendwann zerbricht noch das Glas.

Ich seufze und sprinte hinterher. Zehn Meter in den Wald hinein habe ich sie eingeholt und fasse sie an der Schulter. „Es tut mir leid", sage ich und halte inne, als ich ihr Gesicht sehe. Sind das Tränen? „Ich will wirklich nur das Richtige tun."

Sie löst sich von mir und eilt weiter in Richtung Hütte. „Ich möchte nichts mehr davon hören", sagt sie mit einem verbitterten Ton. „Und jetzt ab ins Training."

Ich schlucke und bleibe stehen. Das war nicht der beste Weg, um ihr zu zeigen, dass sie mir vertrauen kann.

Mit hängenden Schultern trotte ich zum Anwesen zurück.

16

Im Training versuche ich trotz dessen, dass ich Feor kaum anschauen kann, so aufmerksam wie möglich zu sein, um weiter an meinen Fähigkeiten zu trainieren. Doch der Schlafentzug aus der vergangenen Nacht macht sich deutlich bemerkbar, sodass der Tag an mir vorbeirauscht, ohne dass ich viel mitbekomme. Sila und Leo verschweige ich den peinlichen Vorfall. Nicht, dass ihnen die ganze Sache doch zu riskant wird. Ich muss mich bei Tamena entschuldigen.

Nach dem Ende der letzten Einheit renne ich los. Die Tür zum Wintergarten steht auf, doch als ich keuchend hineinrufe, kommt nichts zurück. Ich trete ein und finde Tamena in der Küche, wo sie gerade Salat zubereitet. Sie ignoriert mich, schickt mich aber auch nicht weg. Auf dem Tisch liegt der Brief, den ich gestern Mittag angefangen habe. Daneben liegt ein verschlossenes Kuvert mit demselben Schriftzug darauf wie letztes Mal.

„Post für mich?", frage ich aufgeregt. Sie nickt nur. „Tamena, es tut mir so leid. So was kommt wirklich nie wieder vor, ich verspreche es."

„Ist schon gut", sagt sie, doch ihre Stimme klingt distanziert. Vielleicht kann ich ihr gleich mit dem Salat helfen. Oder braucht sie Zeit für sich? Mein Blick fällt wieder auf den Brief. Ich gebe dem Jucken in meinen Fingern nach, schnappe ihn mir und friemle, während ich mich setze, das dünne Papier aus dem Umschlag.

Liebe Nara, ich weiß, mein letzter Brief ist nicht lange her und du wunderst dich bestimmt, wie ich dich noch mal erreichen konnte. Jetzt bin ich die, die dir was Krasses erzählt.

Du weißt ja, dass mein Vater Verhaltenstherapeut ist. In der letzten Zeit haben sich Fälle gehäuft von Menschen, deren enges Familienmitglied verschwunden war oder von denen, die selbst verschwunden waren und es geschafft haben zurückzukommen. Nara, ich habe Angst. Es sind so viele. In der Stadt wird es totgeschwiegen und von der Polizei kommen keine Infos.

Seit vorgestern bin ich nur noch im Haus, weil meine Eltern mich nicht rauslassen. Ich weiß, dass mein Vater in Gefahr ist, weil er all diese Menschen berät und sie ihm Dinge anvertrauen, die er nicht wissen sollte. Ich habe ihm von dir erzählt (tut mir leid, ich konnte nicht anders) und er hat jemanden gefunden, dem ich diesen Brief geben kann.

Eine Klientin hat von einem Ort berichtet, von dem ich mir sicher bin, dass du dort bist. Geschützter Rahmen. Nevox. Abgeschottet von allem. Sie hat meinem Vater angeboten, uns dort hinzubringen, wenn es ihm zu gefährlich wird. Ich weiß nicht, wie meine Eltern sich entscheiden, aber möglicherweise sehen wir uns schneller als gedacht.

Ich habe Angst, zu gehen, aber ich habe auch Angst, zu bleiben. Vielleicht kann Miranda mit uns kommen. Ich würde es nicht aushalten, sie hier allein zu lassen. Ich hoffe, dir geht es gut. Deine Zoey.

Meine Brust schnürt sich zusammen bei dem Gedanken, in welchem Ausnahmezustand sich die Stadt befindet, und ich schiele hinüber zu Tamena, die jetzt neben mir im Stuhl sitzt und sich eine Pfeife vorbereitet. Ich habe richtig gesehen. Eine Pfeife. Gemächlich steckt sie den schwarzen

Tabak in die runde Öffnung und stopft ihn mit einem länglichen Metallgegenstand tiefer hinein.

Ich ziehe die Augenbrauen zusammen. Raucht sie in ihrer Küche? Ich sage besser nichts, ich habe mir heute schon einen Fauxpas zu viel geleistet. Seelenruhig zündet sie den Tabak an und pafft an dem Holzstiel, sodass ein würziger Duft die Küche erfüllt. Ich huste und vor meinem inneren Auge blitzt ein Bild auf, von einem Wohnzimmer mit einem braunen Piano an der Wand. Eine Mischung aus Schwere und Sehnsucht breitet sich in mir aus und ich sinke tiefer in den Stuhl. So schnell, wie das Bild auftaucht, ist es wieder weg.

Falls sie mich nur wegen des Briefs reingelassen hat, sollte ich jetzt wahrscheinlich gehen. Aber etwas hält mich bei ihr.

„Wie kommt es, dass du im März schon reife Wacholderbeeren hast?"

Tamena sieht mich an und verengt die Augen. Einige Atemzüge verstreichen. „Es hat mit Wärme zu tun", sagt sie, pafft noch einmal und stößt eine Rauchwolke aus.

„Mit der Wärme durch das Gewächshaus?", frage ich.

Tamena hebt eine Augenbraue. „Du bist gut, weißt du das?" Ich zucke nur mit den Schultern und Tamena seufzt. „Du weißt genau, dass die Wärme des Gewächshauses nicht ausreicht, um einen Nadelbaum zum Blühen zu bringen."

Ich schlucke und nicke. Sie verwehrt das Thema nicht ganz, das ist ein Fortschritt. Ob sie Zoeys Brief auch gelesen hat?

Wieder fixiert sie mich und ich begegne ihrem ruhigen Blick. Jetzt legt sie Pfeife und Feuerzeug vor sich ab, schlägt ein Bein übers andere und verschränkt die Arme vor der Brust. „Wieso willst du es lernen?"

„Weil ich meinen Vater aufhalten möchte."

„Was lässt dich denken, dass es damit einfacher wird? Es sind nur Pflanzen", sagt sie trocken.

„Wenn es nur Pflanzen wären, würdest du dich nicht so aufregen. Du hast Angst, dass ich mich in Gefahr bringe, also muss es etwas Kraftvolles sein." Ich denke an die herausgerissenen Seiten in den Lehrbüchern.

Einer ihrer Mundwinkel zuckt nach oben und sie schnaubt. „Ich habe keine Angst davor, ich *weiß*, dass du dich in Gefahr bringst. Wer sich einmal zur Natur zurückbesinnt, kann dieses normale Leben nicht mehr führen." Sie klingt verbittert und nickt in Richtung Anwesen. „Was denkst du, warum die Nevox so leben, wenn es noch andere Möglichkeiten gibt?"

Ich denke an das, was Tamena mir bisher über die Fähigkeiten gesagt hat. „Weil es Angst macht, sich ins Ungewisse zu wagen."

Sie nickt. „Und weil es schlecht für das Ego ist, zu bemerken, dass man selbst nicht das Zentrum der Welt ist, sondern nur ein Teil des Natursystems. Wenn man das einmal erkennt, kann man die damit einhergehende Verantwortung nicht mehr abstreiten. Verantwortung heißt Anstrengung und das mögen Menschen nicht."

Draußen vor dem Fenster lässt sich eine Amsel nieder. Die Sonne steht mittlerweile so tief, dass ein paar Sonnenstrahlen direkt in die rauchige Küche scheinen.

In meinen Fingern kribbelt es. „Als ich dort war, bei *ihm*, habe ich am eigenen Leib gemerkt, wie es sich anfühlt, unter seiner Macht zu stehen. Ich spüre es jeden Tag, wenn mir eine banale Sache nicht einfallen will. Ich kenne nur dieses fremdbestimmte Leben, Tamena, und ich habe es satt. Ich will ankommen und Frieden spüren.

Mein eigenes Ding machen. Das geht erst, wenn ich den stoppe, der mich und andere davon abhält." Ich lege meine flache Hand auf den Brief von Zoey. „Meine beste Freundin ist in Gefahr und viele andere Menschen. Lässt dich das kalt?"

Tamena pafft an ihrer Pfeife und gibt ein Röcheln von sich. „Es hat mich zu lange *nicht* kalt gelassen. Ich habe viel verloren und jetzt lebe ich hier."

Ich blicke aus dem Fenster auf die Lichtung. „Vielleicht möchte ich ja auch hier leben, bei all den anderen Nevox. Aber nicht, wenn sie denken, dass ich wie mein Vater bin. Sie sollen erkennen, dass ich *ich* bin."

„Das erkennen sie nicht, indem du ihnen etwas beweist."

„Aber vielleicht erkennen sie es, wenn ich *mir* etwas beweise. Ich muss einfach etwas tun." Ich sehe in ihre braunen Augen und schlucke den Kloß in meiner Kehle hinunter. Tamena mustert mich und ich versuche, ihrem Blick standzuhalten. Eine Ewigkeit vergeht.

„Gut", sagt sie kaum hörbar.

Ich richte mich auf und weite die Augen. „Was?"

„Also gut", sagt Tamena lauter und sieht auf den Brief. „Unter einer Bedingung." Ich nicke eifrig und sie lehnt sich nach vorn. „Keine Alleingänge. Wann auch immer du etwas ausprobierst, geschweige denn an *anderen* ausprobierst, sagst du mir Bescheid. Ich habe keine Lust, dafür verantwortlich zu sein, dass du dein Leben aufs Spiel setzt."

„Ja", sage ich wie aus der Pistole geschossen. „Natürlich."

„Okay", sagt Tamena und fixiert mich, als sei sie selbst noch nicht von ihrer Einwilligung überzeugt. „Und jetzt lass mich in Ruhe meine Pfeife rauchen."

Ich nicke und ziehe meine Beine an den Körper heran. Mein Puls rast. Ich werde es lernen und Karan damit aufhalten. Und dann werde ich endlich meinen Platz finden, wo auch immer der sein wird.

17

Nach dem Abendessen, das ich bei Tamena verbringe, gehen wir gemeinsam in den Wald.

„Im Dunkeln sind unsere Sinne schärfer", sagt Tamena und schreitet weiter in die Dämmerung. „Du wirst es brauchen, wenn du wieder ins Spüren kommen willst." Mit einer sanften Handbewegung schiebt sie eine Schwebfliege aus ihrem Sichtfeld.

„Aber zum Gewächshaus geht's doch in die andere Richtung." Aufregung kribbelt in meinem Brustkorb und meinen Armen.

„Es ergibt keinen Sinn, in einem geordneten Garten zu starten. Du brauchst etwas, das dir näher ist." Sie bleibt abrupt stehen und sieht sich um. „Da lang." Ich folge ihr durch das Dickicht, den Weg haben wir längst hinter uns gelassen. In ihren Lederschuhen schleicht Tamena über den Waldboden und ich gebe mir Mühe, mit meinen klobigen Wanderstiefeln nicht zu viel kaputt zu treten. Tamena schiebt immer wieder einen Ast aus dem Weg und mit jeder Minute, die verstreicht, wird es dunkler.

„Hier", sagt sie, hält einen Farnbusch zur Seite und ich trete an ihr vorbei auf eine freie Fläche, die von sattem, flauschigen Moos überzogen ist. Am liebsten würde ich meine Finger in die grünen Samtknäuel graben, die wie Kissen den Waldboden bedecken. Rechts und links davon ragen Kiefern empor, deren Wurzeln sich unter dem Moos verweben und zwischendrin mit ihrer roten, schuppigen Rinde aufblitzen. Ich lächle und sauge den Geruch nach Harz und Kräutern ein.

„Zieh deine Schuhe und Socken aus und tritt auf das Moos. Sei vorsichtig dabei. Es erholt sich schnell, aber wir wollen es nicht unnötig belasten." Sie überquert leichtfüßig die Fläche, wobei sie ausschließlich auf die Wurzeln tritt. Aus ihrem Rucksack zieht sie einen flachen Stein, ein Glas mit einer Kerze darin und ein Feuerzeug. Jetzt sieht sie zu mir und fuchtelt mit der Hand in Richtung meiner Füße.

Ich löse mich von ihrem Anblick, tue, wie mir geheißen und folge ihr barfuß über die kalten Wurzelstränge, wenn auch nur halb so galant.

Die kleine Flamme in dem windgeschützten Kerzenglas gewinnt an Größe und Tamena stellt das Gefäß auf den Stein, der auf einer breiten Wurzel liegt. „Das wird dir eine Weile Licht geben."

Eine *Weile*? Wie lange hat sie vor, hier draußen zu bleiben? Ich ziehe meine Jacke fester um mich, denn mit der Sonne ist auch die Wärme verschwunden und trotz des extra Wollpullovers, den ich mir leihen durfte, kriecht die Kälte in alle Winkel meines Körpers. Tamena setzt sich auf eine Wurzel, also tue ich es ihr gleich.

„Wie viel weißt du über die natürlichen Energien?", fragt sie.

Ich stütze meinen Kopf in die Hände. „Sie wurden 2005 verboten. Und ich weiß, dass sie mit etwas namens Summe zu tun haben. Das Zeichen, das du auf dem Hinterkopf trägst."

Tamena gluckst. „Ja, das hast du gut recherchiert. Und zu dem Gesetz: Die Energien können nicht verboten werden, sie überleben uns irgendwann. Aber die Verbreitung von dem Wissen zu ihnen, das wird ungern gesehen." Ein Schatten huscht über ihr Gesicht und für einen Moment schließt sie die Augen. „Die Verbindung

171

zur Natur gilt in unserer modernen Welt als irrational und ungebildet. Alles, was von Rationalität abweicht, gehört untergeordnet. Solange die Natur eingefangen und kontrolliert werden kann, dominiert sie uns nicht, richtig? Das Gleiche gilt zum Beispiel für Emotionen und Menschengruppen, aber dazu kommen wir ein anderes Mal."

Ich kann ihr nicht folgen. „Heißt das, die Natur ist uns unterlegen?"

„Ganz im Gegenteil. Wir sind ein Teil von ihr. Aber durch die Unterordnung und die Kontrolle, die wir auf sie ausüben, haben wir uns von ihr gelöst. Wenn wir uns als losgelöst betrachten, tut es weniger weh, dass wir sie ausbeuten."

Ein dumpfer Druck breitet sich in meiner Magengegend aus. „Kann ich die Natur überhaupt nutzen, ohne mich über sie zu stellen?" Um genau zu sein, will ich ja die Natur gegen meinen Vater verwenden.

Tamena nickt und das Flackern der Kerze erhellt ihr Gesicht. „Deswegen sind wir hier." Sie legt eine Hand auf die Wurzel unter sich. „Wenn du in Kontakt mit der Natur treten willst, musst du wieder ein Teil von ihr werden. Als Kinder sind wir das, aber wir verlernen es über die Zeit. Emotionen werden durch Vernunft ersetzt. Erst, wenn du wieder empfänglich für die Natur bist, leitet sie dir den Weg."

„Ich hatte gehofft, ich könnte einen Trank mixen und los geht's."

Tamena gluckst. „Ich bin immer wieder erstaunt über die Vorstellungen, die Menschen von Naturkräften haben. Als müsste man eine Magierin sein, um Zugang zu ihnen zu haben."

„Es klingt sehr nach Magie", sage ich.

Tamena lächelt und fährt mit ihren flachen Händen über ihren Nacken, den Brustkorb und ihren Bauch. „Es ist das Natürlichste auf der Welt. Es liegt in uns allen." Jetzt wird ihre Miene ernst. „Bevor wir loslegen, habe ich etwas für dich." Sie zieht eine Jutetasche aus dem Rucksack hervor und reicht sie mir. „Pass gut darauf auf und teile es nur mit Personen, denen du vertraust."

Ich blicke in den Beutel und mache im spärlichen Licht der Kerze einen dicken Papierstapel aus, von dem manche Blätter zerfleddert sind. Die Augen zusammenkneifend, entziffere ich die Buchstaben auf der obersten Seite: „Aus den Wurzeln leben in einer rational-kapitalistischen Welt." Ich weite die Augen. „Das heißt, es wurde nicht alles zerstört?"

Tamena lächelt. „Natürlich nicht. Diese Seiten gibt es überall und es wird sie auch geben, wenn das fünfzigste Gesetz in Kraft getreten ist. Das hier konnte ich letzten Sommer aus meiner Hausbibliothek retten."

Vorsichtig schiebe ich die Blätter zurück in die Tasche und lege sie behutsam neben mich.

„Nimm dir morgen dafür in Ruhe Zeit. Du kannst nach dem Mittagessen zu mir kommen und sagen, welche Themen dich am meisten interessieren. Dort machen wir weiter."

Ich nicke. „Danke." Im Wald ist es mittlerweile stockdunkel und ein Krähenruf erschallt. Oben in den Kiefernzweigen flattert etwas. Hoffentlich ist niemand sonst hier unterwegs. „Was machen wir jetzt?" In meinem Bauch kribbelt es.

„Leg dich ins Moos und versuche, es zu spüren. Der Wald wird dich wieder erkennen, wenn du ihn lässt. Aus irgendeinem Grund hast du einen Zugang zu ihm, den ich nur von Menschen mit viel Erfahrung kenne, vielleicht hängt es mit dem Gedächtnisverlust zusammen."

Ich verstehe nicht, was sie meint, lege mich aber vorsichtig zwischen die Wurzeln auf eine Moosfläche, die groß genug ist, um meinen gesamten Körper zu umfassen. Ein bisschen merkwürdig komme ich mir vor, aber der Untergrund ist weich und kuschelig. Von hier sieht es aus, als würden die Kiefern den Platz wie eine Hülle umschließen. Neben meinem Kopf ragen ein paar kleine, braune Pilze auf.

„Ich lasse dich hier allein", sagt Tamena.

„Was?", sage ich und rapple mich auf. „Aber wir haben doch noch gar nichts gemacht. Und wie soll ich wieder zurückfinden?"

Tamena deutet auf die Bäume, die vor meinen Füßen aufragen. „Wenn du zwischen diesen beiden Kiefern durchgehst und geradeaus läufst, kommst du irgendwann auf den Kiesweg zurück."

„Und was soll ich bitte hier tun? Und wie lange?"

„Spüren", sagt sie ruhig. „Lass dich auf die Natur ein und sie wird Kontakt zu dir aufnehmen. Aber erwarte nicht, dass es sofort klappt, unser Kopf ist dominant. Erde dich in den Teil von dir, der den Wald schon immer spürt. Du merkst, wenn es genug ist."

Sie schnappt sich ihren leeren Rucksack und steht auf und ich starre sie mit offenem Mund an. Sie winkt zum Gruß, verschwindet durch den Farnvorhang und ich bin allein. Ein Teil von mir will hinterherrennen, aber mittlerweile kenne ich sie gut genug, um zu wissen, dass sie es mir nicht leichter machen wird. Die kleine Flamme neben mir tut ihren Job und lodert unerlässlich vor sich hin, sodass ich mittlerweile die Kiefernrinde, ihre Astlöcher und die Zweige erkenne. O Mann.

Dann … lege ich mich jetzt wieder hin? Mehrmals richte ich meinen Kopf aus, er will einfach nicht gerade liegen. Jetzt, wo ich die Augen geschlossen habe, klopft mein Herz schneller. Was, wenn doch eine Person hinter den Bäumen steht? Ich blinzle und schaue mich um, aber außer der vor sich hin züngelnden Flamme gibt es keine Bewegungen. An meiner rechten Wange juckt es und ich scheuche eine Mücke fort. Ist da ein Kribbeln in meinem Bein? Ich stöhne und fahre mir mit den Händen übers Gesicht. Was tue ich hier?

Erde dich in den Teil von dir, der den Wald schon immer spürt. Tief atme ich ein und schließe mit der Ausatmung die Augen. Eine sanfte Brise streicht über mein Gesicht und etwas weiter weg ruft eine Eule. Was, wenn mein Zugang nicht zurückkommt? Ich schlucke. Das weiche Bett trägt mich und die Kuppel aus Wurzeln und Stämmen bildet einen wohligen Schutzraum. Vor meinem inneren Auge blitzt der Moment auf, in dem Arek und ich auf unserer Flucht den ersten Schritt in den Wald gesetzt haben. Wir wussten, es gab kein Zurück mehr und die Natur musste uns beherbergen, egal, was passierte. Es war gruselig, aber da war auch eine Freiheit, die ich erst jetzt mit zeitlicher Distanz spüre. Nach all den Wochen bei einer fremden Familie war es gut, an einem neutralen Ort zu sein. Da ist ein harziger und herber Duft in der Brise, die über mich streicht, und meine Lungen füllen sich. Noch tiefer sinke ich in das Moosbett und mir ist, als würden die Flechten um meinen Körper herumwachsen, mich in sich aufnehmen. Ich spüre das Wasser in den einzelnen Fasern und die kleinen Lebewesen, die sie bewohnen. Es krabbelt und rauscht und auf einmal tastet etwas nach meinem Bewusstsein. Automatisch verfestigt sich meine Barriere und Panik kriecht meine Wirbelsäule hinauf, aber ich versuche, ruhig zu atmen. Vielleicht ist das das letzte bisschen Verstand, das ich aufgeben muss.

Mit etwas Überwindung reiße ich meine Mauern ein und gebe vorsichtig den Zugang zu mir frei. Etwas schwappt pulsierend auf mich über und ich schnappe nach Luft. Das hier fühlt sich anders an als die Menschen, die ich gespürt habe. Transparenter, kraftvoller. Ein warmes Gefühl breitet sich in meinem Bauch aus, meine Gedanken treten in den Hintergrund und ich bin völlig eingenommen. Noch nie war es so friedlich, mich klein zu fühlen. *Du hast einen Platz bei mir*, scheint etwas zu flüstern. Ist das die Natur, die zu mir spricht? Mein Körper wird schwerer und plötzlich rinnen Tränen aus meinen Lidern über meine Ohren in das Moos. Wieso war ich so lange getrennt von ihr? Kraft überschwemmt mich und ich weiß, dass es ihre ist. Ein Schluchzen hallt in die Nacht, das sich nach mir anhört. Mein Oberkörper bebt und die Tränen, die das Bett unter mir wässern, waschen Schmerz und Kontrolle aus meinem Körper. Ich muss nichts halten, ich *bin* gehalten. Immer tiefer sinke ich in dieses Gefühl hinein.

Ich weiß nicht, wie lange ich so daliege, völlig verbunden mit meiner Umgebung. Irgendwann ebbt die Heftigkeit ab und unter das Gefühl von Ehrfurcht mischt sich leises Selbstvertrauen. Es ist klar und rein. Mit jeder Einatmung komme ich zurück in den Augenblick und werde mir meinem Körper bewusster.

Die Kerze ist vollständig heruntergebrannt, ich muss ganz schön lang hier gewesen sein. Oben zwischen den Baumkronen scheint der Mond auf mich herab. Langsam richte ich mich auf und spüre sowohl meinen Körper als auch die Natur um mich herum. Freiheit durchströmt mich.

Bedacht auf die Flechten stehe ich auf, hebe das Glas und den Stein von der Wurzel, schnappe mir den Jutebeutel und trete zwischen den beiden Kiefern durch. Wie in Trance gehe ich geradeaus und lasse die letzten Wellen der Vereinigung abebben. Mein Kopf ist leer und mein Körper gefüllt.

Je weiter ich mich dem Anwesen nähere, desto mehr rückt die Verbindung in den Hintergrund. Während ich auf den Kiesweg trete, ist da nur noch Nara und zurück kommen auch die Ängste und Selbstzweifel. Wie soll mir das mit Karan weiterhelfen? Kann ich Arek davon erzählen oder verurteilt er auch diesen Schritt? Doch unter der Schicht aus Gedanken atmet ein Vertrauen, dass ich jederzeit an diesen Ort zurückkehren kann. Es macht die Ängste weniger einnehmend.

Erst beim Schließen meiner Zimmertür merke ich, wie erschöpft ich bin. Mein Zwischenfall im Gewächshaus heute Morgen wirkt weit in der Vergangenheit und ich schmunzle. So viele Emotionen an einem Tag. Ich bin froh, dass Tamena mir eine zweite Chance gegeben hat, und ich werde ihr beweisen, dass es nicht umsonst war.

Ich mache mich bettfertig und falle ächzend in die Laken. In meinem Körper hallt das Rauschen des Waldes wider und ich versinke in einen traumlosen Schlaf.

18

Beim Aufwachen fühle ich mich, als hätte ich zwei Wochen lang geschlafen. Friedliche Ruhe füllt meinen Körper und zum ersten Mal seit Monaten liege ich einfach so da, ohne dass in meinem Kopf die Gedanken kreisen. Die Erlebnisse der vergangenen Nacht klingen in mir nach und ich lächle.

Beschwingt von dem wohligen Gefühl stehe ich auf, richte mich für den Tag und mache vor dem Frühstück einen Abstecher nach draußen vor die Tür. Die kalte Morgenluft prickelt auf meinem Gesicht und beim Anblick des dichten Waldes schlägt mein Herz etwas schneller. Ein paar Sonnenstrahlen drängen sich durch die Wolkendecke und für mehrere Minuten stehe ich einfach nur da und sauge die frische Luft in mich ein. Ich fühle mich lebendig und geerdet zugleich.

Im Speisesaal kommt mir der Lautstärkepegel etwas gedämpfter vor als sonst. Zum Frühstück gibt es Reisbrei. Das fällt mir vor allem deswegen auf, weil jede einzelne Person, die sich ihr Frühstück an der Ausgabe abholt, irritiert auf ihr Tablett starrt.

„Wieso gibt es heute keinen Haferbrei?" Ein kleines Mädchen geht an mir vorbei und sieht zurück zu ihrer Mutter.

„Damit es dir nicht langweilig wird, mein Schatz", antwortet diese, doch ihr fröhlicher Ton klingt gekünstelt.

Ich blicke in die Runde an meinem Tisch. „Das muss ein ganz schönes Ding sein, wenn hier die Routine mal nicht eingehalten wird." Ich erwarte Grinsen, ernte aber nur betretenes Schweigen.

Sila beugt sich zu mir über den Tisch, sodass nur ich ihr Raunen neben dem Stimmengewirr im Saal höre. „Linus' Mum ist Fahrerin und bringt normalerweise den Hafer. Sie hätte gestern Abend wieder da sein müssen." Sie deutet auf ihren Teller. „In all den Jahren, die ich jetzt hier lebe, hat es jeden Morgen Haferbrei gegeben."

Ich schaue zu Linus, der einen Tisch weiter sitzt und mit ausdrucksloser Miene in seinem Teller herumstochert. Seine Augen sind gerötet. Mein Herz sackt ein Stück nach unten.

Da ertönt ein lauter Gong und der ganze Saal verstummt.

Henry steht vorn bei der Essensausgabe und räuspert sich. „Guten Morgen zusammen. Wie ich sehe, sorgt das heutige Frühstück für Verwunderung und ich möchte gar nicht erst, dass sich irgendwelche Gerüchte verbreiten."

„Lauter", kommt es aus der hinteren Ecke.

„Aufgrund außerordentlicher Besorgungen benötigen ein paar Fahrten länger. Seid bitte unbesorgt, es ist alles in bester Ordnung." Er blickt in die vordersten Reihen. „Sagt das bitte den anderen weiter und jetzt genießt euren Samstag!" Schon wendet er sich ab und im Speisesaal herrscht wieder das übliche Stimmengewirr, doch Linus' Miene ist weiterhin versteinert. Von dem aufmüpfigen Clown, den er im Training abgibt, ist nichts mehr zu erkennen. Ich sehe zu Leo und Sila, die beide nur mit den Schultern zucken. Vorsichtig drehe ich mich um und linse über die Schulter zu Areks Platz, der leer ist. Darf er schon als Wachender arbeiten und hat gerade eine Schicht? Hoffentlich ist das die Erklärung für sein Fehlen. Alles in mir sehnt sich danach, die neusten Ereignisse mit ihm zu teilen. In mir weicht die Leichtigkeit einem Druckgefühl und ich schlucke.

Seufzend lege ich meinen Löffel aufs Tablett. Sila und Leo kriegen ebenfalls nichts mehr herunter, zumindest sind ihre Schüsseln noch halb voll, und auch sie sehen immer wieder zu Linus hinüber, sagen aber nichts.

Nach dem Frühstück gehen die beiden aufs Feld und ich zu Caleb. Seit seinem Zusammenbruch im Wald ist schon fast eine Woche vergangen und wir sind uns immer nur kurz auf dem Flur oder im Speisesaal begegnet. In meinem Loch der letzten Tage habe ich es kein einziges Mal geschafft, bei ihm vorbeizugehen.

Den Jutebeutel von Tamena unterm Arm, klopfe ich an seine Zimmertür, doch niemand reagiert. Nach dem dritten Versuch drücke ich die Klinke hinunter und finde sein Zimmer leer vor. Wo ist er? Normalerweise verkriecht er sich ausschließlich hier drin. Verdammt, ich hätte ihn früher besuchen sollen. Was bin ich für eine Freundin? Hektisch sehe ich mich um. Wo soll ich zuerst suchen? Im Wald? In den Freizeiträumen? Bitte lass ihm nichts passiert sein.

„Kriegst du grad ne Panikattacke?" Die Hände in den Hosentaschen, schlendert Caleb an mir vorbei in sein Zimmer.

Ich atme hörbar aus. „Nein?" Meine Stimme ist dünn und ich schließe die Tür hinter uns. Er sieht … gesund aus. Seine Augen sind weniger geschwollen als sonst, und bilde ich es mir nur ein oder geht er aufrechter? „Caleb, es tut mir leid, dass ich –"

„Dass du die letzte Woche nicht meine Aufpasserin warst?", fragt er und wirft sich auf sein Bett. Ich halte die Luft an und bleibe stehen. Nimmt er es mir übel? „Nara, ich bin dir wirklich dankbar, dass du so für mich da warst, aber du darfst die Verantwortung jetzt zurück an mich abgeben. Was auch immer deine Kräutertante mit mir gemacht hat, es war gut." Er rutscht vor auf die Bettkante. „Ehrlich, ich hab so was noch nie erlebt." Er mustert seine Handinnenflächen und seine Unterarme. „Es fühlt sich an, als wäre mein Blut wärmer. Danke, wirklich. Dass du für mich da warst und so. Ab sofort kann ich auf mich selbst aufpassen." Er tippt auf das mittlerweile halb leere Fläschchen mit der roten Flüssigkeit auf seinem Nachttisch. „Das Zeug wirkt Wunder."

Ich lächle und setze mich auf seinen Teppichboden. „Das freut mich." Vorsichtig ziehe ich den Papierstapel aus dem Stoffbeutel. „Vielleicht kannst du es dir ja irgendwann selbst mixen."

„Es ist alles hier", sage ich, während wir gemeinsam Blatt für Blatt überfliegen.

„Sind das die Sachen, die im Archiv fehlen, von denen du erzählt hast?"

„Eher mehr", sage ich mit belegter Stimme.

Caleb hält ein Papier mit dem Titel *Wärme und Kälte – eine Annäherung an energetischen Austausch* hoch. „Ich muss wissen, wie sie es gemacht hat. Vielleicht können die Kälteattacken damit ja nicht nur bekämpft werden, sondern für immer weggehen." Mit leuchtenden Augen sieht er mich an. „Kannst du das lernen?"

Ich zucke mit den Schultern. „Du vielleicht auch." Caleb ist clanlos, aber heißt das, dass er nie energetische Fähigkeiten entwickeln wird? Außerdem hat er Blut empfangen.

„Und trotzdem, wie sollen wir damit jetzt deinen Vater zur Strecke bringen?"

Ich grinse, denn das ist der Tatendrang, den ich wollte. Caleb versteht, dass es nicht mit leben und leben lassen getan ist. Uns verbindet eben viel, auch wenn wir beide gern auf die Erfahrungen verzichtet hätten.

Ich richte mich auf und kreise die Schultern nach hinten. „Es muss mithilfe der Pflanzenkräfte eine Möglichkeit geben, andere Stimmungen zu spüren und zu beeinflussen, ohne sich selbst preiszugeben. Ich weiß, dass Tamena es bei mir anwendet."

„Schon mal daran gedacht, dass sie einfach empathisch ist?"

Ich schüttle den Kopf. „Das ist es nicht. Sie behält ihre Energien so gut für sich, dass ich nicht einmal ihre Mauer ertasten kann. Da ist einfach … überhaupt nichts. Und gleichzeitig weiß sie, wie ich mich fühle, bevor ich es selbst tue. Manchmal taucht sie auch genau da auf, wo ich bin."

„Creepy."

„Wenn ich Karan erspüren kann, ohne mich preiszugeben, finden wir seinen Aufenthaltsort heraus."

„Und dann willst du was machen?", fragt Caleb.

„Das hier." Grinsend schiebe ich ihm eine seitenlange Liste über verschiedene Pflanzen und ihre energetischen Eigenschaften zu. „Mit Muskelkraft oder Strategie können wir nichts gegen ihn und seinen Clan ausrichten, aber was, wenn es eine Möglichkeit gibt, ihn ähnlich zu beeinflussen, wie er es mit seinem Blut tut?"

„Ihn beeinflussen? Ich dachte, wir bringen ihn um", sagt Caleb und fixiert mich.

Ich ziehe die Augenbrauen zusammen. Hat er das gerade wirklich gesagt? „Wir können niemanden umbringen, Caleb. Dafür gibt es Strafen und … ich bin keine Mörderin. Das macht uns doch genauso schlimm wie ihn. Und überhaupt, dann würde sich der Kreis nur wiederholen." Meine Stimme endet in einem Krächzen und ich bin angewidert von diesem Gedanken. Klar hasse ich meinen Vater und ich will, dass es aufhört, aber ich kann keinen Menschen umbringen.

„Ist das dein Ernst? Waren wir am gleichen Ort letzten Winter? Hast du die ganzen Bewusstlosen im Lagerraum gesehen und ihre widerliche Art, mit uns umzugehen, als wären wir Laborratten? Bist du so naiv zu denken, dass er sich *ändern* kann? Scheiße." Er schnaubt. „Der Typ und seine Kälte müssen vernichtet werden, sonst ändert sich nie was."

„Ich will nicht seinen Tod, ich will Frieden", sage ich.

„Frieden bekommst du, wenn es ihn nicht mehr gibt."

„Das ist zu einfach gedacht, Caleb! Glaubst du, Karan ist so auf die Welt gekommen? Selbst wenn er stirbt, das System, das ihn zu ihm gemacht hat, lebt weiter."

„Es gibt keine friedliche Welt, in der Menschen wie Karan existieren."

„Aber auch keine, in der wir das Oberhaupt eines Clans umbringen."

Er hebt die Hände. „Sorry, dass ich hier nur einen Ausweg sehe, ich bin keine tolle Nevok wie du. Aber vielleicht bin ich deswegen auch der Einzige, der nicht auf eine magische Weltveränderungsenergie wartet."

Ich stöhne. „Wir müssen diesen Teufelskreis durchbrechen, nicht weiter anfeuern." Ich starre ihn an, wie er auf der Innenseite seiner Wangen kaut, und zeige auf den Stapel vor ihm. „Wenn ihn das zum Wandel zwingen kann, dann ist es das wert."

„Was macht dich so sicher? Tamena hat Wärme in mich hineingebracht, okay. Das macht sie nicht zur Prophetin.

Hast du eine Ahnung, warum sie überhaupt will, dass du es lernst? Du weißt überhaupt nichts über sie, aber sie offenbar alles über dich. Kommt dir das bekannt vor?"

Autsch. „Ich habe sie überzeugt, es mir beizubringen, sie wollte erst gar nicht. Du tust ihr Unrecht."

„Mhm", sagt Caleb und zieht eine Augenbraue nach oben. „Glaubst du doch wohl selber nicht, dass sie dir plötzlich bei was helfen will, das sie längst hätte selbst machen können, wenn sie so fähig wäre."

Ich verschränke die Arme und sehe aus dem Fenster. Ja, ich weiß nichts über sie und ja, wieso hat sie nie etwas verändert, wenn es ihr wichtig ist? Wartet sie darauf, dass eine unbedarfte Person wie ich ins offene Messer läuft, damit sie selbst Vorteile hat? Ich schüttele mich. Das glaube ich nicht. Trotzdem drängen sich Silas Worte in meinen Kopf. *Anscheinend war sie eine Athemar und muss mit Sicherheitsabstand wohnen.* Benutzt sie mich, um zurück in den Clan zu kommen? Ich fahre mir mit den Händen übers Gesicht. Dann würde sie mir wohl kaum den Briefkontakt mit Zoey ermöglichen und mir etwas zur Summe erzählen. Wobei sie das, um genau zu sein, noch gar nicht getan hat. Verdammt. Ich puste Luft durch meine leicht geöffneten Lippen. „Hör zu", sage ich so ruhig wie möglich. „Deinen Schmerz kenne ich gut und wir finden einen Weg, das alles zu beenden. Ich erfahre mehr über sie und bin mir sicher, dass sich alles erklären lässt. Aber gib mir Zeit und uns die Möglichkeit, über Alternativen zu einem *Mord* nachzudenken. Solche Menschen sind wir nicht. Es muss einen Weg geben, das alles auf friedliche Weise zu beenden."

Caleb bleibt still, aber es ist besser als Widerspruch. Jetzt steht er auf. „Dann sorg dafür, dass es nicht zu viel

Zeit braucht. Wir wissen beide, was es bedeutet, dass die Fahrerin weg ist." Mit diesen Worten verlässt er sein Zimmer.

Ich schlucke. Er war also auch im Speisesaal und schenkt Henry keinen Glauben. Ich muss heute Mittag unbedingt Zoey zurückschreiben.

Bis zur Mittagszeit gehe ich aufs Feld. Ich kann es kaum abwarten, zu sehen, wie das Training mit Tamena weitergeht, aber wenn ich will, dass die Bewohnenden mich unter sich akzeptieren, muss ich zeigen, dass ich etwas beitrage. Leo kommt gerade mit einer Schubkarre ans Lager gefahren, in der sich heute dicke Rote-Bete-Knollen befinden, deren Blätter lila und grün schimmern. Er trennt das runde Gemüse davon und schmeißt die Blätter in eine extra Kiste. „Kann man beides essen", sagt er und reicht mir das Messer.

Ich nicke und verfalle in einen stetigen Rhythmus, während Leo wieder aufs Feld geht. Am Ende des einen Ackers, an dem etwa zehn Menschen arbeiten, kniet Sila in der Erde und zieht das dunkelrote Gemüse aus dem Boden. Weiter rechts baut Erin mit ein paar anderen Nevox einen zeltähnlichen Tunnel auf, wahrscheinlich für Salat und Sommergemüse. Der Campus scheint nie zu schlafen, alles bewegt sich mit dem Jahresrhythmus.

Kurz richte ich mit geschlossenen Augen mein Gesicht der Sonne zu und sauge den Duft nach Frühling ein. Vielleicht ist das doch ein Ort, an dem ich leben kann, wenn alles geschafft ist. In meinem Bauch kribbelt ein zarter Hauch von Aufregung und Vorfreude, gemischt mit Nervosität. Beherzt greife ich nach der nächsten Knolle.

Etwa eine Stunde später mache ich am Rand der Lichtung eine Bewegung aus und mein Puls beschleunigt sich. Ich sehe nur seine groben Umrisse, aber seinen zielstrebigen Gang würde ich überall erkennen: Arek. Kurz sehe ich mich um. Die aktuelle Schubkarre ist so gut wie leer, eine weitere lange nicht in Sicht und gleich gibt es Mittagessen. Es wird also niemanden stören, wenn ich für heute aufhöre. Ich wische meine erdverschmierten Hände an einem Lumpen ab und setze mich in Bewegung.

Mit schnellen Schritten geht er am Waldrand entlang und ich umrunde eilig die Ackerfläche, um seinen Weg zu kreuzen. Wo war er heute Morgen? Je näher ich komme, desto deutlicher erkenne ich seinen angespannten Kiefer und die tiefen Furchen auf seiner Stirn. Gerade als er in den Wald tritt, hole ich zu ihm auf.

„Hey", keuche ich und berühre ihn an der Schulter.

Er fährt zu mir herum, seine Pupillen geweitet, doch bei meinem Anblick lässt er die Schultern sacken und legt die Hand aufs Herz. „Gott, Nara. Hi."

„Was machst du so?" Jetzt wo ich hier bin, habe ich plötzlich keine Ahnung mehr, was ich überhaupt von ihm wollte. Haben wir uns gerade überhaupt etwas zu sagen? Eine merkwürdige Spannung zwischen uns schnürt meine Brust zusammen. Arek tritt von einem Fuß auf den anderen und schiebt die Hände in die Hosentaschen. Kurz mustert er mich und in seiner Miene liegt Skepsis. Jetzt seufzt er und rauft sich, den Blick gen Himmel gerichtet, die Haare und ich sehe das feuchte Schimmern in seinen Augen. Ich bin bei ihm, bevor die erste Träne sich löst, ziehe ihn an mich, trotz allem, was zwischen uns steht. Erst ist sein Körper steif, doch jetzt legt er langsam seine Wange auf meinem Kopf ab und atmet heftig. Durch seinen Körper geht ein Schütteln und ich halte ihn so fest wie ich kann.

„Ich habe sie gesucht", flüstert er.

In meinem Kopf rattert es. „Linus' Mutter?"

Er nickt.

„Du warst draußen?"

„Henry hat es mir aufgetragen."

„Henry, der heute Morgen meinte, alles sei gut?" Hitze schießt in meinen Kopf und ich habe Mühe, die Stimme nicht zu erheben.

Arek löst sich etwas von mir und sieht mich an. „Ich verstehe, dass er die Leute beruhigen will. Panik bringt uns nicht weiter. Aber sie war weder beim Abholort noch bei der Notunterkunft für Fahrende. Um genau zu sein, ist sie an beiden Orten gar nicht erst gewesen." Sein Blick flackert zwischen mir und dem Wald hin und her.

„Ich kann nicht glauben, dass er dich da rausgeschickt hat", flüstere ich.

„Ich dachte, dass sie vielleicht eine Panne hatte. Aber es ist merkwürdig dort draußen, es wirkt zu ruhig." Seine leise Stimme zittert leicht. „Es ist gut, dass wir hier sind. Die Grenzen sind sicher."

Ich lege meine Stirn auf seine Brust und atme tief ein. Himmel, habe ich seinen Geruch vermisst. Am liebsten würde ich mich jetzt sofort mit ihm im Bett einkuscheln. Aber er denkt immer noch, es sei die einzige Option, sich hier drin zu verstecken. Für wie lange? „Sie werden uns auch hier irgendwann finden." Ich sehe zu ihm auf und er schüttelt den Kopf.

„Nicht, wenn wir die Grenzen noch sicherer machen."

„Das kann nicht die Lösung sein. Wir brauchen Güter von außen und hast du die Menschen aus unserer Schule vergessen? Sollen sie alle bei Karan landen?"

Arek wischt sich mit der Schulter über die Wange und sieht weg. „Wir wissen nicht, was genau dort draußen passiert. Aber ich bin bereit, mein altes Leben hinter mir zu lassen."

Ich schüttele den Kopf und lasse ihn los. „Ich nicht. Es ist unsere Pflicht, alles zu versuchen, um das zu beenden. Ich habe Möglichkeiten gefunden, mit denen es funktionieren könnte, ich muss nur noch trainieren. Tamena kennt sich mit Pflanzenkräften aus. Vielleicht kann ich es lernen und ihn aufhalten. Aber ich brauche Unterstützung."

Seine Augen sind glasig und er zieht flehentlich die Brauen zusammen. Er weiß, dass ich es ernst meine. „Tu mir das nicht an", wispert er.

Mein Blick verschwimmt und ich spüre Tränen auf meinen Wangen. Um seinen Schmerz von mir fernzuhalten, kaue ich auf meiner Oberlippe und blinzle. „Ich wünschte, du würdest zu mir halten."

„Du läufst der Gefahr in die Arme, anstatt dich zu schützen. Ist dir egal, was das mit mir macht?"

„Das ist nicht fair."

„Nichts ist fair. Aber wir haben einen Ort gefunden, an dem wir sein können. Wir beide, zusammen." Er berührt mich an der Schulter.

Ich nehme seine Hand weg und drücke sie. „Wir drehen uns im Kreis."

Er seufzt und wir schauen uns mehrere Sekunden lang an. Drüben auf dem Feld packen sie zusammen und auf dem Hof strömen die Menschen nach drinnen zum Mittagessen.

Ich verschränke meine Finger mit Areks und wische mit der anderen Hand die Tränen aus meinem Gesicht. „Ich hoffe, dass du mich irgendwann verstehst."

Arek atmet tief ein, in seinen dunkelblauen Augen liegt Verletzung. Er reibt mit beiden Händen meine Hand und führt sie mit geschlossenen Augen zu seinem Gesicht. Es braucht all meine Beherrschung, ihn nicht noch einmal an mich zu ziehen. Aber ich kann ihm nicht nah sein, wenn er mir nicht traut. Schweigend lösen wir uns voneinander und treten gemeinsam aus dem Wald heraus in Richtung Hauptgebäude.

Während wir zu zweit den brechend vollen Speisesaal betreten, fühlt es sich an, als wären wir bereits kilometerweit voneinander entfernt.

Auf einmal ist Victor hinter uns und schmeißt uns seine Arme über die Schultern. „Da sind ja meine zwei Turteltauben."

Arek schenkt ihm ein schwaches Lachen, das nicht in seinen Augen ankommt, und ich presse die Lippen aufeinander.

Victor hebt eine Augenbraue, während er neben mir den Gang zwischen den Tischen hergeht. „Stress im Paradies?"

Ich zucke mit den Schultern.

Arek dreht sich bei meinem Tisch noch einmal kurz zu mir um und nickt mir zu, bevor er sich abwendet und zu seinem Kurstisch nach hinten geht. Victor sieht mich an, knufft mich in die Schulter und biegt ebenfalls in seine Reihe ab.

Dafür sitzt Caleb bei Sila und Leo.

Abrupt bleibe ich stehen. „Was machst du denn hier?"

„Ich konnte die Leitung überreden, dass es besser für mich ist, wenn ich Umgang mit Gleichaltrigen habe." Er wackelt zufrieden mit den Augenbrauen.

Ich grinse und setze mich zu ihnen. „Habt ihr euch schon vorgestellt?" An unserem Tisch sitzen neben Sila und Leo noch Valeria und zwei weitere aus unserem Kurs.

„Haben wir", sagt Caleb und gluckst. „Aber es haben nicht alle so viel Interesse an mir wie du." Ich schnaube und sehe zu Valeria, die die Augen verdreht und sich ihrem Reisauflauf zuwendet.

„Ich bin sicher, du hast dich von deiner besten Seite gezeigt", sage ich. „Hey, Sila und Leo. Habt ihr heute Abend Zeit, zusammen was zu machen? Caleb, vielleicht können wir zu dir?"

Alle drei nicken und Sila reckt kauend den Daumen.

„Perfekt", sage ich und stehe noch einmal auf, um mir mein Essen abzuholen. Wenigstens auf die drei kann ich zählen. Wird Arek über seinen Schatten springen, wenn wir einen konkreten Plan haben? Es schmerzt, dass er sich von seiner Angst leiten lässt, auch wenn sie nachvollziehbar ist. Ich werfe einen Blick nach hinten zu seinem Tisch, wo er aufrecht dasitzt und geistesabwesend in die Luft starrt. Vielleicht ist er in Gedanken bei Linus' Mutter.

Ich atme tief durch und rufe mir Karans hämische Grimasse vor Augen. Wut brodelt in meiner Magengegend auf und ich spüre das Feuer, das in mir lodernd. Entschlossen wende ich mich ab.

19

So schnell es geht esse ich und mache mich auf den Weg zu Tamena. Im Hof sind kleine Pfützen und im Wald riecht es nach feuchter Erde, es muss geregnet haben während dem Mittagessen. Jetzt hängen nur ein paar Nebelschwaden zwischen den Fichten und der Himmel ist leicht bewölkt. Umgeben von Wald fülle ich meine Lunge bis zum Rand mit der frischen Luft und mir ist, als lege sich die Natur um mich herum wie eine prickelnde Membran auf meine Haut. Für einen kurzen Moment scheint das Anwesen und alles, was damit verbunden ist, ganz weit weg. Mein Körper setzt sich wie von allein in Bewegung und ich lasse mich vom Waldboden über den vertrauten Weg tragen.

Durch das nasse Gras laufe ich über die Lichtung und betrete durch den Wintergarten die Hütte von Tamena, die gerade das Geschirr des Mittagessens verräumt. So habe ich Zeit, einen kurzen Brief an Zoey zu schreiben.

Zoey. Ist bei dir alles in Ordnung? Eine der Fahrenden, die Lebensmittel auf den Campus bringt, ist verschwunden. Ich halte die Vorstellung nicht aus, dass du dort draußen bist und dich in deinem Haus versteckst, weil dein Dad diese Therapien macht. Zoey, ihr müsst hierherkommen. Es ist zwar fragwürdig auf seine eigene Weise, aber lieber so, als dass du bei Karan landest. Vielleicht kannst du deine Eltern davon überzeugen. Bis hoffentlich bald, deine Nara.

Ich stecke das Papier in den Umschlag und sehe zu Tamena, die neben mir Tee eingießt.

„Ich finde, die nächste Lektion sollte über dich gehen", sage ich.

Sie blickt auf, die Teekanne in der Luft angehoben. Eine fragende Augenbraue.

„Du meintest gestern Abend, ich soll dir sagen, was mich am meisten interessiert." Seufzend rücke ich mit meinem Stuhl ein Stück zurück. „Ich habe die Nase voll von all den Menschen, die mir sagen, was ich tun oder nicht tun soll. Henry, Arek, Caleb, Karan … Sie alle haben eine Vorstellung davon, was das Beste für mich ist. Was du mir beibringst, ist wichtig, das spüre ich. Aber ich kann dir nur vertrauen, wenn ich mehr von dir weiß."

Tamena stellt die Teekanne auf den Tisch und wischt sich die Hände an einem Handtuch ab, das über ihrer Schulter hängt. „Und was musst du wissen, um mir zu vertrauen?"

„Warum du hier bist und wo du herkommst. Und warum du noch nichts getan hast, wenn du Dinge kannst, die andere nicht können."

Über ihr Gesicht huscht ein Schatten. „Was meinst du mit *nichts getan*?"

„Das hier", sage ich und deute mit der Hand im Raum herum. „Warum verkriechst du dich hier, wenn du Fähigkeiten hast, die etwas verändern könnten?"

Tamena sieht aus, als hätte ich ihr ins Gesicht geschlagen. „Komm mit", sagt sie schroff und zieht sich ihre Schuhe an.

Ich folge ihr über die Lichtung und in den Wald hinein, in eine Richtung, in der ich noch nie unterwegs war. Es geht bergauf und Tamena klettert so flink über die Wurzeln, dass ich kaum hinterherkomme. Zweimal rutsche ich von dem matschigen Untergrund ab und einmal bekomme ich einen Zweig ins Gesicht, den sie nur für sich aus dem Weg hält.

Okay, ich hätte meine Worte definitiv bedachter wählen sollen. Vor allem, nachdem sie mir so etwas Kostbares wie die Aufzeichnungen gegeben hat. Trotzdem meine ich es genau so, wie ich es gesagt habe. Etwas sagt mir, dass Tamena und ich zusammenhalten müssen, aber das geht nur, wenn zwischen uns Klarheit herrscht. Vorbei mit der Geheimnistuerei.

„Da hoch", sagt Tamena und geht auf eine große Kiefer zu. Macht sie Witze? Offenbar nicht, denn sie zieht sich mit ihren drahtigen Armen am untersten Ast nach oben und schwingt sich darauf. Trittsicher klettert sie die nächsten Verzweigungen nach oben. Warum wollen immer alle auf Bäume klettern? Ich seufze und folge ihr nur halb so schnell in die Höhe. Die schuppige Rinde schneidet in meine Hände, während ich mich mit aller Muskelkraft nach oben drücke. Ich sehe hoch zu ihren Fußsohlen, die schon mindestens sechs Meter über mir in der Luft baumeln.

„Komm schon", ruft sie. Ist da Belustigung in ihrer Stimme?

Nach einer gefühlten Viertelstunde hieve ich mich auf den letzten Ast in der Baumkrone und Tamena greift mich am Oberarm, um mich zu stabilisieren. Ächzend finde ich Halt und klammere mich an einem weiteren Stamm neben mir fest.

„Wow." Jetzt sehe ich erst, *wie* hoch wir sind. Der Baum ist einer der höchsten im Umkreis, sodass wir über die anderen hinwegschauen. Dort vorn, den Hang hinab und auf einer großen freien Fläche, liegt das Anwesen.

Die drei weißen Gebäude stechen leuchtend aus dem dunkelgrünen Wald hervor, in dem die wandernden Nebelschwaden hängen. Wie kleine Ameisen bewegen sich die vielen Menschen hinter dem Haupthaus über die Felder. „Von hier wirkt alles winzig."

Tamena nickt und schlägt die Beine übereinander. „Es ist ein schöner Ort, um Abstand zu kriegen."

Ich sehe sie an. „Brauchst du oft Abstand?", frage ich so vorsichtig wie möglich.

Sie verengt die Augen, atmet tief ein und schaut wieder geradeaus. „Es ist schwierig, wenn du nirgends gern gesehen bist, aber wem sage ich das?" Sie schnaubt. „Du hast gefragt, warum ich nichts tue, sondern mich hier verkrieche. Die Antwort ist: Ich habe keine andere Wahl. Karan hat mir alles genommen – meinen Mann, mein Zuhause, meine Tochter. Wenn ich vermeiden will, dass er mir auch noch mein Leben nimmt, ist dies der einzige Ort, an dem ich sicher bin." Ihr Blick ist so emotionslos wie ihre Stimme und sie knetet ihre Fingerknöchel. „Ich habe Wissen, aber meine Kraft verließ mich, als ich alles verloren habe. Es kostet viel Energie, solche Dinge zu erleben und weiterzumachen."

„Aber was ist mit Caleb?", frage ich. „Du hast ihn aus seiner Kältestarre geholt."

Tamena verzieht den Mund. „Weil ich gelernt habe, im Schlaf gegen sie anzukommen. Ich weiß aus eigener Erfahrung, was ein Körper in solch einer Situation braucht."

„Warst du eine von ihnen?", frage ich leise.

Tamena nickt und ich schlucke.

„Ich sollte tot sein, so wie Sali." Sie macht eine kurze Pause. „Aber meine Wut war größer als seine."

Was will sie damit sagen? Hat sie den Mörder umgebracht? Eine Welle von Schmerz trifft mich mit solcher Wucht, dass ich fast das Gleichgewicht verliere. Ich japse nach Luft und verkrampfe meine Finger in die Rinde, während das Stechen in meiner Brust droht, sie entzweizureißen. In der nächsten Sekunde ist der Schmerz schon wieder weg. Ich sehe an meinem unversehrten Körper hinunter und jetzt zu Tamena, die sich eine Träne von der Wange wischt und sich aufrichtet. Ich weite die Augen. Das war sie – ihre Barriere war kurz durchbrochen. Wenn sie sich nur einen Bruchteil des Tages so fühlt, wie ich es gerade miterlebt habe, verstehe ich, dass keine Energie übrig bleibt, um auf eine bessere Welt zu hoffen.

„Sie denken, ich sei tot", sagt Tamena und ich nicke. Das erklärt, warum sie sich hier versteckt. Dort vorn liegt das Anwesen mit seinen friedlich qualmenden Schornsteinen und den großen Fenstern, inmitten des Waldes. Irgendwo darin macht Arek gerade Wachendenübungen, weil er denkt, zu einem Kampf für das Gute beizutragen. Sila und Leo sind ebenfalls dort, weil sie etwas Schreckliches verbindet. Victor, der keine Minute ohne seine Kumpels verbringt, weil er davor immer zu einem gewissen Grad abgeschottet leben musste. Wie viele verletzte Menschen leben dort? Wie viele Geschichten von Angst und Schmerz bleiben in diesem Gebäude, weil die Menschen zu müde oder zu beschämt sind, darüber zu sprechen?

„Glaubst du, ich kann etwas verändern?", frage ich leise und Tamena bedenkt mich mit einem langen Blick.

„Ich weiß es nicht. Aber ich glaube, wenn jemand es probieren kann, dann die blutsverwandte Tochter des Oberhaupts." Ihre Stimme bricht und sie sieht weg, als könne sie mir dabei nicht in die Augen schauen. „Ich wollte dich beschützen, aber das war ignorant von mir."

„Wieso wolltest du mich beschützen? Du kennst mich nicht."

Tamena seufzt. „Wir haben vieles gemeinsam."

Ich nicke. „Das haben wir wohl."

Wir schweigen und ich beobachte die wuselnden Menschen auf dem Feld.

„Was du vorhast, wollten schon einige vor dir probieren, aber es haben immer Zutaten gefehlt", sagt Tamena jetzt.

„Was haben sie genau versucht?"

„Immer wieder wurden Nevox aus ihren Familien geholt und zu Athemar gemacht. Ich kenne jemanden, der versucht hat, seinen Bruder so zurückzuholen, wie ich es mit Caleb getan habe – mit Wärme aus dem Holunder. Aber etwas ist immer schiefgegangen, es hat nie geklappt."

„Und der Bruder hat sich freiwillig unter den Strauch gelegt?" Das kann ich mir kaum vorstellen.

„Nein", sagt Tamena. „Ihm wurde eine energetisierte Mischung verabreicht. Hopfen, Baldrianwurzel und Tollkirsche. Das führt im richtigen Verhältnis Ohnmacht herbei." Sie dreht sich zu mir und verengt die Augen. „Bevor du auf irgendwelche dummen Ideen kommst: Tollkirsche ist extrem giftig und kann zum Tod führen, also bitte keine Experimente, bevor du das mit den Energien draufhast."

Ich verdrehe die Augen. „Ist ja gut, ich habe aus meinen Fehlern gelernt." Allerdings verstehe ich, dass sie es erwähnt. „Und es hat nicht funktioniert?"

Sie schüttelt den Kopf. „Sein Körper hat sich trotz Ohnmacht dagegen gesträubt, nicht wie bei Caleb. Wir sind also davon ausgegangen, dass es bei Athemar nicht funktioniert."

„Und jetzt komme ich und will es bei Karan versuchen."

Tamena nickt und sieht wieder geradeaus.

„Und es gab immer Menschen, die dieses Wissen trotz des Verbots weitergetragen haben?"

„Viele hat das Verbot abgeschreckt, aber es gibt noch Quellen. Deine Kraft ist stark und du hast Verbündete. Wenn ich dir dabei helfen kann, eine Lösung zu finden, werde ich es tun." Sie wischt sich über die Wangen, streicht über ihr Gewand und räuspert sich. „Ich hoffe, das reicht dir an Vertrauen."

Ich nicke. „Danke. Ich hoffe, du nimmst mir die Skepsis nicht übel."

„Ich verstehe dich gut. Behalte sie dir bei, sie kann dein Leben retten." Sie lächelt mich halbherzig an und ich erwidere es.

Eine Weile sitzen wir noch so da und lauschen dem Wind, der durch die Baumkronen streicht. Schließlich machen wir uns zum Gewächshaus für die zweite Lektion auf.

Dort ist es gefühlte zehn Grad wärmer, als wir eintreten. Das grüne Durcheinander erscheint durch den Einfall der leichten Sonnenstrahlen in mystischem Licht.

„Wenn du in Verbindung mit der Natur trittst, fließt deine Energie zurück in den Naturkreislauf. An der Stelle, wo wir durch unsere rationale Welt abgeschnitten wurden, entsteht ein neuer Trieb zwischen dir und der Natur und ihr verzweigt euch aufs Neue miteinander. Durch diesen Kanal sind dir ihre Fähigkeiten anders zugänglich."

„Was hat sie davon, von der Verbindung?"

„Es ist ihr Urinstinkt. Sie *ist* Verbindung, so wie wir übrigens auch. Schau dich in der Natur um und sage mir, was nicht miteinander verbunden ist. Wenn wir unseren Platz in diesem Kreislauf finden, ergibt alles mehr Sinn. Wir nehmen nur dort, wo wir wirklich brauchen, und geben zurück, was wir können."

„Und das hat wiederum etwas mit der Summe zu tun?"

„Ganz genau", sagt Tamena. „Aber jetzt reicht's erst mal mit der Theorie. Wir sind zum Spüren hier." Wir schlängeln uns zwischen den Sträuchern hindurch und bleiben vor dem Holunderstrauch stehen. „Darf ich vorstellen: Dein neuer Lebensgefährte. Die Leute haben den Holderstrauch schon immer verteufelt oder verehrt. Letztendlich ist er nicht wichtiger oder weniger wichtig als jeder noch so kleine Farn, aber er hat eine Eigenschaft, die uns Nevox wahnsinnig hilfreich ist – er erzeugt Wärme."

„Deswegen hast du Caleb hierhergebracht", sage ich.

Tamena nickt. „Manches sollte die Natur regeln, ich habe bloß die Verbindung hergestellt."

„Wie eine Vermittlerin?"

„Wenn du es so willst, ja. Manche nennen es den neutralen Raum, in dem Verbindung und dadurch Heilung entsteht."

„Ist aus Holunder auch das Öl, das du Caleb mitgegeben hast?"

„Nein, das ist aus Johanniskraut. Macht auch warm, aber hebt zusätzlich die Stimmung."

„So schnell, wie es Caleb besser ging, kann es kein normales Johanniskrautöl sein, oder?" Vielleicht kommen wir jetzt dem Teil näher, der mich zu einer Lösung mit Karan bringt.

Tamena nickt. „Es hat mit der Verbindung zu tun, die ich dir eben erklärt habe. Entnimmt die verbundene Person dem Strauch Blüten oder Früchte, um zum Beispiel einen

Saft daraus zu kochen, setzt sich die Energie aus der Speise frei und kann von der konsumierenden Person empfangen werden. In jeder Hausapotheke findest du Holundertee als Erkältungsmittel, aber wüssten die Menschen, wie viel Wärme tatsächlich freigesetzt werden könnte, würden sie ihn ernster nehmen."

„Das heißt, jede Eigenschaft einer Pflanze kann durch die energetische Verbindung verstärkt werden?"

„Sagen wir, sie kann dadurch ihr Potenzial entfalten."

„Und das kannst du?"

Tamena seufzt. „Ich konnte es bis vor einem Jahr. Alles, was ich jetzt noch habe, sind Restbestände."

„Ich will es lernen."

„Das habe ich gemerkt." Tamena grunzt. „Letztendlich ist es das Gleiche wie gestern Nacht. Du hast gespürt, wie sich die Verbindung anfühlt, nur eben nicht auf eine konkrete Pflanze bezogen. Der Vorgang ist derselbe, aber er fordert dich mehr. Versuch offen zu sein und es geschehen zu lassen. Ich werde nach dort hinten gehen, aber im Gewächshaus bleiben, um dir zur Not Anweisungen zu geben."

Ich hebe die Augenbrauen. Das hört sich ernster an als *lege dich ins Moos und spüre deine Verbindung mit der Welt.*

„Okay." Ich setze mich unter den Strauch, wie ich es bei Tamena gesehen habe.

„Leg deine linke Hand auf den Boden, wo seine Wurzeln liegen. Das reicht fürs Erste."

Ich tue, wie mir geheißen und spüre die trockene Erde unter meiner Handinnenfläche sowie ein paar spitze Stöckchen und Steine, ansonsten ist da nichts. Die Augen geschlossen, höre ich, wie Tamenas Schritte sich entfernen.

Mein Schädel brummt von den ganzen Infos. Tief atme ich den feuchten, kräutrigen Duft ein und verwurzele mich gedanklich in der Erde. All die Emotionen aus den vergangenen vierundzwanzig Stunden überschwemmen meinen Körper und etwas hebt sich von meiner Brust. Zwischen meinen Wimpern löst sich eine Träne und rollt zu meinem Unterkiefer, wo ich sie mit der Schulter wegwische.

Mit jedem Atemzug, auf den ich mich konzentriere, leert sich mein Kopf und sämtliche Muskeln entspannen sich. Ich versuche, mich einzig und allein für das Gefühl von gestern Abend zu öffnen.

Es beginnt mit einem leisen Kribbeln in meinem linken Ring- und Mittelfinger. Langsam breitet es sich über meine Knöchel in den Handrücken aus, wie wenn tausende Feuerameisen in mich hineinwandern. Ohne es zu steuern, bohren sich meine Fingerkuppen etwas in die Erde und mir ist, als könne ich die Wurzeln spüren, obwohl sie tiefer im Boden sind.

Ich japse nach Luft. Himmel, ist das heiß. Ohne Rückhalt fließt die Energie in mich hinein, meinen Arm hinauf, über mein Schulterblatt und breitet sich über den gesamten Rücken aus. Ich schlucke und mir ist, als würde mein Herz einen Moment aussetzen. Mein Körper ist zu dick eingepackt für diese Hitze, etwas rinnt an meinen Schläfen hinab. In jedem Winkel meines Körpers nistet sich das Knistern ein und brennt weiter, immer höher. Verdammt, ist das warm. Zu warm.

Tief atme ich ein und stelle mir vor, wie das kühle Nass aus den Moosflechten durch mich hindurchfließt. Doch das befeuert das Ganze nur. Soll das so intensiv sein? Keuchend versuche ich meine Hand zu lösen – aber es geht nicht. Der Kanal zwischen mir und den Wurzeln weitet sich zunehmend und die gesamte Wucht des Strauchs fließt in mich hinein. Ich brauche Luft, doch ich kann nicht einatmen. *Lass es geschehen*, hat sie gesagt. Muss ich die Kontrolle abgeben? In meinem Kopf ist es dämmrig und weich, die Gedanken verschwimmen. Die Hitze umschlingt mich wie ein Mantel. Ich lasse mich von ihm tragen. Keine Ahnung, wo oben oder unten ist. Schwebend rausche ich in den Kanal hinein und falle in die offenen Arme der lodernden Flammen. Zu Hause.

„Nara", dringt eine Stimme aus der Ferne zu mir. „Nara!" Es ist ein schönes Wort, so viele Vokale. Na-rah. Ich lache in mich hinein. Wer hat sich dieses Wort ausgedacht? Mein Körper wird geschüttelt und ich gebe mich der Bewegung hin, es fühlt sich an, als würde ich auf einem Meer treiben. Hin und her. Hin und her.

„Nara!" Der Schrei brennt in meinem Ohr. Ich möchte schlafen und verglühen.

„Lass mich", sage ich heiser.

„Nara, du musst raus, du glühst!"

Ich blinzle und da ist ein wenig Luft, die durch meine trockene Lunge strömt. Gewaltvoll packt mich jemand unter den Achseln und zerrt mich zur Seite. Es fühlt sich an, als würde meine Handfläche abreißen.

„Au!" Tschüss, du schöne Wurzel. Ich lächle und weine. Mir ist so heiß. Meine Füße schleifen über den Boden. Die Luft um mich herum ist kälter und meine Haare wirbeln in mein Gesicht. Ich nehme den tiefsten Atemzug meines Lebens und jetzt ist alles dunkel.

„Wach auf, Nara."

Das ist mein Name, damit bin ich gemeint. Vogelgezwitscher dringt zu mir hindurch. Ich blinzle und sehe direkt in das Gesicht von Tamena, die sich über mich beugt. Um sie herum ragen Fichtenstämme in die Höhe. Warum liege ich auf dem Rücken? Ich huste trocken und blinzle weiter, um schärfer zu sehen.

„Warum bin ich nass?", flüstere ich, meine Kehle ist eine Wüste.

„Du bist wach", sagt Tamena, sieht in den Himmel und stößt einen Seufzer aus. „Der Mutter sei Dank."

„Habe ich gebadet?", frage ich und berühre meinen feuchten Kopf, der sich innen wie Pudding anfühlt.

„Du bist völlig durchgeschwitzt. Die Hitze war viel zu groß, es tut mir leid, dass ich dich nicht früher rausgeholt habe. Es ging so schnell." Tamena starrt mich an.

„War das nicht der Sinn?", frage ich und lächle schwach. „Es hat geklappt."

„Ja." Tamena stößt einen schrillen Lacher aus. „Es hat zu gut geklappt. Ich habe so etwas noch nie erlebt."

Langsam richte ich mich auf und streiche nasse Haarsträhnen aus meinem Gesicht. „Was heißt das?"

Tamena sieht mich an und ihre Miene ist ernst. „Es heißt, dass wir die Sache anders angehen müssen, als ich dachte."

Eine halbe Stunde später sitzen wir in Tamenas Wintergarten und ich nehme Schluck für Schluck aus einer Tasse Pfefferminztee, während wir vor uns hin starren. Ich bin mittlerweile frisch gewaschen und trage Kleidung, die mir mindestens zwei Nummern zu groß ist, dafür aber angenehm wärmt. Nach der Hitze kam die Erschöpfung und mit ihr die Kälte. Mein Körper ist völlig ausgelaugt.

„Ich habe gehört, eine Fahrerin ist nicht da", sagt Tamena leise und sieht auf ihre Finger.

Langsam hebe ich den Kopf. „Tun wir jetzt so, als wäre ich gerade nicht halb abgefackelt?" Mein Ton ist harscher als gewollt, aber was solls – konnte sie mich nicht vorwarnen?

„Es tut mir leid, wirklich. Hätte ich gewusst, wie sehr du auf die Verbindung reagierst, wären wir es vorsichtiger angegangen. Ich habe einfach nicht damit gerechnet, dass …"

„Dass ich in ein Hitze-Koma verfalle?" Der Rausch, den ich gefühlt habe, erinnert mich an meinen Zusammenstoß mit Feor.

Tamena sinkt in ihren Sessel zurück. „Genau das."

Ich nehme einen weiteren Schluck. „Was machen wir jetzt?"

„Wir brauchen einen neuen Plan", sagt Tamena. „Du musst lernen, die Verbindung dosiert zuzulassen. Das Problem ist …" Sie sieht mich an. „Dass ich nicht weiß, wie das geht."

Ich kaue auf meiner Oberlippe. Was habe ich erwartet? Dass alles innerhalb von einem Tag einwandfrei läuft und ich morgen zu Karan spazieren kann? „Danke, dass du es trotzdem versuchst."

Sie nickt. „Für heute machen wir Pause, dein Körper muss sich erholen. Morgen früh weiß ich, wie wir weitermachen." Tamena zieht ihre Pfeife aus der Gewandtasche und stopft Tabak aus einem silbernen Döschen hinein. Ist sie eine Stressraucherin? Ich grinse erschöpft, nicke und konzentriere mich wieder auf den Tee.

20

Abends hat sich mein Kreislauf zum Glück vollständig erholt, was nicht zuletzt am Abendessen lag, das ich in mich hineingeschaufelt habe, als wäre es die erste Mahlzeit seit Tagen. Ausschließlich mein Kopf fühlt sich noch etwas benebelt an. Ob Tamena bereits an einem neuen Plan tüftelt?

Wir sitzen in Calebs Zimmer und Sila blättert durch Tamenas Unterlagen, während Leo neben ihr auf Calebs Bett sitzt und Chips futtert.

„Du hattest recht damit, dass es keine Verbindung zwischen den Clans geben kann, solange Karan die Athemar regiert", sagt Sila. „Wenn ihr darin eine Möglichkeit seht, alles in eine neue Bahn zu lenken, bin ich dabei." Leo nickt zustimmend, während er sich den nächsten Paprikachip in den Mund schiebt. „Ich weiß aber auch", sagt Sila und wedelt mit dem Papierstapel, „dass niemand anders davon hören sollte. Wenn Henry erfährt, dass Tamena dir *das* gegeben hat, sind nicht nur wir, sondern auch sie dran."

Ich nicke. „Danke, dass ihr dabei seid."

Caleb sitzt mit verschränkten Armen neben mir auf dem Boden und grunzt. Offensichtlich findet er meine Herangehensweise immer noch zu naiv. Aber das ist sein Problem. Wenn es nicht klappt, können wir immer noch zu härteren Maßnahmen greifen. Mein Magen ist flau und ich will nicht daran denken, wie das nächste Aufeinandertreffen von Karan und mir sein wird.

Sila richtet sich auf. „Das heißt, es braucht eine Möglichkeit, ihn zu lokalisieren, ohne dass du deinen

Aufenthaltsort preisgibst. Dann müssen wir wissen, wie wir ungesehen an ihn rankommen, und es braucht mit Energien angereicherte Pflanzen, um ihn ... zu verändern?" Sila dreht eins der Papiere um und liest die Rückseite.

„Ich wusste, dass es gut war, euch zu fragen." Ich überkreuze meine Beine in einen Schneidersitz und stütze mich nach hinten auf die Hände.

„Schade, dass wir nicht wissen, was Valeria Feor für eine Karte gegeben hat", sagt Sila.

Ich nicke. „Wenn sie erfährt, dass ich sie schamlos erpresst habe, ohne überhaupt etwas über die Karte zu wissen, sammle ich sicher keine Sympathiepunkte. Wir müssen Feor im Auge behalten."

„Okay", sagt Sila, legt den Blätterhaufen vor sich ab und greift in Leos Chipstüte. „Wo hast du die eigentlich her?"

Leo schmunzelt. „Nara kriegt Post, ich kriege Chips."

Sila lacht und steckt sich einen Chip in den Mund. „Ich frag mal nicht weiter nach." Jetzt sieht sie mich an. „Wo war ich? Ah. Du konzentrierst dich auf diese Zugangsgeschichte, Nara, und wir suchen nach brauchbaren Pflanzen."

„Deal." Ich lege mich auf den Rücken und berühre meine Stirn. Die kühlen Hände sind eine Wohltat. Vielleicht bin ich doch noch etwas überhitzt von heute Nachmittag. Ich schließe die Augen und spüre den Fußboden unter meinem Körper, während ich gedanklich aus dem Raum herauszoome. Sila und Leo, die sich über die Aufzeichnungen unterhalten, nehme ich nur noch gedämpft wahr und während meine Gedanken davonschweifen, rückt die Begegnung mit Arek in mein Bewusstsein. Auf einmal wiegt die Luft über meiner Brust etwas schwerer und Leere weitet sich in mir aus.

„Vertraust du ihnen?", flüstert Caleb, der jetzt neben mir auf dem Boden liegt. Ich blinzle. Was meint er?

Er deutet zu den beiden auf seinem Bett und ich nicke. „Die beiden gehören zur Familie." Der Begriff hallt in mir nach und fühlt sich wohlig an. Ohne, dass ich es gemerkt habe, sind sie zu engen Vertrauten geworden. Leo sieht von den Blättern auf und lächelt mir zu.

„Cool", sagt Caleb und verschränkt, den Blick zur Decke gerichtet, die Hände unter seinem Kopf.

Mein Gehirn ist voll für heute, also bleibe ich ebenfalls liegen und lausche Silas und Leos Kommentaren, während sie die Notizen durcharbeiten. Dabei verbanne ich, so gut es geht, jeden aufkommenden Gedanken an Arek aus meinem Kopf. Wenn er Zeit braucht, soll er sie bekommen. Aber ich werde mit meinem Vorhaben nicht warten.

Am nächsten Morgen stehe ich wieder mit Tamena im Gewächshaus. Heute will ich so viel wie möglich mitnehmen, da morgen Montag ist und ich demnach wieder ins Training muss.

„Du hast Angst", sagt Tamena, die hinter mir steht, ihre Hände auf meinen Schultern.

„Natürlich habe ich Angst." Tamenas neue Idee ist, dass ich mich dem Holunder aus der Ferne nähere und sie dabeibleibt, um den Prozess zu überwachen und schnell genug gegenzusteuern. „Wie kann ich sie loswerden?"

„Wahrscheinlich gar nicht", sagt Tamena.

Ich lasse die Schultern hängen und drehe mich zu ihr um. „Dein Ernst?"

Sie hebt abwehrend die Hände. „Sie vergrößert sich, wenn du dich gegen sie wehrst. Du musst lernen, sie da sein zu lassen, dann verliert sie an Bedeutung."

Ich reibe meinen Kopf und stöhne.

Tamena lacht grummelig und verschränkt die Arme vor der Brust. „Du denkst immer noch, es geht hier um ein Spezialinteresse, das mit dem Rest des Lebens nichts zu tun hat, oder?"

„Was ist falsch daran?"

Tamena greift meine Schultern. „Alles, Nara." Sie schüttelt mich leicht.

„Ehm, okay."

Schon hat sie mich umgedreht und steht wieder hinter mir. Zurück bin ich bei meinem Staredown mit einem Strauch. Wenn ich das alles nicht für eine wichtige Sache täte, hätte ich mich ab diesem Punkt ausgeklinkt.

„Dein gesamtes letztes Jahr hat sich darauf konzentriert, Gefühle zu kontrollieren und greifbar zu machen. Sie in ihrer ungebändigten Form zu spüren, ist gruselig, aber genau das brauchen wir jetzt. Mit der Zeit werden sie zu gewöhnlichen Alltagsbegleiterinnen und weniger einschüchternd."

Ich fühle mich wie eine Boxerin, der die Trainerin kurz vor dem Kampf ein paar letzte Weisheiten ins Ohr flüstert. Aber sie hat recht. Wann bitte dürfen Gefühle einfach da sein, wenn es nicht gerade Freude ist?

„Sag mir ein inneres Bild von dir", sagt Tamena. „Wie stellst du dir dich vor?"

Ich ziehe die Augenbrauen zusammen. „Mittelgroß, braune Haare."

„Nicht so", sagt Tamena ruppig und drückt mir in die Schulter.

„Au! Du bist ja aufgeregter als ich."

„Entschuldige. Ich habe kurz vergessen, dass das deine Schultern sind."

Ich verdrehe die Augen. „Du verbringst zu viel Zeit allein."

„Ich meine ein Bild, mit dem du dich erdest. Wie meditierst du?"

Ich schweige einen Atemzug. „Okay, aber das ist vielleicht peinlich."

„Glaub ich dir nicht."

„Manchmal stelle ich mir vor, ich bin ein Fels."

„Perfekt", sagt sie und drückt noch mal. Ich stöhne. „Dann stell dir vor, die Angst ist eine Moosflechte, die auf dir wächst. Sie hält sich an dir fest, aber du atmest durch sie hindurch."

„Und durch die Atmung geht sie weg?"

„Nein, durch die Atmung setzt du Energie frei und kannst dich auf das da vorn konzentrieren. Wie eine Joggerin, wenn du es so willst."

Ich versuche meinen Puls zu beruhigen. Ihre Vergleiche machen mich noch wahnsinnig.

Dann geht es los.

Wir verbringen den restlichen Tag im Gewächshaus und von Stunde zu Stunde rücke ich näher an den Strauch, nur um jeweils danach wieder wegzurücken. Gefühlt im Minutentakt ziehe ich meine Jacke an und wieder aus und der ganze Pfefferminztee, den ich zur Temperaturregulierung trinke, drückt gehörig auf die Blase.

Am Ende des Tages bin ich eineinhalb Meter vom Strauch entfernt und lasse seine Nähe für mehrere Sekunden zu, ohne darin zu versinken. Es ist erfüllend und überwältigend zugleich und als wir Feierabend machen, bin ich völlig am Ende.

Mit Tamenas Erlaubnis lade ich abends Sila, Leo und Caleb in ihre Hütte ein. Wir sitzen zusammen, essen Löwenzahnsalat und quetschen Tamena aus.

„Ich dachte, das sei angeboren, ob man kalte oder warme Energien hat", sage ich.

„Du bist das beste Beispiel, dass es nicht so ist", sagt Tamena und legt den Kopf schief. „Du wurdest als Athemar geboren und trotzdem ist die Wärme deine Kraftgeberin. Euch fallen sicher Nevox ein, die trotz ihrer Zugehörigkeit Kälte verströmen." Feor taucht vor meinem inneren Auge auf und nur beim Gedanken an ihn fröstelt mich. Seit gestern beobachtet Caleb so gut es geht, wo er sich aufhält, hat aber bisher nichts Auffälliges bemerkt.

„Das heißt, im Grunde hat es nichts mit den Clans zu tun?", fragt Sila.

Tamena zuckt mit den Schultern. „Wie auch? Am Anfang waren wir alle eins." Sie nimmt einen großen Schluck von ihrem Tee. „Es hat etwas mit Empfänglichkeit zu tun. Durch Offenheit entsteht Wärme und sie breitet sich aus, wenn wir ohne Urteil nach innen und außen schauen. Einerseits ist sie kostbar und kann nicht erzwungen werden, andererseits wirkt sie kraftvoll und resistent, wenn man ihr Raum gibt."

„Wie entsteht Kälte?", fragt Caleb, der zurückgelehnt dasitzt und permanent seine Fingerknöchel knackst. Er macht mich selbst nervös damit.

Tamena atmet tief ein. „Wenn Menschen sich verschließen. Sei es aus Verletzung, dem Bedürfnis nach Schutz, oder Hass, der die Wärme verdrängt. Letztendlich sind all diese drei Dinge dasselbe. Wir ziehen unsere Kraft aus Verbindung – zur Natur, zu anderen, zu uns selbst. Wenn diese Verbindung bricht, tritt etwas anderes an ihren Platz, eine mindestens genauso mächtige Energie, die Kontrolle und Abgrenzung sucht. Für viele bietet dies Zuflucht, wenn es sie woanders nicht gibt. Im Grunde können wir es den Menschen nicht verübeln."

„Natürlich können wir das", sagt Caleb, wie aus der Pistole geschossen. „Vor allem, wenn sie andere mit hineinziehen." Wo er recht hat, hat er recht.

Tamena nickt langsam. „Das stimmt. Meist richtet Kälte Schaden an und multipliziert sich auf viele andere Menschen. Aber es ist nicht so einfach. Denn Menschen, deren einziges Mittel Hass ist, haben irgendwann den Zugang zur Wärme nicht mehr gespürt."

„Und deswegen ist es okay?", frage ich.

„Auf gar keinen Fall."

„Aber Verständnis hilft, den Zugang herzustellen", sagt Sila und Tamena nickt.

„Die Leute sind selbst für ihren Scheiß verantwortlich." Caleb verschränkt die Arme vor der Brust. „Ich muss nicht noch deren Probleme lösen, nur weil sie es nicht schaffen, anständige Menschen zu sein. Hauptsache sie richten keinen Schaden an."

Tamena atmet tief ein. „Natürlich bist du nicht dafür verantwortlich. Aber wir profitieren alle von Räumen, in denen Wärme herrscht. Oft genügt es, bei sich selbst anzufangen."

„Den Ratschlag hast du offenbar auch schon beherzigt", sage ich zu Caleb und knuffe ihn in die Seite. Er verdreht die Augen, grinst aber. Wahrscheinlich ist ihm bewusst, dass er selbst ab und zu nicht der anständigste Mensch war. Er hat sich wirklich verändert seit der Zeit in der Schule, auch wenn ich ihm den Auslöser für diese Entwicklung gern erspart hätte.

Den Rest des Abends verbringen wir damit, uns Geschichten zu erzählen. Caleb und ich aus der Zeit in der Stadt, Sila und Leo von zu Hause und ihrer Kindheit. Die Einzige, die den restlichen Abend über schweigt, ist Tamena. Niemand traut sich so richtig, sie über ihre Vergangenheit auszufragen und wahrscheinlich ist das, nach dem, was sie erlebt hat, auch besser so. Sie muss selbst entscheiden, was sie preisgeben möchte und was nicht.

Am nächsten Vormittag findet das Training mit Stella und Feor im Wald statt. Es regnet leicht, weshalb wir alle unsere Kapuzen fest ums Gesicht gezogen haben. Trotzdem bin ich froh, dass wir draußen sind. Seit dem Wochenende kommen mir geschlossene Räume, egal wie groß, beengend vor. Es ist, wie wenn mein Körper mich in den Wald zöge.

„Tut euch jetzt in Paaren zusammen", sagt Stella. „Während des Gehens arbeitet ihr mit der Dynamik des Stimmungsübertragens. Überwindet die Übertragung des anderen und spielt euch die Energie wie einen Ball hin und her."

In Sekundenschnelle haben sich Zweierpaare gefunden und neben mir bleibt nur Valeria übrig, die mich mit verschränkten Armen mustert, seufzt und schließlich zu mir aufschließt.

„Na los, du beginnst", sagt sie und schlägt ein so eiliges Tempo an, dass ich Mühe habe, mit ihr Schritt zu halten und gleichzeitig eine Emotion auf sie zu übertragen. Das Training mit Tamena sitzt mir definitiv noch in den Knochen.

Die Mauer in Valeria fühlt sich anders an als die, die ich zum Beispiel von Arek oder Feor kenne. Es ist, als würde sie meine Energie absorbieren, anstatt dass sie an ihr abprallt. Es benötigt unfassbar viel Zeit und schließlich meine Hand an ihrer Schulter, bis ich es endlich schaffe, Nervosität auf sie zu übertragen. Valeria nickt und ihr Energieschub schleudert so heftig und unerwartet auf mich zurück, dass ich das Gleichgewicht verliere und zu Boden falle. Gerade so kann ich mich mit den Händen auf der nassen Erde abfangen und huste. Enttäuschung legt sich wie ein schweres Wachstuch auf meinen Körper. Mit hochgezogenem Mundwinkel steht Valeria über mir und sieht auf mich herab, während sie den Energiestrom aufrechterhält. Die Enttäuschung wechselt in Schadenfreude und ich lege schützend den Arm über meinen Kopf, doch ich schaffe es nicht, gegen ihre Stimmung anzukommen. Verdammt, ist sie stark. Ich kneife die Augen zusammen und atme. Um mich herum sind Schritte zu hören.

„Da hat wohl jemand nicht geübt", sagt Feor neben mir und ich krümme mich unter dem Schmerz, den die Schadenfreude durch mich hindurchbohrt. Valeria macht keine Anstalten, mir aufzuhelfen, sondern bleibt stehen und fixiert mich. Sie fordert mich heraus.

Schwer atmend sehe ich mich um. Die anderen Auszubildenden haben sich wie eine Horde Geier um uns geschart. Ich bin zu kaputt, um noch etwas auszurichten und will gerade aufgeben, da fällt mein Blick auf ein Büschel Spitzwegerich, das am Wegrand wächst. Von Mrs. Gorgy aus der Schule weiß ich, dass er Zellen schützt und antibakteriell wirkt. Mit dem bisschen Energie das ich unter Valerias gleißendem Strom aufbringe, verlagere ich mein Gewicht zur Seite und strecke meine Hand nach dem Kraut aus. Mit geöffnetem Mund atme ich ein und fokussiere mich auf die Verbindung zum Wald, der mich offen willkommen heißt. In dem Moment, in dem meine Finger die grünen Blätter berühren, fährt Energie so plötzlich durch mich hindurch, dass ich zusammenzucke. Wie ein Schutzschild legt sich die Kraft um mich herum und Valeria stolpert ein paar Schritte nach hinten, aber auch Feor und die anderen weichen zurück. Meine Energie sackt in sich zusammen und die Verbindung bricht ab.

Schnaufend stehe ich auf und sehe in die blanken Gesichter. Nur Sila, die etwas weiter hinten steht, reckt den Daumen. Ich gehe auf Valeria zu und strecke ihr die Hand hin. Erst verengt sie die Augen, seufzt nun aber und schüttelt meine Hand, ohne mich dabei anzusehen.

„Habe ich gesagt, ihr sollt stehen bleiben?", schnauzt Feor die anderen an. „Weiter geht's. Sucht euch neue Paare." Hastig setzt sich der Kurs in Bewegung und ich falle zu Sila zurück, um dem Getuschel zu entgehen, das sich unter den anderen ausbreitet.

„Ich glaube, du machst Fortschritte", flüstert Sila mir zu.

Ich lächle und nicke. „Auch wenn ich keine Ahnung habe, was da genau passiert ist."

Sila grinst. „Das wird noch."

Ich nicke und wir üben bis zum Ende der Einheit gemeinsam weiter.

21

Die nächsten Tage ziehen wie im Flug an mir vorbei. Um den Gedanken an Arek und ihm aus dem Weg zu gehen, versenke ich mich in Übungen. Einmal schwänze ich sogar das Training, um mich im Wald zurückzuziehen und die Verbindung zu trainieren. Ich mache langsame, aber stetige Fortschritte und die herausfordernde Arbeit tut gut.

Wenn ich Freizeit habe, helfe ich Erin beim Bau des Gewächstunnels auf dem Feld, um mich möglichst viel abzulenken, und an den Abenden sitzen wir meist bei Tamena zusammen. Wir geben uns Updates über meine Entwicklung und die Recherche von Sila und Leo, die Tabellen mit möglicherweise brauchbaren Pflanzen erstellen. Bisher stochern wir im Dunkeln. Linus' Mutter ist nach wie vor nicht aufgetaucht und mit jedem weiteren Tag, der vergeht, ist die Stimmung abends angespannter. Linus fehlt immer öfter im Training.

Am Donnerstagmittag komme ich zu spät zum Essen und der letzte freie Platz ist bei Valeria am Tisch. Ich setze mich und esse so schnell wie möglich meinen Kartoffelauflauf, ohne dem Gespräch am Tisch Beachtung zu schenken.

„Was sagt denn unser Neuzugang dazu?", sagt Valeria irgendwann und schnipst vor meinem Gesicht.

„Hm?"

Sie grinst. „Ich sagte gerade: Wenn noch mehr clanlose Menschen hier aufkreuzen, müssen wir bald draußen essen."

Ich stütze meine Ellenbogen auf den Tisch. „Was ist dein Problem mit clanlosen Menschen? Sind sie aus irgendeinem Grund schlechter als du?"

Sie verdreht die Augen. „Dass ihr immer gleich alles persönlich nehmt. Ich meine ja nur: Wo sollen all die Menschen bitte unterkommen? Ursprünglich war das hier ein Trainingslager für Menschen mit Fähigkeiten. Sie nennen sich Nevox, falls du davon gehört hast."

Jetzt bin ich es, die die Augen verdreht. „Caleb wird dir schon nicht deinen Job als Anwesens-Leitung wegschnappen."

Valeria verzieht das Gesicht und sieht in Richtung Ausgang, wo Caleb gerade verschwindet. „Den meine ich doch gar nicht, sondern die andere. Zoey? Etwas an ihr macht mich einfach misstrauisch."

Ich erstarre. „Was hast du gesagt?"

„Dass mich etwas an ihr –"

„Nein, davor", falle ich ihr ins Wort. „Ist noch jemand angekommen?"

„Es wundert mich nicht, dass du es verpasst hast, du streunst ja nur noch im Wald herum. Die zwei sind schon seit heute Morgen da."

„Zwei? Wo sind sie?"

„Bin ich der Nachrichtendienst?"

Hektisch sehe ich mich im Speisesaal um und entdecke Arek, der hinten an seinem Kurstisch sitzt. Als er meinem Blick begegnet, sieht er schnell weg und in meiner Brust sticht es.

„Da vorn", sagt Rieke, eine Freundin von Linus, und zeigt mit ihrer Gabel in die vordere Ecke des Saals. Ich drehe mich um, quieke und springe auf, wobei ich den Tisch zum Wackeln bringe. „Sorry", rufe ich über meine Schulter und renne auf Zoey zu. Sie sitzt rechts von der Essensausgabe.

Ich bin nur noch ein paar Meter von ihrem Tisch entfernt, da blickt sie auf und ihre gerunzelte Stirn glättet sich. Sie reißt die Augen auf und schenkt mir das breiteste Zoey-Grinsen, das ich je gesehen habe. „Nara!", ruft sie und umrundet den Tisch.

Mit voller Wucht fallen wir uns in die Arme und ich schaukele sie hin und her. „Du bist es! Himmel, hast du mir gefehlt." Ein paar Menschen neben uns sehen von ihrem Essen auf, aber ich ignoriere sie.

„Ja", sagt Zoey langgezogen und ich schlinge meine Arme fester um sie, mein Gesicht in ihren dicken Locken vergraben. Wie in meiner Erinnerung riecht sie nach Kokosshampoo und ich lasse die Tränen laufen, die sich die letzte Woche über in mir angestaut haben. Zoey hält mich, bis die Tränen aufhören, und eine überwältigende Müdigkeit packt mich, als fiele eine monatelange Anspannung von mir ab. Die Nase hochziehend löse ich mich von ihr und sie lächelt.

„Es tut so gut, dich zu sehen", sage ich und wische über meine Wangen.

Zoey reibt mit der Hand über meinen Oberarm. „Du hast mir auch gefehlt, ohne dich ist es langweilig."

Ich lache spitz. „Ich kann mir nicht vorstellen, dass du die letzten Wochen Langeweile hattest."

Ihre Lippen bilden eine schmale Linie und sie sieht sich um. „Es ist auf jeden Fall gut, nicht mehr darüber nachzudenken, ob mich jemand vor dem Fenster sieht", sagt sie nun leiser und zuckt mit den Schultern.

Ich drücke sie noch mal an mich. Bis vor eineinhalb Wochen hatte sie keine Ahnung von all dem und jetzt ist sie hier und lebt mit ihren Eltern an einem anderen Ort. Mit gerecktem Kopf spähe ich an ihr vorbei und sehe bloß Layla, Zoeys Mutter. Valeria hatte *zwei* gesagt.

„Hey", rufe ich ihr zu und winke.

Layla winkt mit ihrer Gabel zurück. „Schön, dich zu sehen, Nara." Sie lächelt, doch ihre Augen sind leer und zwischen ihren Brauen prangen zwei steile Falten, die vor ein paar Monaten noch nicht da waren.

„Wo ist Rufus?", frage ich Zoey.

Diese sieht weg. „Er wollte bei den Leuten bleiben und seine Beratung weitermachen."

„Was?", frage ich eine Spur zu laut, sodass sich erneut Menschen umdrehen. „Hat er den Verstand verloren?", flüstere ich.

„Meine Worte."

„Und?" Ich starre sie an.

Sie schüttelt den Kopf. „Nichts. Er ist der Überzeugung, dass die Leute einen Therapeuten jetzt mehr denn je brauchen. Ist ja auch so. Aber es muss nicht gerade mein Papa sein." Ihre Stimme bebt leicht und sie sieht mich an. „Ich möchte nicht drüber nachdenken. Zeig mir irgendwas Cooles." Sie wackelt mit den Augenbrauen, aber mir kann sie nichts vorspielen, außerdem ist die Sorge um ihren Vater berechtigt.

„Wir können zu Caleb gehen, du hast ihn gerade verpasst", sage ich und ihre Augen leuchten.

Auf dem Weg zu seinem Zimmer bleibt Zoey immer wieder stehen und dreht sich um die eigene Achse. „Ich weiß nicht, ob ich das hier superelitär und versnobt oder oberhammergeil finden soll." Sie stemmt die Hände in die Hüften und ich lache. Gut nachvollziehbar. Es ist absurd, wie schnell ich mich an die pompösen Gebäude gewöhnt habe.

„So muss das wohl sein, wenn man reich ist", sage ich. „Spannend für die ersten Wochen und danach nichts Besonderes mehr." Wir kichern.

Ich klopfe dreimal an Calebs Zimmertür und trete ein. Drinnen ist es hell, die Fenster sind sperrangelweit offen und Caleb ist an seinem Schreibtisch über ein paar Papiere gebeugt.

„Besuch", rufe ich und sein Kopf schnellt herum. Seine Miene wechselt von Verwirrung über Fassungslosigkeit zu O-mein-Gott-ich-kann-nicht-glauben-wer-da-steht. Er steht auf und breitet die Arme aus, in die Zoey jetzt rennt. „Heilige Scheiße", murmelt Caleb. Seine Augen sind feucht und die beiden umarmen sich eine Ewigkeit.

Zoey hält ihn an den Schultern fest und streckt die Arme aus, um ihn zu begutachten. „Mannometer, seht ihr beide schlecht aus." Caleb und ich sehen uns an. In den letzten zwei Wochen hat er eine Hundertachtziggradwende gemacht, aber für Menschen, die uns das letzte Mal vor mehreren Monaten gesehen haben, müssen wir mit den fetten Augenringen und schmaleren Gesichtern aussehen wie Fremde. „Zeit, dass Mama wieder in the House ist", sagt Zoey und Caleb prustet los. Zoey und ich steigen in sein Lachen mit ein und immer, wenn ich versuche, mich zu beruhigen, kichere ich von Neuem los, bis mein Bauch wehtut und Zoey auf dem Boden liegt. Ich sinke zu ihr auf den Teppich und kuschle mich an sie. Caleb tut es mir nach und streckt sich auf den Rücken aus.

„Es ist schön, bei euch beiden zu sein, auch wenn ich es jetzt schon hasse, wie die Leute im Speisesaal starren", sagt Zoey.

„Oder?!", antworten Caleb und ich gleichzeitig, worauf wir erneut grinsen.

Die nächste Stunde verbringen wir damit, uns gegenseitig zu updaten und von den Schauergeschichten aus der Stadt zu erfahren. Seit dem letzten Brief sei wohl eine weitere Person verschwunden und die Polizei immer noch ratlos. Niemand gehe mehr ohne Grund auf die Straße. Caleb und ich erzählen von Tamena und unserem Plan.

„Sag mal, weiß Arek nichts von alldem?", fragt Zoey. „Der ist doch voll der Pflanzenfreak und wäre bestimmt mega hilfreich."

„Er würde nicht helfen", sage ich schnell.

Zoey dreht ihren Kopf zu mir und verzieht den Mund. „Wieso nicht?"

„Ich habe versucht, mit ihm zu reden, aber er möchte nichts davon hören."

Zoey stellt die Füße auf und mustert mich. „Ist was passiert zwischen euch?"

„Warum soll was passiert sein?"

Sie kreist mit dem Finger in meine Richtung. „Weil das hier ganz und gar nicht nach der superverliebten Nara von vor ein paar Monaten aussieht."

Ich kaue auf meiner Unterlippe. „Ist es nicht okay, kritisch zu sein und nicht alles mit dem Freund zu teilen?"

„Natürlich ist es das. Und trotzdem ist es auffällig, dass du um jeden Preis das Thema wechseln möchtest."

Ich seufze und reibe mir übers Gesicht. Sie hat ja recht. Aber wie soll ich das beschreiben? „Es ist einfach komisch. Ich habe das Gefühl, da ist wieder so eine Distanz, obwohl wir uns mittlerweile gut kennen."

Zoey wickelt sich eine Locke um den Zeigefinger. „Was meinst du mit *wieder*?"

„Na, so wie am Anfang."

Zoey hebt eine Augenbraue. Schnell füge ich hinzu: „Okay, vielleicht nicht ganz so wie am Anfang. Ich weiß auch nicht. In der Zeit im Wald war es zwar gefährlich und kalt, aber wenigstens hatten wir einander. Jetzt, da wir hier sind … Manchmal ist es, als hätte diese Zeit gar nicht existiert. Die Mauer ist zurück und ich komme nicht an ihn ran."

„Lässt du ihn denn an dich ran?", fragt Zoey, ohne zu blinzeln, und ich verziehe den Mund. Caleb grunzt. „Nicht so!", ruft Zoey und stößt uns beiden gleichzeitig den Ellenbogen in die Seite. „Ich meine emotional."

Mein Magen sackt gefühlt zwanzig Zentimeter nach unten. „Ähm. Ja, schon eigentlich. Glaube ich."

Zoey lacht und in ihren Augenwinkeln sind diese Falten, die ich an ihr so mag. „Dacht ich's mir doch", sagt sie. Ich warte, um zu sehen, ob noch was kommt, doch sie zwirbelt nur an ihrer Locke weiter.

„Was dachtest du dir?"

„Jetzt komm schon, Nara. Ja, ihr hattet eure Zeit im Wald, aber da gab es auch nur euch zwei. Vertrauen war dort die einzige Überlebensstrategie. Jetzt seid ihr hier mit all diesen Menschen. Ist doch klar, dass man da erst mal in alte Muster fällt, und in ihm geht offenbar auch irgendwas vor. Ihr müsst halt euren Mund aufmachen und ehrlich sein."

Ich blinzle. In meinem Bauch ist ein dicker Knoten und eine fiese Stimme in meinem Hinterkopf sagt, dass ich nur sein Projekt für die letzten Monate war. „Und das geht wie?"

„Vielleicht musst du das Sprechen davor ja üben." Zoey verwuschelt ihre Haare, verschränkt die Arme vor der Brust und presst die Kiefer aufeinander, wie Arek es immer tut.

Ich knuffe sie grinsend in die Seite. „Dann erzähl doch mal von deiner Beziehung, du Lovecoach. Was ist mit Miranda?"

„Alles wunderbar." Ihr Ton ist etwas höher als zuvor.

„Und was denkt sie, wo du gerade bist?", fragt Caleb und Zoey stöhnt.

„Im Urlaub", sagt sie gequält. „Ich wollte sie nicht mit der Wahrheit belasten, sie hat sich sowieso schon so viele Sorgen gemacht und ist nur noch zu Hause."

Ich pruste los.

„Am allerliebsten hätte ich sie mitgenommen, aber die Frau, die uns gefahren hat, sagte, sie dürfe nur uns mitnehmen. Was hätte ich machen sollen? Zu Hause ist sie sicher."

„Ihr zwei seid eine Vollkatastrophe", sagt Caleb trocken.

„Lacht nur", sagt Zoey. „Solange ihr dafür sorgt, dass euer Plan aufgeht. Dann bin ich nämlich im Handumdrehen wieder zurück und mein Leben geht weiter. Und bitte, bitte gebt mir eine Beschäftigung. Ich habe bisher nur Wald und Menschenmassen gesehen."

Vor meinem Training mit Tamena zeige ich Zoey einen Teil des Geländes und nach einer Stunde landen wir bei einer abgelegenen Wiese, wo wir ächzend ins Gras fallen. Um uns herum blühen die ersten Wildblumen. Jetzt, da Zoey hier ist und ein wenig Sicherheit in mir einkehrt, spüre ich erst die Anstrengung der gesamten letzten Wochen. Ich bin wahnsinnig erschöpft.

„Zoey?" Ich drehe den Kopf nach links und betrachte ihre im Wind wehenden Locken.

„Hm?" Sie hat die Augen geschlossen und atmet tief.

„Woher weißt du, dass du in Miranda verliebt bist?"

Jetzt öffnet sie die Augen und dreht den Kopf zu mir. „Wie kommst du darauf?"

„Als du vorhin über Arek gesprochen hast, habe ich mich gefragt, was ihn und mich überhaupt verbindet. Ob es Verliebtheit ist oder doch nur seine Bluttransfusion, deren Wirkung langsam nachlässt."

Sie scheucht ein Insekt aus ihrem Sichtfeld. „Was, wenn die Wirkung seiner Bluttransfusion so krass war, weil ihr füreinander geschaffen seid?"

„Wie fühlt sich das denn an, füreinander geschaffen zu sein?"

Zoey schaut zum Himmel und bewegt die aufeinandergepressten Lippen hin und her. „Hmm." Für einen Moment schweigt sie und ein Lächeln zeichnet sich auf ihrem Gesicht ab. „Ich glaube, ich habe mir das noch nie so richtig überlegt, weil es sich wie das Natürlichste auf der Welt anfühlt. So zugehörig und geborgen. Ich kann bei Miranda all meine Facetten zeigen und mich immer wieder neu erfinden. Alles ist bei ihr gut aufgehoben und sie verurteilt mich nie. Außerdem ist sie supersüß." Zoey grinst schief. „Manchmal bin ich immer noch sprachlos, dass sie meine Gefühle tatsächlich erwidert. Wenn wir zusammen sind, ist alles leichter."

„Das hört sich wunderschön an." Ich beobachte die langsam vorbeiziehenden Wolken. Ob sich das mit Arek irgendwann so leicht anfühlt? Wir hatten nie eine Zeit, in der einfach mal alles gut war.

Zoey brummt zustimmend und es klingt so glücklich. Vielleicht können Arek und ich das auch sein, wenn dieser Schlamassel vorbei ist. Es sind die Umstände, die uns trennen, ein Hindernis namens Karan.

Zoey und ich liegen noch eine ganze Weile so auf der Wiese und lassen uns die Frühlingssonne ins Gesicht scheinen.

Später gehen wir zusammen zum Abendessen und nachdem Zoey zu dem Tisch mit Layla abgebogen ist, dreht sich ein etwa siebenjähriger Junge vor mir zu seinem Vater um und zeigt auf Zoey. „Warum ist sie da?", fragt er. „Bringt sie andere Kinder mit? Die kommen doch immer im Sommer."

„Keine Ahnung, Jonah, aber wenn Henry sagt, sie möchte lieber hier wohnen, dann ist das wohl so."

„Wo kommt sie her?"

Der Blick des Vaters streift meinen und er zieht das Kind näher an sich heran. „Es ist egal, wo sie herkommt, mein Lieber, wichtig ist, dass wir es hier so schön haben." Er lupft den Kleinen nach oben auf seinen Arm und verschwindet zwischen den wuselnden Nevox.

Ich presse die Lippen aufeinander. Das ist es, was sie den Kindern erzählen? Dass Menschen hier wohnen, weil es so *schön* ist? Ich balle meine Hände zu Fäusten. Tief durchatmen.

Ich setze mich an meinen Tisch und bemerke Linus, der ohne zu essen in seiner Suppe herumrührt, wodurch sich der Knoten in meiner Brust noch etwas fester zieht. Es fehlt immer noch jegliche Spur von seiner Mutter und ich habe ihn in den letzten Tagen kein einziges Mal lachen sehen. Wir müssen Karan unbedingt ausfindig machen.

Den Abend verbringe ich gemeinsam mit den anderen bei Caleb. Zoey spricht mit Sila und Leo über ihre Zeit in der Stadt, doch ich höre nur mit halbem Ohr zu. Ich bin später noch mit Tamena verabredet und kann nicht aufhören darüber nachzugrübeln, warum sie sich so verdammt spät mit mir treffen will. Möchte sie wieder beim Moosfeld üben? Kurz bevor die anderen schlafen gehen, mache ich mich zu Tamenas Hütte auf.

22

„Sie bemerken uns, wenn wir einfach so hindurchspazieren."

Ich starre Tamena an, die mir gerade mitgeteilt hat, dass
wir zu einem netten See außerhalb des Geländes gehen.
Ein netter See außerhalb des Geländes. Hat sie den Verstand
verloren? Es ist längst dunkel, das macht die Tour aber
nicht sicherer.

„Natürlich bemerken sie uns, wenn wir einfach so
hindurchspazieren. Deswegen wirst du uns ja abschirmen."

„*Das* ist dein Plan? Tamena, du weißt genau, dass wir
das im Training noch nicht gelernt haben. Oder trage ich
vielleicht ein dunkelgrünes Hemd?" Sie hat nicht mehr
alle Tassen im Schrank.

Tamena schnaubt und ich habe Mühe, mit ihr Schritt zu
halten. „Und du weißt genau, dass das Training nicht dein
Weg ist. Hier draußen ist der Ort, an dem du lernst. Hör
auf, deine Fähigkeiten zu unterschätzen, sonst bekommst
du das, was du erwartest."

Ich öffne den Mund, bleibe aber still. Bereits die
wenigen Stunden mit ihr draußen haben mir persönlich
mehr gebracht als jede Einheit im Trainingsgelände.
Gestern habe ich es das erste Mal geschafft, die Zutaten
für den sedierenden Giftschwamm zu erspüren und zu
verstärken: Hopfen, Baldrian und Tollkirsche. Danach
haben wir sie geerntet und gemischt.

„Lass uns barfuß weitergehen." Tamena streift ihre
Lederschuhe ab. „Du brauchst Kontakt zur Erde."

„Und du?"

„Ich bin einfach gern barfuß."

Ich verdrehe die Augen, tue aber wie mir geheißen, und ignoriere, so gut es geht, meinen rasenden Herzschlag. Tamena schiebt unsere Schuhe unter einen Brombeerstrauch und die feuchte Mischung aus Rinde, Zweige und Erde pikst in meine Fußsohlen. Doch Tamena hat recht: Von meinen Füßen aus fließt ein sanfter Strom durch mich hindurch. Ich schließe für einen Moment die Augen und verbinde mich mit dem Waldboden. Der vertraute Fichtengeruch füllt meine Lunge.

„Pass auf", sagt Tamena und wir bleiben im dichten Gestrüpp stehen. „Ein paar Meter in die Richtung ist das Tor. Wir werden gleich hindurchgehen, aber davor musst du dich hiermit einreiben." Aus ihrer Jackentasche zieht sie ein dunkles Fläschchen und schraubt eine Pipette ab.

„Ich habe so viele Fragen", sage ich, tue es aber Tamena gleich und verreibe ein paar Tropfen des hell schimmernden Öls auf meinen Handgelenken, meinem Nacken und Hals, auf meiner Stirn sowie auf dem Fußrücken. „Was ist das?"

„Waldklette. Sie verschließt deinen Körper, ohne dich abzustumpfen."

„Das sagst du mir jetzt?" Ich sehe mich schnell um, ob jemand in der Nähe ist. „Damit hätte ich Karan doch die ganze Zeit aufspüren können."

Tamena schüttelt den Kopf. „So einfach ist das nicht. Es funktioniert nur in direktem Kontakt mit anderen Menschen."

Ich erstarre. Heißt das, dass es gar nicht möglich ist, Karan zu lokalisieren, ohne dass er erfährt, wo ich bin?

„Los", sagt Tamena und nickt in Richtung Tor.

„Warte." Ich greife sie am Ärmel. „Gibt's hier keine Videoüberwachung?"

Tamena schnaubt. „Wenn eine Videoüberwachung nötig wäre, würden die Wachenden ihren Job nicht gut genug machen. Der Schirm hält fremde Energien ab, das weißt du doch, oder?"

„Aber bemerken sie unsere Energien nicht auch?"

„Sie bemerken uns, wenn du deine Barriere fallen lässt, also reiß dich gleich zusammen, wenn du durchgehst."

„Außerdem ist das Tor verschlossen."

„Und schon wieder unterschätzt du mich", sagt sie glucksend und hebt einen Schlüssel hoch.

Verdammt. „Woher hast du den?"

„Ich hab dir schon mal gesagt, wie wichtig Kontakte sind. Und jetzt los." Sie sieht mich an. „Du kennst mittlerweile die Natur als neutralen Raum. Er gibt dir Schutz, wenn du dich von ihm tragen lässt. Im Grunde ist es also dasselbe wie das, was du die ganze Zeit schon getan hast, nur in Bewegung. Du wirst zu all dem, was um dich herum ist: zum Wind, zu den Zweigen, zu den Waldtieren. Die Wärme bildet einen Hohlraum um dich herum."

„Was ist mit dir?"

Tamena streckt mir ihre Hand hin. „Deine Wärme reicht für uns beide."

Meine Kinnlade klappt nach unten. „Ist das alles an Info? Ich weiß überhaupt nichts."

„Du weißt alles", sagt Tamena eindringlich. „Vertraue, du hast es die ganze Zeit geübt. Uns passiert nichts."

„Wieso bist du dir da so sicher?"

„Ich habe gesehen, wozu du fähig bist. Das Einzige, was dir fehlt, ist Vertrauen in dich selbst."

Ich weiß ja nicht. „Was machen wir, wenn jemand kommt?"

„Das habe ich dir eben erklärt."

Das reicht doch nicht aus, um *zwei* Personen abzuschirmen. Andererseits tun die Wachenden es ja mit
einem ganzen Anwesen. Zögernd folge ich Tamena, die
in federleichtem Schritt über den Waldboden gleitet, als
sei sie eins mit ihm. Kann ich das auch? Ich fahre mir mit
den Händen übers Gesicht und versenke mich in die Verbindung zur Natur. Der Wald kennt mich.

Wir gehen nicht über den Kiesweg, sondern direkt am
Zaun entlang Richtung Tor. Um die letzte Holzkapsel
vor der Einfahrt machen wir einen großen Bogen und
trotzdem recke ich den Hals. Was ich sehe, oder besser
gesagt, wen ich sehe, verschlägt mir den Atem. Für eine
Sekunde spüre ich ihn. Ruhe, Entschlossenheit, ein Fels
in der Brandung.

„Sieh an, der junge Carter", sagt Tamena und pfeift
leise durch ihre Zähne. Wie in Trance gehe ich hinter
ihr her, doch das Bild lässt mich nicht los. Arek, der mit
geschlossenen Augen stocksteif dasitzt. Wie oft er das wohl
macht? Schwere packt mich bei der Erkenntnis, wie weit
wir uns voneinander entfernt haben, und ich schlucke.
Ein letztes Mal schaue ich zurück, bis die Kapsel zwischen
den Fichten verschwindet und das Tor sich vor uns auftut.
Ich schüttele mich und konzentriere mich auf Tamena, die
jetzt geräuschlos die Pforte öffnet. Hastig schlüpfen wir
hindurch und das Stahltor klickt hinter uns ins Schloss.

Tamenas Hand drückt meine, ich sehe nach vorn und
auf einmal bin ich völlig klar. Vor uns liegt der freie,
ungestüme Wald und seine Energie überrollt mich. Es ist
nun kein sanfter Strom, sondern ein heftiges Kribbeln,
das von meinen Fußsohlen den Körper hinauffließt und
für einen Moment spüre ich alles: Von den Wurzeln, die

das Grundwasser aufsaugen, über den Borkenkäfer in der Rinde bis hin zum Flügelschlag eines Uhus über uns. Mir ist schwindelig und ich verliere den Boden unter den Füßen, doch Tamena hält mich.

„Denk dran, was du gelernt hast." Ihre tiefe Stimme macht mich standhafter. Tief atme ich ein und erde mich im Waldboden. Die Natur nimmt mich in sich auf und ich breite die Wärme, die in mir entsteht, über meinen Körper hinaus aus. Ich stelle mir vor, dass sie eine große Kugel um uns herum bildet, die von einer dünnen Membran umschlossen wird. Um mich herum rauscht es und mir ist, als würden die Fichtenzweige uns zuwinken. Funktioniert es? Tamena nickt mir zu und geht voran.

Hier draußen fühlt es sich völlig anders an, echter und ungefilterter. Ich konzentriere mich auf die Energiehülle um uns herum und stelle mir vor, wie sie uns vorwärts trägt. Vor meinen Augen verschwimmt der monderhellte Wald, und ich schüttele die Anspannung, so gut es geht, ab. Geborgenheit breitet sich in mir aus und ich halte Tamenas Hand, während wir in den verwilderten, freien Wald vordringen.

Es könnten zwei Minuten oder bereits zwei Stunden sein, die wir durch die Dunkelheit wandeln. Ob sich für die Wachenden so die langen Schichten anfühlen?

„Hier sollten wir sicher sein, du kannst die Hülle fallen lassen", sagt Tamena. Wir passieren einen umgestürzten Baum, dessen Stamm in der Mitte gespalten ist, vermutlich durch einen Blitzeinschlag. Es ist erstaunlich, wie sich meine Augen an den dunklen Wald gewöhnt haben.

Ich blinzle, reibe die Finger über meine Handflächen und schüttle das Gefühl des Schwebens ab. Atemzug für

Atemzug rinnt die Realität in mein Bewusstsein und mit geöffnetem Mund fülle ich meine Lungen mit der klaren Luft, die nach Harz, Moor und Algen schmeckt. Mit jeder Sekunde sacke ich weiter in meinen Körper zurück, halte meine generelle Barriere aber aufrecht.

Vor uns liegt ein kleiner See, auf dessen vom Wind aufgerauter Oberfläche sich der Halbmond spiegelt. Tamena setzt sich auf einen moosigen Fels direkt am Ufer, also tue ich es ihr nach. Das Gestein ist kalt, aber trocken und beim Anblick des Wassers hüpft mein Herz. Das letzte Mal, dass ich ein offenes Gewässer gesehen habe, war mit Arek am Bergsee.

„Wieso fühlt es sich hier draußen so anders an?", flüstere ich.

Tamena taucht ihren großen Zeh in das klare Wasser und feine Kreise breiten sich auf der Oberfläche aus. „Weil wir uns nicht im Schirm des Anwesens befinden. Es ist der echte Wald."

„Warum habe ich ihn davor nie so gefühlt?" Ich schlinge meine Arme um die Knie.

„Weil du erst jetzt deinen Zugang wiedergefunden hast."

„Hast du mich deswegen hergebracht?"

„Ich wollte, dass du spürst, was es bedeutet." Tamena zieht den Fuß zurück aus dem Wasser und setzt sich in den Schneidersitz.

Ich nicke und folge mit dem Blick einem kleinen Wasserläufer, der auf der spiegelnden Oberfläche tanzt. Sogar die Sterne schimmern auf dem Wasser.

„Da ist der große Wagen", sage ich und zeige nach oben. In meiner Brust ist es warm und ich lächle die sieben Sterne an, die sich vom Rest des Nachthimmels abheben.

Es hat etwas Friedliches, dass ich selbst an diesem fremden Ort im Nirgendwo etwas Vertrautes entdecke.

Tamena dreht sich zu mir und betrachtet mich. „Du kennst die Sternbilder." Ihre Stimme klingt ungewohnt weich.

„Ja. Meine Mutter hat sie mir gezeigt. Die Frau, bei der ich aufgewachsen bin."

Tamena starrt mit halb geöffneten Augen auf den See hinaus. Sie wirkt, als wäre sie kilometerweit entfernt und wischt sich kurz über die Wange. Denkt sie an ihre eigene Familie? Ein eisiger Schauer fährt meinen Rücken hinunter, während mich eine Woge von Trauer packt, und ich atme aus. Es ist nicht meine eigene Trauer, sie fühlt sich älter, erfahrener an. Vom Leben gezeichnet, aber gleichzeitig friedlich. So wie Tamena.

Ihre Energie weckt etwas in mir, einen Funken, der sonst tief schläft. Ich möchte sie in den Arm nehmen und etwas Beruhigendes sagen, aber meine Zunge ist schwer wie Blei. Schweigend grabe ich meine Zehen tiefer in das Moos auf dem Fels und verbinde mich mit diesem friedlichen Ort. Vielleicht spendet der Wald ihr Trost. Wir sitzen eine Weile da, schweigend und in der Natur versunken.

Ich bin mir sicher, Arek würde dieser See gefallen. Zu gern würde ich ihm davon erzählen. Vor meinem inneren Auge erscheint das Bild, wie wir uns im Bergsee gewaschen haben. Der Sonnenuntergang über dem Wald, Wasserperlen auf Areks Körper, die Nähe zwischen uns. An diesem Tag habe ich ihn, nach langer Überzeugungsarbeit, das erste Mal gespürt, nachdem er seine Mauer hat fallen lassen. Für diesen Moment waren wir eins, eine nicht trennbare Masse.

Wärme breitet sich in mir aus und ich erinnere mich an die Traurigkeit in ihm. An seinen großen Wunsch, alles kontrolliert und richtig zu machen. Sein bedingungsloses Vertrauen in die Nevox hat mir vor einem Vierteljahr wahrscheinlich das Leben gerettet. Wie erkläre ich ihm, dass es weitergehen muss? Dass er mehr ist als die eingefahrenen Strukturen dieses Clans.

Kühler Wind weht meine Haare ins Gesicht und trägt einen herben Geruch heran. Ein Reh. Ich verbinde mich mit ihm und sehe es bildlich vor mir, wie es durch die Heidelbeerbüsche streift. Im Spüren war ich schon immer besser als im Denken.

Blitzschnell richte ich mich auf und öffne die Augen. Spüren. So wird Arek es verstehen. Warum dachte ich die ganze Zeit, dass ich es ihm erklären muss? Es waren nie die Worte, sondern immer die Gefühle, die uns in Einklang brachten. Das Spielen am Klavier, stumme Konversationen im Spiegelsaal, das Ertasten von Energien bei meilenweiter Entfernung. Arek versteht, was in mir passiert, wenn ich es ihm in *unserer* Sprache sage.

Mit jeder Faser meines Körpers atme ich aus und sehe mich um. Der Platz neben mir ist frei, Tamena steht rechts am Ufer und bindet ihre grauen Strähnen in einem Zopf zusammen. Ihr Blick ist auf den See gerichtet und sie passt so gut an diesen wilden, magischen Ort, dass ich mir dieses Bild für immer einprägen möchte. Die Wasseroberfläche ist jetzt, da sich der Wind gelegt hat, glatter. Nur dort, wo Insekten sich bewegen oder das Wasser gegen Pflanzen schwappt, bilden sich kleine Kreise, die sich über die dunkle Fläche ausbreiten. Ich kneife die Augen zusammen, um schärfer zu sehen. Dort vorn, nur ein paar Meter entfernt, blitzt etwas Gelbes zwischen den Blättern auf dem Wasser hervor. Eine Seerose um diese Jahreszeit?

„Lass uns zurückgehen, ein paar Stunden Schlaf schaden nicht", sagt Tamena im Umdrehen. Ich löse meinen Blick von der gelben Rose und rapple mich auf. Ich habe Mühe, mit Tamena Schritt zu halten und wir legen den Weg zum Anwesen zurück, ohne ein weiteres Wort zu wechseln. Durch aufziehende Wolken wird es dunkler im Wald und ich nutze die Energien um uns herum, um uns zwischen den Bäumen hindurchzunavigieren. Tamena geht dicht hinter mir, die Hand auf meine Schulter gelegt. Kurz merke ich, wie etwas an der Membran um uns streift, eine fremde, eisige Energie. Gänsehaut breitet sich auf meinem gesamten Körper aus. Mein Puls schlägt schnell an meinem Hals und ich versenke mich noch tiefer in die Verbindung zur Natur, die mich trägt. So schnell der kühle Kontakt da war, ist er wieder verschwunden und Tamena drückt meine Schulter. Wir beschleunigen unser Tempo und ich bin froh, als wir endlich durch das Tor zurück auf das Anwesen schlüpfen. Mit der Gefahr verschwindet auch die intensive Verbindung zur Natur und ich stütze mich auf meine Knie, um durchzuatmen.

„Gut", sagt Tamena. Auch sie wirkt außer Atem, aber auf ihrem Gesicht liegt ein leichtes Lächeln.

„Ich muss eine Woche lang durchschlafen", sage ich und reibe über mein Gesicht. Das Adrenalin weicht aus meinem Körper und ein ungehemmtes Gähnen überkommt mich.

„Du bist heute weit gekommen. Ruh dich gut aus."

Nachdem wir unsere Schuhe aus dem Gebüsch geholt haben, verabschieden wir uns und gehen jeweils durch den Wald in unsere Richtungen.

Ob ich Arek an seiner Kapsel abpassen sollte? Nein, dieses Mal gehe ich es richtig an und dafür brauche ich Energie. Wachsam nähere ich mich dem Haupthaus, an dem die Rollläden geschlossen sind. Der Kies knirscht leise unter meinen Sohlen, während ich den Hof überquere und schließlich das gespenstisch leere Gebäude betrete. Drinnen ist es dunkel und meine Schritte hallen an den hohen Wänden wider. Hastig durchquere ich die Halle und gehe die Treppe hinauf.

Erst in meinem Zimmer fällt die restliche Anspannung von mir ab und ein Summen in meiner Brust stellt sich ein, wie eine Vorahnung von einem leisen Funken, der sich unaufhaltsam in mir ausbreitet.

23

Als ich aufwache, spüre ich den Funken noch immer und ich weiß, dass ich ihn Arek heute zeigen kann. Jedoch finde ich ihn weder beim Frühstück noch danach in seinem Zimmer. Wenn er gestern Abend Schicht hatte, kann er nicht wieder in der Kapsel sitzen, oder? Auch in der Bibliothek ist er nicht und ich drehe noch einmal eine Runde über den Campus, sodass ich es völlig abgehetzt und gerade so pünktlich zum Training schaffe.

Schwer atmend reihe ich mich in eine Schlange Auszubildender ein, die sich in der Trainingshalle vor den Waben gebildet hat. Jetzt fällt es mir wieder ein: Heute sind Evaluationsgespräche. Danach sollen wir in Gruppen im Wald trainieren.

Feor und Stella sitzen jeweils in einem der schalldichten Räume und sprechen einzeln mit den Jugendlichen. Ein drittes Mal wische ich mir Schweiß von der Stirn, bändige meine verzottelten Strähnen und beruhige meine Atmung.

Auch Leo kommt gerade erst an und stupst mich an die Schulter. „Wir haben was gefunden", flüstert er.

Sila gesellt sich zu uns in die Schlange und sieht sich um. „Leo weiß vielleicht, was es noch brauchen könnte. An Zutaten."

Ich weite die Augen. „Wirklich?"

Leo hält sich den Zeigefinger vor den Mund, denn vor mir reckt schon eine der Kleineren den Hals.

„Das ist ja der Wahnsinn", flüstere ich.

Leo nickt und Sila sagt: „Lasst uns in der Mittagspause sprechen."

Ich zögere. „Da wollte ich Arek suchen."

„Wieso Arek?", fragt Sila mit gerunzelter Stirn, aber Leo knufft sie in die Seite und ich lächle.

Verwirrt sieht Sila zwischen uns beiden hin und her. „Wie auch immer", sagt sie seufzend. „Wir sehen uns ja eh heute Abend bei Du-weißt-schon-wem. Vielleicht finden wir bis dahin noch mehr raus."

„Ihr seid der Hammer", sage ich und strecke meine Hände nach ihren aus, da hallt mein Name durch den Raum. Blut gefriert in meinen Adern und ich drehe mich langsam um. Bitte nicht, bitte nicht.

Geradewegs starre ich in seine hellblauen Augen, die mich ausdruckslos fixieren. „Wird's bald?"

Tief atme ich ein, streiche mein Oberteil glatt und gehe nach vorn.

„Viel Erfolg", flüstert Sila hinter mir und ich gehe zu Feor, der mit den Fingern gegen die Kapselwand trommelt.

Ich setze mich auf den Hocker gegenüber von seinem, während er die Tür ins Schloss drückt. Jegliche Geräusche von draußen verstummen und die gesamte Reihe der wartenden Lehrlinge starrt uns durch die dreifach verglaste Scheibe an. Feor räuspert sich und ich drehe mich zu ihm.

„Nara." Mit einem eisigen Lächeln im Gesicht setzt er sich. Seine Stimme klingt anders in dieser Kapsel, irgendwie mechanischer. „Was für eine Freude."

„Ganz meinerseits", sage ich trocken.

„Dann erzähl doch mal." Er faltet seine Hände auf den überschlagenen Beinen. „Wie beschreibst du deinen Trainingsfortschritt?"

„Ist das nicht dein Job?"

Er wirft den Kopf zurück und lacht. „Lustig, dass du denkst, ich würde den Fortschritt einer Person beurteilen, die es nicht einmal für nötig hält, regelmäßig im Training aufzukreuzen." Ich schlucke und er beugt sich nach vorn. „Es gibt etwas, das mich viel mehr interessiert."

„Da bin ich ja mal gespannt." Ich verschränke die Arme, um das Zittern meiner Hände zu verbergen.

„Es fängt mit *T* an und hört mit *amena* auf." Sein Grinsen wird breiter. „Du musst verzweifelt sein, dass du dich mit einer Athemar abgibst."

Ich verenge die Augen und mein Puls beschleunigt sich. Was du nicht sagst. „Sie ist eine Ehemalige." Hat er mich bei ihrer Hütte gesehen? Oder bei einer unserer Übungen?

„Oh." Feor hebt eine Augenbraue und lehnt sich zurück. „Sieht aus, als hätte ich einen Nerv getroffen. Mal sehen, ob Henry es als genauso harmlos erachtet." Trotz seines Lächelns, das für unsere Zuschauenden bestimmt ist, trieft seine Stimme vor Abscheu.

Ich balle die Fäuste. „Was hast du gegen mich, Feor?"

Er zuckt mit den Schultern und fährt sich durch den perfekt gescheitelten Blondschopf. „Oder ist die Frage, wer hat nichts gegen dich? Lass mich dir eine Geschichte erzählen, Nara." Er stellt beide Füße auf den Boden und stützt seine Ellenbogen auf seinen Knien ab. „Der Mann, den alle hassen, bringt ein Kind zur Welt. Dieses Kind liebt nicht einmal *er*, also steckt er es zu zwei Nichtsnutzen, die nichts Besseres zustande bringen als draufzugehen, sodass das Kind elternlos ist. Es nistet sich in eine leichtgläubige Nevoxfamilie ein und macht sich an den Sohn ran, sodass niemand sich traut, sie fortzuschicken. Man könnte meinen, die Geschichte endet hier, aber nein, die Tochter kann sich aus Schlamassel nicht raushalten, sodass eine Horde Nevox sie aus einem Feuer retten muss. Jetzt sitzt sie hier und soll von den Leuten unterrichtet werden, die ihr Vater vernichten will." Feor sitzt entspannt da, als hätte er mir nicht eben einen Schlag ins Gesicht verpasst. „Ich nehme an, diese Geschichte kommt dir bekannt vor, Nara, und wahrscheinlich muss ich nicht erklären, warum niemand dieses Mädchen mag." Ich bohre meine Fingernägel in meine Handinnenflächen und atme flach. In meiner Brust dehnt sich ein verräterisch dunkles Loch aus und Kälte zieht sich meine Wirbelsäule hinauf. Hat er recht? Ist das meine Geschichte? „Ich schlage vor, du hörst endlich auf, kostbare Zeit anderer zu verschwenden und verziehst dich entweder, oder passt dich endlich an und fügst dich in das Campusleben ein. Und pfeif deinen Wachhund Caleb zurück, das ist ja peinlich." Die Hände in den Hosentaschen, lehnt er sich nach hinten. „Das war's. Du kannst Henry später erklären, was deine Ausflüge in den Wald bedeuten."

Ich presse die Zähne aufeinander und fixiere ihn. Vertraute Leere ätzt durch mein Inneres und fließt über meine Schultern die Arme hinab. In meinen Ohren pocht es und meine Augen brennen. Ich linse zu Sila und Leo nach draußen, die mich mit gerunzelter Stirn mustern. Sie mögen mich, oder? Tief atme ich ein, spüre meine Sohlen auf dem Boden und den Hocker unter mir. Langsam führe ich meine Hände zu meinem Gesicht. Tu was, Nara, jetzt oder nie. Ich schließe die Augen, atme aus und rücke mit meinem Hocker näher an ihn heran. Als ich die Augen öffne, ist sein Blick irritiert.

„Ich sagte, du kannst gehen." Er richtet sich auf und verschränkt die Arme.

Atmen, Nara, du schaffst das. Ich gebe mir alle Mühe, ihn direkt anzusehen. „Ich gehe, wann ich will. Solange wir hier ungestört sitzen, möchte ich mit dir über unsere Gemeinsamkeiten sprechen." Ich gebe mir Mühe, das

Zittern in meiner Stimme zu verbergen. „Anscheinend genießen wir beide gern Ausflüge in den Wald, gern auch mal über die Grenzen." Die Worte sind raus und sein Gesichtsausdruck gefriert. „Und offenbar teilst du meine Faszination für die Athemar. Oder sind die Mitternachtspläuschchen mit ihnen nur Zeitvertreib? Es muss dir sehr wichtig sein, sonst würdest du es nicht als Bedrohung empfinden, wenn ich mich mit einer Ehemaligen treffe." Feor schluckt, unter seinem Auge zuckt es, und ich halte seinem Blick stand. „Ich schlage Folgendes vor: Du hältst den Mund über unser geteiltes Hobby und wir kommen uns nicht in die Quere." Ich stehe auf und gehe zur Tür, sehe ein letztes Mal in sein bleiches Gesicht. „Solltest du das nicht hinbekommen oder mich noch einmal bedrohen, erfährt Henry, dass du seine Karte gestohlen hast. Und glaub nicht, du kannst mich auch erpressen. Es stehen genug Leute hinter mir." Ich verlasse die Kapsel und knalle die Tür hinter mir zu.

Sila, die gerade zu Stella in die Kapsel geht, runzelt die Stirn und ich recke im Vorbeigehen einen Daumen. Leo, der offenbar auch schon bei Stella war, grinst und wir verlassen gemeinsam den Trainingsraum, um draußen auf Sila zu warten. Ich kann Feor keine Sekunde länger ansehen.

„Wie war's bei dir?", frage ich Leo draußen.

„Das Übliche", sagt er und lässt sich auf eine Bank fallen. „Zu wenig Mitarbeit, genug Fortschritt." Er zuckt mit den Schultern und ich setze mich neben ihn. Die Vögel zwitschern und die Sonne ist gerade stark genug, dass sie ein wenig wärmt. Nach dem eisigen Intermezzo gerade eben ist das eine Wohltat.

„Du magst Aufmerksamkeit nicht so gern, oder?", frage ich.

Leo sieht mich von der Seite an. „Was hat mich verraten?"

Ich schnaube und stoße ihn leicht mit der Schulter an. Eine Weile sitzen wir so da und lauschen dem Vogelgezwitscher. Es ist eine angenehme Stille – eine, die man nicht mit vielen haben kann.

„Danke, dass ihr mich einfach so angenommen habt", sage ich irgendwann. „Du weißt nicht, was das für einen Unterschied macht."

„Ich denke, ich weiß es", sagt Leo lächelnd und sieht zu Sila, die gerade vom Tor auf uns zukommt.

Ich lächle ebenfalls und wir schlagen gemeinsam den Weg zum Wald ein.

Beim Mittagessen löffle ich hastig meine Zucchinisuppe und linse immer wieder zu Arek, bevor ich ihn am Ausgang abpasse. Er zuckt zusammen und wendet sich ab, aber ich fasse sein Handgelenk. „Warte." Mit geweiteten Augen schaut er auf meine Hand und ich lasse seufzend von ihm ab. „Hey."

Er sieht zwischen mir und der Tür hin und her, seine Brust hebt und senkt sich schnell. „Hi", sagt er jetzt, seine tiefe Stimme ist belegt und er beobachtet mich wachsam.

„Können wir sprechen?", frage ich leise.

„Hast du deine Meinung geändert?" Sein Tonfall klingt distanziert. Ist er so verletzt?

„Nein, ich …", sage ich und schüttele den Kopf. „Bitte nimm dir einen Moment."

Für ein paar Herzschläge sieht er mich regungslos an und rauft sich dann die Haare. „Wo?"

Ich atme auf. „Wo du willst."

Er nickt und schluckt. „Bei dir."

„Okay." Ich gehe voran die Treppe hinauf und sehe mich alle paar Sekunden um, um sicherzugehen, dass er mitkommt. Sein Blick ist auf die Stufen geheftet. Leise schließe ich meine Zimmertür hinter uns und Arek steht wie angewurzelt in der Mitte des Raumes. „Setz dich doch", sage ich sanft und hocke mich aufs Bett.

„Können wir ein Fenster öffnen?", fragt er mit heiserer Stimme, wartet aber nicht auf meine Antwort, sondern lässt mit einer ruckartigen Bewegung den Wind herein. Er scheint wirklich ungern hier zu sein, wenn er nicht einmal in einem geschlossenen Raum mit mir sein kann. Im Schneidersitz setzt er sich an der gegenüberliegenden Wand auf den Boden und ich möchte nicht über ihm sitzen, also wechsle ich ebenfalls auf den Boden. Wie kann ich ihn dazu bringen, sich auf das hier einzulassen? Ich versuche Kontakt zu ihm aufzubauen, doch in ihm ist eine eiserne Wand.

Tief atme ich ein und flüstere: „Du fehlst mir."

Arek presst die Kiefer aufeinander und nickt. Heißt das, er hat mich auch vermisst? Mein Herz rast. Wieso macht er es mir so schwer? „Wusstest du, dass Holunder wärmt?"

Er hebt eine Augenbraue. „Na klar", sagt er, jetzt etwas sanfter.

„Ich nicht", sage ich und zucke mit den Schultern.

Arek streckt die Beine aus. „Nara, warum sagst du das?" Zum ersten Mal heute sieht er mich direkt an.

Ich räuspere mich. Zeit, die Karten auf den Tisch zu legen. Tief atme ich durch und konzentriere mich auf die Wärme in mir. „Du bist mir superwichtig, Arek, und ich glaube, dass wir das hier", ich deute zwischen ihm und mir hin und her, „hinkriegen, wenn wir unsere Verbindung zulassen. Ich will wissen, wie es dir geht und dir zeigen, wie es in mir aussieht. Wir sind ein viel zu gutes Team, als dass es an so etwas scheitert, und ich mag dich." Die letzten Worte verschlucke ich fast.

„Woher weißt du das?", fragt er mit rauer Stimme. „Dass wir ein Team sind."

„Vielleicht von all den Situationen, die wir gemeinsam hingekriegt haben? Arek, du hast selbst gesagt, dass du zu niemandem so eine Verbindung fühlst wie zu mir." Ich knete meine Finger. „Als Zoey gestern von Miranda erzählt hat, konnte ich nicht anders, als an unsere Erlebnisse zu denken und das gegenseitige Spüren. Unser Start war holprig und trotzdem hat immer alles geklappt. Mit Umwegen", füge ich vorsichtig grinsend hinzu.

Er runzelt die Stirn. „Hast du *Zoey* gesagt?"

„Ja, sie ist seit gestern Morgen hier, zu Hause war es nicht mehr sicher genug", sage ich vorsichtig.

„Das habe ich gar nicht mitbekommen." Er spricht eher zu sich selbst als zu mir.

Ich nicke und ein Teil von mir will ihm alles erzählen, von Tamena, Feor, den Athemar. Aber wenn ich will, dass er sich mir öffnet, muss ich in seinem Tempo gehen. „Beantworte mir eine Frage", sage ich und reibe meine schwitzigen Handflächen an meiner Hose ab. „War das, was wir im Wald hatten, für dich echt?" Areks Schultern sacken nach unten und er starrt mich an. „Ich meine es ernst", sage ich. „Wenn nicht, kannst du gehen und ich lasse dich ab sofort in Ruhe. Aber wenn es echt war", meine Worte hängen in der Luft und ich schlucke, „dann gib uns die Chance und hör mir zu."

Arek schweigt und verzieht das Gesicht. Draußen rauscht der Wind durch den Wald und meine Worte bleiben zurück wie ein bitterer Geschmack auf der Zunge.

Habe ich mir das alles eingebildet und er ist ein besserer Schauspieler, als ich dachte? „Antworte", sage ich, meine Stimme dünn und bebend, aber seine Augen verengen sich nur. Seufzend stehe ich auf und gehe zur Tür. Ich möchte nicht vor ihm weinen, nachdem ich mich gerade völlig nackt gemacht habe. Ein Kloß bahnt sich meine Kehle hinab und ich greife zitternd nach der Klinke.

„Natürlich ist es echt", sagt er leise und atmet tief ein. „Es schmerzt, dass du diese Frage überhaupt stellst." Ich drehe mich zu ihm um, seine Augenbrauen sind zusammengezogen, die Kiefermuskeln treten hervor.

„Warum meidest du mich dann?", frage ich, die Hände in die Seiten gestemmt.

„Ich meide dich, weil ich verdammt noch mal nicht mit ansehen kann, wie du dich in Gefahr begibst. Und ich kenne dich gut genug, um zu wissen, dass dich nichts aufhalten wird." Seine Stimme ist laut und er rauft sich die Haare. „Was denkst du, warum ich schon immer so abgekapselt lebe? Warum ich mich nie auf Menschen einlasse? Weil sie unüberlegte Dinge machen, die ich nicht vorhersehen kann. Ich bin mit dieser Strategie wunderbar gefahren und dann kommst du", er zeigt mit dem Finger auf mich, „in mein Leben mit deiner ganzen feinfühligen und aufgeweckten Art und ziehst mich in deinen Bann und ich kann nicht anders, als mich dir zu öffnen, dir hemmungslos zu verfallen. Du hast nicht das Recht dazu, die Sicherheit, die wir uns erkämpft haben, wegzuwerfen und mich ausgezogen links liegen zu lassen." Seine Stimme bebt und ich sinke langsam zurück auf den Boden.

„So ist das nun mal mit Menschen, Arek. Sie haben eigene Interessen." Meine Stimme ist ruhig. „Außerdem möchte ich dich nicht zurücklassen", füge ich sanft hinzu.

„Ich möchte mein Leben mit dir verbringen, aber zu einem lebenswerten Leben gehört manchmal auch Risiko. Ich kann nicht weghexen, dass wir in dieser Lage sind."

Seine Augen sind geschlossen und trotzdem sehe ich sie, die einzelne Träne, die in seinem linken unteren Wimpernkranz hängt. „Ich kann dich nicht verlieren", presst er hervor.

Ich rücke näher zu ihm und lege eine Hand auf sein Knie. „Dann hör auf, mich zu verlieren."

Arek keucht, öffnet die Augen und nickt. Einzelne Tränen fließen über seine Wangen und er nickt erneut, immer wieder. „Ich weiß nicht, wie das geht", sagt er heiser. „Dir nah sein und mich trotzdem sicher fühlen. Du ziehst mir den Boden unter den Füßen weg und wenn du solche Dinge erzählst, wie dass du Karan konfrontieren willst, dann bin ich so wütend und will alles vergessen, was wir jemals hatten. Alles ist besser, als der Schmerz, dich noch mal zu verlieren."

Ich lege eine Hand an seine Wange. „Du hast mich nie verloren. Ich war immer da."

Er drückt die Lider zu und weitere Tränen fließen über sein Gesicht, seine Schultern beben. Ich lege meine Stirn an seine und atme seinen warmen, vertrauten Arek-Duft ein. „Ich bin bei dir", flüstere ich und fahre mit der Hand durch seine braunen Locken. „Und das Gleiche brauche ich von dir."

Er öffnet seine Augen, fährt sich mit dem Ärmel übers Gesicht und legt seine warmen Finger auf meine.

„Lass mich dir zeigen, wie ich fühle, und vielleicht verstehst du mich." Ich betrachte all die kleinen Details in seinem Gesicht. Die Grübchen in seinen Wangen, die feinen Linien unter seinen stahlblauen Augen, ein leichter

Riss in seiner Unterlippe. Ich hebe eine Augenbraue und er nickt leicht, also küsse ich ihn. Erst zart, doch er erwidert es und ich gebe mich seinem Sog hin. Wir küssen uns heftiger und ich greife seinen Nacken.

Arek keucht und fährt mit einer Hand an meinen Hinterkopf, mit der anderen an meinen Kiefer. Mit einem Ruck ziehe ich mich auf Areks Schoß, seine Lippen sind rau und weich zugleich. Er löst sich von meinem Mund, umschlingt mich, legt seinen Kopf auf meinem ab und drückt mich an sich. Kurz halten wir uns und seine Brust hebt und senkt sich schnell unter meiner Wange. Ich löse mich aus der Umarmung und umfasse sein Gesicht, lege meine Stirn an seine. In seinen Augen spiegelt sich die Bewunderung, die ich selbst empfinde.

„Du bist wunderschön", flüstere ich.

„Du auch", sagt er und drückt mir einen sanften Kuss auf die Lippen. „Zeig mir, wie du dich fühlst."

Ich nicke. „Ist draußen in Ordnung? Hier sind zu viele Nevox im Haus."

Arek lacht trocken und nickt. Eine Weile sitzen wir so, im Blick der anderen Person versunken, bis er meine Hand nimmt und wir mein Zimmer verlassen.

Arek folgt mir still den Hang hinauf zu dem großen Kletterbaum, seine Finger fest mit meinen verschränkt. Seine Berührung fließt verwoben mit der Waldenergie durch mich hindurch.

Deutlich sicherer als beim letzten Mal klettere ich die verzweigte Kiefer hinauf und Arek folgt mir, ohne zu fragen, nach oben.

„Wow", sagt er, so wie ich, als ich das erste Mal hier war. „Ich denke, der Sicherheitsabstand sollte reichen." Er nickt in Richtung des Anwesens, das klein und weit weg den Hang hinunter liegt.

Ich nicke, setze mich rittlings auf den Stamm, sodass ich ihm zugewandt bin, und mein Puls beschleunigt sich. „Ich bin nervös", sage ich, obwohl wir das schon so oft gemacht haben. Er legt eine Hand auf meinen Oberschenkel und jetzt, da wir unsere Barrieren ein Stück fallen lassen, geht ein heißer Strom von seiner Hand aus durch meinen Körper.

„Ich auch", sagt er. „Du fühlst dich anders an."

Ich atme aus und nicke. „Ich weiß." Sanft fahre ich mit zwei Fingern über die Adern auf seinem Handrücken, gebe meine Energien ein Stück freier und er zieht scharf die Luft ein. Unsere Blicke treffen sich und Arek schließt schnell die Augen. Wir wissen beide, dass diese Ebene intensiver als die körperliche ist. Tief atmet er ein, öffnet langsam die Lider und in diesem Moment fällt seine Barriere.

Ich japse nach Luft und rausche in ihn hinein, jegliche Mauer auf meiner Seite verpufft. Heißes Blut schießt durch meinen Körper, während sich unsere gemeinsamen Energien in uns ausweiten, von den Zehen bis zum Scheitel, und ich greife instinktiv nach seiner anderen Hand, die sich fest um meine klammert. „Vielleicht war es keine gute Idee, das auf einem Baum zu machen", sage ich matt, halb verloren in seinen blauen Iriden.

„Mir ist gerade alles egal", sagt Arek und aus seiner Stimme rinnt die gleiche Erleichterung wie aus meiner.

Ich nicke, rücke näher an ihn heran und öffne mich der Natur um uns herum. Er soll spüren, was ich hier draußen fühle, also rufe ich das Bild vom See außerhalb des Geländes in mein Gedächtnis. Mit geschlossenen Augen verbinde ich mich mit den Felsen, dem Moos und der aufgerauten Wasseroberfläche. Areks Hände zucken und sein tiefes Einatmen vermischt sich mit dem rauschenden Wind in den Baumkronen. Ich falle in die Weiten des Waldes, spüre die Wärme des Holunderstrauchs in Tamenas Gewächshaus und die Freiheit, die ich mit Arek vor mehreren Monaten erlebt habe. Vor meinem inneren Auge erscheint das Anwesen, die Blicke der anderen, Feor und sein Hass mir gegenüber. Darunter mischen sich Selbsthass und der Wunsch, so zu sein wie die anderen. In mir zieht etwas und ich weiß, dass Arek es spürt, die Sehnsucht nach Ankommen. Ich denke an Zoey. An Rufus und Miranda, die in der Stadt und somit in Gefahr sind. An Sila und ihren Vater, die die Vision von zwei vereinten Clans teilen. Eine friedliche Welle wäscht über mich, wird aber überdeckt von Angst und Wut, während Karans Bild in mir aufflackert. Innere Unruhe, Verzweiflung und das Verlangen, irgendetwas zu tun. All meine Emotionen aus den vergangenen Wochen schwappen auf Arek über und ich lasse es geschehen, lasse mich von ihnen tragen.

Zurück bleiben Erschöpfung und Leere. Meine Wangen sind feucht und Arek zieht mich in eine feste Umarmung, sodass ich ausschließlich von Wärme und seinem vertrauten Duft umgeben bin. Er strahlt Mitgefühl und Geborgenheit aus und darunter – dünn, aber unverkennbar – glüht klare, heiße Wut. Eine, die mich unmissverständlich sieht und ernst nimmt. In diesem Moment weiß ich, dass ich auf Arek zählen kann.

24

Wir bleiben den gesamten Nachmittag zusammen im Wald. Ausführlich berichtet Arek von seiner Tätigkeit als Wachender, in der er aufzugehen scheint und die ihm trotzdem viel abverlangt. Während ich von Tamena und all den anderen Ereignissen der vergangenen Zeit erzähle, hört Arek aufmerksam zu. Er ist offener, das spüre ich, auch wenn wir beide in den letzten Wochen unterschiedliche Blickwinkel über die Nevox gewonnen haben.

„Ich kann nicht glauben, dass Feor so etwas zu dir sagt.“ Arek legt seine Stirn in Falten. „Als Trainer in Ausbildung kann er es sich nicht leisten, schlechte Kritik zu kriegen.“

„Trainer in Ausbildung? Ich dachte, er würde das schon Jahre machen.“

„Jahre ja, aber Henry verlängert ihn zum Ende jeden Schuljahrs immer wieder aufs Neue in die Probezeit.“

„Trägt vielleicht auch dazu bei, dass er sich umorientiert.“

Arek nickt. „Kann sein. Wie können wir rausfinden, was das für eine Karte ist, die er rausgegeben hat?“

„Keine Ahnung. Valeria wird mir nicht noch einen Gefallen tun, außerdem weiß sie möglicherweise nicht mal, was drauf war.“

„Es muss irgendeinen Weg geben.“

Ich sehe Arek an und lächle. „Komm heute Abend mit zu Tamena. Ich will, dass du die anderen kennenlernst.“

Arek erwidert mein Lächeln und zieht mich in einen sanften Kuss.

Als wir abends Tamenas Hütte betreten, sind Sila, Leo, Caleb und diesmal auch Zoey schon da. Sie sitzen in

Decken gehüllt im Wintergarten auf dem Boden, vor ihnen die Schriften, Teetassen und eigene Aufzeichnungen ausgebreitet.

„Hi", sage ich in die Runde und ziehe Arek an meiner Hand in den Raum.

Zoey springt auf und fällt ihm um den Hals. „Da ist ja unser Prince Charming."

Tamena wirft mir hinter dem Rücken der beiden einen Blick mit gehobenen Brauen zu und ich verdrehe grinsend die Augen.

„Die Pflanzenfreaks sind vollzählig." Ich lasse mich in dem Kreis nieder. Für Arek ist nur Platz neben Caleb und für einen Moment sehen sich die beiden regungslos an.

Jetzt seufzt Arek und legt Caleb eine Hand auf den Arm. „Schön, dich so fit zu sehen, Kumpel." Caleb grunzt nur, erwidert aber sein Lächeln und hält ihm die Hälfte seiner Decke hin. Wenn das mal kein Friedensangebot ist.

„Okay, dann steig ich direkt mal ein", sagt Sila und Leo legt seine Schläfe auf die angezogenen Knie. „Wie ihr wisst, suchen wir nach Pflanzen, die noch mehr Wärme transportieren oder Emotionen ändern können, um Karan von seiner Bahn wegzulenken. Leo hatte noch mal hier drin geblättert." Sie schlägt das Tagebuch von ihrem Dad auf. „Zu den Pflanzen stand nichts mehr drin, deswegen dachte ich, der Rest wäre irrelevant für uns. Aber hört euch diesen Eintrag an." Sie rückt ihre Brille zurecht. „Seit ich verbunden bin, erlebe ich zweierlei. Glück und Verlust. Freude und Melancholie. Ich fliege und falle. Bedingungslos Teil zu sein, öffnet den Geist *für die, die es nicht sind. Zu spüren, was Menschen brauchen, ist beides* – heilsam und schmerzvoll. Ich erkenne, was ich angerichtet habe, als ich selbst verletzt und meine größte

Angst Zurückweisung war. Und jetzt weiß ich, wieso ich zögerte, mich zu verbinden. Täglich überquere ich aufs Neue den reißenden Fluss aus Schmerz über das, was ich erleben musste und das, was ich mir eingestehen musste. Irgendwann finde ich Frieden." Silas Augen schimmern feucht. Sie legt das Buch auf den Boden und blickt in die Runde.

„Ganz schön dramatisch, wenn du mich fragst", sagt Caleb und lehnt sich zurück.

„Aber wahr", sagt Tamena und alle Köpfe drehen sich zu ihr. Sie nimmt einen Schluck aus ihrer dampfenden Tasse. „Als ich mich das erste Mal verband, wandte ich mich von den Athemar ab, weil ich plötzlich den Schmerz spürte, zu dem ich selbst zu lange beigetragen hatte."

„Wieso warst du überhaupt bei ihnen?", fragt Caleb.

„Weil meine Mutter es war, und ihre Mutter und deren Mutter. Ich bin in dem Glauben aufgewachsen, dass es der einzige Weg sei." Sie streicht sich eine Strähne nach hinten und zieht den Zopf enger. „Mich von dieser Blutlinie abzuwenden hieß auch, all das Leiden anzuerkennen, das sie verursacht hat. Ich verstehe deinen Vater."

Sila fährt gedankenverloren mit dem Zeigefinger die Silberringe an ihrem Ohr nach.

„Tut mir leid, wenn das zu privat ist", sage ich. „Aber hast du eine Ahnung, was er damit meint, dass er selbst etwas angerichtet haben soll?"

Sie zuckt mit den Schultern. „Er hat nie über früher gesprochen, deswegen weiß ich wenig über sein Leben. Meine Mutter hat oft erzählt, dass er sich im Laufe der Zeit stark verändert hat, was vielleicht viel mit ihrer Beziehung zu tun hatte. Wo meine Mum war, hat sie Liebe versprüht und ihr Herz auf der Zunge getragen."

Sila lächelt sanft. „Früher hat mein Vater nicht viel über sich und seine Sorgen gesprochen, man musste alles aus ihm herausquetschen. Später war das anders."

„Du meinst, dass er mit seiner verschlossenen Art anderen wehgetan haben könnte?"

Sila nickt langsam. „Menschen weggestoßen, zum Beispiel."

„Sorry, wenn ich noch nicht ganz drin bin", sagt Zoey. „Aber was hat das mit Pflanzen zu tun?"

„Nara verzaubert Natur und verstärkt ihre Eigenschaften", sagt Caleb.

Zoey pfeift anerkennend. „Du Bad Bitch!"

Ich schnaube. „Es ist eher die Natur, die zaubert."

„Wenn schon mein Vater oder Tamena mit schmerzvollen Erkenntnissen zu kämpfen hatten", sagt Sila, „wie muss es jemandem gehen, der noch viel Schrecklicheres getan hat?"

Ich sehe Leo an und sammle meine Gedanken. „Vielleicht sind manche Erkenntnisse unaushaltbar."

Er zuckt mit den Schultern und nickt.

„Leo meinte, vielleicht braucht Karan Unterstützung, den Fluss zu überqueren, den mein Vater hier beschreibt", sagt Sila.

Er schiebt eine Liste mit verschiedenen Pflanzen in die Mitte.

„Das ist brillant", sagt Tamena mit hochgezogenen Augenbrauen und Leo lächelt.

„Ich versteh nur Bahnhof", sagt Caleb.

„Das sind alles schmerzstillende Pflanzen auf der Liste", sage ich. „Wenn wir ihm welche davon verabreichen, lässt er sich vielleicht besser auf die Wärme ein."

„Ah", macht Caleb. „Es ist ein gutes Zeichen, dass ich so was nicht gebraucht habe, oder?"

Er reckt grinsend das Kinn und Zoey boxt ihn in die Seite. „Du hast genug Mist verzapft, dass du dir darauf nichts einbilden solltest."

„Aber jetzt, wo ich mir das überlege", sage ich. „Du bist tatsächlich noch mal anders, seit Tamena dich aufgewärmt hat, oder?"

Caleb zuckt mit den Schultern. „Kann schon sein, dass ich früher vielleicht etwas zu viele dumme Sprüche gemacht hab."

„Und zu viele dumme Flirtversuche", sagt Zoey wie aus der Pistole geschossen.

Tamena grunzt. „Gern geschehen", sagt sie und ich lache.

„Haben wir hier nicht was anderes zu klären?", fragt Caleb und zeigt mit der Hand auf Leos Aufzeichnungen.

„Ich habe schon von dem Gebrauch solcher Pflanzen gehört, um inneren Schmerz zu stillen", sagt Tamena. „Aber das Problem ist: Wir brauchen die Blüten. In der Hausapotheke werden von diesen Pflanzen die Wurzeln verwendet, aber die setzen auf der körperlichen Ebene an."

„Was ist anders bei Blüten?", frage ich. „Ist doch dieselbe Pflanze."

Tamena nickt und kratzt sich am rasierten Hinterkopf. „Irgendwo hatte ich einen Text, in dem stand, dass die Blüte der Ausdruck der Pflanze ist, also das, was entsteht, wenn der Schmerz überwunden wird. Ich muss schauen, ob ich den noch wo finde."

„Hast du von den Pflanzen hier nichts in deinem Gewächshaus?"

„Doch", sagt Tamena. „Aber nichts, was blüht oder eine starke Wirkung hat."

„Und draußen ist noch lange nicht Blütezeit, abgesehen davon, dass wir sie erst finden müssten", sagt Arek.

„Uns fehlt die Zeit", sagt Caleb. „Gibt es keine Alternative?"

Ich greife nach der Teekanne, da fällt mein Blick auf die Notizen.

„*Nuphar lutea*", lese ich vor. „Was ist das noch mal?" In meinem Kopf klingelt etwas.

„Die Mummel", sagt Tamena. „Auch bekannt als gelbe Teichrose."

Ich reiße die Augen auf und überfliege Leos geschwungene Handschrift. *Wird als andere Seerose bezeichnet, soll opiumähnlich wirken. Achtung, giftig!*

Ich sehe Tamena an. „Am See habe ich so eine gesehen."

Diese runzelt die Stirn. „Das kann nicht sein, die tauchen frühestens im Juni auf."

„Was für ein See?", fragt Sila.

„Außerhalb des Geländes. Tamena und ich waren letzte Nacht wegen des Trainings dort."

Areks Kopf schnellt zu mir herum und er sieht mich mit geweiteten Augen an.

„Es ist alles gut gegangen", sage ich ruhig und lege ihm eine Hand auf die Schulter.

Er malmt mit den Zähnen, als würde er mit sich ringen, doch schließlich atmet er tief durch und nickt.

„Ich bin mir sicher, dass da eine war", sage ich zu Tamena. „Wollt ihr, dass ich es noch mal prüfe?"

„Wir glauben dir", sagt Arek schnell und ich grinse.

Leo gibt Sila einen Fist-Bump.

„Danke, dass ihr danach gesucht habt", sage ich zu den beiden.

„Jetzt müssen wir nur noch Karan ausfindig machen und dann holen wir die Rose", sagt Sila und in meine Aufregung mischt sich ein bedrohliches Kribbeln. Nur noch ein letzter Schritt und es passiert – ich werde meinen Vater konfrontieren. Ich schlucke und versuche, die sich anbahnende Panik beiseitezuschieben.

„Beim Mittagessen sitze ich oft mit Feor zusammen", sagt Arek. „Vielleicht kann ich eine Verbindung zu ihm aufbauen."

„Dafür musst du dich gehörig bei ihm einschleimen", sage ich.

„Oder ihm verklickern, dass du nützlich für ihn bist", sagt Sila. „Du hast starke Fähigkeiten, Kontakte draußen und arbeitest an der Grenze. Ich weiß nicht, was Feor noch vorhat, aber eine Verbindung zu Arek würde ihm doch sicher in die Karten spielen, oder?" Alle nicken.

Eine Weile lang überlegen wir, wie wir ungesehen an Karan rankommen, sobald wir den Aufenthaltsort kennen, kommen aber auf keinen grünen Zweig. Es ist kurz vor elf, als wir zurück zum Anwesen gehen, und Zoey lässt sich gemeinsam mit mir zurückfallen, während die anderen über den Kiesweg schlendern. Dicke Wolken bedecken den Himmel und nur das Licht aus den Fenstern erhellt den Hof.

„Heißt das, du hast meinen Ratschlag befolgt?" Sie hakt sich bei mir unter.

Ich grinse. „Danke für den Arschtritt."

„Gern geschehen." Sie nickt in Richtung Sila und Leo, die etwas abseits Hand in Hand auf das Gebäude zusteuern. „Seit wann sind die zwei zusammen?"

Ich zucke mit den Schultern. „Soweit ich weiß, sind sie das nicht." Zoey sieht mich von der Seite an und ich betrachte Sila, die mit ihren dreizehn Jahren so viel Ruhe und Kraft ausstrahlt. „Ich glaube es ist so etwas wie geschwisterliche Liebe", sage ich langsam. „Es fühlt sich anders an bei ihnen, sie sind einfach … eine Einheit?" Ich sehe Zoey an und ihr halb offener Mund sagt mir, dass es in ihrem Kopf rattert.

„Du willst mir erzählen, dass sie jede freie Sekunde miteinander verbringen, sich an den Händen halten und *nicht* verliebt sind?"

Ich nicke. „Es gibt ja auch andere Liebe. Sie gehören zusammen, ob verliebt oder nicht."

„Spannend", sagt Zoey und zuckt mit den Schultern. „Und eigentlich ja auch nicht mein Business."

Ich ziehe sie fester an mich und lege einen Arm um ihre Schultern. „Euch liebe ich alle", sage ich grinsend. Und es stimmt.

Die anderen vier haben vor ein paar Sekunden das Haupthaus betreten, da rauscht Feor durch das noch offene Tor und stürmt zu einem Wagen auf dem Parkplatz. Er reißt die Tür auf, schleudert seinen Rucksack hinein und verschwindet mit einem Türknallen im Wageninneren. Die Luft füllt sich mit aufgewirbeltem Kiesstaub, während er rückwärts aus der Parklücke und in Richtung Tor braust, das sich wie von Zauberhand öffnet.

Mit zusammengezogenen Augenbrauen sehe ich zum Haupteingang, wo Henry im Türrahmen lehnt, eine Fernbedienung in der Hand, auf seiner Stirn eine tiefe Falte. Noch mal drückt er auf das Stück Plastik und das Stahltor, hinter dem Feors Rücklichter im Wald verschwinden, schließt sich.

Zoey, die mit mir stehen geblieben ist, dreht sich zu mir. „Wer ist denn diese Dramaqueen?"

„Pst." Ich lege den Zeigefinger an die Lippen, aber Henry hat uns nicht bemerkt. Er löst sich vom Rahmen, geht einen Schritt hinaus und sieht in den Sternenhimmel. Jetzt macht er kehrt und verschwindet im Haus. Ich atme auf und lasse von Zoey ab, an der ich mich krampfhaft festgekrallt habe.

Sie reibt sich über den Oberarm. „Was war das denn?"

Ich will ihr antworten, irgendeinen Witz machen, aber mein Blick hängt am geschlossenen Stahltor fest. Was hat das zu bedeuten?

„Erde an Nara?" Zoey schnipst vor meinem Gesicht und ich blinzle.

„Sorry." Ich schüttele mich. „Das war Feor, unser Trainer."

Zoey sieht zum geschlossenen Tor. „Sicher, dass er noch euer Trainer ist?"

„Lass uns lieber reingehen."

Im Haus ist es totenstill und wir verabschieden uns leise auf der Treppe. Jetzt, da ich meine Zimmertür hinter mir schließe, bemerke ich meinen rasenden Puls und ich wische meine kaltschweißigen Hände an meiner Hose ab. Hat Henry von Feors nächtlichem Spaziergang erfahren? Denkt Feor vielleicht sogar, ich hätte es ihm erzählt?

Wie in Trance putze ich meine Zähne und steige in mein Bett, aber der Schlaf bleibt fern. Wenn Feor zu Karan geht, habe ich verloren. Nach unserer Begegnung im Training heute Morgen, wird er ihm zu einhundert Prozent mitteilen, dass ich mich hier aufhalte. Klar, die Wachenden schirmen das Anwesen ab, aber wie lange hält dieser Schirm, wenn die Athemar aktiv versuchen würden, ihn zu zerstören?

Uns läuft die Zeit davon. Wieso warten wir mit der Rose? Sie könnte verblühen oder von Insekten gefressen werden. Was wir haben, haben wir. Und wenn Feor wirklich zu Karan geht, zählt jede Stunde.

Ich fahre hoch, schwinge beide Beine über die Bettkante und knipse das Licht an. In meinem Bauch kribbelt es. Ich schlucke und mein Blick fällt auf das kleine, braune Fläschchen Waldklettenöl auf meinem Nachttisch. Tamena schläft sicher schon. Aber eigentlich brauche ich sie nicht, um außerhalb des Geländes zu sein, oder? Wir wurden ja von meiner Energie und der Waldklette abgeschirmt. *Keine Alleingänge*, höre ich ihre eindringliche Stimme in meinem Kopf. Tief atme ich durch und knipse das Licht wieder aus, lege mich hin, nur um es direkt wieder anzuknipsen. Ich kann nicht tatenlos rumliegen, während die Athemar erfahren, wo wir uns aufhalten, wenn sie das nicht eh schon wissen.

Abrupt stehe ich auf, ziehe mich an und schmiere das Waldklettenöl auf meine Haut. Für einen Moment liegt meine zittrige Hand auf der Türklinke und will meinem Befehl, sie herunterzudrücken, nicht folgen.

Du kannst das, Nara. Du hast es schon mal gekonnt. Ich straffe die Schultern und gehe hinaus.

Der Wald ist dunkler als sonst und meine Augen gewöhnen sich nur langsam daran. Vorsichtig schleiche ich über den Waldweg. Zwischen den Zweigen wabern Nebelschwaden, sodass die feuchte Kälte sich wie ein Schleier um mich legt. Fröstelnd ziehe ich den Reißverschluss meiner Jacke höher. Mittlerweile treten die Umrisse der

Fichten und Sträucher etwas klarer aus dem Wald hervor, weshalb ich so schnell und leise wie möglich zu der Lärche haste, bei der Caleb und ich uns letzte Woche getroffen haben. Auf halbem Weg begegne ich einem Fuchs, der in Schockstarre vor mir auf dem Weg steht und mich ansieht. Es braucht einen Moment, bis sich mein sowieso schon hoher Puls etwas beruhigt.

Dort vorn ist die lockere Latte des Zauns. Ich sehe hinüber zur Kapsel und schlucke. Darin sitzt heute nicht Walli, sondern Erin, die die Augen geschlossen hat. Wenn ich noch näherkomme, spürt sie mich womöglich. Ich komme nur an ihr vorbei, wenn ich mich schon hier abschirme. Tief atme ich ein und schüttle zitternd meine verkrampften Hände aus. Hier drinnen ist es schwieriger, weil der Zugang zum Wald abgeschwächt ist. Vorsichtig streife ich Wanderschuhe und Socken ab und stelle sie hinter den Lärchenstamm. Beim Kontakt mit dem feucht-kalten Waldboden zucke ich zusammen, doch die Verbindung beruhigt auch. Gedanklich verwurzele ich mich, wecke den Funken und die Verbindung zu meiner Umgebung. Wärme breitet sich in mir aus. Langsam saugt die Natur mich auf und ich lasse es geschehen, dass ich immer weiter in den Hintergrund trete und verblasse. Ich löse mich im Geist von den Grenzen meines Körpers und werde zu einem winzig kleinen Teilchen, einem Wimpernschlag im Kontinuum.

Mit der Ausatmung verlangsamt sich mein Puls und ich gehe, einzig den Zaun fixiert, auf die Kapsel zu. Die Natur und ich sind eins. Geräuschlos beuge ich mich hinunter und begebe mich in Bauchlage, wo ich konzentriert auf die Verbindung und in Zeitlupentempo über den Waldboden rutsche. Auf der anderen Seite angekommen rappele ich mich in die Hocke auf und blicke in den düsteren, offenen Wald vor mir. Eine Sekunde, zwei Sekunden. Ich höre nur meinen Herzschlag und den Wind zwischen den Fichten. Eilig schleiche ich den Zaun entlang bis zum Tor. Es ist ein Umweg, aber ich kenne die Route nur von dort und der Gedanke an Feor treibt mich an.

Vom Tor aus gehe ich langsamer, bedacht auf jeden Baum und jede Abzweigung, die mir bekannt vorkommen. Es ist schwieriger, jetzt da die Wolken die Mondsichel bedecken und ohne die starken Kontraste alles gleich aussieht. Eine Krähe ruft und ich zucke zusammen. Mehrmals wechsle ich die Richtung und besinne mich auf die wärmende Hülle, die zuverlässig um mich herumwabert und mich mit jeder Einatmung mit dem Wald verbindet. Was, wenn Feor hier draußen ist? Ich schüttele mich, verbanne alle Gedanken, die mich von meinem Schirm abhalten, und atme in meine nackten Fußsohlen, spüre jede einzelne Fichtennadel darunter.

Nach einer gefühlten Ewigkeit erblicke ich den ge- spaltenen Stamm des entwurzelten Baums. Dort vorn zwischen zwei Fichten blitzt das spiegelglatte Wasser hin- durch, von dem der spärliche Mondschein reflektiert. Schnell gehe ich auf den Felsen zu und da schwimmt sie: einzeln und schön. Meine rechte Hand findet ihren Weg in meine Hosentasche und schließt sich um das Messer, das ich beim Hinausgehen aus dem Speisesaal geklaut habe.

Wie tief das Wasser wohl ist? Vom Fels aus erreiche ich die etwa fünf Meter entfernte Seerose nicht, also ziehe ich mit festem Griff meine weite Hose hoch und krempele sie bis über die Knie. Das muss reichen.

Vorsichtig klettere ich auf den kalten, rauen Felsen und lasse mich von ihm in den See gleiten. Laut japse ich nach Luft – der See ist eisig. Stöhnend löse ich mich von dem Felsen und meine Zehen sinken in schlammigen Untergrund. Schon jetzt schwappt das Wasser an meine Hose, die sich so vollsaugt, dass ich die Kälte bis in meinen unteren Bauch spüre. Der Rand meiner Jacke dippt in den See.

Aus der Nähe sieht die Blüte noch schöner aus. Ihre zarten, kräftig gelben Blätter symmetrisch nebeneinander nach oben gestellt. Es ist ein Wunder, dass sie um diese Jahreszeit blüht. „Tut mir leid", flüstere ich, greife nach dem glitschigen Stängel und durchtrenne ihn mit einem einzigen Ruck. Behutsam lege ich die federleichte Rose in meine Handinnenfläche. Adrenalin rauscht durch meinen Körper und ein Grinsen formt sich auf meinem Gesicht. Sie ist ein weiterer Schritt in Richtung Freiheit. Die Seerose bebt unter meinen zittrigen Fingern und ich umgreife mit der einen Hand ihren Stil, mit der anderen das Messer, während ich durch das aufgewirbelte Wasser wate und zurück auf den Fels kraxle. Geschafft. Aus meiner Jackentasche ziehe ich ein Taschentuch, wickle die Rose achtsam hinein und stecke sie in die linke Jackentasche, sodass sie nicht vom Messer beschädigt wird. Die klitschnassen Hosenbeine lasse ich wieder hinunter und der Stoff klebt wie eine zweite Haut an mir. Die anderen werden begeistert sein, wenn die Zutaten vollständig sind. In meiner Magengegend kribbelt es.

Tief atme ich ein und gehe los, da wandert mein Blick zum Himmel. Da ist er wieder, der Große Wagen. Die sieben Sterne strahlen inmitten eines wolkenfreien Fleckchens um die Wette. Lächelnd rufe ich die Erinnerung von meiner Mutter hervor, in deren Arm ich sitze und mir von ihr den Nachthimmel erklären lasse. Es riecht nach Heu und auf unseren Beinen liegt eine wärmende, rotkarierte Decke. Ihre Umarmung schirmt mich von allem Bedrohlichen ab und ich sehe hoch in das Gesicht meiner Mutter, in deren braunen Augen Zuneigung glitzert, gesäumt von unzähligen Lachfältchen. Frieden durchströmt mich, während sie sich eine Strähne in den braunen Pferdeschwanz streicht, in den sich schon einige graue Haare verirrt haben.

Abrupt bleibe ich stehen und blinzle, komme zurück in den Wald um mich herum. Diese Geste. Meine Gedanken rasen zu jeder Person, die ich kenne und auf einmal stocken sie. Nein. Mein ganzer Körper sträubt sich und ich will weiterlaufen, die sich anbahnende Erkenntnis abschütteln. Das ist unmöglich. *Ich kenne dich, weil wir ähnlicher nicht sein könnten.* Ihre Worte klingeln in meinen Ohren und ich keuche. Nein, nein, nein. Sie hätte es mir gesagt. Oder? Gedanklich rase ich zu jeder unserer Begegnungen. Alles, was sie mir beigebracht hat und mir zugeflogen ist, als hätte ich es schon einmal gewusst. Unser gegenseitiges Vertrauen. Meine Hingabe zur Pflanzenwelt und ihre verschlossene Art beim Thema Familie. Ihr Schmerz. Jeglicher Funke fällt von mir ab und Gänsehaut überzieht meine Arme, während sich ein Name in mein Gehirn brennt. Ich reiße die Augen auf und ringe nach Luft. Tamena. Sie ist die Frau, die mich großgezogen hat.

Ich taumele vorwärts, meine Knie plötzlich weich, und greife zittrig nach dem nächsten Ast. Atmen, Nara, atmen. Aber ich kann nicht. Stattdessen prasselt alles auf mich ein, was ich die letzten Monate durchgehalten habe, weil ich allein war. Weil *sie* nicht da war.

Wie hat sie überlebt? Karan hat meine Eltern umbringen lassen, ich habe die Blutlache mit eigenen Augen gesehen.

Ich schlucke, denn jetzt, da ich es weiß, ist nichts auf der Welt klarer. Mein Sichtfeld verschwimmt und ich grabe meine Fingernägel in die Rinde. Was wäre mir alles erspart geblieben, wenn ich gewusst hätte, dass sie lebt? Wäre ich überhaupt bei den Carters, geschweige denn bei Karan gelandet? Ein schrecklich vertrautes Gefühl breitet sich von meinem Bauchraum in meine Brust und die Arme aus, Tränen brennen in meinen Augen und wie gelähmt starre ich in die Dunkelheit. Ein weiterer Vertrauensbruch. Leere breitet sich in mir aus. Steht mir *bitte hintergehe mich* auf die Stirn geschrieben? Meine Gedanken wandern zu der Todesanzeige, die Zoey mir an ihrem siebzehnten Geburtstag gegeben hat. Die Welt denkt, ich sei tot. Dachte Tamena das auch? Wie sie mich angestarrt hat, als ich das erste Mal auf ihrer Türschwelle stand. Was hat sie gesagt, als wir zusammen im Baum saßen? *Karan hat mir alles genommen – meinen Mann, mein Zuhause, meine Tochter.* Sali. Es schmerzt, dass ich mich nicht an ihn erinnere.

Zorn lodert in mir auf und meine Atmung geht schnell, während ich die Zehen in den kalten Boden kralle und die Knie durchdrücke. Wie glühendes Feuer breitet sich Wut in mir aus, strömt in jeden Winkel meines Körpers. Scham mischt sich in Enttäuschung, Frust – und etwas Tiefgreifenderes. Etwas, das triefend in meinen Körper sickert und alles andere verschluckt: glühender Hass auf den Mann, der nicht nur Tamena alles genommen hat, sondern auch mir, Caleb, Linus und so vielen.

Ich will ihn brechen, wie er uns. Er soll verstehen, wie es ist, alles zu verlieren. Hitze brennt durch meinen gesamten Körper und ich wische mir den Schweiß von der Stirn und der Oberlippe. Ein Mensch, der für so viel Schmerz verantwortlich ist, verdient es nicht, weiterzuleben.

Ich presse einen röchelnden Laut hervor und Kälte zieht sich über meinen Rücken, während vor meinem inneren Auge plötzlich seine gelblichen Iriden auftauchen. Meine Barriere ist wie weggeschmolzen und seine Energie trifft mich mit einem eisigen Schlag. Heftig packt mich ein eisiger Sturm und ich treibe haltlos in ihn hinein. Nein!

„Da bist du ja", sagt Karans rasselnde Stimme und der Boden rast auf mich zu.

Ich rappele mich auf und sehe mich hastig um. Wie lange war ich weg? Die knochigen Finger der Bäume wiegen sich im Wind und an meinen Beinen klebt die klitschnasse Hose. Mein Atem geht schnell und mit aller Kraft versuche ich, den Schirm wieder aufzubauen.

Was habe ich getan? Vergeblich wehre ich die sich aufdrängenden Bilder von Karan ab. Ich wimmere und renne los. Wenn ich schnell genug wieder am Anwesen bin, ist es vielleicht nicht zu spät. Tränen brennen erneut in meinen Augen, aber diesmal aus Panik, denn ich weiß, dass es vorbei ist: Ich habe die Verbindung zu Karan zugelassen. Er weiß, wo ich bin. Und das, weil ich mich nicht zusammenreißen konnte.

Wut überrollt mich aufs Neue, dieses Mal gegen mich selbst. Wieso bin ich auf eigene Faust hier rausgerannt? Als hätte Tamena mich nicht gewarnt. Tamena, meine Mutter. Tränen rinnen über mein Gesicht und ich renne schneller. Kiesel und spitze Stöcke bohren sich in meine Fußsohlen. Meine Lunge brennt und immer wieder sehe ich mich um, sehe in jedem Schatten einen Athemar. Sehe ihn, Karan, der mich schon einmal verfolgt und gefunden hat. Wie konnte ich so dumm sein?

Mein nackter Fuß verhakt sich in einem dornigen Brombeerbusch und ich strauchle, kann mich gerade so mit den Händen auf dem Boden abfangen. Schmerz brennt in meinem Fußrücken, während ich mich entwirre. Schnell aufrappeln und weiter. Jemand tastet nach meinem Verstand und ich renne so schnell, dass ich einzig meine wunden Füße spüre und meine Lunge, die nach Luft schreit.

Dort vorn ist die lockere Latte. Mir ist scheißegal, was irgendwer sieht, ich muss da rein. Ächzend werfe ich mich auf den Boden, krieche unter dem Zaun hindurch und ohne in Richtung der Kapsel zu blicken, stürme ich an ihr vorbei ins Dickicht.

Wohin? Ich verlangsame meinen Schritt. Mit beiden Händen fahre ich mir übers Gesicht und wische die Feuchtigkeit an meiner sowieso schon nassen Hose ab. Ich muss zu Tamena, muss wissen, warum sie es mir verheimlicht hat. Dunkelheit breitet sich in mir aus, legt sich auf meine Brust wie ein zentnerschwerer Stein und schnürt mir die Luft ab. Ich kann nicht zu ihr. Nicht nach dem, was ich gerade getan habe. Genau hiervor hat sie mich gewarnt, verdammt. Auf meiner Stirn landet ein Tropfen und ein leichtes Prasseln erklingt im Wald. In meiner linken Jackentasche ertaste ich das kleine Bündel und ich schlage den Weg in Richtung Anwesen ein, während der Regen sich verstärkt.

In meinem Zimmer angekommen, wickle ich die leicht zerquetschte Blüte aus dem Taschentuch und lege sie behutsam auf die Fensterbank zum Trocknen. Ich knie vor ihr und starre sie wimmernd an. Du wirst mich retten, gelbe Teichrose. Du bringst alles in Ordnung.

Zitternd streife ich die nassen Klamotten von meinem Körper und schlüpfe ins Bett, die Augen starr an die

Decke gerichtet. Draußen peitschen dicke Regentropfen an die Fensterscheibe.

Ich werde alles in Ordnung bringen. Ich werde ihnen beweisen, dass man mir vertrauen kann. Das Letzte, was ich sehe, bevor ich einschlafe, sind seine gelben Augen, darunter eine spöttische Fratze.

25

Mit dem Aufwachen am Samstagmorgen drängen sich die gestrigen Ereignisse in mein Bewusstsein. Habe ich geträumt? Meinen wummernden Schädel zur Seite drehend, sehe ich zum Fenster und da liegt sie, die Blüte. An meinem Hals pocht es schnell, meine Brust zieht sich zusammen und mir ist, als würde ich aus meinem Körper herausfahren. Das Gefühl einer sich anbahnenden Panikattacke habe ich im vergangenen Dreivierteljahr gut kennengelernt, also versuche ich so langsam, wie es geht, zu atmen. Vier Sekunden einatmen, sechs Sekunden ausatmen, vier Sekunden halten. Bei Sekunde drei japse ich nach Luft und blinzle. Für mehrere Minuten versuche ich mich an dieser Übung und meine Atmung und Puls beruhigen sich langsam.

Ich schlucke. Wir müssen schneller sein als er. Könnten die Athemar die Barriere überwinden, selbst wenn alle Wachenden das Anwesen schützen? Und dann ist da die Sache mit Tamena. Mein Magen zieht sich zusammen. All ihre nebulösen Andeutungen. Ich schnaube und reibe meine Schläfen, bis ich mich schließlich zwinge, aufzustehen.

Die Priorität liegt darauf, herauszufinden, wo Karan sich aufhält. Vielleicht kam endlich ein Brief von Zoeys Vater, er hat immerhin Kontakt zu Menschen, die von Karan entführt wurden. Dann bereiten wir das Übrige vor und wenn all das geschafft ist, konfrontiere ich Tamena.

Angezogen gehe ich zur Tür und will in meine Wanderschuhe schlüpfen, finde aber einen leeren Fleck vor. Mist. Ich schlage mir mit der flachen Hand gegen die Stirn. Ich habe sie gestern Abend im Wald vergessen. Wie kann man so doof sein? In dem unwahrscheinlichen Fall, dass Erin mich gestern Abend nicht erkannt hat – die Schuhe sind der endgültige Beweis. Schließlich hat sie bei der Feldarbeit noch die Glitzerstreifen kommentiert. Spätestens nach dem Frühstück weiß Henry Bescheid. Verdammt.

Auf der Treppe laufe ich ihm geradewegs in die Arme.

„Nara", sagt Henry freundlich. Offenbar weiß er noch nichts von meinem Regelbruch.

„Hi", sage ich matt, schiebe die Hände in die Hosentaschen und will weitergehen, aber jetzt verharre ich. Ich muss seine Unwissenheit ausnutzen. „Sag mal, hast du Feor irgendwo gesehen? Ich habe noch eine Frage zu unserem Evaluationsgespräch." Henry versteift sich und bleibt stehen. „Er hat mir einen guten Tipp gegeben und ich möchte gern übers Wochenende üben." Ich erzwinge ein Lächeln.

Henry lacht kurz und trocken. „Du bist ja fleißig, so lob ich mir das. Feor, der Arme ist leider krank. Liegt mit vierzig Grad Fieber im Bett, das wird wohl eine Weile dauern. Ich bin sicher, du kannst Stella fragen." Er drückt meine Schulter etwas zu fest und geht an mir vorbei die Treppe hinauf.

„Der Arme", murmele ich und reibe mir die Schulter.

Auf der letzten Stufe dreht Henry sich noch einmal um und sagt: „Ach ja, um neun Uhr treffen sich alle Auszubildenden im Trainingssaal. Falls du noch andere siehst, sag es ihnen weiter." Er wendet sich ab und verschwindet um die Ecke. Trainingssaal an einem Samstag?

Ich sehe auf die Wand, hinter der er verschwunden ist, und kaue auf meiner Oberlippe. Wir sollen also nicht wissen, dass Feor gegangen ist und wohin. Ob Karan schon vor der Grenze steht? Ich schlucke den Kloß in meiner Kehle hinunter und eile nach draußen in Richtung der Lärche. In der Luft liegt Nebel und meine Sneakers saugen die Feuchtigkeit der letzten Nacht auf. Beim Baum angekommen, bewahrheitet sich meine Befürchtung: Die Schuhe sind weg. Ich grabe meine Finger in die mit Furchen durchzogene Rinde der Lärche und stoße meinen Kopf mehrmals auf meine Hände. Ächzend drücke ich mich ab und haste zurück zum Speisesaal, suche den Raum und die einzelnen Tische nach Erin ab, finde sie aber nirgends. Wahrscheinlich ist sie in diesem Moment bei Henry, um ihm zu erzählen, was für eine Enttäuschung ich bin. Sie haben sicher nur auf einen Grund gewartet, mich vor die Grenze zu setzen.

Nach dem Frühstück versammelt sich die gesamte Truppe bei Caleb im Zimmer: Sila, Leo, Arek, Zoey und ich. Arek hebt eine Augenbraue in meine Richtung, aber ich schüttle sachte den Kopf. Ich muss es ihm erzählen, aber nicht hier. Ich kann unmöglich vor allen zugeben, was mir passiert ist.

„Wir müssen schnell herausfinden, wo er sich aufhält", sage ich.

Zoey nickt. „In der Stadt sind sicher weitere Menschen verschwunden."

Ich schlucke und verschweige, dass wir seit gestern Abend einen weiteren Grund zum Zeitdruck haben. „Hast du das von Rufus gehört?"

Zoey sieht auf ihre Finger und spielt mit ihren Ringen. „Nein. Seit Mittwochnacht haben wir nichts von ihm gehört, obwohl er jeden Tag einen Brief senden wollte."

„Machst du dir Sorgen?", fragt Sila sanft und Zoey schüttelt vehement den Kopf, auch wenn es in ihren Augen feucht schimmert.

„Können wir Feor nicht erpressen?", fragt Arek.

„Feor ist weg", sage ich. Alle außer Zoey sehen mich fragend an, also erzähle ich von unseren Beobachtungen gestern Abend und Henrys Lüge. „Wir sollen um neun im Trainingsareal sein, warum auch immer."

„Wer wir?", fragt Sila.

„Alle Auszubildenden."

„Also ungefähr jetzt?", fragt Zoey und dreht ihr Handgelenk samt Armbanduhr zu uns.

„Na, dann mal los", sagt Sila und drückt sich vom Boden hoch.

Zoey und Caleb setzen sich auf sein Bett. „Viel Spaß", rufen sie wie aus einem Mund.

„Was soll das heißen, Intensivtraining? Wir trainieren schon so gut wie jeden Tag", ruft Rieke, Linus' Freundin, laut aus der Menge und ich sehe zu Henry nach vorn. Neben ihm stehen Stella und weitere Ausbildende, während wir, bestimmt über hundert, in Reihen auf dem Boden sitzen. Areks Hand tastet nach meiner und unsere Finger verschränken sich. „Und für was soll das überhaupt gut sein? Wir sind doch eh immer hier drinnen." Mit offenem Mund schmatzt Rieke auf ihrem Kaugummi herum.

Henry räuspert sich. „Es gibt vieles, das ihr in euren jungen Jahren nicht versteht, also vertraut bitte darauf, dass wir als Führung dieses Anwesens gute Entscheidungen treffen. Ich mache das seit dreißig Jahren, doppelt so lang wie ihr alt seid, also weiß ich, was das Beste für euch ist. In der letzten Zeit hat die

Disziplin auf diesem Areal nachgelassen, das hat nun ein Ende. Unser Anspruch ist es, starke und fähige Nevox auszubilden, die ihrem Clan alle Ehre machen. Enttäuscht uns nicht."

Ein Raunen geht durch die Reihen und die Leute werfen sich skeptische Blicke zu. „Das klingt, als würde er sich auf einen Krieg vorbereiten", sagt jemand neben mir mit belustigtem Ton und mein Griff um Areks Hand verfestigt sich.

„Ruhe", ruft Henry und das Murmeln verstummt. „Ihr habt verstanden, was ich gesagt habe. Keine Fehlzeiten beim Training und ab sofort trainiert ihr auch am Wochenende, beginnend mit heute Mittag. Und was ich vergessen habe: Die Trainings finden ab sofort zwischen Jungen und Mädchen getrennt statt, sodass ihr euch ganz auf euch konzentrieren könnt."

Vor mir dreht sich ein Mädchen zu ihrer Nachbarin, deren Hand sie hält, und schlägt sich die andere Hand gegen ihr Gesicht. Das andere Mädchen verdreht die Augen und grunzt. „Sind wir im zwanzigsten Jahrhundert?", flüstert sie.

„Hat das mit dem Verschwinden von Linus' Mutter zu tun?", ruft ein Schüler, den ich nicht kenne. Linus verschränkt die Arme und sieht zu Boden.

Die Furche auf Henrys Stirn vertieft sich. „Das Craft-Anwesen hat Tradition. Diese besteht nur, weil wir uns kontinuierlich um die Sicherheit der Bewohnenden und Qualität der Ausbildung bemühen. Dies ist eine der dazugehörigen Maßnahmen."

„Henry, eine Frage, bitte", sagt Valeria aus der ersten Reihe.

„Ja, Liebes."

Ugh. Ich muss aufpassen, dass mir die Galle nicht hochkommt.

„Wie soll ich meine Arbeit im Büro machen, wenn wir jetzt auch wochenends trainieren? Du weißt, dass es mir am Herzen liegt, alles rechtzeitig zu erledigen."

Hinter mir stöhnt jemand und Henry legt sich einen Finger ans Kinn. „Eine berechtigte Frage. Lass uns dir eine Gehilfin suchen." Sein Blick gleitet durch die Reihen, stoppt bei mir und ich erstarre. „Nara wird dir ab sofort helfen, sie hat noch kein Ehrenamt."

Ich schnappe nach Luft und Valeria ruft: „Aber –" unterbrochen von Henrys erhobener Hand.

„Gibt es ein Problem, Ms. Brick?"

„Nein, auf keinen Fall, Sir", sagt Valeria leise, den Kopf gesenkt. Jetzt, da Henry sich ihr abgewendet hat, wirft sie mir einen vernichtenden Blick zu. Ich habe keine Kraft, darauf zu reagieren, denn ich weiß, woher diese plötzlichen Maßnahmen kommen: Erin hat mich bei Henry verpfiffen. Arek drückt meine Hand und ich atme langsam und kontrolliert aus. Wenn das Henrys Art ist, mich zu bestrafen, kann ich noch froh sein.

„Na dann, gutes Fokussieren", ruft Henry und klatscht in die Hände. Lautes Stimmengewirr erfüllt die Halle, während alle aufstehen und hinausströmen.

Nur Arek sitzt neben mir und betrachtet mich wachsam.

„Ich muss dir was erzählen", flüstere ich, die Tränen wegblinzelnd. „Draußen."

„Ich hatte keine Ahnung", flüstert Arek auf dem Hof. „Ich habe die Menschen, die dich großgezogen haben, nie zu Gesicht bekommen, außer auf den Fotos in deinem Haus."

Ich nicke. Warum habe ich mir die Fotos nicht besser eingeprägt?

„Wieso hat sie es dir verheimlicht?" Er legt seine Hände an meine Unterarme. Trotz der Morgensonne, die seine braunen Locken golden schimmern lässt, steigt unser Atem in kleinen Wölkchen vor uns auf.

„Keine Ahnung", sage ich und schlucke. Ich muss ihm von Karan erzählen. „Da ist noch etwas."

„Hier seid ihr!", ruft eine laute Stimme und ich wirbele herum. Caleb steht schwer atmend vor uns. Ist er gerannt?

„Caleb, was machst du –"

„Einen Moment", sagt er, hebt einen Finger und stützt sich schnaufend auf den Oberschenkeln ab. „Ich muss mehr Kardio machen."

Ich grunze, halte aber inne, jetzt da ich seine verzerrte Miene sehe.

„Tamena ist weg", keucht er.

„Was?", frage ich, obwohl ich ihn gut verstanden habe.

„Weg." Er richtet sich auf. „Zoey und mir war langweilig, also wollten wir zu ihr gehen. Bei der Hütte hat niemand aufgemacht und im Gewächshaus war sie nicht. Die letzte halbe Stunde haben wir den Wald durchforstet."

„Sie ist sicher unterwegs, du weißt doch wie sie ist. Der Wald ist riesig", sage ich ruhig.

„Aber nicht um diese Uhrzeit, normalerweise ist sie jetzt immer im Glashaus." Er hat recht, von ihrer Morgenrunde ist Tamena meist schon um acht Uhr zurück.

„Ich mache mir Sorgen", sagt Caleb leise.

Mit zusammengezogenen Augenbrauen mustere ich ihn. Caleb macht sich nie Sorgen. Was, wenn die Athemar schon hier waren und sie als Erste geschnappt haben? *Ich sollte tot sein, so wie Sali,* hat sie gesagt. Ein eisiger Schauer rast meinen Rücken hinab und ich schüttele mich. „Es gibt tausend Orte, wo sie sein könnte."

„Das Hauptgebäude ist riesig, bestimmt ist sie dort irgendwo", sagt Arek. Caleb und ich sehen uns an und schnauben.

„Keine zehn Pferde bringen Tamena in dieses Haus", sage ich und Caleb nickt heftig.

Arek zuckt mit den Schultern. „Dann muss gestern Abend eine Ausnahme gewesen sein."

Ich sehe ihn an. „Was meinst du?"

„Gestern Abend, nachdem wir von Tamena zurückkamen, bin ich noch kurz zu Victor gegangen und da hab ich sie auf der Treppe gesehen. Sie ist in deinen Gang gebogen, Nara. Ich dachte, sie wollte zu dir."

Ich erstarre. „Zu mir? Ich habe sie nicht gesehen." Weil ich nicht da war. Mir wird flau im Magen. Sie würde das Haus nicht ohne dringenden Grund betreten. „Lasst uns weitersuchen. Ich gehe zum Kletterbaum auf der Anhöhe."

Arek legt die Stirn in Falten und sieht mich an. „Ich kann mir wirklich nicht vorstellen, dass sie einfach so verschwunden ist, aber wenn es euch beruhigt, suche ich gerne im Haus."

„Und ich gehe noch mal durch den Wald, Zoey ist auch unterwegs", sagt Caleb.

Ich nicke und renne so schnell meine Füße mich tragen können, den Hang hinauf, Schweiß rinnt mir über die Schläfen. Im Laufen ziehe ich meine Jacke aus und binde sie mir um die Hüfte, greife nach dicken Ästen, um nicht über die Wurzeln zu stolpern. Wieso wollte sie gestern Abend zu mir?

In meinem Kopf jagt ein schreckliches Bild das nächste. Athemar, die das Gelände einkreisen und sich Zugang verschaffen. Tamena, wie sie im Schlaf überrascht und davongeschleppt wird. Karan, der ihr sein Blut verabreicht, ihren Willen bricht und sie vergessen lässt, dass sie eine Tochter hat.

Schnaufend stehe ich vor der Kiefer und blicke hinauf. „Tamena?", rufe ich und lausche. Nichts, außer dem Rauschen des Windes in den Bäumen. Die Augen zusammenkneifend sehe ich nach oben, aber die Zweige wachsen zu dicht, um die Baumkrone zu sehen, also schwinge ich mich auf den untersten Ast und ziehe mich Meter für Meter nach oben. Sie muss hier sein. „Tamena", rufe ich noch einmal. Wieder antwortet niemand. Schneller drücke ich mich nach oben und verfehle mit der Hand knapp den Ast über mir. Ich rutsche über das Holz und sehe den Boden bereits auf mich zurasen, da halte ich mich gerade noch am Stamm fest und finde Halt mit meinen Füßen. Mein Atem geht schnell und in meinen Schläfen hämmert der Puls. Zitternd wische ich mir mit der Schulter Schweiß aus dem Gesicht. Reiß dich zusammen, Nara. Ich schlucke und drücke mich auf den nächsten Ast hoch, von wo aus ich die Baumkrone sehe. Keine Füße, die über mir baumeln. Hier ist niemand. Krampfhaft halte ich mich an der Kiefer fest und drücke meine Stirn gegen den Stamm.

Geschwächt steige ich den Baum hinab. Für eine weitere Stunde durchstreife ich den Wald, gehe zum Moosfeld und der blumenbewachsenen Wiese. Auch dort fehlt von ihr jede Spur. Durchgeschwitzt kehre ich zur Lichtung von Tamenas Hütte zurück. Caleb und Zoey stehen zusammen mit Arek, Sila und Leo vor dem geschlossenen Hütteneingang. Ich haste über die feuchte Wiese auf das

273

Felsmassiv zu. Meine Zehen sind mittlerweile leicht taub von den durchnässten Sneakers.

Sila dreht sich zu mir. „Hast du sie gefunden?"

„Nein." Ich ringe nach Luft. „Ihr?"

Caleb schüttelt den Kopf und kaut auf den Innenseiten seiner Wangen. Jetzt sehe ich erst, dass Leo mit einem kartenähnlichen Gegenstand an der Tür herumwerkelt.

„Wir dachten uns, dass sie vielleicht verletzt ist und nicht zur Tür kommen kann", sagt Arek.

„Du kannst ein abgesperrtes Schloss knacken, Leo?"

Er schüttelt den Kopf.

Caleb lässt seine Fingerknöchel knacken. „Wenn sie die Tür wie immer nur zugezogen hat, kann er die Tür mit der Karte entriegeln."

Ich sehe genauer hin. „Du hast deine Versicherungskarte dabei, Zoey?", frage ich, um nicht darüber nachdenken zu müssen, dass Tamena vielleicht seit Stunden da drin liegt und Hilfe braucht.

„Du etwa nicht?"

„Ehrlich gesagt weiß ich nicht einmal, wo mein Personalausweis ist."

Etwas klickt und die Tür schwingt auf.

„Super", sagt Sila und Leo grinst. Er lässt uns den Vortritt und wir treten in die Hütte, in der es verkohlt riecht. Schnell gehe ich zum Herd, auf dem auf niedriger Flamme ein Suppentopf steht. Ich hebe den Deckel und beißender Rauch qualmt mir entgegen. Hustend stolpere ich zurück und Adrenalin schießt durch meine Adern. Scheppernd fällt der Deckel zu Boden und alle drehen sich zu mir um.

„Sorry", stammele ich und halte mich am Türrahmen fest. „Ich kann nicht gut mit Rauch."

„Sieht aus, als hätte sie eine Brühe gekocht", sagt Arek und dreht das Gas aus. „Das Gemüse ist völlig in den Boden geschmort. Hier oben ist ein gelber Rand, der Topf war also komplett voll."

„Niemand ist hier", sagt Sila, die aus dem Schlafzimmer kommt.

„Wenn alles Wasser verdunstet ist, steht der schon seit Ewigkeiten auf dem Herd." Zoey wickelt sich eine Locke um den Zeigefinger und sieht sich in der Hütte um. „Ist sie so vergesslich?"

Ich schüttele den Kopf. „Den Geruch hätte sie sicher bemerkt, wenn sie zwischendrin hier gewesen wäre." Die anderen nicken und ich sinke auf einen Stuhl beim Esstisch. Auf der Holzplatte liegen die Pflanzenschriften und die ganzen Aufzeichnungen von gestern Abend. Mein Blick fällt auf das oberste Papier. *Die Kraft der Blüte* steht in der Überschrift des handgeschriebenen Artikels und das Datum in der oberen Ecke zeigt, dass er über hundert Jahre alt ist.

„Den Text hier kenne ich noch gar nicht", sage ich und Sila und Leo, die sich über mich beugen, schütteln beide den Kopf.

„Das muss der sein, von dem sie gesprochen hat. Vielleicht hat sie ihn gefunden, nachdem wir gegangen sind." Sila legt ihren geflochtenen Pferdeschwanz auf ihren Rücken und beugt sich ein Stück vor, um den Text vorzulesen: „In der Verletzlichkeit der Blüte liegt die Stärke der Wirkung. Der anfälligste Teil der Pflanze übt Kraft auf das Innere aus und überträgt die schmerzstillende Wirkung der Wurzel auf die Psyche. Somit symbolisieren Blüten die Kraft, die entsteht, wenn Schmerz betrachtet und überwunden wird. Sie stehen für die Durchbrechung des Kreislaufs." Jetzt sieht sie uns an. „Dann haben wir wirklich alles, was wir brauchen, wenn dort am See eine Rose ist."

„Das klingt wunderschön", sagt Zoey, die sich jetzt ebenfalls über den Text beugt. „Hier steht sogar Konkreteres über die Anwendung." Sie liest den nächsten Abschnitt vor, doch ich höre ihre Stimme nur gedämpft. Zitternd kämpfe ich gegen das Blei an, das sich durch meinen Körper bahnt, meine Gliedmaßen beschwert und auf meine Lunge drückt. Mit geweiteten Augen starre ich auf die schwarzblaue Tinte, während Zoey die Worte ausspricht, die ich bereits gelesen habe. „Die lebendige Blüte wird unter die Zunge des zu wärmenden Wesens gelegt, wo sie sich während der Energieübertragung mit dem Träger verbindet, und ihre Wirkung entfaltet. Da sich der Effekt nur mithilfe von frischen Pflanzenteilen einstellt, ist es wichtig, dass die Blüte nicht früher als maximal eine Stunde vor der Anwendung gepflückt wird." Sie wendet sich mir zu. „War die Blüte noch jung?"

Ich nicke geistesabwesend.

„Gut", sagt Sila. „Dann haben wir noch Zeit, um Karans Aufenthaltsort zu bestimmen, bis wir sie holen. Wir müssen aufpassen, dass sie nicht verwelkt, eine weitere Chance haben wir wahrscheinlich nicht. Ist alles in Ordnung, Nara? Du siehst blass aus."

„Äh, ja", stammele ich und sehe auf meine schweiß-nassen Hände. „Muss noch der Rauch sein." Tamena wusste, dass ich die Rose allein pflücken würde, und wollte mich davon abhalten, nachdem sie den Text gelesen hatte. Mir fröstelt bei dem Gedanken, dass sie ein leeres Bett vorgefunden hat und mir nach draußen gefolgt ist – ohne ausreichend Schutz. Meine Kehle schnürt sich zu. Ich habe sie nach draußen getrieben und noch dazu Kontakt zu Karan hergestellt.

„Ruh dich lieber aus und geh später zum Mittagessen", sagt Sila mit weichem Ton und richtet sich an die Runde. „Ich glaube, wir müssen jetzt zum Speisesaal, wenn wir danach nicht zu spät zum Training kommen wollen."

Arek nickt. „Henry sah nicht aus, als würde er spaßen. Bestimmt ist Tamena irgendwo im Wald, sie kann nicht weit sein."

„Falls sie heute Abend nicht hier ist, informieren wir Henry", sagt Sila. „Auch wenn ich ungern seine Aufmerksamkeit auf sie richten will, aber lieber gehen wir auf Nummer sicher." Alle nicken.

Wie in Trance stehe ich auf und folge der Gruppe zurück zum Anwesen. Auf der Treppe angekommen, hetze ich nach oben in mein Zimmer. Eilig nehme ich das angetrocknete Etwas von der Fensterbank, fülle meinen Zahnputzbecher mit Wasser und lege die Blüte zitternd hinein. Diese dreht sich an der Oberfläche auf die Seite und ich muss meine Zahnbürste daneben ins Wasser stellen und sie fixieren, damit sie aufrecht mit dem Stängel im Wasser bleibt. Ein Blütenblatt löst sich und schwimmt auf der Wasseroberfläche. Krampfhaft umklammere ich mit den Händen das Waschbecken. Mein schneller, stoßweiser Atem beschlägt den Spiegel und ich sehe in mein kreidebleiches Gesicht. Braunblaue Augen starren mich an, zwischen den Augenbrauen zwei tiefe Furchen. Was habe ich getan?

26

Ohne etwas zu essen, gehe ich pünktlich zum Training, um Henry nicht weiter zu verärgern. Nichts von dem, was Stella vorn erklärt, dringt zu mir hindurch, denn ein Hämmern unter meiner Schädeldecke verbietet mir, mich zu konzentrieren. In meinem Bauch wabert etwas hin und her, als müsste ich mich jede Sekunde übergeben. Wie konnte ich so übereilig sein? Hätte ich mich nicht von meinen Schlafstörungen zum Aktionismus treiben lassen, wäre Tamena noch hier und unsere einzige Chance nicht ruiniert.

Mein Blick fällt auf Sila, die eine Reihe vor mir links außen sitzt. Geistesabwesend sieht sie zu Boden und fährt mit dem Zeigefinger über die Silberringe an ihrem Ohr. Ihre Mundwinkel sind nach unten gezogen und ihre Schultern nach vorn gebeugt. Etwas an ihr wirkt unvollständig. Ich schlucke. Leo. Wenn sie wüsste, wer der Grund für ihre Trennung ist, würde sie mir mit Sicherheit nicht mehr helfen.

Nach zwei Stunden Stimmungstraining schickt Stella uns nach draußen, um die gesamte Grenze abzulaufen. Es soll eine Übung für den Ernstfall sein. Ob sie wissen, dass der Ernstfall schon da ist? Während des Gehens scanne ich vergeblich den Wald nach Tamena ab.

Sobald das Training vorbei ist, renne ich zu ihrer Hütte. Bitte sei da. Schon von Weitem sehe ich, dass niemand die Hütte seit unserem Verlassen betreten hat. Die Fensterläden sind immer noch zugeklappt. Trotzdem reiße ich die angelehnte Tür auf und trete in die dunkle Stube. Eilig prüfe ich den Wintergarten und das Schlafzimmer.

Der angekohlte Suppentopf steht genau wie vorhin auf dem Gasherd. Ich fahre mir mit den Händen übers Gesicht und gebe einen gequälten Laut von mir. Mit zusammengebissenen Zähnen stelle ich den Topf ins Abwaschbecken und lasse Spülmittel und Wasser ein. Aus dem unteren Schrankfach hole ich einen Stahlschwamm, wobei mein Blick auf das Hochzeitsfoto in der kleinen Holztür fällt. Ich presse die Augen zusammen und schließe hastig den Schrank.

Mit aller Kraft schrubbe ich das eingebrannte Gemüse im Topf, das sich nur wenig vom Metall löst. Minuten vergehen und meine Finger sind vom Schrubben schon ganz wund, doch ich mache weiter und lasse die Tränen kommen. Ungehemmt tropfen sie in das mittlerweile schwarze Wasser im Topf, den ich so fest halte, dass meine Knöchel weiß hervortreten.

„Dacht ich's mir doch, dass du hier bist", sagt eine tiefe Stimme hinter mir und ich fahre herum. Mit rasendem Puls starre ich in Areks Augen. Er steht in der offenen Tür und lächelt mich vorsichtig an. Mit offenen Armen kommt er auf mich zu und ich weiche ein Schritt zurück, presse mich gegen das Spülbecken. „Hey", sagt er leise, bleibt stehen und hebt die Hände. „Was ist los?" Er macht einen weiteren kleinen Schritt in die dunkle Hütte und ich wische mir hastig mit der Schulter die Tränen aus dem Gesicht. Wenn ich mich jetzt öffne, breche ich auseinander.

„Möchtest du nicht, dass ich näherkomme?" Er sieht mich mit gerunzelter Stirn an.

„Nein, ich –", sage ich und meine Stimme bricht ab, ein leises Schluchzen entfährt meiner Kehle.

„Okay", sagt Arek und setzt sich langsam auf den Boden, ohne mich aus dem Blick zu lassen. Ich tue es ihm nach und er bedeutet mir, tief ein- und auszuatmen. Trotz meiner Mauer trifft mich ein wenig Wärme und ich sehe ihn an und atme, während mir die Tränen über die Wangen rinnen. Er nickt und wartet geduldig. Meine Atmung beruhigt sich und ich ziehe die Knie heran, schlinge meine Arme darum und vergrabe mein Gesicht zwischen Armen und Beinen. Für mehrere Atemzüge sitze ich so da, in völlige Stille getaucht.

Dann begegne ich seinem sanften Blick, stütze die Ellenbogen auf meine Knie und lege die Hände auf mein feuchtes Gesicht. „Ich habe was Schlimmes gemacht", flüstere ich.

„Du kannst mir alles erzählen."

Ich nicke und wimmere. „Du hast recht gehabt."

„Womit?"

„Ich habe unsere Sicherheit aufs Spiel gesetzt."

„Was sagst du da?" Arek rückt ein Stück näher.

Mit gesenktem Kopf vergrabe ich meine Finger in meinem Haaransatz. Ich kann ihn nicht ansehen. „Es ist meine Schuld, dass Tamena weg ist." Meine Kehle ist ganz trocken.

„Wie kommst du darauf?"

„Ich war nachts draußen", flüstere ich, fast unhörbar. „Und habe die Seerose gepflückt." Vorsichtig sehe ich hoch in seine geweiteten Augen und zwinge mich zum Weitersprechen. „Sie wollte mich warnen. Sie wusste, dass ich sie pflücken würde." Ich mache eine Pause und sehe zum Tisch, wo die Abschriften liegen. „Aber ich war schon weg und dann habe ich erkannt, dass Tamena meine Mutter ist und dann –" Ich schlucke und schluchze zur gleichen Zeit. „Ich war so wütend. Auf alles, was er mir genommen hat. Darauf, dass ich nicht bei meiner Familie bleiben konnte. Dass Tamena allein im Wald lebt, ohne ihren Mann, mit dem Gefühl, sie muss sich vor ihrer Tochter verheimlichen." Arek fixiert mich, malmt mit den Kiefern, und ich sehe weg. „Ich habe die Kontrolle verloren. Mein Schirm hat nicht gehalten."

„Verstehe", sagt er trocken.

„Da war all diese Wut und ich hatte so viel Hass in mir und dann war da plötzlich nichts mehr, bis auf –" Ich atme stoßweise ein. „Bis auf –"

„Bis auf was?", fragt Arek ruhig.

„Karan." Ich schlage die Lider nieder und lege die Hände schützend auf meinen Kopf. „Ich habe ihn gesehen, so wie damals, im Winter. Er hat mich gespürt, das weiß ich. Tamena ist mir nach draußen gefolgt, um mich aufzuhalten, und jetzt ist sie –" Ich wimmere.

„Fort", sagt Arek leise.

Ich atme nickend aus, meine Schultern beben und weitere Tränen strömen über meine Wangen. Arek seufzt, seine Miene ist schmerzverzerrt.

„Es tut mir leid", flüstere ich. „All die Erzählungen von Zoey, Tamenas Schmerz über ihre – meine Familie. Feors Hass und sein Verschwinden, höchstwahrscheinlich zu den Athemar. Ich habe den Zeitdruck gespürt und wollte irgendetwas tun. Jetzt habe ich alles kaputt gemacht."

Arek rauft sich die Haare. „Nara, ich wünschte du hättest etwas gesagt. Wir hätten das zu zweit gemacht, wieso bist du allein gegangen?"

Einen Herzschlag lang sehe ich ihn an. Das ist nicht die Reaktion, die ich erwartet habe. „Ich weiß nicht, ich –" Ich sehe im Raum umher. „Ich wollte niemanden in Gefahr bringen."

„Dafür hast du *dich* in Gefahr gebracht. Und …" Arek schluckt und er muss den Satz nicht zu Ende sprechen.

„Ich weiß."

Schweigend sitzen wir da und sehen vor uns hin. Arek massiert seinen Kiefer.

„Was machen wir jetzt?", flüstere ich.

Er sieht mich eine Weile an und seufzt. „Wir müssen zu Henry."

„Aber –"

„Ich weiß, dass du ihm nicht vertraust", sagt Arek. „Mein Bild von ihm hat sich auch verändert. Aber als Leiter muss er wissen, dass Karan deinen Aufenthaltsort erspürt hat, falls er ihn nicht schon von Feor kennt. Vielleicht gibt es eine Alternative zu der schmerzstillenden Blüte und falls Henry weiß, wo die Athemar sich aufhalten, ist er der Einzige, der uns noch helfen kann. Wenn du ihm deinen Plan erklärst, lässt er sich vielleicht darauf ein."

„Das wird er niemals."

„Woher weißt du das?"

„Weil er sonst längst etwas getan hätte. Er interessiert sich nur für den Campus." Und trotzdem hat Arek recht. Er sieht mich an und ich nicke. „Okay."

„Soll ich mitkommen?"

Ich schüttele den Kopf. „Falls Henry nicht kooperiert, brauchen wir sein Vertrauen in dich. Vielleicht kannst du auf andere Weise etwas aus ihm herausbekommen."

„Sicher?"

Ich nicke heftig.

„Okay. Du schaffst das." Sanft zieht er mich an sich und wir umarmen uns, bevor wir die Tür hinter uns schließen und gemeinsam zum Abendessen gehen.

Danach stehe ich vor Henrys Tür. Laut hallt das Klopfen über den Gang und ich senke meine Hand. Noch ist es nicht zu spät, um wieder umzudrehen. Aber ich bin es Tamena schuldig, nichts unversucht zu lassen. Stimmt Henry einem gemeinsamen Plan zu, können wir die Athemar möglicherweise überwinden und ich komme an Karan, um ihm die Mischung zu verabreichen, die ihn empfänglich macht.

Die Tür öffnet sich. Henry hebt eine Augenbraue und nimmt die Lesebrille ab. „Nara. Was verschafft mir die Ehre? Erneut." Sein Ton klingt neutral, aber auf seiner Stirn prangt wie immer die steile Furche.

„Ich möchte mit dir sprechen", sage ich mit dünner Stimme und räuspere mich.

„Möchtest du das." Es klingt mehr wie eine Feststellung als eine Frage und er betrachtet mich kurz, öffnet nun aber seine Tür ein Stück weiter und tritt zur Seite. „Setz dich."

Ich lasse mich, wie letztes Mal, auf dem Ledersessel in der Sitzecke nieder und gleite mit dem Blick über die Bücherregale. Als Henry ebenfalls sitzt, fixiere ich die Spitze des Kugelschreibers, der zwischen uns auf dem Beistelltisch liegt. „Du kennst Tamena", sage ich leise.

Henry lacht kehlig. „Und ob ich sie kenne."

Ich sehe ihn an. „Sie ist verschwunden."

Henry setzt ein Lächeln auf. „Was meinst du mit *verschwunden*?"

„Sie ist seit gestern Abend weg, weder in der Hütte noch im Gewächshaus."

Ein herzliches Lachen entfährt Henry und sein rundlicher Bauch bebt. „Das ist lieb, dass du dir Sorgen machst, aber ich kann dich beruhigen. Tamena hat ihren eigenen Kopf. Um sie muss man sich keine Gedanken machen." Seine Worte haben einen bittersüßen Beigeschmack.

„Ich glaube, dass sie mitgenommen wurde. Von Athemar." Meine Stimme ist jetzt lauter und Henry hebt die Hand.

„Es braucht viel Entschlossenheit, um dieses Wort innerhalb des Zauns auszusprechen, Nara. Was macht dich so entschlossen?"

„Ich habe mitbekommen, dass Athemar außerhalb des Geländes unterwegs sind und ich weiß sicher, dass Tamena draußen war. Karan weiß unseren Standort, weil ich auch –"

„Ist das alles?", fragt Henry mit scharfem Ton. „Dass deine Freundin Zoey Schreckensgeschichten verbreiten würde, war mir klar, aber so was? Du machst dir Sorgen um eine verbitterte Kräuterhexe, die sich nicht an die Regeln hält. Das war's, nehme ich an." Seine Miene ist jetzt ernst, seinen Mund umrahmen herabzeigende Falten.

Wieso lässt er mich nicht aussprechen? Und wieso konfrontiert er mich nicht damit, dass ich draußen war? „Wir wissen beide, dass die Geschichten echt sind, Henry. Willst du nichts tun?" Ich gebe mir Mühe, selbstsicher zu klingen.

Er steht auf. „Ganz schön mutig von einer halb gebackenen Nevok, etwas in Frage zu stellen, das sie nicht versteht." Er geht zur Tür und legt seine Hand auf die Klinke. „Pass auf, was dir von der Zunge fällt, junge Dame. Du kannst es dir nicht leisten, noch mehr Menschen gegen dich aufzubringen." Sein Mund ist zu einem schmalen Lächeln verzogen. „Halt dich aus Angelegenheiten raus, für die es mehr Erfahrung benötigt. Habe ich mich verständlich ausgedrückt?" Er öffnet die Tür und tritt zur Seite.

Ich erhebe mich seufzend und gehe an ihm vorbei nach draußen, wo ich noch mal stehen bleibe. „Dann bestraf wenigstens nur mich dafür. Die anderen Auszubildenden haben es nicht verdient, wegen meinen Alleingängen mehr trainieren zu müssen."

„Das mag für dich schwer zu verstehen sein, Nara, aber es hat nicht alles etwas mit dir zu tun. Ich stehe zu meinem Wort: Disziplin und Loyalität haben hier deutlich nachgelassen und dies werde ich unterbinden. Dieses Ausbildungszentrum hat zu lange einer Wohngemeinschaft geglichen."

Sagt er denn gar nichts zu heute Nacht? Ich verschränke die Arme vor der Brust. „Das heißt, die Patrouillengänge haben nichts damit zu tun, dass die Gewalt durch Athemar draußen zunimmt?"

Henry geht einen Schritt auf mich zu und sieht auf mich herab. Ich schlucke und zwinge mich, nicht zurückzuweichen. „Stell mich noch einmal in Frage und ich schmeiße dich vom Campus, wie deinen Trainer. Und bitte", er hebt die Hand. „Halte dich gegenüber den anderen Nevox mit deinen Verschwörungsgedanken zurück." Mit einem Knall ist die Tür zu.

Er interessiert sich nicht für Tamena. Ein Kloß bahnt sich meine Kehle hinab und ich fühle mich einen halben Meter kleiner. Hat Henry recht und ich übertreibe? Sie könnte auch aus einem anderen Grund das Gelände verlassen haben und Karan kann eine Einbildung gewesen sein. Ich schüttele den Kopf und wende mich ab. Ich weiß, was ich gesehen habe, und das Gefühl war eindeutig. Karans hämisches Grinsen taucht vor meinem inneren Auge auf und Gänsehaut überzieht meine Arme und meinen Rücken.

Mit Sicherheit sind die anderen bei Caleb versammelt, aber so kann ich ihnen auf keinen Fall unter die Augen treten. Nicht, wenn ich ihnen sagen müsste, dass wir vor nichts stehen – und das wegen mir.

Sobald ich Erin sehe, werde ich sie nach meinen Schuhen fragen. Vielleicht hat sie ja doch nichts mitbekommen und die Schuhe einfach nur auf dem Rückweg ihrer Schicht gefunden und eingesammelt. Je nach ihrer Reaktion weiß ich, ob sie es Henry erzählt hat.

Aber zuerst muss ich etwas anderes tun. Ich gehe runter und verlasse das Hauptgebäude. In der Dunkelheit folge ich dem schmalen Weg in Richtung Trainingsareal. Und tatsächlich, in dem Büro, in dem wir letztens Feor mit Valeria beobachtet haben, brennt Licht.

„Ist da wer?" Valerias Stimme schallt durch die Eingangshalle und ich trete in den Türrahmen.

„Ich bin's."

Valeria sieht vom Schreibtisch auf und verdreht die Augen. „Verschwinde, ich brauche deine Hilfe nicht."

„Ich muss wissen, was auf der Karte war."

Sie hält inne und runzelt die Stirn. „Ich dachte, du kennst die Karte?"

„Das war gelogen. Ich brauchte ein Druckmittel, um an das Lehrendenarchiv zu kommen." Alles, was mir bleibt, ist die Wahrheit.

„Wie charmant", sagt Valeria und widmet sich wieder dem Papierstapel vor sich.

Ich gehe zwei Schritte auf sie zu. „Bitte, Valeria. Ich würde dich nicht so direkt fragen, wenn niemand in Not wäre. Tamena ist verschwunden und die Menschen auf diesem Anwesen sind in Gefahr. Die Karte könnte ein Hinweis sein."

„Hör zu", sagt sie und schlägt die Hände auf den Stapel. „Keine Ahnung, in welchem Gruselfilm du hängen geblieben bist, aber selbst wenn ich hilfreiche Informationen hätte, würde ich sie dir nicht geben. Du bist der Grund, warum ich Extraschichten schiebe und kaum mehr bei meiner Mutter aushelfen kann. Verzieh dich."

„Was meinst du mit ich bin der Grund?" Weiß sie etwas, das die anderen nicht wissen?

„Denkst du, ich habe deine kleine Streiteskapade mit Feor nicht mitbekommen? Wieso kannst du dich nicht einfach wie jeder andere normale Mensch an das System hier anpassen und deinen Teil beitragen?"

Ich atme aus. Sie denkt, die Maßnahmen liegen an meinen Fehlzeiten.

„Bitte, Valeria, ich erledige alle deine Schichten, wenn du mir etwas zu der Karte verrätst. Du würdest dich über die Freizeit doch freuen."

Sie steht auf, stützt sich auf dem Schreibtisch ab und beugt sich zu mir. „Ich habe keinen blassen Schimmer, was auf deiner bescheuerten Karte war, okay? Sie war in einem Umschlag und ich habe sie lediglich übergeben."

„Aber du hast gesagt, Henry muss sie neu anfertigen. Könntest du noch einmal an sie rankommen?"

„Wag es nicht, mich zum Narren zu halten. Du hast schon genug angerichtet. Und jetzt lass mich mit deiner Paranoia in Ruhe, ich habe Arbeit zu erledigen."

Ich fahre mir mit der Hand übers Gesicht und sacke in mich zusammen. Sie würde mir nicht einmal helfen, wenn es um ihr eigenes Wohl ginge. Langsam drehe ich mich um und gehe hinaus.

„Ach, Nara", ruft sie mir hinterher und ich drehe mich zu ihr. „Jetzt, da ich es mir recht überlege, gibt es tatsächlich etwas, das du tun könntest. Das Regal dort hinten müsste mal wieder aussortiert werden. Sei morgen früh um Punkt sieben hier." Ein leises Lächeln legt sich auf ihre Lippen und ich sehe zu den durchgebogenen Brettern hinter ihr, auf denen sich staubiger Krimskrams türmt.

Ich nicke seufzend und wende mich ab. Die Fingernägel in meine Handinnenflächen drückend, gehe ich zu meinem Zimmer und schließe die Tür hinter mir. Die Seerose hat sich wieder auf die Seite gedreht und liegt angetrocknet auf der Wasseroberfläche. Ich gehe in die Hocke und drücke das Gesicht in meine Hände. Einatmen, ausatmen.

Wäre ich gestern Abend zu Tamena gegangen, hätte ich sie vielleicht auf ihrem Weg nach draußen abpassen können. Ich hätte ihr all die Fragen zu meinem Leben stellen können und vielleicht hätte sie mich wie eine Mutter umarmt und gesagt, dass es ihr leidtut. Ich schlucke. Vielleicht wollte sie das gar nicht. Es muss einen Grund dafür geben, dass sie es vor mir geheim gehalten hat. Möglicherweise war sie froh, dass ich sie nicht wiedererkannt habe, jetzt, da sie sich ihr Leben allein eingerichtet hat. Und trotzdem habe ich es kaputt gemacht. Vielleicht hat Henry recht und die Menschen sind ohne mich besser dran.

Ich streife meine Kleidung ab, kurbele die Jalousie hinunter und krieche unter die Bettdecke. Alles, was ich tun könnte, um sie zu suchen, wäre, nach draußen und damit ins offene Messer zu laufen. Ich presse die Augen zu und ziehe die Decke höher.

27

Ich hätte nicht gedacht, dass ich mich für stumpfsinnige Arbeit begeistern würde, aber das Sortieren hält mich wenigstens davon ab, grübelnd im Bett zu liegen. Seit sieben Uhr sitze ich bei Valeria im Büro auf dem Boden, staube jeden einzelnen Gegenstand aus dem Regal ab und packe ihn in beschriftete Kartons.

Valeria sitzt mit dem Rücken zu mir am Schreibtisch und locht Dokumente, die sie in zwei Ordner sortiert.

„Was ist das ganze Zeug hier?", frage ich und schmeiße ein rundes Plastikteil mit vier daran befestigten Gummis in die Kiste *keine Ahnung*.

„Siehst du doch. Alte Trainingssachen, Pläne aus den vergangenen Jahrzehnten, Personalakten …"

„Und wieso hat das nicht früher jemand aufgeräumt?"

„Seit ich hier bin, hat sich die Zahl der Bewohner verdoppelt. Der Campus ist zu schnell gewachsen und das Personal nicht hinterhergekommen."

Ich sollte ausnutzen, dass Valeria heute so gesprächig ist. „Was denkst du, wieso es so viele wurden?"

„Sag du's mir, du bist doch gerade erst dazugestoßen."

Ich schnaube. „Du weißt genau, weshalb ich hier bin. Ich würde ein Leben außerhalb dieses Campus vorziehen."

Sie schnalzt mit der Zunge. „Und das ist mein Problem mit euch Zugezogenen. Ihr schätzt es nicht, was ihr hier habt. Ich kann das Gerede der Städter nicht mehr ertragen, diese ständige Selbstdarstellung. Vielleicht gibt es auch wichtigere Dinge, zum Beispiel ein Leben in Gemeinschaft. Loyalität, Fürsorge – das sind Dinge, die ihr nicht kennt." Mit voller Wucht haut sie auf den

Locher, der seine Stahlzähne in einen zentimeterdicken Papierstapel bohrt.

„Du hast keine Ahnung, wie es draußen ist, du warst doch noch nie dort. Vielleicht gibt es da ja auch Gemeinschaft."

Valeria schiebt einen weiteren Stapel in den Locher. „Dann geh zurück zu deinem Daddy, du scheinst ihm sehr wichtig zu sein."

In meiner Bauchgegend entfacht ein Feuer und Hitze schießt in meinen Kopf. „Ich wünschte, mein Vater wäre tot." Meine Stimme klingt verbittert und ich balle die Hände zu Fäusten.

Valeria hält inne. Jetzt dreht sie sich langsam zu mir um und fixiert mich. „Du hast keine Ahnung, was du da sagst", zischt sie, steht auf, schreitet zur Tür und knallt sie hinter sich zu.

Seufzend widme ich mich der Kiste, erstarre aber. Mit geweiteten Augen sehe ich zur Tür. Mist. Ich habe völlig vergessen, dass Valerias und Silas Vater tot ist. Ich springe auf und renne raus. Wo ist sie hingelaufen? In ihr Zimmer? Beim Durchqueren der Halle höre ich ein Rumpeln hinter mir und ich drehe mich um. Die Tür zum Trainingssaal ist angelehnt und ich öffne sie. Valeria pfeffert gerade eine Schublade in der Wand zu und balanciert einen großen Stapel Kissen zu dem verglasten Teil des Raums, wo sie die einzelnen Sitzpolster lieblos auf den Boden wirft und mit dem Fuß auseinanderschiebt.

Ich hole ebenfalls einen Stapel aus der Wandschublade und gehe nach hinten. „Es tut mir leid." Ich lege die Kissen vor ihr auf den Boden.

„Nichts tut dir leid." Sind das Tränen in ihren Augen? „Alles, wofür du dich interessierst, bist du selbst."

Ich verziehe den Mund. Damit schlägt sie genau in die richtige Kerbe.

Valeria stöhnt und verdreht die Augen. „Wie auch immer." Sie schiebt einen letzten Sitzplatz zurecht und geht zurück zum Büro.

Ich sehe ihr nach und verschränke die Arme vor der Brust. Tief atme ich durch und mache mich auf in Richtung Speisesaal.

Energischer als gewollt stelle ich die Kaffeetasse auf Valerias Schreibtisch ab, wodurch ein wenig von der braunen Flüssigkeit überschwappt. „Hier, ich dachte, du willst vielleicht auch einen." Mit meiner eigenen Tasse lasse ich mich auf dem Stuhl in der Ecke nieder. Die heiße, bittere Brühe rinnt meinen Rachen hinab und gibt mir den Kick, den ich für diese Unterhaltung brauche. Mit geschlossenen Augen atme ich ein und sehe jetzt zu Valeria, die mit gehobener Brust, aber zitternden Fingern die einzelnen Papiere in einen Ordner heftet. „Es tut mir wirklich leid", murmle ich. „Ich weiß nicht, wie es ist, einen liebevollen Vater zu haben. An Sali, meinen echten Vater, erinnere ich mich nicht und Karan … Du weißt genug über ihn." Ich nehme einen weiteren Schluck. „Es ist mir einfach rausgerutscht vorhin. Ich kann mir nicht vorstellen, wie es ist, einen geliebten Menschen zu verlieren." Meine Gedanken springen zu Tamena und ich blinzle.

Valerias Miene rührt sich nicht. „Ist okay", sagt sie mit dünner, aber kontrollierter Stimme. „Mein Vater ist ohne ein Wort verschwunden, als ich drei war. Wahrscheinlich weiß ich ebenso wenig, was ein liebevoller Vater ist, wie du." Sie wendet sich ab und zieht einen weiteren Ordner aus dem Regal, wobei sie sich mit dem Ärmel über ihr Auge wischt. In mich zusammengesunken trinke ich meine Tasse leer und mache mich wieder an die Arbeit. Aus dem Augenwinkel sehe ich, dass Valeria ebenfalls an ihrem Kaffee nippt. Um kurz vor neun verlassen wir gemeinsam das Büro. Beim Abschließen wirft Valeria mir einen kurzen Seitenblick zu und ich lächle sie vorsichtig an, woraufhin sie die Stirn runzelt, sich abwendet und zum Trainingssaal hastet.

Im Training stehen wir Auszubildende uns in zwei langen Reihen gegenüber und sollen ohne Berührung eine Stimmung auf die jeweils andere übertragen. Vor mir steht Rieke und lässt triumphierend eine Kaugummiblase platzen. Sollte ich ihr sagen, dass ich gar nicht versucht habe, ihre Traurigkeit an mir abprallen zu lassen? Ich habe sie aufgesogen wie ein Schwamm. Mir fehlt jegliche Energie.

Links neben mir, als übernächstes Duo, stehen sich Sila und Valeria gegenüber. Silas Arme sind an ihre Seiten gepresst und die Schultern nach vorn gesackt. Sie wirkt verlassen. Valeria sieht ebenso in sich zusammengesunken aus und sie starren sich ausdruckslos an. Die Zeilen aus dem Tagebuch ihres Vaters kommen mir in den Sinn. *Ich erkenne, was ich angerichtet habe, als ich selbst verletzt und meine größte Angst Zurückweisung war.* Ob er damit das Verlassen seiner Familie gemeint hat? Sila sagte, dass er seine Sorgen nie anderen anvertraut hat. Hat er Valeria und ihre Mutter ohne Erklärung verlassen, anstatt mit ihnen über seine Gefühle zu sprechen?

Draußen, auf dem Patrouillengang entlang des Zauns, hole ich Sila ein. Uns allen ist aufgefallen, dass nun auch zwischen den Kapseln Wachende sitzen, nur ist mir nicht klar, ob sie uns vor draußen beschützen oder überwachen sollen, dass niemand von uns das Gelände verlässt. Solange die Schützlinge hier drinnen in Sicherheit leben, scheint es egal zu sein, was außerhalb der Grenzen passiert.

„Sila", flüstere ich und berühre sie an der Schulter.

Sie fährt zusammen, lächelt aber schwach, jetzt da sie mich sieht. Wir fallen etwas von der Gruppe zurück. „Tamena ist noch immer nicht da. Du hast gestern Henry Bescheid gesagt, oder? Das meinte zumindest Arek", flüstert sie und ich nicke. Ich muss nicht nachsehen, um zu wissen, dass Tamena noch verschwunden ist. Ich wische die Hände an meiner Hose ab. Mein Puls ist auf einmal schnell und am liebsten würde ich in mein Zimmer rennen und mich wieder unter der Bettdecke verkriechen. Aber davor muss ich etwas tun, das bereits überfällig ist.

„Ich glaube, ich weiß, wo sie ist", sage ich leise und knete meine Handballen. Sila schiebt die Hände in ihre Jackentaschen und sieht mich an.

Ruhig atmend kämpfe ich gegen meinen rebellierenden Magen an. „Mir ist ein riesiger Fehler passiert und ich habe euch nicht davon erzählt, weil ich dachte, ihr stoßt mich weg." Ich konzentriere mich auf die kleinen Äste am Boden, die unter meinen Sohlen knacken.

Silas Finger streifen meinen Arm und sie sieht mich an. „Was ist es?"

Ich atme tief ein. Selbst wenn sie mich dann verachtet, haben alle Beteiligten verdient, die Wahrheit zu wissen. Zögerlich beginne ich mit der Seerose, erzähle ihr, wie Karan mich vergangenes Jahr durch energetische Kontaktaufnahme aufgespürt hat, und ende bei vorgestern Nacht und unserem Fund in Tamenas Hütte. „Ich weiß, dass ich alles kaputt gemacht habe und verstehe, wenn du nichts mehr mit mir zu tun haben willst. Aber ich habe eine letzte Idee, wie wir vielleicht zu Karan kommen, und wenn ihr mir helft, verspreche ich, euch danach für immer in Ruhe zu lassen." Meine Stimme ist ein leises Wispern und ich traue mich nicht, in Silas Gesicht zu sehen.

Für mehrere Atemzüge gehen wir nebeneinanderher und ihr Schweigen ist schlimmer als jede Anfeindung. Das vertraute Schuldgefühl beißt sich tiefer in meinen Bauch und ich bleibe stehen, damit sie nicht weiter neben mir hergehen muss.

Sie verharrt ebenfalls und ich sehe in ihre großen braunen Augen, die sich hinter der goldenen Drahtbrille verbergen. „Warum denkst du, dass ich nichts mehr mit dir zu tun haben will?"

Ich ziehe die Augenbrauen zusammen. „Ich weiß nicht. Weil ich euch enttäuscht und den Plan ruiniert habe. Möglicherweise habe ich dazu beigetragen, dass wir dieses Extratraining machen und dass du und Leo für die meiste Zeit des Tages getrennt seid."

Ein kurzer Schatten wandert über Silas Gesicht. „So läuft das nicht, dass man Menschen wegstößt, nur weil ihnen etwas Doofes passiert ist. Ist es nicht das, was Tamena uns die ganze Zeit beibringen wollte?" Sie berührt mich am Oberarm. „Natürlich müssen wir uns Gedanken machen, aber das macht doch unsere Freundschaft nicht kaputt. Nara, ich bin superfroh, dich zu kennen."

Ich sehe zu Boden. Ihre Worte nähren den kleinen Funken in mir, von dem ich dachte, er sei fort.

„Was meinst du damit, du hast eine letzte Idee?", fragt Sila.

„Es betrifft deinen Vater."

Kurz berichte ich Sila von meiner Begegnung mit Valeria und umreiße einen möglichen Plan. Sila ist sofort dabei und sucht nach Abschluss des Trainings Valeria an der Spitze des Zuges auf. Beim Mittagessen sind sie beide nicht anwesend und im Training sind wir so in Gruppen aufgeteilt, dass ich weder mit Valeria noch mit Sila sprechen kann.

„Für heute seid ihr fertig", verkündet Stella am Ende des Nachmittags nach einer zweiten Runde durch den Wald. Ich frage mich, ob die anderen bereits von Feors Abreise wissen.

Die einzelnen Grüppchen bewegen sich zurück zum Anwesen. Ich warte, bis die letzte Person außer Sichtweite ist, und gehe zurück zu der Lärche bei der lockeren Zaunlatte. Es ist mir ein Rätsel, wie Erin mich nicht entdeckt haben soll. In der Kapsel sitzt ein mir unbekannter Nevok mit blonden Locken. Auch jetzt fehlt von meinen Schuhen jede Spur. Aber wo bleibt dann die Standpauke?

„Du solltest besser aufpassen, welche Energien du mit reinbringst."

Ich fahre herum und stehe Erin gegenüber, die mich um mindestens eineinhalb Köpfe überragt. Mit ordentlicher Wucht schmeißt sie mir ein Bündel zu und ich fange es mit einem lauten Ächzen vor meinem Bauch ab. „Was meinst du?" Mit geweiteten Augen sehe ich in die Tasche, in der meine Wanderschuhe samt Socken liegen.

Sie stöhnt und krempelt sich die dunkelgrünen Ärmel hoch, wobei sie die unzähligen Tattoos auf ihren Armen entblößt. „Tu nicht so unschuldig und lass mich meine Arbeit machen, ohne mich in Schwierigkeiten zu bringen. Ich habe deine Schuhe mitgenommen, weil es geregnet hat." Sie schlendert an mir vorbei und streift im Vorbeigehen mit dem Ellbogen meine Schulter.

Ich haste hinterher. „Hast du es Henry nicht erzählt?"

Sie wirbelt herum und sieht auf mich herab. Ihre kurzrasierten, schwarzen Haare betonen ihre markanten Gesichtszüge. „Und ihm damit auf die Nase binden, dass ich dich erst habe entwischen lassen? Nein, danke. Soweit ich das beurteile, hast du ganz andere Probleme. Ich will nicht wissen, wessen grausame Energien es waren, die ich vom Anwesen abhalten musste, nachdem du es dir wieder im weichen Nest gemütlich gemacht hast. Nimm deine Schuhe und hau ab." Mit diesen Worten steigt sie zu dem Blondschopf in die Kapsel.

Ich starre sie mit offenem Mund durch die Glasscheibe an, aber jetzt, da ihr Vorgänger die Holzbox verlässt, wende ich mich ab und hänge mir betont lässig die Tasche über die Schulter. Er mustert mich von der Seite, verschwindet aber zwischen den Fichten und ich gehe auf den Wachendenposten zu. Erin hat die Augen geschlossen und sitzt ruhig da. Ist die Sicherheit ihres Jobs der einzige Grund, dass sie mich nicht an Henry verraten hat? Sie sollte als sinnbildliche Türsteherin des Campus schockierter sein, dass Auszubildende das Gelände verlassen.

Erin behält die Augen geschlossen, formt aber mit ihren Lippen ein Wort, das wie „Verschwinde" aussieht. Mit gerunzelter Stirn sehe ich von dem Leinenbeutel in meiner Hand zu Erin und gehe zurück zum Haupthaus.

Nach dem Abendessen treffen wir uns bei Caleb und ich erkläre allen, was Sila und Arek schon wissen. Während des Erzählens klammere ich mich an Areks Hand fest, doch zu meiner Überraschung bleiben auch hier die Schuldzuweisungen aus.

„Bei Henrys Überwachungswahn kommen wir eh nicht raus, um zu Karan zu gelangen. Der Plan ist so oder so am Arsch." Caleb knackst seine Fingerknöchel und unter seinen Augen liegen wieder diese dunklen Schatten. Er scheint sich auch um Tamena zu sorgen.

„Kannst du so eine Blume nicht wachsen lassen?", fragt Zoey und stützt sich nach hinten auf ihre Hände. „Immerhin sprichst du mit einem Strauch."

„Ich wüsste nicht, wie", sage ich.

Die Tür schlägt so schnell auf, dass sie gegen die Wand knallt, und ich zucke zusammen. Sila betritt den Raum und schließt eilig die Tür hinter sich. „Ich hab sie." In ihrer Hand hält sie einen Umschlag. Leo reckt den Hals. „Die Karte", sagt Sila und lässt sich auf dem Boden nieder.

„Bitte was?", fragt Caleb und ich quieke.

„Es hat geklappt", sagt Sila und lächelt mich an. „Nara hatte recht. Es hat etwas verändert, Valeria sein Tagebuch zu zeigen. Sie hat seinen Eintrag über den Schmerz gelesen und auch die, in denen er über seine Familie und das Leben auf dem Anwesen schreibt."

„Was war überhaupt ihr Problem?", fragt Caleb.

Sila schiebt ihre Brille nach hinten. „In ihren Augen war ich mit schuld daran, dass unser Dad gestorben ist, weil er in die Stadt gegangen ist, um eine neue Familie zu gründen. Er hat nie mit ihnen besprochen, dass er sich nach einem Leben außerhalb des Campus sehnt."

„Schon ziemlich dreist von ihm", murmelt Caleb und Leo nickt.

„Ja. Ich glaube, es brauchte die Tagebucheinträge, damit sie versteht, dass unser Dad sie immer geliebt hat, auch wenn er ein weiteres Kind bekam."

Ich nicke. „Ich kann mir vorstellen, wie wichtig das für Valeria war."

Zoey lehnt sich nach vorn und zwirbelt eine Locke um ihren Finger. „Bin ich die Einzige, die gehört hat, dass Sila die ominöse Karte in der Hand hält?"

Mein Herz macht einen Satz. „Was ist drauf?"

Sila schiebt vorsichtig den Umschlag auf. „Ich muss sie morgen früh wieder zurückbringen." Sie zieht zwei Blatt Papier heraus, die sie auffaltet und auf den Boden legt.

Ich recke meinen Hals. „Ist das ein Grundriss des Anwesens?"

Arek schüttelt den Kopf und zeigt auf das größte Gebäude. „Nein, die Ausgänge sind anders und das Trainingsareal hat ein weiteres Gebäude."

Zoey greift sich das zweite Blatt und kneift die Augen zusammen. „Das hier ist eine Landkarte. Da ist ein weißes Kreuz, neben dem steht *Craft 2.0.*" Sie sieht hoch. „Habt ihr davon schon mal gehört?" Wir alle schütteln den Kopf.

„Das steht hier auch", sagt Arek und deutet in die untere Ecke des Grundrisses. „Daneben steht *Abriss und Baubeginn ab dreißigstem Juni.*"

„Ist doch völlig klar", sagt Caleb und verschränkt die Arme. „Henry baut ein zweites Schloss, weil ihm eins nicht ausreicht. Da muss ein altes Haus draufstehen, vielleicht gehört ihm das Grundstück."

„Aber was hat das mit den Athemar zu tun?", frage ich.

„Was wäre ein besseres Quartier für Karan als ein leer stehendes, abrissbereites Gebäude mitten im Wald?", fragt Sila. Leo zieht die Knie näher an sich und legt seine Schläfe darauf ab.

Ich nicke. „Bis Ende Juni ist noch massig Zeit, um es als

Zwischenlösung nach dem Brand zu nutzen."

„Jetzt müsst ihr mir auf die Sprünge helfen", sagt Zoey.

„Der alte Athemar-Trakt ist abgebrannt und das hier ist der perfekte Unterschlupf, bis sie etwas Neues haben." Arek rauft sich die Haare.

„Dann hat Feor den Athemar diese Waldkarte gegeben, damit sie dort hinfinden", sagt Sila.

„Wieso sollte er das tun?", fragt Zoey.

„Hast du nicht gesagt, dass Feor von Henry nie richtig akzeptiert wurde?", frage ich.

Arek nickt. „Aber das reicht doch nicht als Grund, seinen eigenen Clan zu gefährden."

„Vielleicht dachte er, er tut den Nevox einen Gefallen, damit sie kontrollierbarer sind", wirft Caleb ein.

„Guter Punkt", sage ich. „Vielleicht hat Henry davon mitgekriegt und Feor deswegen rausgeschmissen. Glaubt ihr, wir finden dort hin?" Ich zeige auf das weiße Kreuz auf der Landkarte.

Sila legt den Kopf schief. „Seit Feor weg ist, ist die Grenze doppelt besetzt und das Training härter. Das hätten wir doch nicht nötig, wenn es superweit weg wäre, oder?"

Ich weite die Augen. „Henry weiß, dass sie dort sind, und unternimmt nichts."

Sila nickt. „Davon müssen wir ausgehen."

Ich balle die Fäuste.

„Kommt euch irgendwas auf der Karte bekannt vor?", fragt Arek.

Leo zeigt auf einen kleinen blauen Fleck und sieht zu mir. Ich hebe erst eine Augenbraue, verstehe jetzt aber, worauf er anspielt. „Du glaubst, das ist der See, an dem ich war?"

Er zuckt mit den Schultern.

„Hm", sage ich. „Keine schlechte Idee, die Form könnte passen." Ich studiere die Karte genauer. „Aber mit diesen ungenauen Angaben ist es unmöglich, von dort zu dem Kreuz zu finden. Es sind so gut wie keine Wege eingezeichnet."

„Wie weit bist du zu dem See gelaufen?", fragt Zoey und zeigt auf eine schwarz gestrichelte Linie unten am Rand. „Das hier könnte doch die Grenze sein."

Ich kaue auf meiner Oberlippe. „Schwer zu sagen. Vielleicht dreißig Minuten?"

Zoey nickt und misst mit den Fingern den Abstand. „Dann muss das zweite Anwesen ungefähr eineinhalb Stunden weg sein."

Caleb setzt sich auf und zieht die Pulloverärmel über seine Hände. „Das ist extrem nah", sagt er und wir alle nicken stumm.

„Was gut ist, richtig?", fragt Zoey. „Es bedeutet, dass man es an einem Tag hin und zurück schafft."

„Oder in einer Nacht", sage ich. „Vielleicht sind dann weniger Athemar auf dem Gelände unterwegs und hier fällt es auch weniger auf."

„Das klärt immer noch nicht die Frage, wie wir an Karan und Tamena kommen, ohne selbst als Gefangene zu enden", sagt Arek.

„Ich wüsste genau, was ich mit Karan machen würde", sagt Caleb bitter.

Ich fasse einen Entschluss. „Ich auch. Es wird funktionieren, aber wir brauchen die Blüte eines schmerzstillenden Gewächses."

„Richtig, die Blüte", sagt Sila und berührt Leo am Arm. „Sollen wir beide morgen früh noch einmal in Tamenas

Gewächshaus checken, ob doch etwas Brauchbares dabei ist?" Leo nickt und im Moment fällt mir auch nichts Besseres ein.

„Dann sehen wir uns morgen", sagt Sila und steht auf. Wir anderen verabschieden uns ebenfalls von Caleb.

„Voll schön, dass du und Valeria euch annähern konntet", sage ich leise zu Sila und knuffe sie in die Seite, während wir zur Treppe gehen.

Sie lächelt und hakt sich bei mir unter, sodass Leo, sie und ich zu dritt nebeneinander herlaufen. „Es gibt noch einiges zu bereden, aber das war definitiv ein Anfang. Du hättest sie sehen müssen." Sila sieht mich an und ich kann nicht anders, als mitzulächeln. „Als sie die Einträge von unserem Dad gelesen hat, war sie eine ganz andere. Sie ist völlig aufgeblüht, ich glaube es hat wirklich etwas in ihr bewirkt."

Wir verabschieden uns auf der Treppe und ich gehe gemeinsam mit Arek nach oben. Hinter uns klickt seine Zimmertür ins Schloss und Arek zieht mich in eine enge Umarmung. Ich schlinge meine Arme um seine Taille, lege meinen Kopf an seine Brust und atme seinen vertrauten Duft nach Holz und Orangenseife ein. „Du hast mir gefehlt", flüstere ich.

„Du mir auch", raunt er in mein Ohr und küsst meine Wange.

Ich ziehe ihn enger an mich und fange seinen Kuss mit meinen Lippen auf. Wir gehen zu seinem Bett, wo wir uns eng aneinanderkuscheln.

Die Nähe zu ihm ist eine Wohltat, auch wenn ich mit halbem Kopf noch bei meinem Vorhaben bezüglich Karan bin. Sollten wir keine Blüte finden, werde ich trotzdem gehen. Schaffe ich es nicht, Karan zu beeinflussen, werde ich wenigstens dafür sorgen, dass meine Mutter freikommt. Das bin ich Tamena schuldig und ich weiß, dass das Karans Plan ist: Ihm ist klar, dass ich es herausgefunden habe und es nicht aushalte, dass meine Mutter wegen mir bei ihm gefangen ist. Ich schätze, er fordert einen Tausch: ich gegen sie. Wenn unsere Möglichkeiten ausgeschöpft sind, wird er diesen Tausch bekommen.

28

Von einem Knallen geweckt, fahre ich hoch. Hastig sehe ich mich im Raum um, doch es wirkt alles friedlich. Arek liegt neben mir auf dem Bauch, seine Atmung tief und gleichmäßig. Das Fenster wird von einer Böe aufgestoßen und der Griff knallt erneut gegen die Wand.

Wie spät ist es? Vorsichtig drehe ich mich zur Seite, der Wecker auf Areks Nachttisch zeigt Viertel vor elf. So leise wie möglich schiebe ich die Decke zur Seite, schlüpfe aus dem Bett und kippe vorsichtig das Fenster. Draußen taucht der Mondschein den Wald in silbernes Licht.

Ich lege mich wieder ins Bett, aber der Schlaf kommt nicht. Wieso hat Erin mich nicht bei Henry verpfiffen? Sie wirkt selbstbewusst genug, dass es ihr nichts ausmachen sollte, was Henry von ihr denkt. Eine loyale Wachende wäre noch nachts zu ihm gegangen. Leise schwinge ich meine Beine aus dem Bett und ziehe mich an. Arek raunt etwas und ich halte inne, doch er schnauft weiter tief vor sich hin.

Hängt bei der Zimmertür nicht ein Lageplan? Ich nehme das Papier, das alle beim Einzug bekommen, von der Wand und schlüpfe leise aus dem Zimmer. Draußen halte ich das Blatt unter den grünen Schein des Notausganglichts und scanne die einzelnen Räume. Da, Zimmer 2.7 und daneben Erins Name. In ein paar Minuten ist ihre Schicht zu Ende und sie wird mit mir sprechen, ob sie will oder nicht. Ich tapse den spärlich beleuchteten Flur entlang zur Treppe und hinunter, dann in einen weiteren Gang. Hier muss es sein.

Jetzt, da Schritte die Treppe heraufhallen, sind meine Hände trotzdem etwas schwitzig. Was, wenn das der letzte Auslöser ist, dass sie doch zu Henry geht? Es ist nicht zu spät, um dort hinter der Ecke zu verschwinden. Eilig entferne ich mich von ihrer Tür in Richtung des abknickenden Gangs.

„Schläfst du auch mal?" Ihre raue Stimme klingt belustigt. Verdammt. Langsam drehe ich mich um und sie lehnt lässig an ihrem Türrahmen. „Ich nehme an, es gibt einen Grund, dass du um diese Uhrzeit vor meinem Zimmer herumschleichst, also spuck es aus. Ich will nämlich pennen, im Gegensatz zu dir." Okay, vielleicht klingt sie genervt.

Ich seufze und gehe auf sie zu. „Nicht hier auf dem Gang", flüstere ich und checke die anderen Türen.

Erin stöhnt, dreht sich zu ihrem Zimmer und schließt auf. „Du hast fünf Minuten. Dann krieg ich meinen wohlverdienten Schlaf."

Mein Herz macht einen Satz und ich folge ihr nach drinnen, wo ich einen pfeifenden Laut ausstoße und mich einmal um die eigene Achse drehe. „Ich wusste nicht, dass manche in so einem Luxusappartement wohnen." Das Zimmer ist dreimal so groß wie meins und an der freien Wand steht eine braune Ledercouch, auf die Erin sich jetzt schmeißt. Sie zieht ihre schwarzen Schnürstiefel von den Füßen und pfeffert sie in die Ecke. Es gibt sogar eine Kochnische.

Breitbeinig sitzt Erin da und verschränkt nach hinten gelehnt die Hände hinterm Kopf. „Du bist also für eine Wohnungsbesichtigung hier."

Schnell schüttle ich den Kopf und fummle an der Nagelhaut meines Daumens. „Ich, äh", stammele ich.

„Vier Minuten", sagt sie und ihr linker Mundwinkel zuckt nach oben. Macht ihr das Spaß?

Ich lasse meine Hände sinken und gehe einen Schritt auf sie zu. „Du hast mich aus einem anderen Grund nicht bei Henry verraten und ich muss wissen, warum. Falls es auf diesem Anwesen irgendwelche Menschen gibt, die es nicht auf mich abgesehen haben, muss ich es wissen, denn ich brauche Hilfe."

Erin kneift die Augen zusammen und stützt die Unterarme auf ihren Oberschenkeln ab. „Wieso denkst du, dass es einen anderen Grund gibt?"

Unsere Blicke treffen sich und ich starre geradewegs in ihre dunkelbraunen Augen. „Weil ich denke, dass du Henrys Wohlgefallen nicht nötig hast. Dir scheint es egal zu sein, was andere von dir denken." Ich gehe weiter auf sie zu und setze mich auf den Teppichboden, ohne sie aus den Augen zu lassen. „Um ehrlich zu sein, glaube ich sogar, dass du es überhaupt nicht schlimm fandest, dass ich draußen war."

Erin lacht und presst sich gespielt schmerzvoll eine Hand auf die Brust. „Du stellst meine Loyalität in Frage? Autsch." Sie lehnt sich wieder zurück und ihre Miene verdunkelt sich. „Ich fand es tatsächlich nicht schlimm. Bis ich heute nahezu die ganze Schicht damit verbracht habe, Athemar vom Gelände fernzuhalten. Wahrscheinlich bist du *mir* eine Erklärung schuldig und nicht andersherum."

Ich schlucke. Mir war klar, dass sie jetzt erst recht draußen unterwegs sind, aber Erins Bestätigung dieser Annahme zieht den Knoten in meinem Bauch noch fester. Kann ich ihr vertrauen? Ich kneife die Augen zusammen. „Wie kommt es, dass eine einzelne Person wie du so ein großes Zimmer hat? Soweit ich weiß, haben alle Bewohnenden die Standardgrößen, bis auf Familien mit Kindern."

Erins Augen funkeln. „Wir spielen dieses Spiel also so herum."

„Ich spiele kein Spiel, ich möchte wissen, wer mir gegenübersitzt."

Sie grinst. „Du gefällst mir, aber das liegt vielleicht daran, dass wir den gleichen Rowdy-Opa hatten." Bitte was? Erin ahmt mein überraschtes Gesicht nach. „Ganz richtig, dein Vater hatte denselben Dad wie meine Mutter."

„Wir sind verwandt?"

Erin fährt mit der Hand durch die Luft. „Bilde dir nichts darauf ein, die beiden hatten unzählige Geschwister."

Ich könnte wirklich mal einen Familienstammbaum gebrauchen. Wer weiß, wer in diesem Haus noch so rumläuft? „Warte mal, das heißt, du warst ursprünglich auch eine Athemar?"

Erin legt die Beine auf den Couchtisch. „Falsch. Ich *bin* eine Athemar." Sie sieht mich ungerührt an.

Mein Herz klopft schnell, aber ich versuche, mir meine Unruhe nicht anmerken zu lassen. „Wenn du eine Athemar bist, wieso arbeitest du dann als Wachende und versuchst, sie abzuhalten?" Ich lasse meinen Blick über das breite Bett aus Massivholz und das weiche Ledersofa gleiten und etwas in meinem Kopf fügt sich zusammen. „Henry weiß es, richtig? Er gibt dir diese schicke Wohnung, damit du dichthältst und für ihn arbeitest."

Sie faltet zufrieden die Hände über ihrer silbernen Gürtelschnalle. „Er gibt mir nicht nur die Wohnung."

„Und Karan?", frage ich. „Weiß er auch, dass du bei den Nevox bist?"

„Jep", sagt sie. „Er ist fest davon überzeugt, dass ich ihn informiere, sobald sich hier etwas tut und –"

„Und bezahlt dich ebenfalls", vollende ich ihren Satz. Erin nickt, steht auf und zieht sich sowohl Pullover als auch T-Shirt vom Kopf. Darunter trägt sie einen schwarzen Sport-BH, ihr Bauchnabel ist gepierct. Hitze steigt in meinen Kopf und ich sehe weg.

Erin grunzt. „Mach dir nicht ins Hemd. Ich nehme an, du hast schon mal eine nackte Person gesehen." Sie streift ihre Cargohose ab, zieht eine knielange Sporthose unter ihrem Kopfkissen hervor und steigt hinein. Mit dem Rücken zu mir entblößt sie ihren Oberkörper und eine lange Linie kommt zum Vorschein, die über ihre gesamte Wirbelsäule tätowiert ist. Darüber streift sie ein schwarzes Tanktop. Ich kann meinen Blick nicht von ihr abwenden. Was würde ich dafür geben, so selbstsicher wie sie zu sein?

„Wieso brauchst du das Geld, wenn du hier lebst?" Ich beobachte Erin, die jetzt beim Waschbecken steht, das Ende ihrer Zahnbürste im Mund festhält und mit beiden Händen den Rest aus einer Tube auf die Bürste quetscht.

Sie nimmt die Bürste aus dem Mund und sieht mich an. „Glaubst du, ich will mein Leben hier verbringen?" Sie stützt sich am Waschbecken ab und betrachtet sich im Spiegel. „Wenn ich genug Geld habe, bin ich weg, und zwar *richtig* weit weg. Die ganze Clangeschichte geht mir gehörig auf den Sack, ich will endlich Ruhe."

Ich nicke und Erin schiebt sich die Zahnbürste in den Mund. Gleichmäßiges Schrubben erfüllt den Raum und ich drehe mich so, dass ich meinen Kopf auf der Sofakante ablegen kann. Hat Erin keine Familie oder Freundschaften, die sie hier in der Nähe halten? Mein Blick gleitet von ihrem Hinterkopf über ihre muskulösen, tätowierten Arme. Vielleicht können wir beide bekommen, was wir wollen. „Kennst du dich hier in der Gegend aus?", frage ich.

Erin spuckt aus und spült ihren Mund. „Ich kenne jeden Quadratzentimeter."

Jackpot. „Ich bin mir sicher, dass Karan viel Geld zahlt, solltest du mich zu ihm bringen."

Sie hält inne und fixiert mich mit gerunzelter Stirn. „Du kennst den neuen Aufenthaltsort?"

Ich nicke. „Es gibt eine Karte, aber sie ist nicht genau genug."

„Verstehe", sagt sie langgezogen. „Du brauchst meine Hilfe, um deinen Papa zu finden. Süß." Sie geht zum Kühlschrank, holt eine Flasche Wasser heraus und setzt sich damit aufs Bett. Ich versuche mir nicht anmerken zu lassen, wie sehr ich ihre Antwort brauche. Es zischt beim Öffnen der Flasche und sie nimmt einen Schluck. „Ich frage dich nicht, was du bei ihm willst, weil ich keinen Bock habe, Teil deines Schlamassels zu sein. Aber hast du dir das gut überlegt? Die Aktion gleicht einem Selbstmordkommando."

Ich atme ein und nicke. „Ja, habe ich."

Sie prüft mein Gesicht und ich halte ihrem Blick stand. Jetzt verzieht sie ihren Mund zu einem breiten Grinsen. „Wer hätte das gedacht? Meine totgeglaubte Cousine verschafft mir das goldene Ticket."

Fünf Stunden in Areks Bett und unzählige Albträume später mache ich mich auf, um im Wald nach Blüten zu suchen, die im Ansatz in die richtige Richtung gehen. Ich finde genauso wenig wie die letzten Tage.

Vor dem Frühstück treffe ich Sila und Leo im Gewächshaus, die ebenfalls nichts Brauchbares finden, und wir verbringen alle Pausen zwischen Mahlzeiten und Trainings, mit der weiteren Suche. Mit jeder verstreichenden Stunde dehnt sich das Druckgefühl in mir weiter aus.

„Vielleicht können wir eine neue Pflanze im Gewächshaus einsetzen oder mithilfe von Plastik eins um die Seerose bauen", sagt Sila, die mit mir in Tamenas Wintergarten sitzt und, wie die anderen, bis zum Einbruch der Dunkelheit gesucht hat. Rote, juckende Punkte und Kratzer übersäen unsere Hände wegen der ganzen Brennnesseln und Dornengestrüppen.

„Mhm", sage ich, den Blick starr auf den Boden gerichtet, und nehme einen Schluck Tee. Sila weiß genau wie ich, dass es zu lange braucht, auf das Wachstum einer Pflanze zu warten, selbst im Gewächshaus.

„Hast du das von Arek gehört?", fragt Sila.

Ich richte mich auf. „Was?" Um ehrlich zu sein, habe ich Arek den Tag über gemieden. Mein Entschluss ist bereits gefasst und ihn davor noch einmal an mich ranzulassen, würde mir das Herz brechen.

„Er muss am Zaun einspringen, weil ein Wachender zusammengeklappt ist. Es seien so viele fremde Energien draußen, dass sie ihn überlagert haben. Unter den Bewohnenden macht das auch langsam die Runde, ich bin gespannt, wie lange Henry noch still bleibt."

Meine Atmung geht schnell und ich starre mit geweiteten Augen in die Leere. Karan will nicht die Nevox, er will mich.

„Wir dürfen nicht aufgeben", sagt Sila mit fester Stimme. Sie sitzt aufrecht, im Schoß hält sie mit beiden Händen ihre Tasse und sieht mich entschlossen an, sodass ich nicht anders kann, als zu nicken. Durch den Spalt der

Wintergartentür pfeift der Wind und ich sehe durch das Glasdach in den schwarzen Himmel.

Ich muss gehen, bevor sie hier alles niedertrampeln.

„Sila", sage ich und versuche die Traurigkeit mit einem Lächeln zu überdecken. „Danke, dass du mir so hilfst. Ich weiß das sehr zu schätzen."

„Ist doch klar", sagt sie. „Wir wollen das Gleiche."

„Trotzdem. Ich will, dass du weißt, dass ich dir und Leo extrem dankbar bin. Ihr beide seid wie Familie für mich geworden."

Sie öffnet den Mund, nickt aber nur und ihre Wangen erröten ein wenig. Wir lächeln beide, nehmen weitere Schlucke von unserem Tee und wenn da nicht das Gefühl wäre, dass ich sie gerade zum letzten Mal sehe, könnte es ein schöner Moment sein.

Zurück in meinem Zimmer lese ich ein letztes Mal über den Brief, den ich den anderen mit zitternden Händen geschrieben habe.

Ihr Lieben,

verzeiht mir, dass ich gehe. Ich hoffe, es ist nicht zu spät. Erin bringt mich zu Karan, als Tausch für Tamena und dafür, dass er die Athemar aus dem Umkreis des Campus abzieht.

Ich kann seinen Plan nicht aufhalten, aber zumindest die Sicherheit des Anwesens bewahren und hoffentlich die von Tamena. Seit ich vor Karan geflohen bin, weiß ich, dass er nicht ruhen wird, bis er mich gefunden hat und sie ist das beste Beispiel dafür, dass er keine Rücksicht auf Verluste nimmt. Ich bin es ihr schuldig, dass ich dieses Spiel beende, und ich würde mir nie verzeihen, schweigend zugesehen zu haben, wie der Campus eingenommen wird.

Ich weiß nicht, ob die Zeit reicht, dass ihr mich holen könnt, sobald die nächste Rose blüht. Falls nicht, müsst ihr wissen, dass ich euch liebe und für alles dankbar bin, was ihr für mich getan habt.

Ich falte die Zettelchen auf, die jeweils an die Einzelnen adressiert sind.

Zoey, es tut mir leid, dass ich dich ein zweites Mal verlasse. Du bist die beste Freundin, die man sich vorstellen kann und ich wünschte, ich könnte die gleiche Freundin für dich sein. Sollte dein Vater bei Karan sein, werde ich alles dafür tun, dass er freikommt. Du hast immer einen Platz in meinem Herzen.

Caleb, ich hoffe, du weißt, dass du von den Menschen um dich herum geliebt wirst. Du hast ein warmes Inneres und ich bin froh, dass du mir den ein oder anderen Arschtritt verpasst hast. Kümmere dich gut um Tamena, wenn sie zurückkommt.

Sila und Leo. Ich bewundere eure Stärke und Intelligenz. Ihr wart ein Anker für mich auf diesem Anwesen und ich vergesse nie, wie vorurteilsfrei ihr mich bei euch aufgenommen habt. Ich weiß, dass ihr irgendwann ein großartiges Kinderheim leitet und vielen kleinen Herzen Freude schenkt.

Arek …

Meine Brust schnürt sich zusammen. Ich habe es nicht über mich gebracht, noch mal bei ihm vorbeizugehen. Wenn ich ihn gespürt hätte, wäre ich nicht gegangen und ich kann nicht wieder das Falsche tun. Mit geschlossenen

Augen presse ich Luft durch den Spalt zwischen meinen Lippen.

Arek. Du weißt, was ich für dich empfinde – du hast es immer gewusst. Mein Herz bricht, während ich dir schreibe, und der egoistische Teil von mir hofft, dass wir uns wiedersehen. Ein anderer wünscht, dass du dir das Leben erschaffst, das für dich das Beste ist, und dass du ankommst – in Sicherheit. Die letzten Tage haben mir gezeigt, dass du mich in allem unterstützt, deshalb ist es meine Verantwortung, für das einzustehen, was mit mir zu tun hat. Ich bin es, die Karan sucht. Nicht Sila, nicht Caleb, nicht du. Ihr habt es nicht verdient, wegen mir in Gefahr zu sein.

Du bist niemals allein und die ruhige Kraft in dir wird dich immer schützen. Vielleicht verzeihst du mir irgendwann, dass ich gegangen bin, so wie ich mir vielleicht irgendwann verzeihe, dass ich nicht überlegter gehandelt habe.

Ich sehe nur diesen Weg für mich, aber du bist für immer ein Teil von mir. Deine Nara.

Mit Tränen in den Augen falte ich hastig alle Zettel zusammen und schiebe sie gemeinsam mit dem Brief in einen Umschlag, den ich in der Mitte von meinem Schreibtisch platziere.

Ich schüttele das Bett auf, kippe das Fenster und zwinge mich, nicht zurückzuschauen, während ich die Zimmertür hinter mir schließe.

29

Erin wartet beim Zaun. Sie trägt einen großen Rucksack auf dem Rücken und lehnt mit verschränkten Armen an einer Kiefer.

„Du kommst tatsächlich nicht zurück, oder?", frage ich.

Sie schüttelt den Kopf. „Was hält mich hier?" Sie geht zu Walli in die Kapsel und drückt ihm ihren Zimmerschlüssel in die Hand. Er klopft ihr mit einer Hand auf den Rücken und schließt wieder die Augen. Bestechung hat Erin wohl drauf. Ohne ein weiteres Wort schiebt sie erst ihren Rucksack und dann sich selbst unterm Zaun durch und ich folge ihr, während ich mich zum Schutz mit dem Wald verbinde. Jetzt gibt es kein Zurück mehr. Die Fichtennadeln am Boden bohren sich in meine zerschundenen Hände, sodass ich zusammenzucke und mein Schutzschild fällt, doch da erfasst mich schon Erins Schirm wie eine wohltuende Blase aus warmem Sonnenlicht. Er ist stark und umschließt uns mit Leichtigkeit.

Im Wald ist es düster und der Mond versteckt sich hinter dichten Wolken, sodass wir langsam und konzentriert gehen. Um vor umherstreunenden Athemar geschützt zu bleiben, können wir es uns nicht leisten, eine Taschenlampe zu nutzen. Bei jedem Rascheln im Gebüsch spannt sich mein Körper an. Ich gehe dicht hinter Erin her und lasse den Wald die Leere füllen, die sich in mir ausbreitet. Wie eine weiche Moosschicht legt sich die Natur auf die Verletzungen in meinem Inneren, und ich verdränge jeden aufkommenden Gedanken an Arek.

Vielleicht verstehen die Menschen vom Anwesen, dass ich nicht wie mein Vater bin, wenn ich ihn dazu bringe, sie in Ruhe zu lassen. Oder deuten sie meine Flucht zu ihm erst recht als Zeichen, dass ich zu ihm gehöre? Im Wald ist es merkwürdig still und ich sehe mich um. Es riecht nach frischem Harz und Erins Schirm wirkt sicher und stabil.

Dort vorn ist der gespaltene Baum mit den morschen Wurzeln. In meiner Brust zieht etwas und es ist wie ein Ruf, der mich zu dem kleinen See lockt. Tamena und ich waren eine Einheit, als wir dort waren. Sie ließ mich in ihr Inneres und ich habe das erste Mal gespürt, was es bedeutet, *richtig* im Wald zu sein. Ich kaue auf meiner Oberlippe. „Erin, ich brauche eine Minute, kannst du hier warten?" Wenn es die letzte Nacht ist, in der ich auf freiem Fuß bin, will ich wenigstens noch einmal an den Ort gehen, der Tamena und mich verbindet.

„Geh nicht zu weit weg", sagt Erin mit rauem Ton, streift aber ihren Rucksack ab und lässt sich mit geschlossenen Augen am Fuß einer Kiefer nieder. Sie ist konzentriert, völlig in ihrer Kraft.

Schnell wende ich mich ab und gehe die letzten Meter zum See. Die Oberfläche ist tiefschwarz und wenn ich nicht wüsste, wie flach das Wasser ist, könnte man meinen, dass es etliche Meter hinunter reicht. Ich erreiche den Felsen und schweife mit dem Blick umher. Mir war klar, dass keine weitere Rose gewachsen ist, doch es mit eigenen Augen zu sehen, ist trotzdem ein Schlag in die Magengrube. *Sieh nur, wie dumm du warst*, scheinen die Seerosenblätter zu rufen.

Ich knie mich hin und schließe die Augen. Hier habe ich Tamena von meiner Mutter erzählt, die mir die Sternbilder gezeigt hat. Wie hat sie sich währenddessen gefühlt? Aus meinem Wimpernkranz löst sich eine Träne, rollt meine Wange hinab und landet auf meiner Hand. Ich hätte sie gern so viel gefragt. Langsam senke ich den Oberkörper und berühre mit der Stirn den kühlen Stein. Gestochen scharf sehe ich das Bild von der siebenjährigen Nara im gelben Badeanzug vor meinem inneren Auge. Sie strahlt mich an, doch hinter ihren Augen ist Dunkelheit. Wie gern würde ich die Vergangenheit für sie ändern. Tief einatmend fokussiere ich den Funken in mir und nähre ihn mit der Wärme des Waldes. *Sieh nur, was wir können*, sage ich zu dem Mädchen und gehe einen Schritt auf sie zu. Ich möchte sie wärmen und ihr die Angst nehmen vor dem, was kommt. *Es wird alles gut, wir haben den Wald.* Ich strecke die Hand nach ihr aus und sie hebt vorsichtig den Blick, ihre Augen weiten sich. Tief atme ich ein und verbinde mich vollständig mit der Natur. Ich werde zum Fels, zur Fichte, zur schlafenden Amsel in den Zweigen. Friedliche Energie nimmt mich ein. Ich lasse mich von ihr treiben und das Kind läuft langsam auf mich zu, legt eine warme Hand an meine Wange und öffnet den Mund.

Ich vergebe dir. Ihre helle Stimme ist sanft.

Durch den Wald hallt ein Schluchzen und erst jetzt, da ich Erins Hand auf meinem Rücken spüre, weiß ich, dass es mein eigenes war. Tränen fließen unter meinem bebenden Körper auf das Gestein. Mehrere Atemzüge lang liegt Erins Hand ruhig auf mir und strahlt Wärme auf meinen Körper aus, während der Schmerz aus mir herausgespült wird.

„Komm", flüstert sie und klopft leicht auf meinen Rücken. „Zeit zu gehen."

Ich nicke und rapple mich auf. Mit verschwommenem Blick greife ich nach Erins Hand, die mich hochzieht und zurück auf den Weg führt. Wie in Trance folge ich ihr, in

Gedanken bei dem kleinen, einst schutzlosen Kind, das mir trotz seines Schmerzes Wärme spendet.

Wir treffen auf mehrere Lichtungen, die wir sicherheitshalber umgehen, um besser mit dem Wald zu verschmelzen. Der Kloß in meinem Hals vergrößert sich mit jedem Schritt, doch von Athemar fehlt zum Glück jede Spur. Abseits von den Wegen klettern wir über umgestürzte Bäume und quetschen uns zwischen Sträuchern hindurch. Immer wieder begegnen wir Füchsen, die schnüffelnd stehen bleiben.

„Dort vorn", sagt Erin und hält das Papier mit der gezeichneten Karte hoch. „Das muss die alte Holzfabrik sein." Die Wolken haben sich verzogen und dämmriges Mondlicht fällt auf die großen, etwa hundert Meter entfernten Hallen, von deren Hauptgebäude ein schmaler Kiesweg auf die andere Seite des Waldes führt. „Bist du bereit?"

Ich schüttle den Kopf. Durch eine plötzliche Enge in meiner Lunge fällt mir das Atmen schwer. „Vielleicht brauche ich kurz, um anzukommen."

Erin beäugt mich mit gehobener Augenbraue. „Du hast diese Idee gehabt, das ist dir klar, oder?"

Ich schlucke und nicke erneut.

„Gut", sagt sie, schiebt ihre Hände in die Hosentaschen und sieht zu den Fabrikgebäuden. „Ich will nämlich kein Blut an meinen Fingern kleben haben. Nichts für ungut."

Ich presse ein Schnauben hervor und Stille legt sich über uns. In diesen Hallen befindet sich höchstwahrscheinlich der Mann, der mir Gewalt angetan und meine Erinnerungen geraubt hat.

Erin dreht sich zu mir und öffnet mehrmals den Mund, wendet sich aber wieder ab und schweigt.

„Du verstehst immer noch nicht, warum ich das hier tue, oder?"

„Ich habe nicht den leisesten Schimmer. Aber muss ich auch nicht."

Ich seufze. „Jede Person, die mir wichtig ist, ist in irgendeiner Form von Karan bedroht. Selbst wenn er mir sein Blut verabreicht, vielleicht kann ich ihn aus der Verbindung heraus irgendwie stoppen. Es ist meine letzte Chance." Ich deute auf die Hallen und kämpfe gegen den Kloß in meinem Hals an. „Meine Mum ist da drin."

„Du tust ganz schön viel für Menschen, die du noch nicht einmal ein Jahr kennst. Woher weißt du, dass sie dein Vertrauen wert sind?"

„Würdest du das nicht für deine engen Leute tun?"

Erin verschränkt die Arme vor der Brust. „Ich habe keine engen Leute", sagt sie lässig, doch das leichte Beben in ihrer Stimme verrät sie.

Wenn ich keine Menschen hätte, die mir wichtig sind, würde ich vielleicht auch abhauen. Ich knuffe sie mit dem Ellbogen in die Seite. „Du hast eine Lieblingscousine."

Sie verdreht die Augen, grinst aber und schweigt.

Zwischen den Bäumen rauscht der Wind und weht mir ein paar Strähnen ins Gesicht. Es wirkt fast friedlich, wie die alte Fabrik im Mondschein steht, umgeben von Wald. In meiner Magengegend rumort es und ich straffe die Schultern, versuche die Angst wegzuatmen. „Es hilft ja nichts", sage ich mit dünner Stimme und Erin sieht mich an. Bevor ich es mir anders überlegen kann, mache ich eine scheuchende Handbewegung. „Geh schon."

Sie zuckt mit den Schultern und tritt auf die Lichtung.

„Danke", flüstere ich ihr hinterher und sie hebt im Weggehen eine Hand. Ich nehme meinen eigenen Schirm auf, während sie sich entfernt und auf den Haupteingang zusteuert.

Noch etwa fünfzig Meter. Vierzig. Wie viele Menschen sind dort drin gefangen? Zwanzig Meter. Zehn. Ich halte die Luft an. Erin ist da und klopft dreimal gegen die Tür.

Eine Weile passiert nichts. Jetzt geht die Tür einen Spalt auf und Erin, die einen Schritt darauf zu macht, sagt etwas. Die Tür schließt sich und mehrere Minuten vergehen. Vielleicht ist es das Wissen, dass er gleich dort stehen wird, aber ich meine Karan zu spüren, bevor ich ihn sehe. Ich ziehe meinen Schirm dichter um mich herum, flehe den Wald an, mich nicht auf die Lichtung auszuspucken, und presse die Arme an die Seiten.

Da ist er. Er schreitet nach draußen zu Erin, zwei Athemar dicht hinter ihm. Das helle Gewand ist dasselbe, nur sein weißes, gescheiteltes Haar ist länger als beim letzten Mal. Mit aufeinandergepressten Zähnen halte ich seine frostigen Energien ab, die ihre Finger nach mir ausstrecken, und Säure bahnt sich meine Kehle hinauf. Über die Lichtung hallen ihre gedämpften Stimmen. Ein rasselndes Lachen durchdringt die Nacht und sämtliche Haare auf meinem Körper stellen sich auf. Mein Sichtfeld verschwimmt und ich verwurzele mich tiefer im Boden. Was macht er da? Karan streckt die Hand aus und legt sie Erin auf den Kopf. Sie lässt es geschehen und so stehen sie für mehrere Sekunden da. Prüft er ihre Energien auf einen Hinterhalt? Ich habe nicht beabsichtigt, dass Karan Erins Geist durchforstet, doch es ist völlig klar: Die einzige Möglichkeit, Karan von ihrer Ehrlichkeit zu überzeugen, ist, ihre Mauern fallen zu lassen und ihm Zutritt zu ihren Emotionen zu gewähren. Ich schlucke und schlechtes Gewissen zieht in meinem Bauch. Aber sie macht es aus Eigennutz, oder?

Karan wendet sich den beiden Athemar zu, die jetzt im Gebäude verschwinden und ihn mit Erin allein lassen. Hat es funktioniert? Es kommt mir wie eine Ewigkeit vor, bis die beiden wieder heraustreten und Karan einen Umschlag sowie einen Stift reichen. Er sieht in das Kuvert, schreibt etwas darauf und streckt ihn Erin entgegen. Sie nimmt ihn an und lässt ihn schnell in ihrer hinteren Hosentasche verschwinden. Ist das die Bezahlung? Heißt das, er nimmt den Tausch an? Wenn Erin an alle Forderungen gedacht hat, hat er mit seiner Notiz dafür gesorgt, dass die Athemar die beiden im Wald in Ruhe lassen, selbst wenn Erin es nicht schafft, Tamena den gesamten Rückweg abzuschirmen.

Ich unterdrücke ein Wimmern, denn wer jetzt aus dem Gebäude gezogen wird, ist nicht die Tamena, die ich Erinnerung habe. An ihrem dürren Körper schlackert die dunkelgraue Kleidung, die ich ebenfalls in der Schleuse trug, und ihre Haltung ist gekrümmt, die Schultern weit nach vorn gezogen. Offenes, strähniges Haar fällt in ihr Gesicht. Was haben sie mit ihr gemacht? Hektisch sieht sie in Richtung Wald und zwischen Erin und Karan hin und her. Ich will zu ihr rennen, laut schreien, doch der einzige Weg, wie Tamena es sicher zum Anwesen zurückschafft, ist, indem ich still hier stehe, bis sie fort sind. Die beiden Athemar ziehen sich ins Haus zurück.

Tamena drückt schwach Erins Hand zum Gruß. Die beiden wenden sich ab und gehen in Richtung Wald, ein deutliches Stück weiter links von mir. Ich hatte gehofft, dass sie an mir vorbeigehen, sodass ich Tamena sagen kann, wie leid es mir tut, doch wahrscheinlich ist es besser, wenn sie mich gar nicht zu Gesicht kriegt. Sie sind fast beim Waldrand angekommen.

„Und jetzt du!", gellt Karans laute Stimme über die Lichtung und das Blut in meinen Adern gefriert. Ich sehe zu Tamena, die jetzt ihren Kopf nach oben reißt und panisch von rechts nach links schaut.

Ich schlucke und trete aus dem Wald, um für eine Sekunde ihren Blick einzufangen. „Es tut mir leid", flüstere ich. „Ich –"

Sie reißt die Augen auf. „Nein! Nein, Nara, du –"

„Komm", sagt Erin entschlossen, packt sie am Arm und der Schulter, und zieht sie in den Wald. In meiner Magengegend krampft sich alles zusammen und ich bohre meine Fingernägel in die Handinnenflächen, um mich davon abzuhalten, hinterherzurennen.

Karan schreitet grinsend auf mich zu. Ich wende mich zitternd von Tamenas Rufen ab und gehe ihm entgegen.

„Lauf weg!", schreit Tamena aus dem Wald und ich höre aus der Ferne Erins gedämpfte Stimme, die auf sie einredet.

Nur ein paar Meter befinden sich jetzt zwischen Karan und mir. Er lächelt zufrieden und ich bleibe wie versteinert, während Tamenas Schreien und Wimmern im Wald immer leiser wird und verhallt.

Jetzt ist es totenstill.

„Du hast also erkannt, wo du hingehörst", sagt Karan und entblößt seine Zähne zu einem grässlichen Grinsen. „Ich wusste, dass du dich früher oder später für deine Familie entscheidest." Seine Stimme fühlt sich an, als streiche eine gefrorene Klinge über meinen Rücken und ich schlucke die Galle hinunter, die sich meine Kehle heraufbahnt. Ich versuche, mich im Boden zu verwurzeln, um seine Kälte von mir wegzuhalten. Hierfür habe ich trainiert. Wie eine Membran legt sich der Schutzwall um meinen Körper. Ich balle die Fäuste, blicke in seine gelblichen Iriden und bewege mich keinen Zentimeter. „Beeindruckend, was du als Familie bezeichnest", sage ich. „Hast du dafür gesorgt, dass Tamena sicher zurückkommt?"

„Keine Sorge. Deine Freundinnen werden ihr Prinzessinnenschloss erreichen. Ich bin kein Freund der Nevox, aber mein Wort halte ich immer. Ob du deins hältst und ich deine Freundin nicht doch abfangen lassen muss, prüfe ich jetzt." Er kommt näher auf mich zu, streckt die Hand aus und legt sie auf meine Schulter. Mein gesamter Körper spannt sich unter seiner Berührung an und ich presse die Lippen aufeinander. Ich sehe an Karan vorbei und direkt in die Linse einer Kamera, die an der Hauswand hängt und in unsere Richtung zeigt. Wahrscheinlich trage ich den geringsten Schaden davon, wenn ich kooperiere.

Alles in mir sträubt sich, doch ich fixiere ihn und öffne meine Barriere so weit, dass ein Teil unserer Energien sich verbindet. Kälte schließt sich um mein Inneres und ich zwinge mich, trotz meines zitternden Unterkiefers regelmäßig zu atmen. „Ich bin allein hier", sage ich. „Mach, was du willst, steck mich meinetwegen in deine Armee. Dafür verlange ich, dass die Nevox in Sicherheit leben." Tief atme ich ein und suche den Funken in mir, versuche ihn wachsen zu lassen, doch er prallt gegen eine frostige Wand. Karan durchforstet meinen Blick und sein Augenwinkel zuckt. „Du kannst dich immer noch umentscheiden, weißt du?", sage ich. Ich habe nichts mehr zu verlieren. „Du richtest so viel Schmerz an. Es ist nie zu spät, den Weg zu ändern."

Sein Gesicht gefriert und er rümpft die Nase. „Ich kannte eine Frau, die genau so sprach. Weißt du, wo sie jetzt ist?" Sein Mundgeruch hüllt mich ein und ich kämpfe gegen den Drang an, unter seinem schneidenden Blick zurückzuweichen. „Sie ist tot. Weil sie schwach war, so wie du. Aber bald bist du nicht mehr schwach." Er zieht seine Mundwinkel in Richtung Ohren. „Bald fließt nur noch mein Blut durch deinen Körper und du entfaltest endlich dein Potenzial." Sein Gesicht ist direkt vor meinem und ich halte die Luft an. „Was sagst du dazu, Tochter?"

Ein anerkennendes Pfeifen hallt über die Lichtung und ich fahre herum. Braune Locken heben sich aus der Dunkelheit ab. Was zum …?

„Schickes Zuhause, K."

Ich sauge scharf die Luft ein und starre Zoey an, die gemütlich über die Lichtung schlendert. Was zum Geier macht sie hier? Ich spüre Karans eisigen Griff auf meiner Schulter, seine Finger bohren sich tief in mein Fleisch, sodass ich nach Luft japse.

„Ich wollte nur mal kurz Hallo sagen, bevor du abhaust, Nara. Bei deinem Dad vorbeischauen." Sie klingt kühl und distanziert – wie ein anderer Mensch. Was hat sie hier zu suchen?

„Sieh an, die Therapeutentochter", säuselt Karan durch geschlossene Zähne und beobachtet sie genau. „Deinem Vater habe ich ein wohliges neues Zuhause geschaffen."

„Oh, das freut mich", flötet Zoey, geht an mir vorbei, ohne mich eines Blickes zu würdigen, und schüttelt Karans freie Hand. Meine Kehle schnürt sich zusammen. Kennen sich die beiden?

Ein beißender Schmerz fährt in meine Schulter und ich sacke in die Knie unter Karans bohrendem Griff, in genau dem Moment, in dem Zoey ihm mit aller Wucht ihr Knie in die Magengegend rammt. Karan keucht überrascht, erstickt durch eine grobe Hand, die ihm von hinten ein Tuch auf Mund und Nase presst. Ein weiterer Lockenschopf kommt dahinter zum Vorschein. Arek!

„Widerling", sagt Zoey und tritt noch mal nach, sodass Karan röchelnd zu Boden sackt, den Griff an meiner Schulter lösend. Seine Pupillen jagen hin und her und er versucht sich hochzustemmen, doch auf einmal drehen sich seine Augäpfel unter flatternden Lidern nach oben und er kippt wie ein nasser Sack nach hinten in Areks Arme. Für einen Moment ist es still und ich blicke mit rasendem Puls von den dreien zu der Kamera.

„Los", zischt Zoey.

Die beiden packen Karan unter den Schultern und den Waden, und ziehen ihn in Richtung Wald. Mit offenem Mund stolpere ich hinter ihnen her.

30

„Ist er –"

„Bewusstlos", vollendet Zoey leise meinen Satz und verändert ihren Griff an seinem Bein, um ihn besser zu halten. „Das ist der Giftschwamm."

Ich eile neben ihnen her, nehme Zoey eins von Karans Beinen ab und bei der Berührung durchzuckt mich eisige Kälte. Alle paar Sekunden blicke ich mich um, doch bisher folgt uns niemand. Arek hat die Augen nur halb geöffnet und ist offenbar mit aller Kraft damit beschäftigt, uns alle vier abzuschirmen und Karans Oberkörper nicht fallen zu lassen, während wir durch den dichten Wald navigieren.

„Was ist euer Plan? Wir können ihn nicht ewig bewusstlos halten."

„Wir bringen ihn in Tamenas Hütte", sagt Zoey.

„Was?", zische ich und lasse fast Karans Bein los. Zoey sieht sich um, doch im Wald ist es nach wie vor totenstill.

„Wir können ihn nicht aufs Gelände bringen. Die letzte Zutat fehlt." Hat Caleb sich doch durchgesetzt? Ich prüfe Karans lebloses Gesicht, das zur Hälfte mit dem getränkten Tuch bedeckt ist und versuche, mich zu beruhigen, um zur Unterstützung an Areks Schirm anzudocken.

„Warst du in der letzten Zeit noch mal am See?", fragt Zoey ruhig.

„Vor ein paar Stunden", sage ich schnell. „Es gab keine Rose, wir haben keinen Schmerzstiller." Am liebsten würde ich Karan sofort loslassen, aber wenn sie ihn so finden, werden sie nicht lange warten und das Anwesen einnehmen.

„Es gibt eine", sagt sie. „Gelb, genau, wie du sie beschrieben hast."

Ich schüttele den Kopf. „Ich habe nachgesehen, da war nichts."

„Vielleicht hast du sie wachsen lassen", sagt Arek leise und meine Mimik erstarrt. Ohne zu schauen, weicht er einer großen Wurzel aus. Er spürt ihn auch, den Wald.

Ich ziehe die Augenbrauen zusammen. Sie wachsen lassen? Das habe ich nicht gelernt. Schluckend betrachte ich den tranceartigen Arek. „Wie habt ihr das rausgefunden? Es ist mitten in der Nacht."

Zoey nickt zu Arek. „Er hat mich geweckt, nachdem er an der Grenze gespürt hat, wie du das Gelände verlässt. Wir dachten, du bist zum See und während Arek dorthin ist, habe ich deinen Brief gefunden."

Ich runzle die Stirn. Normalerweise spürt er nur, wenn ich Schmerzen habe. Mein Blick fällt auf meine zerschundenen Hände, die sich um Karans Wade klammern. Natürlich. Als ich unterm Zaun durchgekrochen bin, habe ich meinen Schirm kurz losgelassen.

„Danke", flüstere ich trotz meiner Verwirrung und die beiden nicken. Zitternd umgreife ich das Bein fester und vertiefe mich in den Schirm um uns vier. Heißt das, ich werde mich mit Karan verbinden?

Plötzlich schallt eine Sirene mit abwechselnd hohen und tiefen Tönen durch den Wald und Vögel flattern aus den Bäumen auf. Wir zucken alle drei zusammen. „Sie wissen Bescheid", sage ich und Zoey und Arek nicken, während wir noch einen Zahn zulegen. Arek, der das gesamte Gewicht von Karans Oberkörper trägt, schnauft jetzt schon. „Einen Moment", sage ich und halte an.

„Wir können keine Pause machen", sagt Zoey, verstummt aber, als ich hastig die Flasche mit Waldklettenöl aus meiner Jackentasche ziehe.

„Reibt euch damit ein, es verschließt euren Körper."

Eilig befolgen die beiden den Rat und wir hetzen weiter. Die Sirene gellt ununterbrochen durch den Wald.

„Sie sind schneller als wir. Es ist sicherer, wenn wir uns verstecken und unter dem Schirm ausharren", sagt Arek. „Wenn sie vorbei sind, kommen wir besser weiter."

Ich nicke. „Sagt Bescheid, wenn ihr etwas seht."

Mit aller Kraft kämpfen wir uns durchs Unterholz, das Adrenalin in meinen Adern treibt mich an. Unter die schrillen Töne mischen sich jetzt dumpfe Rufe von Menschen aus der Ferne. Auf meinem gesamten Körper breitet sich Gänsehaut aus und es kommt mir vor wie eine Stunde, bis Zoey das breite Dickicht sieht. „Dort", sagt sie und wir steuern gemeinsam darauf zu. Die vereinzelten Rufe kommen immer näher. Ächzend hieven wir Karan durch das Gestrüpp und lassen ihn auf eine freie Fläche zwischen den dichten Sträuchern sinken. An seinen Körper gepresst, gehen wir in die Hocke, sodass das Dornengewirr uns überragt. Schritte stampfen zunehmend lauter über den Waldboden. Mein Atem geht schnell.

„Hey", ruft jemand ganz in der Nähe. „Bei euch was?" Ich erkenne die Stimme: Es ist die Athemar, die Caleb und ich nachts mit Feor erlebt haben. Ich halte den Atem an und spüre Karans langsamen Herzschlag an der Stelle, wo ich mich auf seiner Brust abstütze.

„Nein", ruft es aus einer anderen Richtung zurück. „Aber ich spüre etwas. Dort drüben." Die Schritte werden lauter und das Blut gefriert in meinen Adern. Mit rasendem

Puls sehe ich in Areks geweitete Augen. Instinktiv greife ich nach seinen Armen und öffne meine Barriere für ihn. Ungehemmt rauschen wir ineinander und von der einen Sekunde auf die andere nimmt der Schirm ein so gewaltiges Ausmaß an, dass ich kurz das Gleichgewicht verliere. Mit festem Griff halten Arek und ich einander, spüren unsere gemeinsame Energie und potenzieren sie auf die feste, lodernde Membran, die unsere vier Körper umgibt. Glühende Hitze fließt aus dem Waldboden in meine Fußsohlen und durch uns hindurch.

„Du hast dich getäuscht", sagt die erste Stimme. „Hier ist nichts."

„Sie sind zu ihrem Quartier unterwegs."

„Wo ist dieser Nichtsnutz Feor, wenn man ihn braucht? Er soll uns hinführen."

„Sucht weiter", schreit die zweite Stimme. „Wir kommen nach." Mit diesen Worten entfernen sich die Schritte und ich atme zitternd aus.

„Können wir diesen Schirm auch im Gehen halten?", flüstere ich.

Arek nickt. „Lass es uns probieren."

Wir stehen auf und die Kraft in meinen Beinen kommt so plötzlich, dass ich zusammenfahre. Meine Überraschung spiegelt sich auch in Areks Blick. Ist das der Schirm? Aufgeregt lächelt er und wir hieven Karan nun etwas leichter vom Boden hoch.

„Das muss unsere geteilte Energie sein", wispere ich und Arek schickt zur Bestätigung eine Welle durch mich hindurch. Worte der Verbindung hallen durch meinen Körper und ich weiß nicht, ob sie von mir, Arek oder dem Wald kommen.

„Los", sagt Zoey. „Ich glaube, sie sind erst mal weg."

Wir kommen nun deutlich schneller voran als zuvor und ich versenke mich vollständig in den dickwandigen Schirm und die wärmende Bindung zu Arek. Es ist, wie wenn wir Energie mobilisieren, die zuvor nicht greifbar war. Wir müssen Karan zwar in regelmäßigen Abständen ablegen und uns neu positionieren, doch nach einer Weile lagern wir ihn auf unsere Schultern und Rücken, wodurch wir, zumindest für eine gewisse Zeit, noch mal an Geschwindigkeit gewinnen.

Die Sirene ist nur noch dumpf hörbar und als irgendwann der hohe Zaun vor uns auftaucht, brennen meine Arme so sehr, dass ich nicht mehr weiß, ob sie heiß oder kalt sind. Das Bein rutscht wie ein nasser Sack aus meinen Händen und Arek ächzt, während er Karans Kopf auf dem Waldboden ablegt und seinen Rücken knacksen lässt. In den letzten Minuten ist der Schirm wieder dünner geworden und ich bin heilfroh, wenn wir endlich auf dem Campus sind. Athemar sind uns auf dem letzten Abschnitt zum Glück keine mehr begegnet, was heißt, dass der Schirm der Wachenden noch hält.

„Wie kommen wir rein?", flüstere ich.

Zoey nimmt einen dünnen, trockenen Stock vom Boden und zerbricht ihn dreimal laut knackend. In diesem Moment hallt ein gequältes Wimmern durch den Wald. Hastig blicke ich mich um und noch mal stöhnt und japst jemand nach Luft. Caleb! Ich reiße die Augen auf, doch Zoey hebt beschwichtigend die Hand. Eine Tür hinter dem Zaun knallt und schwere Schritte rascheln über den Boden.

„Junge, was ist mit dir?" Das ist Walli.

„Ich", röchelt Caleb und japst nach Luft. „Mir … kalt." Seine Stimme klingt gepresst und auf meinem Körper stellen sich alle Haare auf.

„Kalt? Hast du Fieber?"

Jämmerliches Schluchzen erfüllt die Dunkelheit, unterbrochen von Röcheln und dem Wort kalt. *Das* ist der Plan?

„Ich kann hier nicht weg." Walli klingt zerrissen, worauf Calebs Schluchzen sich verstärkt und plötzlich abrupt abbricht, gefolgt von einem dumpfen Geräusch des Aufpralls. „Mist", flucht Walli. Es raschelt. „Hey, Großer, wach auf." Stille. „Finn?", schreit er jetzt. „Der Junge ist bewusstlos, ich bringe ihn zur Pflege. Hältst du dort drüben die Stellung?"

„Was?", schreit jemand aus der Entfernung.

Walli seufzt und murmelt: „Ich bin ja gleich wieder da." Er ächzt mehrmals, während er Caleb zu lupfen scheint. Nun entfernen sich schwere Schritte.

„Henry wird ihn schlimmer denn je bewachen lassen", sage ich.

Arek massiert schwer atmend seine Kiefermuskulatur. „Es war seine Idee. Uns ist auf die Schnelle nichts Besseres eingefallen." Er schließt die Augen, runzelt die Stirn und öffnet die Lider wieder. „Der Schirm dürfte auch ohne Walli ein paar Minuten halten. Lasst uns keine Zeit verlieren."

Zoey nickt, geht zum Zaun und schiebt die Latte nach oben. Auf dem Bauch rutscht sie hindurch und wir zerren Karan gemeinsam auf das Gelände.

Mit letzter Kraft schleppen wir ihn zu Tamenas Hütte. Die Tür ist nach wie vor unabgeschlossen und es ist weit und breit niemand zu sehen. Warum ist sie noch nicht hier? Unter meiner Schädeldecke hämmert es und ich presse die Lippen aufeinander.

Mit vereinter Kraft hieven wir Karan auf Tamenas Bett und Arek tränkt das Tuch auf seinem Gesicht mit weiterer

Flüssigkeit aus einem braunen Fläschchen. Beißender Gestank erfüllt den Raum.

„Wie lange bleibt er so?", frage ich.

Zoey bringt die Notizen aus der Küche und legt sie neben Karans Füße. „Für die nächsten vierundzwanzig Stunden sollte das passen, wenn wir das Tuch feucht halten. Wir müssen aber seinen Puls kontrollieren."

Ich sinke auf die Knie und lege schwer atmend meine Stirn auf die Bettkante. Meine Arme und Schultern brennen vom langen Tragen. „Was bitte ist gerade passiert?", flüstere ich.

Mit ausgestreckten Beinen setzt Zoey sich auf den Boden und dehnt mit schmerzverzerrtem Gesicht ihren Nacken. „Keine Ahnung."

„Das war extrem mutig von euch."

Arek, der neben Karans leblos wirkendem Gesicht auf der Bettkante sitzt und seinen Kopf an die Wand lehnt, sieht mich mit glasigen Augen an. „Ich kann nicht glauben, dass du das gemacht hast", flüstert er mit rauer Stimme und ich schlucke.

„Ich hatte keine andere Wahl."

Arek presst die Augen zu und sein Brustkorb hebt und senkt sich schnell.

Ich rutsche ein Stück zu ihm und lege meine Schläfe auf seinem Oberschenkel ab.

„Du musst nichts allein schaffen", flüstert Arek. „Wir sind bei dir."

Etwas in mir sträubt sich. Doch vor mir liegt der Beweis, dass er recht hat, oder? Langsam nicke ich, Tränen in den Augen. Die letzten Stunden spielen sich wie ein Film vor meinem inneren Auge ab und wir sitzen eine Weile lang regungslos da.

Mit einem lauten Krachen fällt die Tür ins Schloss und ich schrecke hoch. Die Holzdielen vibrieren unter schweren Stiefelschritten. In Sekundenschnelle bin ich auf den Füßen und stehe einer großen Frau gegenüber, auf deren Stirn Schweißperlen glänzen.

„Erin!", stoße ich aus. „Wieso bist du hier? Wo ist Tamena?" Sie wollte sie zur Grenze bringen und dann abhauen.

Erin stützt sich keuchend im Türrahmen ab und wischt sich mit der Schulter übers Gesicht. Ihr Blick fällt auf Karan und sie hebt eine Augenbraue. „Nicht schlecht." Sie öffnet ihre linke Hand und streckt sie vor mir aus. „Ich war so schnell, wie ich konnte." Auf ihrer Handinnenfläche kommt eine kleine gelbe Rose zum Vorschein.

„Du hast sie gekriegt", sagt Zoey hinter mir.

„Was ... Du ...", stammele ich. „Wieso?" Behutsam nehme ich die Blüte entgegen, wie einen Schmetterling, der jederzeit davonfliegen könnte.

„Erin, danke", sagt Arek, der jetzt neben mir steht. Er sieht mich an. „Wir haben sie auf dem Weg zu Karan getroffen."

„Wo ist Tamena?", frage ich erneut und linse hinter sie in die Küche. Hat sie sie verloren?

„Beruhig dich, sie liegt in Silas Bett", sagt Erin. „Sei lieber froh, dass ich so schnell rennen kann."

Ist sie allein noch mal zum See gerannt? Ich öffne den Mund, doch hinter uns röchelt Karan und wir fahren herum.

„Lasst uns die Blüte in seinen Mund legen", sagt Arek. „Die Stunde ist zwar lange nicht um, aber sicher ist sicher." Wir gehen zu seinem Kopfende und Arek klappt

331

das Tuch auf Karans Mund hoch zur Nase. Mit zitternden Fingern ziehe ich sein Kinn nach unten, sodass der Mund aufklappt. „Und die muss wirklich unter die Zunge?" Ich rümpfe die Nase.

Zoey überfliegt den Text und nickt. „Es steht für die Öffnung des Geists."

Ich seufze, schiebe Karan Daumen und Zeigefinger in den Mund und hebe seine fleischige Zunge an, unter die ich die Blüte quetsche. Arek faltet das Tuch zurück, sodass es wieder beide Atemgänge bedeckt.

„Dann sollten wir gleich loslegen", sage ich und wische Karans Speichel an meiner Hose ab. Je weniger Zeit wir verlieren, desto besser. „Er muss ins Gewächshaus."

Zoey stöhnt, doch Erin geht zum Kopfende, wo sie Karan unter den Schultern packt. Ich frage lieber nicht, wieso sie uns hilft, bevor sie es sich noch anders überlegt. Gemeinsam mit Arek nehme ich die Beine.

Zoey öffnet die Tür und geht neben uns her, während wir Karan schweigend durch den dunklen Wald tragen. In meinem Kopf herrscht dichter Nebel und ich zwinge mich, nicht darüber nachzudenken, was passiert, wenn unser Plan scheitert. Im Gewächshaus angekommen, schlägt uns der kräutrige Duft entgegen. Durch das Glasdach scheint der Mond auf uns hinunter und mittlerweile schimmern helle Schlieren am Himmel. In wenigen Stunden geht die Sonne auf.

„Unter den Holunderstrauch", sage ich und weiche einem breiten Minzbüschel aus. Zoey drückt die Tür des Glashauses hinter uns zu und folgt uns im Dunkeln zwischen den Sträuchern hindurch. Beim Holderbusch angekommen, legen wir Karan so ab, wie ich es bei Tamena gesehen habe.

„Hier ist das restliche Johanniskrautöl von Caleb", sagt Arek und zieht die rötlich schimmernde Flasche hervor. „Ihn damit einzureiben ist sicher nicht verkehrt, oder?"

Ich nicke. „Alles, was warm macht, hilft." Mit zitternden Fingern knöpfe ich Karans Wams auf. Mein Blick fällt auf seine entblößte haarige Brust und ich versteife mich. In mir breitet sich ein dunkles Vakuum aus und obwohl ich schwitze, fröstele ich. Alles in mir schreit danach, so viel Abstand wie möglich zwischen ihn und mich zu bringen.

„Komm, ich mache das", sagt Zoey, nimmt mir das Öl ab, reibt Karans Oberkörper großzügig ein und knöpft sein Gewand wieder zu.

„Ich glaube, ich verstehe gerade erst, dass er es ist." Ich starre auf das Tuch, das ihn bis unter die Augen bedeckt. Mir wird schlecht.

Arek nimmt meine Hand und drückt sie. Tränen steigen in mir auf und ich schüttele mich. Ich schaffe das. Ich *muss* es schaffen, denn es gibt kein Zurück mehr und in ein paar Stunden füllt sich das Gelände mit Menschen. „Okay."

Schwankend steige ich über Karan und setze mich zu seinem Kopf unter den Strauch. Zum Glück sind seine Augen geschlossen, sodass ich sie nicht sehen muss. Mit überkreuzten Beinen sitze ich da und verwurzele mich in den Boden, sauge den erdigen Duft auf. Tief durchatmen. Langsam hebe ich die Hand und in der Sekunde, in der ich den Stamm des Holunders berühre, durchfährt mich ein heißes Zucken.

Es ist wie ein lang ersehntes Ankommen. Dort, wo bis letzte Woche ein unkontrollierbarer Hitzeschwall war, fließt jetzt ein glühendes Summen in geregelter Stromstärke in mich hinein und alles andere tritt in den

Hintergrund. Die wilde Energie nimmt mich in sich auf und ich nehme den ersten richtigen Atemzug diese Nacht. Beim Gedanken an Karan, der vor mir liegt, zieht sich die Wärme ein Stück zurück, doch ich schlucke, strecke meine Hand aus und lege sie auf seine Schulter. Frostige Kälte pikst in meine Nagelbetten und breitet sich über jeden der fünf Finger nach oben aus. Meine Brust hebt und senkt sich schnell und ich halte krampfhaft an der wärmenden Verbindung durch den Holunder fest. Was hat Tamena gesagt? Es sei wie eine Art Kanal, der ermöglicht, dass die Energie eines Menschen zurück in den Naturkreislauf fließt.

Mit aller Kraft visualisiere ich flüssiges, warmes Sonnenlicht, das von meinem Zentrum meinen Arm hinabfließt. Tief atme ich ein, taste nach Karans Innerem und stoße auf eine harte Mauer. Ich ziehe die Augenbrauen zusammen. Wieso ist er trotz Blüte, dem Öl und seiner Bewusstlosigkeit so verschlossen? Ich stelle mir vor, wie sich das Sonnenlicht in mir ausbreitet, über meinen Körper hinaustritt und sich als wärmende Kugel um uns schmiegt. Eingehüllt in diese Flut aus Energie, spüre ich unter dem Griff meiner Fingerkuppen einen Puls. Ist das Karans oder mein eigener? *Du bist in Sicherheit, öffne dich*, sage ich ihm in Gedanken, doch meine Energie prallt ab wie an einer eisernen Wand. Die Fassade seiner Barriere ist rau und leblos.

Mit jeder Ausatmung verwurzele ich mich tiefer in den Boden und nehme die Hitze des Holunders weiter in mich auf, versuche heftiger, sie auf ihn zu übertragen. Lodernde Flammen lecken an meinem Körper und brennen ungehindert durch mich hindurch, während Schweiß an meinen Schläfen hinabfließt. *Öffne dich!* Da ist ein Piepen und mit jeder Sekunde wird es lauter. Etwas Kaltes berührt meine Wange.

„Nara." Die dumpfe Stimme ist weit weg. „Nara, komm zurück."

Ich schlage die Augen auf und blinzle. Hat es geklappt? Hektisch blicke ich auf Karan, der unverändert vor mir liegt.

„Nara", sagt Arek und schiebt seine Hand von meiner Wange zu meiner Stirn. „Du glühst."

„Was?" Mein Mund ist staubtrocken. Hastig sehe ich auf. Zoey sitzt mit ein wenig Abstand an der Glaswand im Schneidersitz und sieht mich an, von Erin ist weit und breit nichts zu sehen.

„Wie lange war ich weg?"

Arek runzelt die Stirn. „Bestimmt fünfzehn Minuten. Tut mir leid, wenn ich dich unterbrochen habe, aber du wurdest immer wärmer."

„Oh", sage ich und fahre mir mit den Händen übers Gesicht. Das Piepsen verhallt, doch ich fühle mich, als sei ich einen Marathon gelaufen. „Es ist unmöglich, eine Verbindung herzustellen, da ist eine so hohe Mauer."

„Sollte dafür nicht die Blüte zuständig sein? Um den Schutzwall zu brechen?", fragt Zoey.

Ich sehe zu Arek. „Glaubst du, zu zweit geht es leichter?"

Er schüttelt den Kopf. „Dein Zugang ist ein anderer, das spüre ich. Ich beherrsche die Technik des Schirms, aber das, was du da machst, ist etwas völlig anderes. Dabei bin ich keine Hilfe, so gern ich etwas tun würde."

Ich nicke. Er könnte es lernen, aber sicher nicht in einer Nacht. „Es muss klappen", sage ich und massiere meine Schläfen. Wahrscheinlich hilft es nicht, dass ich seit vierundzwanzig Stunden wach bin, aber einen Powernap kann ich mir nicht leisten. „Vielleicht könnt ihr mich alle fünf Minuten zurückholen, damit ich nicht zu viel Energie auf einmal verbrauche."

Arek nickt und sieht auf seine Armbanduhr. „Machen wir."

Ich atme tief ein. „Okay."

Unzählige Male versuche ich es, während es um uns herum immer heller wird. Obwohl Arek sich teilweise mit mir verbindet, um mich zu stärken, wehrt sich Karans Inneres so vehement gegen die Kontaktaufnahme, als wäre die Wärme ein Virus. Wieso kriege ich das nicht hin?

Nach einer Weile löst Zoey Arek mit der Zeitwache ab, sodass er kurz schlafen kann. In sich zusammengesunken sitzt er auf ihrem Platz an der Glaswand und atmet schwer. Ich schüttele meine Handgelenke und stöhne.

„Kann es sein, dass die Kälte sein Inneres zerstört hat?" Zoeys Locken sind mittlerweile völlig zerzaust. „Dass nichts mehr von ihm übrig ist?"

Ich gähne und schüttle den Kopf. „Es fühlt sich eher an, als wäre es so tief begraben, dass nichts rankommt. Wie viel Uhr ist es?"

Sie sieht auf ihr Handgelenk. „Sechs Uhr dreißig."

„Mist." Ich kaue auf meiner Oberlippe. „Spätestens ab dem Frühstück sind im Wald Leute unterwegs. Wir können nicht riskieren, dass hier jemand vorbeikommt, also haben wir maximal eineinhalb Stunden."

Zoey nickt und schweigt. Ein paar Atemzüge lang starren wir vor uns hin und mir fallen die Lider zu. Räuspernd richte ich mich auf und weite die Augen. „Vielleicht kann Tamena helfen. Glaubst du, sie hat sich schon etwas erholt?"

„Als ich sie heute Nacht gesehen habe, sah sie echt mies aus. Aber einen Versuch ist es wert."

Ich schlucke. „Kannst du Arek aufwecken und gemeinsam mit ihm auf Karan aufpassen? Dann schaue ich kurz nach ihr." Beim Aufstehen schwanke ich kurz, meine Beine fühlen sich an wie Pudding.

Zoey stretcht ihren Nacken. „Beeil dich, es ist fast hell."

Ich nicke, verlasse das Gewächshaus und renne los.

Auf dem Innenhof des Gebäudekomplexes ist es noch still. Vorsichtig drücke ich die Klinke des Haupteingangs herunter und stecke meinen Kopf durch den Türspalt. Drinnen ist es dunkel. So leise wie möglich haste ich zu Silas Zimmer.

Das Licht vom Gang flutet den dunklen Raum, während ich mit wild klopfendem Herz eintrete. Es ist das erste Mal, dass wir uns richtig begegnen, seit ich weiß, wer sie ist. Vorsichtig schiebe ich den Vorhang zur Seite, sodass etwas vom beginnenden Tageslicht ins Zimmer fällt.

„Tamena", flüstere ich und knie mich zu ihr ans Bett.

Ihre Lider flattern und sie dreht langsam den Kopf zur Seite. „Nara?"

„Ja." Ich reiche ihr ein Wasserglas vom Nachttisch, das sie, die Augen halb geöffnet, annimmt. Minimal hebt sie ihren Kopf und trinkt ein paar kleine Schlucke.

„Sie haben's zu dir geschafft", sagt Tamena und ihre Mundwinkel zucken, ein Lächeln andeutend.

„Ja, Karan ist jetzt hier." Was sie denkt, wenn sie weiß, dass ich bisher versagt habe? „Tamena …", sage ich. „Wieso hast du nie etwas gesagt?"

Einen Moment lang schweigt sie und in ihren Augen schimmert es feucht. Sie weiß also, was ich meine. „Scham."

„Wofür?" Ich rücke näher, stütze meine Ellenbogen auf dem Bettrand ab und lege das Kinn auf die Hände.

„Ich habe als Mutter versagt", sagt sie trocken und ein Tropfen löst sich aus ihrem Augenwinkel. „Niemals hätte ich es zulassen dürfen. Dass er dir das antut." Sie atmet schwer, streckt die zittrige Hand aus und berührt kurz meinen Kopf. Mit geschlossenen Augen halte ich die Tränen zurück. „Ich dachte, du wendest dich von mir ab, wenn du herausfindest, wer ich bin."

„Hättest du es verhindern können?" Meine Stimme bebt und ich sehe sie an. Sie schüttelt leicht den Kopf. „Dann hast du keine Schuld daran."

Ihr Blick geht zur Decke und sie stößt langsam den Atem zwischen den aufeinandergepressten Lippen hervor. „Ich bin so müde."

Ich schlucke, denn ich kenne dieses Gefühl. Sanft streiche ich ihr über die Schulter und ziehe die Augenbrauen zusammen. „Hat er dir sein Blut gegeben?"

Sie schüttelt den Kopf. „Zum Glück nicht. Er wusste, dass du kommen wirst."

Gänsehaut überzieht meinen Körper und ich schüttele mich. Mehrere Atemzüge lang ist es still, bis auf Tamenas Schnaufen.

„Ich bekomme es nicht hin", flüstere ich in die Dunkelheit. „Wir haben alles und trotzdem fehlt mir der Zugang." Ich sehe auf ihre Bettdecke, damit ich ihr enttäuschtes Gesicht nicht sehe.

Tamena seufzt. „Sieh mich an."

Widerwillig hebe ich den Blick und sehe in die Augen meiner Mutter.

„Weißt du, was meine schönste Erinnerung an deine Kindheit ist?"

Mein Puls beschleunigt sich und ich schüttle den Kopf.

„An sonnigen Tagen, wenn im Garten alles geblüht hat, hast du ihnen vorgelesen, den Pflanzen."

Ich blinzle. „Welchen Pflanzen?"

„Wir hatten ein Feld aus Margeriten. In ihrer Mitte stand eine kleine Eisentafel, die für Werkzeug gedacht war. Du hast wie auf einem Lesepult deine Bücher darauf ausgebreitet und im Stehen den Blumen vorgelesen. Es war, als reckten sie alle ihre Köpfe, um dir zu lauschen."

In meinem Brustkorb kribbelt es. „Wieso erzählst du mir das?"

„Weil er schon immer in dir lag, der Zugang. Du hast alles, was du brauchst, dir kam nur das Vertrauen abhanden."

„Wie bekomme ich es zurück?"

„Vertrau auf dein Herz. Wenn du es lässt, atmet es von allein."

Vor meinem inneren Auge erscheint das Bild von dem siebenjährigen Mädchen im gelben Badeanzug. *Ich vergebe dir*, hat sie gesagt und ich habe Frieden gespürt. Ich reiße die Augen auf. Die Blüte! Ist sie deswegen gewachsen? Weil ich Schmerz überwunden habe? Aber was war dann beim ersten Mal? „Tamena, als wir am See waren, du und ich. Was hast du da gefühlt?"

Sie zieht den Kopf zurück. „Was meinst du?"

„Ich glaube, ich weiß, wie die Blüten wachsen. Was war an dem Abend, als wir zu zweit dort waren? Ich dachte mir die ganze Zeit, dass die Teichrose noch nicht da war, als wir kamen."

Sie hebt eine Augenbraue und dreht sich auf den Rücken, den Blick zur Decke gerichtet. „Wir haben geredet, oder? Du hast mir die Sternbilder gezeigt und von deiner Mutter erzählt. Es war traurig und gleichzeitig schön, weil du dich erinnern konntest. Ich dachte mir, dass du, auch wenn ich dich nicht vor dem Schmerz bewahren konnte, trotzdem deinen Zauber behalten konntest. Das war eine friedliche Vorstellung." Sie sieht zu mir und eine weitere Träne rollt über ihre Wange. „Ich hatte fest vor, es dir am nächsten Tag zu sagen. Aber du hattest dich gerade mit Arek versöhnt und es fühlte sich nicht wie der richtige Zeitpunkt an. Es tut mir so leid."

In mir ist es warm und ich beuge mich nach vorn, um sie in eine Umarmung zu schließen. Tamena greift um meinen Rücken und zieht mich an sich, ihr warmes Gesicht an meinem Hals, und in meinem Inneren rastet etwas ein. Wir weinen beide und ich fühle mich so geborgen wie lange nicht mehr.

Bereits auf der Treppe schlägt mir lautes Stimmengewirr entgegen. Im Foyer tummeln sich mindestens zwanzig Nevox, die wild gestikulierend durcheinanderreden. In der Hand eines Mannes sehe ich ein Messer, das er fest umklammert. Von der Treppe strömen weitere Nevox herbei, die wissen wollen, was los ist.

Ich spüre eine Hand an meinem Arm und sehe zur Seite, wo Sila steht. „Gut, dich zu sehen", sagt sie leise und zieht mich in eine kurze, aber feste Umarmung.

„Ebenso." Ich schenke ihr ein nervöses Lächeln. „Was ist hier los?"

Sie nickt in Richtung der Ecke beim Fahrstuhl, wo Leo hockt und mit zusammengezogenen Brauen den Tumult beobachtet. Wir gehen zu ihm und auch er drückt mich kurz.

„An der Grenze gibt es Probleme", flüstert Sila. „Es hat sich rumgesprochen, dass Athemar sich außerhalb des Grundstücks tummeln und die Wachenden ihre Energien nur noch mit größter Not abhalten." Sie deutet unauffällig auf eine weitere Nevok, die mit einem Messer bewaffnet ist. „Sie bereiten sich auf einen Angriff vor."

Meine Brust schnürt sich zusammen. „Das darf nicht passieren. Ich muss zum Gewächshaus zurück."

Sila nickt. „Du musst es schaffen, solange der Schirm noch hält."

Leo sieht mich an. „Wir geben dir Bescheid."

„Ja", sagt Sila. „Wir behalten alles im Blick."

„Danke", sage ich und drücke mich an den Nevox vorbei zum Ausgang. Auch im Hof wuseln mehrere Dutzend Menschen umher und ich nutze das Chaos, um ungesehen in Richtung Wald abzuhauen.

Als ich ankomme, sitzen Zoey und Arek bei Karan, der unverändert am Boden liegt. „Ich weiß, wie ich es hinkriege", sage ich. „Ihr müsst uns allein lassen."

„Und dich verglühen lassen?", fragt Zoey. Mit unruhigen Fingern spielt sie an ihren Ringen.

Wenn du dein Herz lässt, atmet es von allein. „Es konnte nicht funktionieren, weil ich mich selbst nicht geöffnet habe. Die Energie hat sich in meinem Körper gestaut, weil er sich ebenso gewehrt hat wie Karans. Deswegen wurde mir heiß."

Arek verengt die Augen und legt den Kopf schief. „Heißt das, du musst den Schmerz auch zulassen?"

„Ja", sage ich. „Aber ich brauche Raum dafür."

Er mustert mich mit malmendem Kiefer. „Und du spürst es? Dass es der richtige Weg ist?"

Ich trete von einem Fuß auf den anderen und nicke.

„Alles klar." Er bewegt sich in Richtung Ausgang.

Aus meinem Körper weicht ein wenig Anspannung. „Danke."

Zoey blickt mit verzogenem Mund zwischen uns hin und her. „Seid ihr verrückt? Ich lasse doch meine beste Freundin nicht an Fieber krepieren, ich bleibe hier."

„Zoey, du –", sagt Arek, aber ich hebe die Hand.

„Möchtest du es spüren?", frage ich.

Sie streicht sich eine Locke hinters Ohr. „Was spüren?"

„Wie ich mich fühle. Ich kann es dir zeigen, nur ein paar Sekunden." Ich strecke die Hände aus, bereit, mein Gefühl auf sie zu übertragen.

Sie betrachtet mich für mehrere Atemzüge und schüttelt jetzt den Kopf. „Du meinst es wohl wirklich ernst. Dann los."

Dankbar lächle ich sie an. Sie nickt und wendet sich gemeinsam mit Arek ab. „Wir sind draußen vor der Tür, wenn du uns brauchst."

Ich nicke, drehe mich um und sehe zu Karan. Jetzt sind es nur noch wir beide.

31

Im Schneidersitz ziehe ich Karan zu mir heran und platziere eine Hand unter seinen Kopf, die andere auf den Brustkorb. Ich lehne mich zurück gegen den Holunderstrauch und stelle mir vor, wie seine Wurzeln sich unter mir durchs Erdreich graben. Kurz halte ich die Luft an und lausche. Unter meinen Fingern füllen und entleeren sich Karans Lungenflügel und kaum hörbares Schnaufen füllt den Raum. Draußen rauscht der Wind zwischen den Fichten. Ich atme den Geruch nach feuchter Erde ein und schließe die Augen.

In mir drin ist Stille und da ist sie wieder, die siebenjährige Nara. Wir sind am See, eingehüllt in Dunkelheit. Ihre großen, glitzernden Augen locken mich zu ihr und ich löse mich vom Fels. Ohne den Blick von ihr abzuwenden, gleite ich in das kalte Wasser und wate auf sie zu. Das kühle Nass schwappt mir zuerst um die Kniekehlen, dann die Hüfte, und schließlich um den Brustkorb. Tausende Nadelstiche übersäen meinen Körper und ich öffne mich für das Prickeln des Wassers, das mich von allen Seiten hält. Mein Brustkorb dehnt sich aus und ich ziehe meine Finger durch das Wasser, schwimme auf das kleine Mädchen zu, das bereits weiß, wie stark ihr Herz ist.

„Ich bin da", flüstere ich. Sie streckt die kleinen Hände nach mir aus und ich habe sie fast erreicht. Auf meinen Wangen ist es feucht und ich blinzle immer wieder, um die kleine Nara in all ihren Facetten zu sehen. Von ihr geht ein überwältigendes Summen aus. Ich spüre ihre Energie und alles, was dadurch bewirkt werden möchte.

Ein Schluchzen entfährt meiner Kehle und in mir löst sich etwas. Das Mädchen schließt die Augen und in dem Moment, in dem sich unsere Hände berühren, packt mich ein heftiger Sturm und zieht mich hinunter. Der See ist auf einmal endlos tief.

Karans Schwingungen resonieren so plötzlich mit mir, dass mir das Mädchen zwischen den Fingern davon gleitet und in der Dunkelheit verschwindet. „Bleib bei mir!", schreie ich, doch ich rase allein auf Karans Silhouette zu, die in den Tiefen des dunklen Wassers wabert. Es ist der Karan, den ich erspürt habe, als ich bei ihm im Trakt war: jung, um die dreißig, kurzes weißes Haar. Sein Gesicht ist zu einer Grimasse verzogen und ich treibe immer weiter in ihn hinein.

„Wieso?", schreie ich ihn an. „Wieso hast du sie mir weggenommen?" Alles, was ich je gespürt habe, prasselt auf mich ein. Verlust, Trauer, Hass – und darunter eine tiefe Sehnsucht nach dem Vertrauen, von dem Tamena sprach. Meine Schreie verschwinden im Gurgeln des Wassers und er sieht mich ausdruckslos an, seine Iriden gelb wie die Teichrose, die sich durch seine Schichten arbeitet. „Sag was!", schreie ich lauter und in meinen Ohren knackst es. Es ist so kalt hier unten.

Er öffnet den Mund. „Ich habe dich beschützt."

Ein Stechen fährt durch meinen Schädel und ich balle die Fäuste. „Das Einzige, wovor ich je Schutz brauchte, warst du."

„Das meinst du nicht so."

„Ich meine jedes Wort davon. Hast du dich da draußen mal umgeschaut? Siehst du, was deine Gewalt anrichtet?"

Er schüttelt den Kopf. „Die Welt da draußen interessiert mich hier unten nicht."

„Dann tauch verdammt noch mal auf!" Ich schwimme auf ihn zu, packe ihn an den Schultern und schüttele ihn. Vor meinem inneren Auge erscheint das Bild des kleinen Mädchens, das mir durch die Finger rutscht.

„Niemals."

„Wieso nicht?"

„Ich kann nur hier unten leben."

Wir starren uns ausdruckslos an und er deutet langsam nach unten in die Dunkelheit. Ich sehe an ihm hinab und schlucke. An seinen Beinen hängen schwere, dreckbeladene Felsbrocken, an denen er in einem Gewirr aus Seerosenranken fixiert ist. Karan ist in der Tiefe festgewachsen.

Auf meine Lunge drückt eine ungreifbare Schwere und aus der Tiefe strömen auf einmal Wassermassen, die mich in Richtung Oberfläche drücken. Mit Armen und Beinen rudernd versuche ich, bei Karan zu bleiben. „Nennst du das *leben*?"

„Ich kenne es nicht anders."

Ich blinzle und kämpfe gegen die Strömung an. „Es ist deine Pflicht, etwas zu ändern."

„Wer sagt das?" Er verzieht das Gesicht und starrt nach unten in die Dunkelheit.

Ich schlucke, blicke nach oben, wo es hell schimmert und nährender Sauerstoff auf mich wartet, kämpfe aber gegen das Brennen in meiner Lunge an und schwimme mit kräftigen Zügen zu Karan. Ihn an den Schultern packend, sehe ich ihm direkt ins Gesicht. „*Ich* sage das, deine Tochter."

Tranceartig betrachtet er meine Hände, die auf ihm ruhen. „Du bist meine Tochter." In seiner leisen Stimme liegt Schmerz.

„Du nimmst Menschen ihr Leben, so wie du meins genommen hast. Es ist Zeit, Verantwortung zu übernehmen." Ich packe seinen Kopf und versuche sein Gesicht Richtung Wasseroberfläche zu drehen.

Er windet sich in meinen Händen und presst die Lider zu, doch ich halte ihn fest, ignoriere das Brennen in meiner Lunge. „Sieh nach oben!"

Mit schmerzverzerrtem Gesicht öffnet er die Augen und sein Blick sucht mich. Sein gesamter Körper zittert.

„Du bist nicht allein", sage ich ihm.

Ganz langsam löst sich sein Blick von mir und wandert nach oben. Gleißendes Licht spiegelt sich in seinen Iriden und seine Pupillen werden kleiner. Auf einmal reißt er die Augen auf und bewegt die Arme, doch seine Handgelenke sind ebenfalls fixiert. Er röchelt und strampelt, kommt aber nicht gegen die massiven Felsklumpen an.

Mein Puls hämmert in den Ohren und unter meiner Schädeldecke sticht es, doch ich ziehe mich an Karan hinab und zerre an den Ranken, die seine Beine befestigen. Durch das eisige Wasser spüre ich meine Finger nicht, doch die erste Fessel löst sich und ein Brocken sinkt in die Tiefe. Karan strampelt schneller, hektischer. Erstickte Laute dringen durch die Dunkelheit, während er mit den Zähnen an den Ranken an seinen Handgelenken zerrt. Ich mobilisiere jede restliche Kraft in mir und reiße Brocken für Brocken von ihm weg. Schlamm trübt das Wasser um uns herum und mit einem scheußlichen Ratschen reißt der letzte Erdklumpen von ihm ab. Wie in Trance verfolge ich ihn mit dem Blick, sehe, wie er in Richtung Grund immer kleiner wird.

Langsam bewege ich die Hände vor mein Gesicht. Meine Fingerspitzen sind blau. Alles um mich herum verschwimmt und meine Lunge rebelliert. Ich huste röchelnd. Was piepst da so laut? Luftblasen steigen vor mir empor und ich sinke in die Tiefe. Friedliche Dunkelheit hüllt mich ein. In diesem Moment packen mich eine kleine und eine große Hand unter den Achseln und reißen mich nach oben. Durch halb geöffnete Lider sehe ich Karan, der ebenfalls emporsteigt.

Helles Licht weckt mich und ein warmer Strahl wandert über meinen Körper. Das Klingeln in meinen Ohren versiegt und zurück bleibt gleichmäßiger Atem. Mehrere Sekunden lang sitze ich so da, während die Kälte an mir hinabschmilzt und Energie zurück in meinen Körper fließt.

Da ist ein zweites Atemgeräusch und ich blinzle, gewöhne meine Augen an die Helligkeit. Inmitten des gleißenden Sonnenlichts sitzt eine Gestalt im Schneidersitz und mit jedem Atemzug, den ich nehme, werden seine Umrisse prägnanter. Karan hat die Augen geschlossen, es wirkt, als schlafe er.

Dass wir beide hier sind, ist gut, oder? Die Wärme des Holunders fließt meinen Rücken hinauf und lässt meinen Körper schwingen. Schnaufend erhebe ich mich und gehe auf wackeligen Beinen zu ihm durch den lichtdurchfluteten Raum. Ächzend setze ich mich vor Karan, sodass ich die tiefen Furchen auf seiner Haut erkenne. Sein nun langes Haar fällt in sein gealtertes, fahles Gesicht.

„Wach auf", sage ich mit dünner Stimme.

Seine Augenbrauen zucken und er röchelt mehrmals nach Luft. „Was ist das?", fragt er mit geschlossenen Augen. Seine brüchige dunkle Stimme hat jegliche Bedrohlichkeit verloren.

„Was meinst du?"

„Das Kribbeln."

Sein trockenes Gewand reflektiert das Sonnenlicht. Ich hebe einen Mundwinkel. „Das ist Wärme."

„Wärme", sagt er, als teste er das Wort in seinem Mund aus. Er blinzelt und sieht mit halb geöffneten Lidern umher. Jetzt fokussiert er mich. „Wieso tust du das?"

„Es muss aufhören. Du hast für genug Leid gesorgt."

Karan blickt zu Boden und sein Unterkiefer bebt beim Ausatmen. „In mir ist etwas … Es macht mir Angst." Durch unsere Verbindung spüre ich eine wabernde Welle, die durch ihn hindurchfließt. Es fühlt sich an wie ein Sturm, der unter einer dünnen Decke tost, bereit, sie in tausend Stücke zu zerfetzen. Karan ballt die Fäuste und krümmt den Oberkörper, die Augen auf den Boden gerichtet.

„Es ist Schmerz, ich fühle ihn auch." Unsere Blicke begegnen sich.

„Wenn ich ihn zulasse, verschwinde ich." Seine Stimme bricht.

Ich schüttle den Kopf. „Ich halte ihn mit dir."

Er atmet schwer, in seinen Augen schimmert es feucht. „Warum bist du so stark?"

„Ich bin nicht allein." Wie zur Bestätigung fließt eine elektrisierende Welle durch meinen Rücken und unter mir durch.

„Es wird schlimmer", sagt er und verzieht schmerzvoll das Gesicht.

„Lass es zu, dann wird es leichter." Ich strecke ihm die Hände entgegen. Karan zögert und schluckt, starrt auf meine Finger. Langsam rührt er sich. Millimeter für Millimeter hebt er seine Hände und bewegt sie auf meine zu. In dem Moment, in dem wir uns berühren, bricht der Sturm aus und Karan japst nach Luft, hält sich keuchend an mir fest. Etwas Dunkles, Herzzerreißendes strömt von ihm auf mich über und ich habe Mühe, nicht selbst zu zerbrechen. Es blitzt und ein Donner bebt durch Karans Inneres.

„Die Natur hält uns", sage ich zu uns beiden. Wie auf Kommando tost es noch zerstörerischer. Ich habe Mühe, mich aufrecht zu halten und die Lunge mit Luft zu füllen. Karans Hände zittern in meinen. Erschöpfung kriecht in meinen Körper und ich kämpfe dagegen an, ihn loszulassen. Eine neue tosende Woge packt uns und mir entfährt ein Winseln. Jegliche Restenergie fließt ungehemmt aus mir heraus, wie aus einer gepressten Zitrone. Kälte breitet sich von meinen Zehenspitzen nach oben aus. Habe ich mir zu viel vorgenommen?

Du musst nichts allein schaffen. Areks Worte hallen in meinem Gedächtnis nach. Ich nicke, schließe die Augen und da sehe ich sie: mehrere Silhouetten, die aus einem verschwommenen Raum auf mich zukommen. Die junge Nara erkenne ich als Erstes, doch da sind noch mehr. Sila, Arek, Leo, Zoey, Caleb. Auch Tamena. Schwerelos gleiten sie auf mich zu.

„Helft mir", flüstere ich und in der nächsten Sekunde spüre ich ihre Hände auf meinem Rücken. Die Naturkräfte intensivieren sich und fließen als gleißender Energiestrom von mir auf Karan über, aus dem ein Schluchzen herausbricht. Tränen fließen wie Sturzbäche aus ihm und sein bitterliches Weinen hallt durch den Raum. Wir alle sind da und die Wärme bildet ein Fundament, auf dem sich der Sturm ergießt. Irgendwann versiegt auch der Regen und nur Stille und Licht bleiben zurück.

Ich halte Karans in sich zusammengesackten Körper und warte, dass sich seine Atmung normalisiert. Ein sanfter, stetiger Strom fließt von meinem Rücken über die Arme in ihn über. Karan hebt den Blick, sieht mich an und zieht nun langsam seine Hände zurück. So sitzen wir da und betrachten einander, vielleicht zum allerersten Mal in unserem Leben.

32

„Sie war wie das hier", sagt Karan und macht eine schwache, kreisende Handbewegung.

„Wer?"

„Deine Mutter."

Ich schlucke.

„Sie war die Sonne, um deren Liebe alle wie Planeten kreisten." Ein trauriges Lächeln legt sich auf sein Gesicht und aus seinen geröteten Augen lösen sich zwei einzelne Tränen. „Als sie bei deiner Geburt starb, ist etwas in mir zerbrochen. Ich sah dich an und wusste, dass ich sie niemals ersetzen könnte."

„Du solltest sie nicht ersetzen. Du solltest mein Vater sein."

„Es war der schlimmste Schmerz, den ich je gespürt habe", flüstert er. „Und aus Schmerz wurde Wut, weil sie mich allein gelassen hat."

Ich nicke langsam. Wut ist leichter zu ertragen als Schmerz.

„Ich schwor mir, nie wieder jemandem nah zu sein, selbst dir nicht. Ich wollte nie wieder Schmerz empfinden." Er sieht zu Boden. „Du hättest sterben können und es wäre egal gewesen."

„Aber ich bin nicht tot. Ich bin hier." Ich spüre den Widerhall der Worte in meinem gesamten Körper und atme tief durch, während die Erkenntnis Schicht für Schicht in mich hineinsickert.

Ich bin hier.

Ruhig sehe ich in seine hellen, müden Augen.

„Es tut mir leid", flüstert er und seine Stimme bricht.

Mein Brustkorb weitet sich und ich atme frei. „Ich weiß."

Es fühlt sich an, als erwache ich aus einem zwölfstündigen Schlaf. Die Sonne wirft mittlerweile helle Strahlen auf die Blätter im Gewächshaus. Ich sehe auf Karan hinab, neben dessen geschlossenen Lidern Tränenspuren schimmern. Langsam hebt und senkt sich seine Brust und ich lächle müde. An der Stelle, wo meine Handflächen seine Schultern berühren, fließt ein Energiestrom und von seinem Körper geht Wärme aus.

Langsam löse ich mich und stehe auf, wodurch der Energiestrom schwächer wird, aber nicht abebbt. Mit knacksendem Nacken kreise ich meinen Kopf von einer Schulter zur anderen und taumle in Richtung Ausgang, wo Arek und Zoey mich erwartungsvoll anstarren.

Plötzlich löst sich hinter ihnen eine Gestalt aus dem Wald und ich erkenne Henry, der schnellen Schrittes auf uns zueilt, die Zornesfalte auf der Stirn tiefer denn je. Arek sieht meinen Blick und wirbelt herum.

Henry ist nun nur noch wenige Meter entfernt. „Nara Heeley, das Fass ist mehr als voll", schreit er und in meinen Ohren rauscht es. Schnell sehe ich nach Karan, der aber immer noch, versteckt hinter den Sträuchern, bewegungslos am Boden liegt. „Sieh zu, dass du den Campus verlässt und deinen Clan dort mit hinnimmst, wo du hergekommen bist."

Zoey stemmt die Hände in die Seiten. „Wieso gibst du Nara die Schuld daran, dass Athemar da sind?"

Henry verengt die Augen und fixiert sie. „Halt mich nicht zum Narren, du clanlose Göre. Im Gegensatz zu euch gibt es loyale Menschen auf diesem Campus. Walli

352

mag zwar bestechlich sein, aber enttäuscht hat er mich noch nie." Er kommt auf mich zu und beugt sich so nah vor mein Gesicht, dass ich die Adern in seinen Augäpfeln erkenne. Meine Hände sind schweißnass und er sieht auf mich herab. „Ich hätte dir nie Einlass gewähren sollen. Seit du hier bist, gibt es nur –" Er blickt hinter mich ins Innere des Gewächshauses. „Wer zum Teufel liegt dort?" Gewaltsam schiebt er mich zur Seite und stürmt an mir vorbei.

Ich hechte hinterher.

Abrupt bleibt er stehen und sein Körper versteift sich. In Zeitlupentempo dreht er sich zu mir um, in seinen geweiteten Pupillen liegt funkelnder Hass. Gerade öffnet er seinen Mund, da packt Arek ihn an der Schulter. „Halt den Mund, Henry."

Jegliche Emotion weicht aus Henrys Gesicht, während Arek mit geschlossenen Augen dasteht, den festen Griff in seine Schulter gebohrt. Als er seine Lider öffnet, geht völlige Ruhe von ihm aus.

„Was –", stammelt Henry. Offenbar hat er die Loyalität seines Clans doch überschätzt.

„Was wir jetzt machen?" Areks Stimme ist gefasst. „Wir warten in Ruhe, bis Karan aufwacht. Währenddessen können die Bewohnenden frühstücken. Du entlässt Caleb aus dem Krankentrakt und dann treffen wir uns im Hof und Karan macht seinen Leuten klar, dass es keinen Angriff braucht."

„Okay", haucht Henry und taumelt rückwärts.

Ich fixiere ihn und mobilisiere meine letzten Kraftreserven.

„Beleidige noch einmal meine Freundin und wir schleifen dich höchstpersönlich vor die Grenze." Er blinzelt und schnaubt, schaut aber zu Boden. „Es ist Zeit, dass du Platz für Ideen machst, die für Frieden sorgen und nicht nur für den Schutz weniger Leute."

Wie in Trance nickt er langsam, die Aufmerksamkeit in die Ferne gerichtet. Mit Schwung schiebt Arek ihn vom Ausgang weg. Mit einem letzten verwirrten Blick über die Schulter verschwindet Henry im Wald.

Ich atme auf und lockere meine Schultern, da kommen Zoey und Arek gleichzeitig auf mich zu. Wir fallen in eine gemeinsame Umarmung und ich stütze mich auf ihre haltgebenden Arme.

Eine halbe Stunde später wacht Karan auf. Röchelnd hustet er und blinzelt, wie um richtig wach zu werden. Er spricht nicht, aber als er mich sieht, laufen ihm erneut Tränen über die Wangen. Wir nicken uns zu und er greift nach meinem Arm. Arek und Zoey beobachten ihn wachsam.

„Wie fühlst du dich?", frage ich leise. Trotz meines erschöpften Körpers geht mein Puls schnell.

„Als wäre ich Jahrzehnte lang gesprintet", sagt er mit dünner Stimme. Langsam rappelt er sich hoch und lässt wortlos zu, dass Arek meinen Platz einnimmt und seine Brust mit einer zweiten Dosis Johanniskrautöl einreibt. Ich lehne mich gegen die Glaswand und seufze, gefühlt zehn Kilo leichter, während ich ihn mit halb geöffneten Lidern beobachte. Karan kommt mir deutlich kleiner vor und sieht gebrechlich aus. Eigentlich kann er nicht so alt sein, wie er aussieht, aber die jahrelange Kälte hat ihn offenbar gezeichnet.

Hinter uns geht die Tür auf und Sila und Leo treten ein. Sie sehen Karan und ihr Starren geht in ein Lächeln über. Sila kommt zu mir, um mich zu umarmen. „Ich wusste, dass du es schaffst."

„Wie sieht es an der Grenze aus?"

Ihre Miene verdunkelt sich. „Der Schirm könnte jeden Moment brechen. Alle fünfzehn Minuten wird jemand ausgewechselt."

Ich nicke. „Lasst uns keine Zeit verlieren."

Zoey reicht mir die Hand und zieht mich hoch. Ich gehe auf Karan zu. „Es ist so weit. Du weißt, was zu tun ist, oder?"

Er nickt. „Geh ein Stück voraus und bereite sie auf mich vor", sagt er schwach.

Ich mustere ihn ein paar Sekunden. Ist das seine Chance, mir in den Rücken zu fallen? Unsere Blicke treffen sich. Ich muss zugeben, dass er recht hat. Wenn wir direkt mit ihm auftauchen, gehen die Nevox sofort auf ihn los. Ich schlucke. Jetzt ist wohl der Moment, in dem sich zeigt, ob die geleistete Arbeit tragfähig ist.

„Okay." Die anderen sehen mich an und ich nicke. „Wer bleibt bei ihm?"

„Das kann ich machen", sagt Arek.

Sila nickt. „Ich auch."

Leo sieht sie an. „Du bist besser im Überzeugen als ich."

„Okay, dann bleib du hier und ich gehe mit Nara vor", sagt Sila.

„Alles klar", sage ich und sehe zu Zoey. „Dann gehen wir los."

Kies knirscht unter unseren Füßen beim Betreten des Innenhofs, und beim Anblick der ganzen Nevox, die sich unter lautem Stimmengewirr im Innenhof tummeln, möchte ich am liebsten wieder in den Wald rennen.

Ich sehe angstverzerrte, aber auch wütende Gesichter, wild diskutierende Gruppen. Mein Magen zieht sich zusammen. Zoey und Sila nehmen meine Hand und jetzt fällt mein Blick auf Caleb, der auf den Stufen zum Eingang sitzt, die Ellbogen nach hinten aufgestützt. Er sieht mich und lächelt sanft. Henry hat sein Wort wohl gehalten.

Neben Caleb hockt Erin breitbeinig nach vorn gebeugt und schnitzt mit einem Taschenmesser an einem kurzen Ast herum. Auch sie blickt hoch und ich grinse sie an. Erin verdreht die Augen, kann sich ein Grinsen aber nicht verkneifen. Sie hat sich das mit dem Gehen wohl noch mal überlegt. Wir nicken uns zu. Ich bin froh, dass sie geblieben ist. Trotz unseres holprigen Starts haben wir eine Art Verbindung aufgebaut.

Die Menge verstummt, als zwei Nevox einen bewusstlosen Mann in grünem Hemd aus dem Wald über den Hof schleifen.

Ein Kind rennt zu ihm. „Papa!"

Eine Traube aus Menschen umringen sie und nun wird der Mann ins Innere des Hauses getragen, aus dem Henry gerade tritt. Er sieht mich und steht mit verschränkten Armen im Türrahmen. „Du schuldest ihnen eine Erklärung", sagt er laut. Unzählige Köpfe drehen sich zu uns und Zoey drückt sanft meine Hand.

„Wir kriegen das hin", flüstert Sila neben mir.

Tief atme ich ein, räuspere mich und gehe zwei zaghafte Schritte auf die Menge zu. „Die Athemar sind hier, weil sie ihren Anführer suchen."

„Was haben wir damit zu tun?", ruft jemand.

Ich versuche meinen Puls zu beruhigen. „Während wir hier im Schein lebten, haben die Athemar draußen Menschen gekidnappt und eingesperrt, darunter auch

Menschen aus unseren eigenen Reihen." Etwas weiter hinten in der Menge mache ich Linus aus, unter dessen leeren Augen Schatten liegen. Er nickt. „Wir haben lange genug weggesehen, *er* hat lange genug weggesehen." Ich zeige auf Henry, der nun die Fäuste ballt und einen Schritt nach vorn macht, aber abrupt stehen bleibt. Erin hat ihre Hand um sein Fußgelenk gelegt und sieht stumm gerade aus. Aus Henrys Miene weicht jegliche Anspannung und er tritt zurück in den Türrahmen. Ihre Hand zurückziehend, schnitzt Erin unbeirrt weiter.

„Was meinst du damit, dass sie ihren Anführer suchen?", ruft ein Mann mit aufgestelltem Hemdkragen, worauf unzählige weitere ihre Stimme erheben. „Wir müssen sie vertreiben!"

„Hierfür haben wir trainiert. Zeigen wir's ihnen!"

„Diese Mörder haben in unserem Wald nichts zu suchen!"

Ich sehe zum Waldrand, wo sich drei Gestalten aus dem Dickicht lösen. Leo und Arek treten auf den Platz, zwischen ihnen Karan, der sich gebückt auf die Schultern beider stützt. Sein Blick ist auf den Boden geheftet.

„Das ist er!", ruft jemand und noch mehr Schreie hallen über den Platz. Manche weichen zurück, rücken dichter zusammen, andere treten hervor mit wutverzerrten Grimassen und geballten Fäusten. Sila und Zoey stellen sich schützend vor die drei Neuankömmlinge.

„Er wird euch nichts tun, sondern die Athemar aufhalten", sage ich, komme aber nicht gegen das laute Stimmengewirr an. „Bitte lasst mich aussprechen." Meine Worte gehen im Chaos unter.

„Ruhe!", schreit Zoey und alle verstummen. „Himmel noch mal, ich habe keinen Bock, länger hier eingesperrt zu sein. Zu Hause wartet meine Freundin auf mich und mein Vater ist auch irgendwo da draußen, also reißt euch zusammen und lasst die Frau sprechen."

Erin hebt eine Augenbraue und schnitzt einen fetten Holzspan von ihrem Kunstwerk ab. Die Menge bleibt still und blickt zwischen mir, Zoey und meinem Vater hin und her.

„Danke", sage ich, sehe zu dem geschwächten Karan und räuspere mich erneut. „Wer von euch hat schon mal was von der Summe gehört?" Niemand meldet sich. Weiter vorn steht eine Frau, die ihre Hände in die Hosentaschen schiebt und auf ihrer Lippe kaut. Ihre Nachbarin betrachtet sie verstohlen von der Seite. Weiter hinten tuscheln welche. „Unser Problem ist die Zweiteilung", sage ich mit fester Stimme. „Kontrolle gegen Emotion, Fortschritt gegen Natur, Gut gegen Böse. Wir sind dafür nicht gemacht und was passiert, wenn wir das ignorieren, sehen wir gerade: Ausbeutung, Hierarchien und ein nicht endender Kreislauf aus Verletzung. Die Leitung sitzt auf ihrem hohen Ross, ihr pfercht euch in Trainingscamps und es ist alles gut, solange euch selbst nichts passiert. Das muss ein Ende haben."

„Es hat ein Ende, wenn wir ihn umbringen!", ruft der Mann mit dem aufgestellten Kragen und zeigt auf Karan, dessen Augen zucken.

„Nein." Ich gehe auf ihn zu. „Es hat ein Ende, wenn wir den Kreislauf durchbrechen. Wir sind Teil des Natursystems, das uns Kraft gibt, wenn wir uns gemeinsam darauf einlassen." Jetzt deute ich auf Karan. „Er ist der lebende Beweis dafür, dass es funktioniert."

Jetzt sind alle still und blicken erwartungsvoll zu Karan. Dieser nickt schwach und sagt: „Sie hat recht."

Für einen kurzen Moment herrscht Schweigen auf dem Platz.

„Wie soll er sich verändert haben?", ruft eine Frau aus der ersten Reihe in die Stille.

„Indem wir ihn empfänglich gemacht haben", sagt Sila. „Für die Kraft der Pflanzen und ihre Wärme."

„Merkst du nicht, wie sich das anhört?", fragt Rieke, die neben dem erstarrten Linus steht und ihre Hand auf seine Schulter legt. „Woher wissen wir, dass es kein Hinterhalt ist? Er könnte genauso gut schauspielern, damit wir seinen Clan durch die Tore lassen und sie auch noch dieses Anwesen einnehmen."

„Er wird es euch zeigen", sage ich und fixiere sie. „Ihr müsst mir vertrauen."

„Wir vertrauen keiner Athemar. Du bist eine von ihnen", ruft eine Person aus der Mitte und weitere Anklagen mischen sich darunter.

Die vertraute Schwere arbeitet sich durch meine Magengegend und der Funke in mir verkleinert sich, doch da ist noch etwas anderes. Mitleid. Wie viel Angst muss in ihnen sein, dass sie an dieser Zweiteilung festhalten? Ich bin es leid, jeder einzelnen Person auf diesem Campus gefallen zu wollen oder irgendetwas zu beweisen. Ich weiß, wer ich bin, wer hinter mir steht und wofür es sich zu kämpfen lohnt.

Nacheinander sehe ich die Menschen an, die mir in den letzten Wochen und Monaten ans Herz gewachsen sind. Allesamt erwidern sie meinen Blick, also schließe ich für einen Moment die Augen, verwurzele mich im Boden und gehe den ersten Schritt in Richtung Tor.

Sila und Zoey gehen hinter mir her, dicht gefolgt von Arek und Leo, zwischen denen Karan träge Schritt hält.

Ein gemeinsamer Schirm umfasst uns und die Menschen weichen zurück, die Aufmerksamkeit auf Karan gerichtet. Vor den Stahltüren bleibe ich stehen und wende mich der Menge zu. „Wir öffnen dieses Tor", sage ich mit fester Stimme und Sila, die neben mir steht, zieht Tamenas Schlüssel aus der Tasche. Henry japst nach Luft, doch ich fixiere ihn und er schweigt. „Ihr könnt jetzt entscheiden, ob ihr Widerstand leistet, euch in Sicherheit bringt oder teilhabt."

Für einen Moment ist es ruhig und niemand bewegt sich. Jetzt steht Caleb auf und schlendert mit den Händen in den Hosentaschen über den Platz. Layla, Zoeys Mutter, löst sich ebenfalls aus der Menge und kommt auf mich zu, gefolgt von Victor. „Ich habe den Zirkus eh satt", sagt er, als er neben mir stehen bleibt. Einige seiner Kumpels folgen ihm.

„Wir müssen unsere Kinder schützen!", ruft ein Vater. „Henry, lässt du zu, dass sie auf diese Weise auf unserer Tradition und Sicherheit herumtrampelt? Wenn sie es wagt, das Tor zu öffnen, garantiere ich für nichts." Henrys Miene verdunkelt sich, doch er steht wie angewurzelt da. Alle Augen sind jetzt auf ihn gerichtet und zu meiner Überraschung löst sich Karan nun von Arek und Leo und geht schwankend über den Platz in Richtung Henry. Dieser geht ebenfalls auf ihn zu und stellt sich mit verschränkten Armen vor ihn, als wolle er sein Anwesen beschützen.

„Es tut mir leid, alter Freund. Ich habe dich verraten", sagt Karan und Henrys Augenbrauen zucken. Durch unsere Verbindung höre ich Karan klar und deutlich. „Nichts auf dieser Welt kann heilen, was ich zerbrochen habe. Aber lass mich Verantwortung für meine Taten übernehmen."

Henrys Miene ist versteinert und er hat immer noch die Arme verschränkt.

„Ich habe mich all die Jahre gefragt, wo du bist", sagt Karan. „Wäre ich nicht so kalt gewesen, hätte es mich beeindruckt, als ich hörte, was du Großes aufgebaut hast. Aber meine Tochter hat recht. Wir können nicht weiter auf diese Weise leben."

„Was haben sie mit dir gemacht?", presst Henry aus zusammengebissenen Zähnen hervor. „Als wir uns das letzte Mal sahen, hast du mir Gewalt angetan und mir gesagt, dass ich Land gewinnen soll. Genau das habe ich getan."

„Ich sehe es", sagt Karan. „Und gleichzeitig bitte ich dich, dir anzusehen, wozu wir fähig sind. Ich musste es von meiner Tochter lernen, lerne du es auch von ihr."

Henry verzieht nur den Mund und sieht an ihm vorbei zur Menge. Nach einem kurzen Moment sagt er: „Lasst sie gewähren. Sollten sie nicht halten, was sie versprechen, habt ihr hiermit meine Anweisung, Karan und seine Anhänger zu töten."

Für eine Sekunde bleibt mein Herz stehen und ich beobachte, wie Unruhe in der Menge ausbricht und einige der Erwachsenen Messer aus ihren Hosentaschen ziehen. Kinder laufen ins Haus.

Jetzt tritt plötzlich Valeria mit gehobener Brust aus der Gruppe hervor und geht auf uns zu. Ich halte den Atem an.

„Keine Ahnung, was das mit den Pflanzen soll", sagt sie und streicht ihren Pferdeschwanz zurück. „Aber wenn Sila dir vertraut, tue ich es auch." Ich weite die Augen.

„Valeria!", ruft eine etwa fünfzigjährige Frau mit streng nach hinten gebundenem Dutt. „Wag es nicht, deine Familie zu verraten."

Valeria spitzt die Lippen und wirft ihr einen genervten Blick zu. „Das *ist* meine Familie. Und du kannst aufhören so zu tun, als würde Henry deine Arbeit schätzen. Wir haben Besseres verdient, Mum." Mit diesen Worten stellt sie sich zu uns und Hitze schießt in meine Wangen. Ich kann nicht glauben, dass sie sich uns anschließt.

Mit gehobenen Augenbrauen sieht Arek mich an und ich nicke, also läuft er los in den Wald, um den Wachenden in der Nähe zu befehlen, den Schirm fallen zu lassen.

„Na, dann los", sagt Sila, geht zum Tor und schließt auf. Im Hof ist es jetzt totenstill, nur Karans Schritte auf dem Kies sind zu hören, während er zu uns kommt.

Caleb und Zoey packen jeweils eine breite Tür des Stahlportals und ziehen daran. Wie ein geöffneter Schlund tut sich der freie Wald vor uns auf.

33

Mehrere Atemzüge lang passiert nichts und wir starren gemeinsam in den Wald hinaus. Mein Herz klopft wild in meiner Brust und Schweiß steht auf meiner Stirn. In dem Moment, in dem Arek gefolgt von drei Wachenden zurück auf den Hof tritt, hallt das Rascheln von unzähligen, näherkommenden Schritten aus dem Wald.

Ein weiß gekleideter Athemar tritt zwischen den Bäumen hervor, dann noch einer und innerhalb von Sekunden nähern sich mindestens zwanzig Personen. Hinter ihnen taucht Feor auf, sein eiserner Blick auf mich gerichtet und ein Zischen geht durch die Menge der Nevox. Einige lösen sich aus dem Pulk und rennen auf die Eindringlinge zu, Zorn in ihren Gesichtern, der sich auch in den Athemar widerspiegelt.

„Befiehl deinen Leuten, anzuhalten", sage ich zu Karan.

Doch nichts passiert. Stattdessen rauschen die ersten Athemar in die Nevox hinein. Innerhalb weniger Sekunden liegen Menschen auf dem Boden, gequältes Stöhnen und Schreie hallen über den Platz. Zwei Nevox treten auf einen weiß gekleideten Mann ein und ein Athemar verpasst dem Mann mit aufgestelltem Kragen einen Hieb in die Magengegend, worauf dieser auf den Boden knallt und würgt.

„Tu was, Karan", befehle ich. In seiner Miene liegt Leere und ich packe ihn an der Schulter, spüre die Hemmung in ihm. Ich rüttele ihn und er blinzelt, sieht mich an und weitet die Augen. Auf der Stelle stehen alle Athemar still. Die Nevox, die gerade noch in Kämpfe verwickelt waren, weichen zurück und blicken sich gegenseitig an. Für einen kurzen Moment stoppt alles.

Ein Athemar, der einer mit Messer bewaffneten Nevok gegenübersteht, sieht jetzt zu Karan. „Was habt ihr mit ihm gemacht?", blafft er.

Ein paar weitere Nevox stehen plötzlich an unserer Seite und verdichten den Zugang zum Anwesen, darunter Stella, die Feor mit starrer Miene fixiert.

„Los", sage ich zu Karan und er nickt schwach. Langsam legt er seine Hand auf meine Schulter und ich schließe meine Augen, um die Energie zu empfangen, die aus dem Waldboden über unsere beiden Körper fließt. Wie Lava überschwemmt uns Wärme und es ist, als ob Karans Körper dadurch an Größe gewinnt. Er richtet sich auf und betrachtet die Gesichter seiner Gefolgsleute.

Mein Blick verschwimmt und ich sehe mehrere Bilder gleichzeitig: Den Mann in vorderster Reihe, der plötzlich die Stirn runzelt und auf seine Hände sieht. Karans leere Augen und den Schmerz, der durch ihn fließt. Die siebenjährige Nara, die sich vor meinem inneren Auge an mich drückt und gemeinsam mit mir die Wärme hält. Den Wald, der sich mit jedem meiner Atemzüge wie eine zweite Lunge ausdehnt.

Und ich spüre die Schwingungen von Arek, der neben mir steht wie ein Fels in der Brandung, bereit mich zu halten, wenn ich falle. Die Athemar werfen sich gegenseitige Blicke zu, verziehen die Münder, und reiben sich über die Arme und das Gesicht. Durch die Verbindung zu Karan spüre ich sie und das brechende Eis in ihnen.

„Was ist das?", jault einer.

„Das ist falsch", ruft ein anderer.

Karan schlägt die Augen nieder. „Es fühlt sich nicht richtig an, weil ich es euch abtrainiert habe." Gequältes

Stöhnen hallt aus dem Wald über den Hof und ein paar Athemar rennen davon. „Es ist meine Schuld, dass ihr nichts als Kälte kennt."

„Was habt ihr mit unserem Anführer gemacht?"

„Ich bin nicht mehr euer Anführer", sagt Karan laut und deutlich. „Mein Versuch, den Schmerz zu kontrollieren, hat das Gegenteil bewirkt. Es ist Zeit, dass etwas Neues an diese Stelle tritt."

Wie zur Bestätigung fließt das flüssige Feuer in einer weiteren Welle über sie und zerbirst eine Eismauer nach der anderen. Schnaufen und Japsen erfüllt die Luft und die bewaffneten Nevox treten verwirrt zurück. Der letzte Widerstand bricht und die Energie des Waldes fließt ungehemmt auf Karans Gefolge ein. Ich taste nach Areks Hand, der seine Finger mit meinen verschränkt, und wir weiten die Energie. Wie eine Kuppel dehnt sie sich aus und umfasst alles, was darunter atmet, auch die Nevox.

Ein Athemar sackt auf die Knie, die anderen umschlingen sich selbst, halten ihre bebenden Leiber. Ich schlucke und zwinge mich, nicht von ihren sich krümmenden Körpern wegzusehen.

Auf einmal rennt Linus an uns vorbei. „Mum!"

Jetzt sehe ich sie auch. Etwas weiter hinten im Wald kniet eine große, dunkelhaarige Frau, die mir bekannt vorkommt. Ihr Wams ist schweißgebadet und ihr Gesicht schmerzverzerrt. Im Gegensatz zu Tamena konnte sie einer Bluttransfusion wohl nicht entkommen. Jetzt, da sie Linus erblickt, entfährt ihr ein Schluchzen. Zitternd erhebt sie sich und empfängt ihn in ihren Armen, während sie bitterlich weint und Linus sein Gesicht in ihrer Umarmung vergräbt.

Feor beobachtet ebenfalls die Begegnung mit Linus. Seine Augen sind geweitet und er fixiert mich nun. Kurz glaube ich, er will auf mich zulaufen, doch jetzt macht er einen Schritt nach hinten. Dann noch einen. Sein Blick schweift über die Menge der Nevox, die sich den Athemar in den Weg gestellt haben, und in seinem Gesicht spiegelt sich Angst. Blitzschnell dreht er sich um und rennt davon.

Dann sagt niemand mehr was, es ist vollkommen still auf dem Platz.

Karan löst die Hand von meiner Schulter. Seine Brust hebt und senkt sich schwer.

„Sieh nur", flüstert Sila und deutet nach hinten. Ich drehe mich um, blicke in die sprachlosen Gesichter der Nevox und jetzt sehe ich ihn. Henry. Zusammengesackt kniet er auf der Türschwelle, Tränen fließen aus ihm heraus. Karan geht auf ihn zu und die Nevox weichen zurück, beobachten ihn mit geöffneten Mündern, während er an ihnen vorbeigeht.

Schwankend steigt er die Stufen zum Eingang empor und kniet sich ächzend neben Henry, auf dessen Rücken er eine Hand legt. Er flüstert etwas und die beiden ziehen sich gegenseitig aneinander hoch. Erst fallen sie in eine zaghafte, dann sehr feste Umarmung. Ich ziehe scharf die Luft ein. Deshalb hat Henry nichts unternommen und hier im Versteck gelebt: Trotz all seiner Enttäuschung und dem Hass war er immer mit Karan verbunden.

Ich drehe mich zu Arek und hebe eine Augenbraue. Dieser grinst und kommt näher zu mir. „Ich glaube, du hast es geschafft", flüstert er mir ins Ohr. Ich ziehe ihn fest an mich und atme seinen vertrauten Duft ein. Dann löse ich mich von ihm und sehe in die anderen Gesichter. „*Wir* haben es geschafft."

Epilog

Das Tor blieb geöffnet.

Seit der Schirm gefallen ist, hat sich auf dem Anwesen einiges verändert. Tamena, die sich nach ein paar Nächten Schlaf erholt hatte, gibt nun Kurse zu Pflanzenkräften. Wenn sich erst einmal verbreitet, was dieses Wissen anstellen kann, werden sich auch die Gesetze nicht mehr halten. Täglich entstehen neue Zugänge und damit wechselt der Umgang unter den Verbliebenen. Nur wenige sehen mich noch schräg von der Seite an. Ich bin einfach da, genau wie die anderen. Das ist auch der Grund, warum ich an den Wochenenden hier sein möchte. Endlich kann ich genießen, was ich gefunden habe: Eine Familie.

„Leute! Mein Dad ist da", hallt Zoeys Stimme durch den Wald. Sie rennt auf uns zu, packt mich mit voller Wucht und wirbelt mich im Kreis. Ich drücke sie so fest an mich, wie ich kann.

„Noch kurz", sage ich außer Atem. „Ich will dabei zusehen." Mit wackelnden Augenbrauen nicke ich in Silas Richtung.

Mit festem Griff hält diese in aufrechter Position den Vorschlaghammer und grinst. „Warum darf ich das eigentlich machen?" Zufrieden schaut sie an dem emporragenden Zaun hinauf.

„Weil du am längsten hier bist und Leo dir den Vortritt lässt", sage ich. „Außerdem kommt hier irgendwann euer Kinderhaus hin. Wobei das etwas abgelegen wäre. Na ja, vielleicht die Geschäftsstelle."

Sila grinst noch breiter und Leo gluckst, die Hände in die Hosentaschen geschoben.

„Passiert jetzt was oder nicht?", fragt Caleb mit verschränkten Armen. „Nehmt's mir nicht übel, aber ich habe Bock, in dieses Auto zu steigen."

Ich boxe ihn sanft in die Seite und er setzt eine übertrieben schockierte Miene auf. Um ehrlich zu sein, freue ich mich auch, gleich zurück in die Stadt zu fahren. Zoey und ich haben ihre Eltern so lange angebettelt, bis sie erlaubten, dass ich unter der Woche bei ihnen einziehen darf.

Arek bleibt hier und hilft Tamena mit den Weiterbildungen zu Naturkunde. Er hat gestrahlt wie ein Honigkuchenpferd, als sie ihn darum bat. Wir haben schon Schlimmeres geschafft als eine Wochenendbeziehung und mein Herz hüpft jedes Mal, wenn ich sehe, wie sehr er in der Arbeit mit Pflanzen aufgeht. Lächelnd blicke ich ihn an und er schenkt mir ein liebevolles Arek-Grinsen.

Etwas entfernt steht Erin, die Arme vor der Brust verschränkt, an einen Fichtenstamm gelehnt und schmunzelt. Wahrscheinlich würde sie nie im Leben zugeben, warum sie letztendlich geblieben ist, aber unsere Beziehung verbessert sich von Tag zu Tag und auch den anderen gegenüber ist sie offener geworden.

„Na, dann mal los", sagt Sila und nimmt Anlauf. Jauchzend stürmt sie auf den Zaun zu, wo der Hammer krachend auf die morschen Holzlatten niederschmettert. Er hinterlässt ein monströses Loch.

Wir jubeln und umarmen uns gegenseitig. Durch meinen Körper fließt prickelnde Wärme und ich greife nach Areks Hand, der seine Finger mit meinen verschränkt und eine zärtliche Welle durch mich hindurchschickt. Für einen Moment sehe ich all die liebgewonnen Menschen nacheinander an und mein Herz schlägt schnell.

Das gesamte letzte Jahr habe ich gesucht. Nach mir, nach Zugehörigkeit, nach Erinnerungen. Als ich Zoey fragte, wie sich Liebe anfühlt, wollte ich eine Universalantwort. Dabei ist Verbindung vielfältig und in allen Facetten da, das habe ich jetzt gemerkt.

Ein Lächeln schleicht sich auf meine Lippen und ich schließe die Augen. Tief atme ich ein, spüre den Wald, mich selbst und das durchsichtige Band zu den Personen um mich herum. Es ist, wie wenn der Wald mir ein Versprechen zuflüstert:

Willkommen zu Hause.

Danksagung

Es ist ein besonderer Gedanke, dass aus einer ersten Idee – einem kleinen Funken sozusagen – ein ganzes Universum entstehen kann. Ich erinnere mich an den ersten zaghaften Versuch, den Plot von *Wofür ich bleibe* einer befreundeten Person zu erklären. Damals war die Geschichte noch vage, doch das Gefühl war konkret. Getragen von diesem Gefühl durfte ich mich erneut in Naras Abenteuer stürzen.

Hierbei haben mich viele Menschen begleitet und bestärkt. Euer Glaube an meine Bücher bedeutet mir die Welt und ich bin sehr dankbar, dass ihr mich auf meinem Weg als Autorin ermutigt und unterstützt.

Auch möchte ich dem tollen Team danken, das in professioneller Hinsicht zu diesem Roman beigetragen hat. Ganz besonders danke ich Stephan, der das Potenzial dieser Geschichte sah und mich im Lektoratsprozess mit den richtigen Worten zum Kern der Geschichte begleitete. Danke auch an Miriam, die diesen Prozess im Korrektorat wunderbar abrundete. Die äußerliche Gestaltung des Romans habe ich Evelyn und Katja zu verdanken, die mich mit Buchsatz und Covergestaltung unterstützt haben.

Meine Geschichten leben durch ihre Lesenden. Ihr seid mit Nara auf Bäume geklettert, durch Wälder gestreift und habt die verschiedensten Emotionen mit ihr durchlebt. DANKE, dass ihr euch erneut mit auf den Weg gemacht habt. Es ist ein Geschenk, dass ich dadurch das tun kann, was ich liebe. Vielleicht treffen wir uns in der nächsten Geschichte wieder – für die Zwischenzeit sende ich viel Wärme und alles Gute!

Lizzy Waters

Lizzy Waters

Lizzy Waters lebt und schreibt im schönen Freiburg im Breisgau. Neben ihrer Romantasy-Dilogie hat sie bereits mehrere Kurzgeschichten in Anthologien veröffentlicht. Während sie ihrer Liebe für Literatur in ihrer Arbeit im Buchhandel nachgeht, tüftelt sie bereits an den nächsten Buchprojekten. Auf Instagram teilt sie unter @lizzythescriber ihr Autorinnenleben und liebgewonnene Herzensbücher.